VINA
JACKSON

4 Seasons

NÄCHTE DER
LEIDENSCHAFT

VINA JACKSON

4 Seasons

NÄCHTE DER LEIDENSCHAFT

ROMAN

Aus dem Englischen
von Susanne Aeckerle
und Marion Balkenhol

carl's books

Die Originalausgabe erschien 2015 unter dem Titel
»The Pleasure Quartet – Spring« im Verlag Simon & Schuster, London.

MIX
Papier aus verantwortungsvollen Quellen
FSC® C083411

Verlagsgruppe Random House FSC® N001967
Das für dieses Buch verwendete FSC®-zertifizierte Papier
Lux Cream liefert Stora Enso, Finnland.

1. Auflage

Umschlaggestaltung: semper smile, München
Satz: Uhl + Massopust, Aalen
Druck und Bindung: CPI books GmbH, Leck
Printed in Germany
ISBN 978-3-570-58545-0

www.carlsbooks.de

1

DIE SCHÖNE UND DAS MESSER

Am Anfang herrscht Finsternis.

Eine Finsternis schwärzer als die Nacht.

Die Stille wirkt bedrohlich.

Ein dünner Lichtstrahl durchdringt die Düsterkeit, wird stärker, erweitert sich zu einem Kegel, unter dem allmählich das schwache Spiel von Formen und Schatten sichtbar wird.

Ein Arm taucht auf. Dann noch einer. Ineinander fließende Bewegungen, wie ein sich langsam ausbreitender Fleck.

Ärmel aus dunklem Stoff, die Arme ruhelos, irgendwie mit einem Körper verbunden, der immer noch knapp außer Sichtweite bleibt.

Eine Backsteinmauer.

Davor ein großer Mann, das Gesicht im Schatten, einen unförmigen Mantel um seinen langen Körper geschlungen, zusammengehalten mit einem groben Hanfstrick. Der Mann regt sich nicht.

Die Zeit dehnt sich, und ich spüre ein Jucken am rechten Schenkel, während ich dort stehe und auf das Unvermeidliche warte. Doch ich wage nicht, mich zu rühren. Die bewusste Langsamkeit, mit der sich die Szene entfaltet, hat etwas Zeremonielles, das mich tief bewegt.

Die eigentümliche Stimmung versetzt mich zurück nach Neuseeland, ans Meer, wo ich vor ein paar Monaten zusammen mit Iris den Ball besucht habe. Wir haben einen Strand gesehen, der mit reglosen Körpern übersät war. Was sich natürlich nicht vergleichen lässt: Hier handelt es sich um eine eindeutig urbane Umgebung und eine völlig andere Darstellung menschlicher Leidenschaft. Die Backsteinmauer, über der schwache Nebelschwaden wabern, das Muster der Pflastersteine, und weit und breit keine donnernden Wogen. Hier eine trostlose Stadt bei Nacht, dort entfesselte Naturgewalten. Einen größeren Gegensatz könnte es nicht geben. Dennoch ist beides auf emotionale Weise miteinander verbunden. Mit mir als Zuschauerin. Als Voyeurin.

Ein erwartungsvoller Schauder durchläuft mich.

Eine Frau taucht auf. Wie aus dem Nichts.

Sie ist von kleiner Statur, oder vielleicht wirkt es nur so, weil der Mann außergewöhnlich groß ist. Der Hintergrund liegt im Dunkeln, und ich kann die Größe der beiden nicht richtig einschätzen.

Sie trägt einen knöchellangen rostbraunen Samtrock und eine weiße Bluse mit Schößchen. Ihre Taille ist schmal, kastanienbraune Locken fallen ihr über die Schultern. Ihr Gesicht ist stark geschminkt, die Lippen in einem aggressiven Rot. Sie hat grüne Augen und ein betont unschuldiges Auftreten.

Sie geht weiter.

Den Mann, der ihr auflauert, kann sie nicht sehen. Er umkreist sie, bleibt im toten Winkel, ein subtiler Tanz, dessen Schrittfolgen nur jemand erkennen kann, der die beiden beobachtet.

Das Licht ist unmerklich heller geworden, vertreibt die Schatten, während die beiden ihren Weg über die nassen Pflastersteine fortsetzen.

Er folgt ihr, seine große Gestalt bedrohlich und für sie immer noch unsichtbar. Seine Hand gleitet in den dunklen Mantel. Taucht wieder auf. Hält eine tödliche Klinge.

Scharfes Einatmen ist zu hören.

Er hält das Messer hoch.

Wie ein Ritual, dessen Ablauf längst festgelegt wurde und nun unausweichlich ist.

Im Nu holt er sie ein.

Sie wendet den Kopf, ihr Blick fällt auf das Messer, angezogen vom Aufblitzen der scharfen Klinge. Sie zeigt keine Überraschung, keine Panik.

»Du bist es«, sagt sie ruhig.

Endlich ist sein Gesicht zu erkennen. Er ist Mitte vierzig, mit markantem Gesicht und hohen Wangenknochen, die auf Grausamkeit deuten. Eine gezackte Narbe auf der rechten Wange verläuft vom Kieferknochen bis zum Mundwinkel. In sein gefährliches Aussehen mischt sich aber auch eine gewisse Traurigkeit.

»Ja.«

»Ich wusste, du würdest zurückkommen«, fährt die Frau fort. Sie macht keine Anstalten, sich zu verteidigen oder der Waffe auszuweichen. Er hält den Arm ruhig, während er sie anschaut.

»Ich musste dich wiederfinden ...«

»Um es mir heimzuzahlen?«

»Ja. Was du getan hast, war unverzeihlich.«

»Ich weiß.« Sie seufzt.

Ihre Schultern sacken leicht nach vorn.

Der Mann mit der Klinge zögert.

Die beiden wirken wie Statuen, reglos, erstarrt. Das Licht um sie herum ist immer heller geworden. Nun sind sie in blendendes Weiß getaucht.

»Ich bin bereit«, sagt die Frau und wappnet sich.

»Lulu ...«

»Ich werde dich nicht um Verzeihung bitten.«

»Vielleicht solltest du das tun.« Er klingt bedauernd.

»Ich habe dich einmal geliebt.«

Als er das hört, scheint er in seiner Entschlossenheit kurz zu wanken; ein Schatten legt sich über seine Augen, verbirgt seine Wut.

Ruhig öffnet sie den obersten Knopf ihrer weißen Bluse und entblößt ihre bleiche Haut. Sofort möchte ich mehr sehen. Die Rundung ihrer Brüste. Ihre Nippel.

Sie spürt sein Zögern, greift nach der Hand, die das Messer hält, und senkt sie an ihre Kehle.

»Tu es«, flüstert sie.

Er steht wie angewurzelt da.

»Jetzt!«, befiehlt sie und zieht an seinem Handgelenk.

Der gezackte Rand der Stahlklinge dringt schwach in ihre weiße Haut und hinterlässt eine dünne Blutspur.

Sie schnappt nach Luft.

Er schreit laut.

Und reißt das Messer zurück, hebt es hoch über den Kopf, bevor er mit voller Wucht wieder zustößt. Diesmal dringt die Messerspitze tief ein, Blut schießt heraus, spritzt auf den Boden, durchtränkt ihre Bluse, verbreitet ein tödliches Muster auf dem Stoff wie eine fremdartige Blume, verschwindet in der Dunkelheit ihres Samtrocks und versickert dort.

Einen kurzen Augenblick bleibt die junge Frau noch stehen, schwankend, ihr Blick wird stumpf, bis sie schließlich zu Boden sinkt.

Ich hatte etwas Melodramatischeres erwartet – als wäre das, was ich gerade gesehen habe, nicht dramatisch genug –, mehr Sprache, Handlung, doch die Schlichtheit trifft mich wie ein Schlag.

Sie liegt ausgestreckt auf den Pflastersteinen, die Gliedmaßen seltsam abgewinkelt, ein Arm zuckt noch einmal unwillkürlich. Der Mann, der Mörder, steht vor ihr, sein Gesicht totenblass, Tränen in den Augen. Das Licht schwindet allmählich, bis das

Paar nur noch von einem weißen Lichtkegel umgeben ist und die Stadtkulisse in der Dunkelheit versinkt, aus der sie hervorgegangen ist.

Ein zögerliches Klatschen, noch eines. Raschelnde Bewegungen im Publikum. Dann setzt der Applaus richtig ein.

Der Bann war gebrochen.

Ich trat ein paar Schritte zurück und zog den schweren Vorhang zur Seite, durch den die Zuschauer nun ins Foyer hinaus und auf die geschäftigen Straßen von Covent Garden strömen würden. Auf der anderen Seite der Sperrsitze machte Agnetha, ein fülliges Mädchen mit einem roten Band im dunklen Haar, dasselbe. Ich wich zur Seite, um die Menge an mir vorbeizulassen, genau wie Agnetha auf ihrer Seite des Theaters. Zuschauer, die es eilig hatten, einen Bus oder die U-Bahn nach Hause zu erreichen, strömten in einem Durcheinander aus Hüten und Mänteln, Handschuhen und Schals hinaus, leere Gesichter, fast schon verzweifelt, verzerrt, jetzt, wo der Zauber vorbei war und sie ins wirkliche Leben zurückkehrten. Ich bildete mir ein, flüchtige Blicke in ihr Leben zu erhaschen, während sie an mir vorbeigingen, die Liebenden an dem Lächeln zu erkennen, das ihre Lippen umspielte, die Müden und Verlassenen an dem Geist der Einsamkeit, den sie mit sich trugen, ihre Schultern gebeugt, ihre Schritte etwas langsamer als die der anderen.

Schwer ist die Arbeit nicht, überlegte ich nach diesem Anfangsabend meines ersten Jobs in London. Doch ich war mir nicht sicher, wie viel vom Zauber des Theaters bleiben würde, wenn ich das Stück während seiner Laufzeit immer wieder sehen musste.

Die Ereignisse auf der Bühne hatten mich in ihren Bann gezogen, die Voyeurin in mir, die für eine kurze Weile vergessen konnte, dass es sich um Schauspieler handelte. Die die Künstlichkeit des Dramas übersah, das mich dennoch packte, während Hunderte von Zuschauern ihre Süßigkeiten mampften und ihr Bier oder ihren Weißwein aus Plastikbechern tranken.

Ich war immer leicht zu beeindrucken gewesen, schon als Kind fühlte ich mich angezogen von der dunklen Magie des Lebens im Schatten, die mich umgab, real oder eingebildet. Was mich, wie ich annahm, nach London geführt hatte. Hier konnte ich mich in den Kopfsteinpflasterstraßen verlieren, die sich wie ein Labyrinth unter dem grauen Himmel wanden.

Das, und natürlich Iris. Sie würde jetzt in der kleinen Wohnung auf mich warten, die wir uns am Kanal in Hammersmith teilten.

Nachdem ich wieder in Jeans und T-Shirt geschlüpft war, das mittlerweile leere Theater verlassen hatte und vom Nachtbus aus die Londoner Sehenswürdigkeiten vorbeirauschen sah, dachte ich an Iris – ihre nach Salzwasser riechende Möse, in der ich mich so gern vergrub, und an die erste Nacht, in der wir richtig zusammen gewesen waren. Die erste Nacht beim Ball, am Meer.

Ich war immer schon ein Kind des Meeres.

Das war das Einzige, was ich von meinen Eltern geerbt hatte, die im Winter 1947 von London nach Neuseeland ausgewandert waren. Obwohl ich zu der Zeit noch gar nicht geboren war, erzählte mir meine Mutter später, meine Liebe zum Wasser müsse wohl von den sechs Wochen an Bord der *Rangitata* herrühren. Sie habe die Zeit größtenteils an Deck verbracht, um mit dem Aufruhr in ihrem Magen fertigzuwerden, ausgelöst von Morgenübelkeit und Wellengang. Mein Vater war unterwegs im Alkoholrausch über Bord gegangen und ertrunken.

Wir legten in Auckland an, und dort blieben wir. Nach der

langen Überfahrt und dem Verlust ihres Ehemanns weigerte sich meine Mutter, noch weiter zu reisen, und ich wurde sechs Monate später geboren. Obwohl ich keinen Tropfen Maoriblut in mir habe, wurde ich Moana genannt, nach dem Maori-Wort für »Meer«, und in einem katholischen Internat untergebracht, sobald ich alt genug für die Schule war. Meine Mutter besuchte mich einmal pro Woche, doch jedes Mal, wenn wir uns gegenüberstanden, sah ich in ihr nur die Frau, die mich verlassen hatte, und meine Mutter sah nur die Wellen, die meinen Vater fortgespült hatten.

Was Liebe ist, erfuhr ich erst durch Iris.

Wir lernten uns mit sieben kennen, bei der Kommunion, als ich den Mund geöffnet und die trockene Oblate geschluckt hatte, die mir von einem Priester im Ornat auf die Zunge gelegt worden war. Dabei hatte er meine Unterlippe mit dem Daumen etwas zu bedächtig und zu lange gestreift. Ich hatte Iris durch den Vorhang ihres weißen Schleiers erspäht, wie sie mit den Fingern im Weihwasser spielte, bis eine Aufsichtsperson sie wegzog. Ich war aus der ordentlichen Schlange meiner Mitschülerinnen ausgebrochen, die darauf warteten, hinter die Klostermauern zurückgebracht zu werden, und dem kleinen Mädchen nachgelaufen, das gewagt hatte, das Unberührbare zu berühren. Es war mir gelungen, ihre Hand zu ergreifen, bevor ich ebenfalls von einer Erwachsenen zurückgezerrt wurde. Als wir uns berührten, wurden auch meine Finger nass. Ich achtete sorgsam darauf, die Hand auszustrecken, damit sie feucht blieb und ich die kostbaren Tropfen nicht abwischte, doch selbst ich konnte nicht verhindern, dass Weihwasser trocknet.

In der nächsten Woche stellten wir uns einander vor, und von dem Tag an freute ich mich auf die Sonntage, womit ich bei meinen Lehrern die Hoffnung weckte, dass ich, an der bisher kein

Anzeichen von Frömmigkeit zu entdecken war, endlich auch zu Gott gefunden hatte.

Ich hatte zwar nicht zu Gott gefunden, aber in Iris eine Freundin. Wir stahlen uns gemeinsame Augenblicke zwischen den Chorälen oder im Schutz dunkler Nischen, wenn wir uns eigentlich auf die Beichte vorbereiten sollten.

Ich fing sogar an, die Bibel zu lesen, aber nur das Hohelied Salomos. Nachts in meinem Bett im Schlafsaal ließ ich einen angefeuchteten Finger in mich gleiten, bis die sanften Worte des Königs und der Rhythmus, den ich mit meiner Fingerspitze auf die seidige Härte meines Kitzlers übertrug, eine tosende Erregung in mir auslösten, die wie ein Sturm durch meinen Körper brauste. Für mich war dieses magische Gefühl wie eine Welle. Sie begann mit meiner zunehmenden Feuchtigkeit und türmte sich allmählich auf, wartete darauf, dass ich sie im richtigen Moment auf dem Scheitelpunkt erwischte und sie den ganzen Weg hinab ritt.

Eines Sonntags fragte ich Iris nach diesem Gefühl.

»Das ist ein Orgasmus«, sagte meine Freundin wissend.

Ich hatte keine Ahnung, wovon sie redete.

»So was soll man angeblich beim Sex haben. Mit einem Mann.«

Diese kostbare Information hatte Iris von ihrer äußerst freizügigen Großmutter Joan erhalten, die einst Zirkusartistin gewesen war und an exotischen, weit entfernten Orten gearbeitet hatte. Gerüchten zufolge konnte sie Feuer schlucken und ein ganzes Schwert in ihrer Möse versenken. Die alte Frau lebte jetzt allein in einer Hütte, nicht weit vom schwarzen Strand des Piha Beach entfernt, wo sie jeden Morgen über die rauen Pfade der Waitakere Ranges wanderte und danach so energisch Klavier spielte, dass die Surfer behaupteten, über den donnernden Wogen manchmal ein gespenstisches Schlaflied wuchtig angeschlagener Tasten zu hören.

Als ich siebzehn war, wurde ich inoffiziell von Iris' Eltern adoptiert, da meine Mutter plötzlich an einem Herzinfarkt gestorben war und weder Erspartes hinterlassen noch Vorsorge zur Bezahlung der Schulgebühren getroffen hatte. So bekam ich eine Familie.

An den Wochenenden, unter dem Vorwand, Musikunterricht zu nehmen und der alten Frau Gesellschaft zu leisten, wurden Iris und ich zu ihrer Großmutter am Piha Beach gefahren. Iris' Vater chauffierte uns in seinem neuen Plymouth Valiant mit den schicken Chromstoßstangen. Im Radio lief knisternd *Ray Columbus* und *The Invaders,* solange wir Empfang hatten.

Die cremefarbenen Lederpolster drückten sich kühl an meine Schenkel. Ich hielt Iris' Hand umklammert, ganz darauf konzentriert, mich nicht übergeben zu müssen, denn das Auto schaukelte auf der kurvigen, von Bäumen gesäumten Straße zum Strand heftig hin und her. Im Sonnenlicht wurde der nachtschwarze Sand so heiß, dass es fast unmöglich war, barfuß darüberzulaufen, ohne sich die Füße zu verbrennen.

Iris' Vater trank nachmittags mit den Jungs vom Surfclub Bier, während Iris und ich Joan ständig nach Berichten über ihr früheres Leben löcherten. Wir hörten fasziniert zu, wenn Joan von anzüglichen Erlebnissen auf dem Rücksitz von Kraftdroschken erzählte, als sie als Zweiundzwanzigjährige von wohlhabenden Männern umworben wurde.

Sie könne immer noch das Bein über den Kopf heben, teilte sie uns eines Tages mit, stieg gewandt auf den Klavierhocker und führte uns dieses bemerkenswerte Kunststück vor. Dazu legte sie ihren schmalen, faltigen Arm um die linke Wade und hob das Bein über ihre rechte Schulter, als hätten ihre Hüften Scharniere und würden so leicht aufschwingen wie eine Haustür.

Die Geschichten, die wir am liebsten hörten, drehten sich um den Ball, eine bizarre Festlichkeit, die nur einmal im Jahr stattfand, immer an einem anderen Ort irgendwo auf dem Globus. Joan erzählte uns, sie sei als Darstellerin für die Veranstaltungen von einer hochgewachsenen, gut aussehenden Frau engagiert worden, die im Schatten vor der Trocadero Music Hall am Piccadilly Circus auf sie gewartet habe. Ihr langes Haar habe bis zu den Knöcheln gereicht, sagte Joan, und sei so leuchtend rot gewesen, dass man auf den ersten Blick habe meinen können, sie stünde in Flammen. Die Frau habe ihr eine enorme Geldsumme als Vorschuss gegeben, um sich sowohl ihrer Verschwiegenheit zu versichern als auch lebenslanger Auftritte in einer Nacht pro Jahr, und von dem Abend an sei Joan mit dem Ball gereist.

Iris war skeptisch, ich aber hörte hingerissen zu, als die alte Frau von einem Fest auf einem Flussdampfer in New Orleans erzählte, dessen Wände in Flammen standen, ohne dass sie niederbrannten, und die Hälfte der Gäste als menschliche Fackeln verkleidet war. Sie beschrieb ein weiteres Fest in einer Villa auf Long Island bei New York, das von der Abenddämmerung bis zum Morgengrauen unter Wasser stattfand, und bei dem alle Gäste in der Verkleidung von Meerjungfrauen und tropischen Fischen durch die Räume geschwommen waren. Und noch eines, in einer riesigen Höhle unter einem gefrorenen Wasserfall in Norwegen, bei dem eine Tänzergruppe von Kopf bis Fuß mit Diamanten beklebt war und sie wie Schneeflocken wirken ließ, die anmutig von einem schimmernden Himmel aus Stalaktiten herabschwebten.

Joan hatte nie geheiratet, ihre Anstellung beim Ball aber aufgegeben, als sie ein Kind bekam, empfangen unter einem Rosenbusch von einem Mann, den sie bei einer Gartenparty kennengelernt hatte. Das Leben als umherreisende Darstellerin eignete sich nicht dazu, ein Kind großzuziehen, und daher hatte sich Joan, mit Iris' Mutter im Bauch, für ein neues Leben mit den Pionieren entschieden, die ans andere Ende der Welt auswanderten. Sie zog nach Neuseeland, wo sie ein Kind zur Welt brachte, das sich unerklärlicherweise zu einer eher konservativen Person entwickelte, trotz der Gene ihrer Mutter, die sie schließlich Iris weitergeben würde.

Joan blieb in Verbindung mit verschiedenen Künstlern des Balls, die weiterhin reisten und auftraten, und so geschah es kurz vor meinem achtzehnten Geburtstag, dass sie von dem Ball erfuhr, der in Kürze in Neuseeland stattfinden würde.

»Glaubst du, dass die Geschichten wahr sind?«, fragte mich Iris an jenem Abend.

»Jedes einzelne Wort«, erwiderte ich, wobei meine Augen vermutlich vor Entzücken strahlten.

Die Einladung kam auf einer dicken weißen Karte mit eingeprägten Goldbuchstaben, der Umschlag war mit einem großen Klecks Wachs versiegelt. Joan bat mich, ihn aufzumachen, und beschwerte sich, dass ihre inzwischen arthritischen Finger mit einem so schweren Umschlag nicht mehr zurande kamen, obwohl sie erst an diesem Morgen ihre Finger mit der Geschicklichkeit einer halb so alten Person über die Tasten hatte fliegen lassen.

Ich fuhr mit dem Fingernagel über das Papier, pulte das Siegel ab und betastete es vorsichtig. Es war weich und nachgiebig und roch nach Marshmellows.

»Kap Reinga«, hauchte ich, als ich die Karte herauszog und die Einladung laut vorlas. Ich betonte die beiden Worte, als wären sie etwas Heiliges. Schon lange hatte ich das Kap besuchen wollen, das als der nördlichste Punkt der Nordinsel galt, den Ort, der auf Maori *Te Rerenga Wairua* genannt wird, der Absprungplatz der Geister. Es hieß, man könne vom Leuchtturm an der Spitze der Landzunge die Trennlinie zwischen der Tasmansee im Westen und dem Pazifischen Ozean im Osten erkennen, an der die beiden Wassermassen aufeinandertreffen. Auf dem Weg dorthin befand sich ein hundertvierzig Kilometer langer Strand, ein so gewaltiges Stück Küstenlinie, dass sie schier endlos erschien.

»Und wie lautet das Motto?«, fragte Joan mit erwartungsvoll strahlenden Augen.

»Der Tag der Toten«, las ich von der Karte ab. »Ein bisschen makaber, findest du nicht?«

»Überhaupt nicht«, erwiderte die alte Frau. »Und ich sollte das wissen, da ich bereits mit einem Fuß im Grab stehe.« Streng hob sie die faltige Hand, um unseren höflichen Protest abzuwehren. »Der Tod ist nur ein weiterer Schritt auf dem Weg des Lebens.«

In jener Nacht lagen Iris und ich nebeneinander in Iris' schmalem Bett im baufälligen Haus ihrer Eltern in North Shore. In einem anderen Leben hätten wir Schwestern sein können, doch in diesem war uns mehr bestimmt.

Ich war in Iris verliebt. Mehr als verliebt, ich verzehrte mich nach ihr und war von der Furcht erfüllt, sie zu verlieren. Nachdem wir die Schule abgeschlossen hatten und Iris eine Stelle als Bürokraft bei einem örtlichen Autohändler fand, tauchten zwangsläufig Verehrer auf. Ältere Männer meist, reiche Männer, die sich Autos leisten konnten, und hin und wieder kam mir der Verdacht, dass auch ihre Frauen Iris anhimmelten. Wer würde das nicht bei ihrem wirren Schopf dunkelbrauner Locken, die ihr Gesicht umrahmten, Augen von der Farbe geschmolzener Schokolade und Handgelenken so zart wie die eines Kindes?

Iris hatte ein rundes Puppengesicht und einen Ausdruck vollkommener Unschuld, der die Menschen zu ihr hinzog wie Bienen zum Honigtopf. Ich kam mir wie das genaue Gegenteil vor. Ich war nicht dick, aber stämmig, mein braunes Haar war glanzlos und glatt, meine Augenbrauen ein wenig zu dicht und meine Gesichtszüge eckig und unscheinbar. Zumindest sah ich mich selbst so. Ich blickte selten in den Spiegel, weil ich mein Aussehen so gewöhnlich fand, und ich wünschte mir oft, ich wäre als Junge geboren worden, damit ich mir keine Sorgen zu machen brauchte, ob meine Haare gekämmt waren oder meine Taille zu dick wurde. Vor allem wünschte ich mir, als Junge geboren zu sein, damit ich um Iris' Hand anhalten konnte.

Schon als ich zum ersten Mal vom Ball hörte, hatte ich mir gewünscht, gemeinsam mit Iris einmal dabei sein zu können. Joans Beschreibungen hatten etwas Magisches gehabt. Ich konnte es tief in meinem Inneren spüren, genauso wie mich eine ständige Sehnsucht umtrieb, dem Meer nahe zu sein. Als ich dann erfuhr, der Ball würde am Kap Reinga stattfinden, dem Ort, an dem ein Meer auf das andere trifft, wusste ich, dass wir dorthin mussten.

Anfangs glaubte ich, für uns gäbe es keine Möglichkeit, eine Einladung zu bekommen. Doch dann lag ein weiterer dicker weißer Umschlag in Joans Briefkasten, diesmal adressiert an Moana Irving und Iris Lark. Mit zitternden Händen riss ich ihn auf und stellte fest, dass die alte Frau an die Organisatoren des Balls geschrieben und empfohlen hatte, uns Mädchen in der Küche einzustellen. Wir konnten beide nicht besonders gut kochen, doch das, sagte Joan bei unserem nächsten Besuch, sei kaum von Belang.

Nichts, was an Speisen und Getränken beim Ball serviert würde, habe Ähnlichkeit mit dem, was wir je gekostet hätten oder kosten würden, daher wären die Rezepte exotisch und streng geheim. Wir müssten nur unsere Arbeitskraft zur Verfügung stellen, müssten schälen, schneiden, hacken und rühren. Man sei der Meinung, jedes Gericht werde von der besonderen

Aura der Person durchtränkt, die es zubereitete, daher stelle der Ball nur ein paar erfahrene Köche ein, die alles überwachten. Das andere Küchenpersonal wurde aufgrund der Schwingungen ausgewählt, die es vermutlich auf die Speisen übertragen würde. Eine Kombination aus Persönlichkeit, Begeisterung für das Ereignis und der eigenen Libido. All das, hatte Joan den Organisatoren mitgeteilt, besäßen Iris und ich intuitiv im Übermaß, jede auf ihre eigene Art.

Nachdem uns die Einladung sicher war, gab es nichts weiter zu tun, als den Weg dorthin zu finden. Joan hatte ihre Teilnahme mit der Begründung abgelehnt, sie ziehe die Erinnerungen ihrer Jugend allen minderwertigen Abenteuern vor, zu denen ihr geschwächter Körper jetzt noch fähig sei.

Iris hatte ihren Vater überredet, ihr sein Auto zu leihen. Sie hatte wenig Erfahrung im Straßenverkehr, hatte jedoch als Voraussetzung ihrer Anstellung beim Autohändler fahren gelernt, da sie die Fahrzeuge zur Ausstellungsfläche hinaus und nach Schließen des Geschäfts wieder in die Werkstatt fahren musste.

Wir hatten keine Ahnung, welche Kleidung von uns erwartet wurde, doch nach allem, was wir über den Ball gehört hatten, schätzte ich, dass die gewagt kurzen, leuchtend bunten Kleidchen, die Iris und ich normalerweise auf Partys trugen, nicht das Richtige waren. Eine knappe, der formellen Einladung beigefügte Notiz hatte uns davon unterrichtet, man werde uns passende Kleidung für die Küchenarbeit zur Verfügung stellen. Wenn unsere Pflichten erledigt waren und es uns freistand, an den restlichen Abendunterhaltungen teilzunehmen, erwartete man, dass wir uns in etwas Passenderes kleideten und ebenfalls an der Zeremonie teilnahmen, die bei Tagesanbruch stattfinden würde.

Die Fahrt zog sich endlos hin. Iris fuhr äußerst vorsichtig, da sie sich das Donnerwetter zu Hause vorstellen konnte, falls der geliebte Valiant ihres Vaters auch nur einen Kratzer abbekam. Das Fahrzeug war so geräumig und Iris so klein, dass sie kaum über das Lenkrad sehen konnte, und jeder, der uns entgegenkam, hätte vermuten können, das Auto würde von allein fahren.

Auf mein Drängen hin machten wir westlich von Kaitaia halt, um im Meer zu schwimmen.

Wozu Badeanzüge nötig sind, hatte ich noch nie verstanden. Ich wollte schon immer das Fließen des Meerwassers an meinem gesamten Körper spüren und vor allem auf den Teilen meiner Haut, die normalerweise von einem Badeanzug bedeckt sind. Daher zog ich, nachdem wir die wüstenartigen Dünen zum Strand überquert hatten, sofort meine Bluse aus, schlüpfte aus Rock und Unterwäsche, warf alles beiseite und rannte auf die Brandung zu. Wobei mir völlig egal war, ob ich von irgendwelchen Schaulustigen nackt gesehen wurde. Iris folgte mir bald, blieb aber zunächst stehen, faltete sorgfältig ihr Kleid zusammen und legte es ordentlich über ein Stück Treibholz, damit es nicht zerknitterte oder zu sandig wurde.

Mein Herz schlug schneller, als ich meine Freundin nackt ins Wasser kommen sah. Sie hatte kleine Brüste, schmale Hüften und die langen schlanken Beine eines Stelzvogels. Sie unterschied sich von der Mehrheit der neuseeländischen Pioniergeneration, ein größtenteils kräftiger und zäher Menschenschlag, gewöhnt an körperliche Arbeit und mit robuster Gesundheit gesegnet. Die Zartheit meiner Freundin weckte ebenso meinen Beschützerinstinkt wie auch lustvolles Verlangen. Als sie im Wasser nahe genug bei mir war, zog ich sie an mich, und unsere nackten Körper sanken gemeinsam in die Wellen. Wir lachten, bespritzten uns und küssten uns unter den salzigen Wogen, bis die Kälte uns zwang, ans Ufer zurückzuschwimmen.

Als wir das Kap erreichten, wurde es allmählich dunkel. Außer dem Leuchtturm gab es keine Gebäude, und wir hatten auch nicht mit einem so formellen Veranstaltungsort gerechnet. Joan hatte uns erzählt, wir würden den Ball schon finden, sobald wir ankämen. Die Veranstaltungsorte seien immer so gestaltet oder gelegen, dass Uneingeladene direkt daran vorbeigehen würden, aber für jeden auserwählten Teilnehmer sei der Ball nicht zu übersehen.

Ich hörte den Ball, bevor ich ihn sah. Wir hatten das Auto auf einem Grünstreifen nahe der Landspitze geparkt, und als wir ausstiegen und meine nackten Füße das Gras berührten, wusste ich, wohin wir uns wenden mussten. Ein seltsamer, wehklagender Walgesang war zu hören. Ich übernahm die Führung, und zusammen kletterten wir vorsichtig die steile Uferböschung zum Meer hinab, das sich vor uns erstreckte.

Staunend blieb ich stehen – es war genau so, wie ich es mir vorgestellt hatte. Als stünde ich am Ende der Welt. Und dort, über der Landspitze, von der die Toten ihre Reise ins Jenseits beginnen, wie es hieß, flogen Hunderte großer weißer Vögel, schlugen im Gleichklang mit den Schwingen, stürzten sich vom Rand der Klippe hinab, tauchten Augenblicke später wieder auf, stiegen hoch in die Luft, drehten ab, vereinten sich mit anderen, tollten in dem starken Wind, der um das Kap blies. Doch das waren keine Vögel, erkannte ich und schlug erschrocken die Hand vor den Mund. Das waren in kunstvolle Federkostüme gekleidete Menschen. Männer und Frauen, alle nahezu nackt und mit phosphoreszierender Körperfarbe bedeckt, die das Licht der untergehenden Sonne in tausend farbigen Splittern reflektierte, fast zu grell, um sie anzusehen.

Ich hätte diesen Wesen, die anscheinend ohne beengende Gurte oder Aufhängevorrichtungen frei durch die Luft flogen, endlos zuschauen können, doch mir war bewusst, dass Iris und ich in der Küche erwartet wurden. Wir gingen weiter, dem Walgesang hinab zum Ufer folgend.

Zuerst wirkte der Strand verlassen. Aber als sich meine Augen an das rasch schwindende Abendlicht gewöhnt hatten, erkannte ich, dass das, was ich für Felsen gehalten hatte, in Wirklichkeit Menschen waren, deren Körper mit einer silbrig-grauen, glitzernden Farbe bemalt waren. Sie lagen reglos zusammengerollt im Sand und erinnerten an schlafende Seehunde. Als wir uns ihnen näherten, erhoben sich zwei der grauen Wesen, um uns zu begrüßen. Beide waren Frauen, hatten große Brüste mit aufgerichteten Nippeln, so steif, dass es mir schwerfiel, meinen Blick davon abzuwenden und den Frauen in die Augen zu sehen.

»Willkommen«, sagten die Frauen gleichzeitig, nahmen Iris und mich an der Hand und führten uns hundert Meter weiter den Strand entlang bis zu einer Abschirmung aus Farn, die von außen wie der niedrige Bewuchs eines Felshangs wirkte. Doch als wir näher kamen, teilten sich die Pflanzen wie Vorhänge und gaben einen hohen Tunnel frei, so breit wie ein Fahrdamm. Die Seitenwände des Tunnels wurden durch Kerzen erhellt, die auf in den Fels eingelassenen Totenschädeln standen. Ob es die Schädel von Menschen, Tieren oder realistische Nachbildungen waren, konnte ich nicht erkennen, doch die Wirkung war eher beruhigend als gruselig. Wieder war es, als beträten wir eine andere Welt, während wir dem schwach beleuchteten Gang durch das riesige Höhlenlabyrinth folgten.

Musik dröhnte so laut durch die Felswände, dass ich die Vibrationen spürte, wenn ich mit den Fingerspitzen an dem feuchten Fels entlangfuhr – wie in einem riesigen, schlagenden Herzen. Durch die Öffnungen, an denen wir auf dem Weg zur Küche vorbeikamen, erhaschte ich nur flüchtige Blicke auf die Gäste des Balls, doch was ich dabei sah, war so bizarr, dass ich mir nicht sicher sein konnte, ob ich mich überhaupt hier befand oder alles nur Teil eines raffinierten und verrückten Traums war.

Wie die beiden Helferinnen, die uns führten, und die Akrobaten, die draußen über der Felskuppe flogen, waren auch die Feiernden unbekleidet, aber so bemalt, dass die Haut fast durchscheinend wirkte; als wären sie Geister, Reisende, die bereits im Jenseits gewesen und zurückgekehrt waren. Sie waren schamlos nackt und manche in leidenschaftlichen Umarmungen vereint, ein Gewirr aus Armen und Beinen und den entsprechenden Lauten, teilweise äußerst menschlich und lustvoll, dann wieder wie die überirdischen Schreie von Engeln und Dämonen.

Iris griff nach meiner Hand, zog mich an sich und küsste mich kurz auf die Lippen. »Das ist unglaublich«, flüsterte sie. »Ich bin so froh, dass wir hergekommen sind.«

Wir wurden in die Küche geführt, ohne viel Federlesen entkleidet und angewiesen, uns zu waschen – nicht nur die Hände, sondern den ganzen Körper. Das taten wir in einem Duschbereich, in dem eine Art unterirdischer Wasserfall aus der Felswand sprudelte. Dann wurden wir mit dünnen Kleidchen ausgestattet, die als Schürzen dienten, und man zeigte uns unsere Arbeitsplätze.

Ich erhielt die Aufgabe, farbenprächtige Zuckerblumen herzustellen. Mir wurde ein Berg fertiger Blättchen in sämtlichen Schattierungen des Regenbogens zugeteilt, die ich zu Blüten zusammenfügen sollte. Eine Rezeptkarte, die als Anleitung diente, verriet nichts über die notwendigen Schritte, ein solches Kunstwerk zu fertigen, sondern wies mich lediglich an, mich darauf zu konzentrieren, ein Gefühl der Sehnsucht nach dem Dessert hervorzurufen, das alle, die es probierten, mit Verlangen erfüllte. Da Iris an ihrer Arbeitsplatte vor mir stand und geschnittene Mangos, Erdbeeren und Bananen mit bloßen Händen zu Saft zerquetschte, wobei die Rundungen ihrer Pobacken und ihr

Kreuz unter dem hauchzarten Stoff des Kleides deutlich sichtbar waren, fiel mir die Aufgabe nicht schwer.

Die Stunden vergingen rasch und wie in Trance. Ich hatte keine Ahnung, wie viele Blüten ich tatsächlich geformt hatte, denn sobald ich mit einem Strauß fertig war, kam ein Bediensteter in weißen Handschuhen und schob sie auf ein Silbertablett, um sie den Gästen zu servieren. Schließlich wurden wir von unseren Pflichten entbunden und angewiesen, uns erneut zu waschen und für die Zeremonie umzuziehen. Wir hatten die ganze Nacht gearbeitet, und die Morgendämmerung war nicht mehr fern. Vor dem Waschen bekamen wir etwas zu essen. Es gab mit Kokos aromatisiertes Gelee in Form von Skeletten, mit Marmelade gefülltes, so leichtes Gebäck, dass es krümelte, wenn ich es zu fest zwischen Daumen und Zeigefinger drückte, eine dünne, hellrote Suppe, die nach Karotten aussah, aber nach Blaubeeren schmeckte. Schließlich bekam jede von uns noch ein Sträußchen der blutroten Blüten des Pohutukawa-Baums, die ich eigenhändig geformt hatte, dazu ein Glas von dem Saft, den Iris ausgepresst hatte.

Die seltsame Mahlzeit besänftigte zwar unsere knurrenden Mägen, rief aber eine andere Art von Hunger hervor, ein so starkes Verlangen, dass wir es kaum unter den Wasserstrahl schafften, bevor wir übereinander herfielen. Ich schleppte Iris regelrecht in den Duschbereich. Vor den Augen von einem halben Dutzend anderer Küchenhilfen hob ich das Kleid meiner Freundin bis zur Taille hoch, kniete mich auf den feuchten Boden und vergrub mein Gesicht zwischen ihren Beinen, leckte ihre geschwollenen Schamlippen, als wären ihre Säfte Nektar für die Götter.

Das plätschernde Wasser konnte Iris' Stöhnen nicht übertönen, was mich nur umso mehr anfeuerte. Meine Arme erlahmten von der Mühe, Iris' Kleid um ihre Hüften hochzuhalten, und meine Knie schmerzten auf dem harten Felsboden, doch ich achtete nicht darauf. Das war nichts im Vergleich zu der Freude, die ich dabei empfand, meiner Freundin Lust zu bereiten. Ich ließ meine Zunge über Iris' empfindsamste Stellen gleiten, über ihren Kitzler schnellen, huldigte jeder Spalte und Falte, als wäre sie ein mit dem köstlichsten Wein gefüllter Kelch.

Ich bekam kaum noch Luft, als Iris ihre Finger in meinem Haar vergrub und meinen Kopf fest an sich drückte, meine Nase in ihre Öffnung stieß und auf meinem Gesicht ritt, bis sie in einem Orgasmus erbebte und in meinen Armen zusammensank.

Sofort wurden wir hochgehoben und zur Seite getragen, wo uns ein Dutzend Hände mit weichen Handtüchern abtrocknete und geschickt jeden Zentimeter unseres Körpers mit kräftigen Pinselstrichen in glitzernder Silberfarbe bemalte, sodass wir Mondstrahlen oder Geistern ähnelten.

Iris lachte so fröhlich wie ein Kind, und ich fühlte mich, als wäre ich betrunken, berauscht von den Säften, die ich gerade von ihrer Öffnung geleckt hatte.

»Der Morgen bricht an … die Zeremonie …«, flüsterten drängende Stimmen, und wir fügten uns ein in den Strom schimmernder Körper, die aus den Höhlen herauskamen und durch die Tunnel dem Strand und dem anbrechenden Tag zustrebten.

Der Sand unter meinen Füßen war kühl und weich, und ich geriet auf dem unebenen Boden beinahe ins Stolpern. Wir waren durch den Farnvorhang gekommen und schlossen uns den Gästen an, die sich am Ufer versammelt hatten, alle nackt und schimmernd wie ein Schwarm Fische, die versehentlich aus dem Meer an Land gekommen waren.

Alle blickten in dieselbe Richtung, manche jubelten und riefen: »Maîtresse, Maîtresse …« Ich wandte den Kopf, und mir stockte der Atem, als ich sah, was da auf uns zukam. Eine Frau saß hoch aufgerichtet auf einem Thron aus Walknochen, auf den Schultern getragen von sechs Männern, einen Kopf größer und doppelt so muskulös wie sämtliche Männer, die ich je gesehen hatte. Sie waren praktisch Riesen, und alle nackt. Ihre enormen Schwänze klatschten ihnen gegen die Oberschenkel, während sie mit ihrer kostbaren Fracht den Strand entlangrannten.

Der Körper der Frau war bemalt, aber in reinem Weiß statt Silber und auf eine Weise, die ihre Knochen unter der Haut deutlich hervorhob, sodass sie halb wie ein Engel wirkte, halb wie ein Mensch. Dazu trug sie kunstvolle Federschwingen, die sich an ihrem Rücken hin und her bewegten, als wären sie kein Kostüm, sondern ihr angewachsen.

Die Menge trat zurück, bildete einen Kreis, und die Frau wurde in die Mitte gelegt. Sie breitete Arme und Beine aus; beinahe hätte ich aufgelacht, weil es mich daran erinnerte, wie ich als Kind am Strand meine Gliedmaßen hin und her bewegt hatte, um ein Flügelwesen im Sand zu schaffen. Andächtiges Schweigen legte sich über die Versammelten, nur das stetige Rauschen der Wellen war zu hören.

Ein Mann trat aus der Zuschauermenge hervor. Sein Haar war pechschwarz, sein Körper durchtrainert. Zwischen seinen Beinen ragte stolz sein Schwanz auf.

In diesem Moment erhob sich die Sonne über dem Meer. Der Mann fiel vor der Frau auf die Knie. Sie richtete sich auf, warf ihn auf den Rücken und senkte sich auf sein steifes Glied hinab. Als sie sich vereinten, begannen die Schwingen der Frau zu schlagen, und die Menge brach in Jubel aus.

Vor Erstaunen schrie ich auf, denn am Körper der Frau veränderte sich etwas. Ihre Haut war nicht mehr bleich, sondern mit Bildern überzogen, die so hell leuchteten wie die Sonnenstrahlen über dem Meer. Eine Landschaft aus Spiralen, Hieroglyphen, geflügelten Wesen, Säugetieren, Fischen und Reptilien breitete sich über ihren Körper, alle durch eine pulsierende Ranke wie mit einem dünnen Netz verbunden.

»Sie ist gezeichnet«, sagten Stimmen neben mir ehrfurchtsvoll. »Jetzt ist es vollbracht.«

Der Morgen brach an wie an jedem anderen Tag, aber ich wusste, dass nichts wieder so sein würde wie zuvor.

Am Strand sah es aus wie nach einer Schlacht. Nackte, geschmeidige Körper lagen über den Sand verstreut, atmeten im Gleichklang, als hätte die Szene, die wir gerade miterlebt hatten, die Menge auf überirdische Weise vereint.

Ich wandte mich zu Iris. Sie lachte, wie trunken vor Glück über die Ereignisse der vergangenen Nacht. Der Wind wehte ihr eine lange braune Haarsträhne an die Lippen und in den Mund, und sie ließ ihn gewähren.

Sie drehte sich um und küsste mich.

Ich erwiderte den Kuss, war mir bewusst, dass ihr salziger Geschmack noch an meinen Lippen hing. Iris zu küssen war wie der Biss in eine Feige. Sie war gleichzeitig fest und weich, und die Form ihrer Lippen setzte unweigerlich Assoziationen in mir frei. Ich wollte ihr wieder die Beine spreizen und aus ihrem Brunnen trinken. Für einen weiteren Augenblick ihrer Lippen auf den meinen wäre ich gestorben.

»Ich liebe dich«, sagte ich, aber sie lachte erneut, kam auf die Füße und griff nach meiner Hand. Ihre Finger waren schlank und glitten in meine wie Seide. Als wäre ich in eine Porzellanpuppe verliebt, hin und her gerissen zwischen dem Wunsch, sie mit leidenschaftlicher Kraft zu umarmen, und der Furcht, ich könnte etwas zerbrechen.

Sie zog mich hoch.

»Komm«, sagte sie. »Sonst geraten wir noch hinter all den anderen in einen Stau.«

Da erst ging mit auf, dass alles, was wir gesehen hatten, eine Aufführung gewesen war. Überall am Strand lagen Kostümteile verteilt. Ein einzelner Flügel, der vom Rücken eines Engels gefallen war, ragte aus dem Sand, ein Paar falsche Wimpern lag wie Spinnenbeine auf einem Stück Treibholz. Ein Putztrupp kam langsam auf uns zu, verstaute die Abfälle der vergangenen Nacht in Müllsäcken.

War unser Liebesakt auch eine Aufführung gewesen?, fragte ich mich. Der Gedanke schnitt mir tief ins Herz. Ich hatte das nicht so empfunden. Wenn ich von etwas trunken gewesen war, dann von Iris, von ihrem intimen Fluss, der über meine Zunge geronnen war und ein unauslöschliches Mal in mir hinterlassen hatte.

Für die Rückfahrt nach Auckland brauchten wir fast den ganzen Tag. Auf der Strecke hatte es einen Erdrutsch gegeben, und wir mussten warten, bis die Arbeiter die Straße wieder freiräumten. Von einem der Angestellten des Balls hatte Iris ein kurzes Sommerkleid bekommen, da offenbar jemand anderes ihre Sachen genommen hatte oder sie verloren gegangen waren. Das Kleid war kürzer als ihre sonstigen und reichte ihr kaum bis über den Po. Ihre langen bleichen Schenkel hielten mich während der ganzen Stunden unserer Wartezeit in Bann. Es war ungewöhnlich heiß, und der frische Teer war klebrig, verlangsamte sichtbar die Schritte des Straßenarbeiters, der uns schließlich durchwinkte. Ich bemerkte, wie Iris ihn ansah, ihr Blick angezogen von dem Muskelspiel auf seinem Brustkorb, nackt unter der leuchtend orangefarbenen Sicherheitsweste. Er war so jung wie wir, vielleicht achtzehn oder zwanzig, gebräunt und glatt. Ich stellte mir vor, wie er durch die

Wellen glitt, an denen wir entlangfuhren, und wie ein Fisch durchs Wasser schoss. Wie dick und lang sein Schwanz wohl war?

Das Rätsel meiner Liebe zu Iris hielt mich für einen Augenblick gefangen, wie in einem Spiegelkabinett, in dem jede Tür scheinbar zu einem Ausgang führt, aber nur eine weitere Sackgasse reflektiert. Ich bekam das Bild nicht aus dem Kopf, dass sie mit jemand anderem schlief, von jemand anderem gevögelt wurde. Ich konnte mich nicht entscheiden, ob ich das wollte oder nicht, wenn es so wäre.

Schließlich drehte der Mann das Schild von Rot auf Grün, und wir fuhren weiter, machten nur noch einmal bei einer Imbissbude außerhalb von Whangarei halt. Wir aßen im Auto unser in Zeitungspapier gewickeltes Abendessen. Iris hatte sich ein Würstchen im Teigmantel bestellt und biss herzhaft hinein. Das war unsere erste Mahlzeit seit den seltsamen Speisen auf dem Ball in der vergangenen Nacht. Ich sah zu, wie sie sich das Salz von den Fingern leckte.

Als wir nach Hause kamen, erfuhren wir, dass Joan in der Nacht des Balls gestorben war. Irgendwie überraschte mich das nicht.

Iris und ich teilten uns in dieser Nacht ihr schmales Bett, wie früher, als wir noch Kinder waren, und ich bettete ihren Kopf an meiner Brust und strich ihr übers Haar, während sie weinte. Wir fanden Trost in unserer gemeinsamen Nacktheit. Die Berührung unserer Haut, ohne die Barriere der Kleidung, schuf eine größere Nähe. Iris öffnete sich mir wie eine aufblühende Knospe. Als ich wach wurde, spürte ich ihre Lippen auf meiner Brust, wie sie mit der Zunge an meinem Nippel spielte. Ihre Finger tauchten in mich ein, spreizten sanft meine Falten, als suchten sie nach dem richtigen Pfad auf einer bislang unbekannten Landkarte.

»Ich liebe dich«, sagte sie leise, glitt auf mich und drückte ihre Lippen auf meine.

Es war eine Offenbarung.

Ich glaubte ihr immer noch nicht so ganz, vermutete, dass sie durch den Sex mit mir ihre Trauer vertreiben wollte. Oder doch nicht? Iris war wie ein flatternder Vogel, den ich nie in der Hand festhalten könnte. Ich musste ihr beim Fliegen zusehen.

Falls Joan irgendwo ein gewaltiges Vermögen vergraben hatte, wie man mutmaßte, dann war es entweder verloren gegangen oder in Vergessenheit geraten. Ihr Nachlass war spärlich. Sie hinterließ Iris und mir kein Geld – was wir auch nicht erwartet hatten –, aber einen Umschlag mit zwei Tickets für einen One-Way-Flug und eine kurze Notiz auf weißem Papier: *Macht euch nach London auf und findet dort meinen Geist.*

Und so flogen wir nach London.

Iris' Eltern ließen uns nur ungern gehen, sperrten sich aber nicht gegen den Umzug. Unser gesamtes Land besteht aus Einwanderern. Die Wanderlust ist tief in unseren Genen verankert und der Wunsch, nach Übersee zu reisen, daher nichts Besonderes. Wir versprachen zu schreiben, wussten jedoch, dass wir es vermutlich nicht oft genug tun würden.

Als wir in London eintrafen, kam mir die Stadt wie ein surrendes, kreischendes Durcheinander vor, ein Sammelsurium aus dröhnendem Verkehr und Schmutz, der wie Putz an den Mauern klebte, und Menschen, die durch einen hindurchsahen, als wäre man Luft. Ich verliebte mich sofort in diese Stadt. In London zu leben war, als lebte man mitten in einem schlagenden Herzen. Für mich war die Stadt wie eine Frau, lebendig und voller Widersprüche, mit hellen und dunklen Ecken, die erforscht werden wollten, geraden Reihen roter Backsteinhäuser in perfekter Einförmigkeit neben abbröckelnden, von Obdachlosen besetzten Gebäuden und heruntergekommenen Lagerhäusern, Parks mit gepflegten Hecken, bevölkert von Schwänen oder düsteren Schatten und unbekannten Dingen, die dort lauerten und am besten in Ruhe gelassen wurden, abhängig von der jeweiligen Wohngegend.

Wir hatten genug Geld gespart, um die Kaution und sechs Wochen Miete für eine teilmöblierte Wohnung im Erdgeschoss zu bezahlen. Ein Zimmer mit einem schmalen Doppelbett, das wir uns teilen wollten, eine Küchenzeile und ein Bad. An einer Wand stand ein altes Sofa, das wohl einmal weiß gewesen war. Das zu kleine Fenster über dem Spülbecken hatte eine Fensterbank, die nicht sauber zu bekommen war, egal, mit welchem Putzmittel wir es versuchten; davor stand eine Linde. Wir legten unser letztes Geld zusammen und kauften einen Esstisch, ein winziges, quadratisches Ding, das kaum groß genug war, dass wir beide zum Essen daran sitzen konnten, einen grünen Glaskrug für Blumen, neue Laken und eine Bettdecke, alles in Weiß.

Nachts liebten wir uns. Obwohl ich wusste, dass wir allein waren und die Tür abgeschlossen war, wartete ich immer, bis wir im Dunklen waren, bevor ich meine Hand unter die Decke schob und sie um Iris' seidigen Knöchel legte oder um die leichten Erhebungen ihrer Brüste. Ihre Nippel ragten auf, aber ich kniff nie hinein, streifte sie nur leicht mit den Fingerkuppen oder blies sanft darauf, bis Iris erbebte und die Nippel noch härter wurden. Beinahe ausnahmslos übernahm ich die Führungsrolle, begann an ihrer Seite und rückte ihre Glieder so zurecht, wie es mir passte, ließ mich dabei von ihrem leisen Stöhnen und Keuchen lenken. Manchmal ritt ich sie, rieb mich mit meinem Venushügel an ihrem und drückte einmal sogar ihre Kehle mit Daumen und Zeigefinger zusammen, bis sie nach Luft schnappte.

Dennoch war ich besessen von dem Gedanken, dass etwas

schiefgehen würde, dass mein Zusammenleben mit Iris wie der Versuch war, eine Hand voll Quecksilber daran zu hindern, mir durch die Finger zu rinnen.

Sie fand rasch einen Job als Sekretärin in einer Anwaltskanzlei im West End. Ich klopfte an die Türen sämtlicher Theater, an denen ich vorbeikam, und wurde von den meisten abgewiesen, bis mir das Princess Empire Theatre schließlich anbot, eine Woche auf Probe als Platzanweiserin zu arbeiten, wobei mir deutlich gemacht wurde, dass ich sofort rausfliegen würde, wenn ich zu ungeschickt, zu langsam oder zu laut war.

Als der Bus an meiner Haltestelle hielt, sprang ich auf und schaffte es gerade noch rechtzeitig die Treppe hinunter, dankbar, dass ein anderer Passagier an der Halteleine gezogen hatte. Vor mir lag noch ein zehnminütiger Fußweg zu unserer Wohnung entlang schlecht beleuchteter Straßen. Ich zog die Jacke enger um mich, suchte Schutz vor der Dunkelheit und der Kälte. Es hatte geregnet, und das Pflaster war rutschig. Ich bemühte mich, den Pfützen auf dem unebenen Bürgersteig auszuweichen und nicht über die Ähnlichkeit meiner Umgebung mit der Szene nachzudenken, die ich vorhin auf der Bühne gesehen hatte. Eine Wolke hatte sich vor den Mond geschoben, und das verbliebene Licht huschte über Bäume und Gebäude in unheimlichen, langen Fingern aus Blau und Grau, kalt und unheilschwanger.

Als ich in unsere Straße bog, strahlte mir das Licht aus dem Küchenfenster über der Linde wie ein Leuchtfeuer entgegen, und ich eilte darauf zu.

Ich drehte den Schlüssel im Schloss und hörte Stimmen.

Die Stimme eines Mannes und die von Iris, doch ihre war hoch, plätscherte wie Wasser über zerbrochenes Glas. Seit der Nacht des Balls und dem Morgen danach, als wir immer noch trunken voneinander waren, hatte ich sie nicht mehr so aufgeregt sprechen hören.

Ich stieß die Tür auf.

Iris hatte sich mein Lieblingskleid geborgt, ein kanariengelbes mit Goldstreifen, die über ihren Körper tanzten, wenn sie sich bewegte. Dazu trug sie weiße High Heels, die einzigen Partyschuhe, die sie besaß, und ihre linke Hand steckte in einem kurzen, elfenbeinfarbenen Handschuh, der am Gelenk mit einem Knopf geschlossen wurde. Ihr Haar war zu einem Knoten aufgesteckt, geschmückt mit einer fröhlichen rosa Feder, die so aussah, als hätte sie noch vor Kurzem zu einem Staubwedel gehört. In der rechten Hand hielt sie eine Champagnerflöte, halb gefüllt mit perlender Flüssigkeit. Sie warf den Kopf zurück, entblößte ihren langen, schlanken Hals und nahm einen Schluck. Dann sah sie mich.

»Moana!«, rief sie, als hätte sie mich seit Ewigkeiten nicht gesehen. »Darf ich dir Thomas vorstellen? Sein Vater arbeitet in meiner Kanzlei«, fügte sie erklärend hinzu und um vielleicht die Tatsache abzuschwächen, dass ein Mann, dem ich noch nie begegnet war, über unser Doppelbett drapiert lag. »Und morgen hat er Geburtstag. Er wird zweiundzwanzig. Zweiundzwanzig, kannst du dir das vorstellen?«

Da wir beide jetzt neunzehn waren, konnte ich mir das ohne Weiteres vorstellen, aber ich verkniff mir, darauf hinzuweisen, dass er nicht allzu viel älter war als wir.

Ich nickte Thomas höflich zu, stellte meine Tasche ab und ging zum Herd, um den Wasserkocher einzuschalten.

»Nein, nein«, rief Iris und griff mit ihrer behandschuhten Hand nach meiner. »Du musst was mit uns trinken, nicht wahr, Thomas?«

»O ja, natürlich«, erwiderte er mit übertriebener Höflichkeit. »Ich bitte um Verzeihung.« Seine Stimme war wie

Milch und Honig, so glatt und seidig wie heiße Schokolade, mit dem singenden Tonfall eines Fernsehansagers. Als er sich aufsetzte, bemerkte ich, dass er ebenso helle und leuchtende Farben trug wie Iris, ein seltsamer Anblick bei einem Mann, wobei ich mich nach wie vor an die hiesige Mode gewöhnen musste. Neuseeländer trugen für gewöhnlich dunkle Farbtöne, Schwarz und Grau, Marineblau und Oliv, Farben, die ebenso leicht mit dem einheimischen Busch verschmolzen, von dem das Land bedeckt war, wie ein Spatzenflügel vor dem Hintergrund eines Astes verschwindet. Seine enge Hose hatte das leuchtende Rot eines Briefkastens, sein Hemd war im wässrigen Blau eines wolkenlosen Himmels gehalten. Die beiden oberen Knöpfe standen auf und ließen gerade so viel von seinem bloßen Brustkorb sehen, dass es ungezwungen wirkte. Er streckte die Hand nach dem Nachttisch aus, hob eine beige Kordkappe hoch, unter der die Champagnerflasche in einem Eiskübel zum Vorschein kam, und warf die Kappe aufs Bett. Neben dem Eiskübel hing Iris' anderer Handschuh schlaff über die Kante des Tisches. Ich stellte mir vor, wie Thomas ihn ihr von der Hand gezogen und ihre Fingerspitzen an seine Lippen geführt hatte.

»Gibt es noch ein Glas?«, fragte er.

»Nein«, antwortete ich knapp.

»Oh, wir können beide aus dem hier trinken, Liebling«, flötete Iris. So nannte sie mich sonst nie. »Und, wie war das Stück?«, fragte sie mich beiläufig.

»Ne Frau wurd' von Jack the Ripper abgemurkst.«

Ich versuchte, einen East-End-Akzent nachzuahmen, was mir aber nicht so ganz gelang. Thomas war zu höflich, das anzumerken, und Iris war zu beschwipst.

»Wow!«, stieß sie aus. Wir waren bisher noch nie im Theater gewesen, und ich merkte, wie sehr ich mich darauf gefreut hatte, nach Hause zu kommen und ihr davon zu berichten. Alles Aufregende, das uns passierte, begann anscheinend immer mit Iris. Nur selten hatte ich dem etwas Glamouröses beizufügen, und Thomas' unerwartete Anwesenheit warf einen Schatten auf mein heutiges Abenteuer.

Ich bemühte mich, es nicht zu zeigen, spürte aber, wie ich gereizt die Lippen verzog.

Iris legte mir den Arm um die Schulter und zog mich an sich. Sie drückte mir ihr Glas an den Mund, und ich nahm einen Schluck, musste husten, als mich die Bläschen im Hals kitzelten.

»Thomas gibt eine Dinnerparty«, sagte sie, »und wir sind eingeladen.«

»Ja, ihr müsst kommen«, bekräftigte er. »Ihr beide.« Dabei sah er mich an. Seine Augen waren blau und sein Haar hellbraun, als wäre er als Kind blond gewesen und gerade erst dunkler geworden. Lange Strähnen, die er hin und wieder zurückstrich, hingen ihm in die Stirn. Er war schlank, auf eine elegante, nonchalante Weise. Sein Lächeln war breit, und seine Lippen so voll und rot, dass sie fast unnatürlich wirkten. Er verströmte eine lässige Sinnlichkeit und war sich dessen absolut bewusst.

Ich war mir nicht sicher, ob ich ihn mochte oder nicht.

Kurz nachdem Thomas die Einladung ausgesprochen hatte, ging er unter dem Vorwand, für seine bevorstehenden Prüfungen an der Universität lernen zu müssen. Doch in Wahrheit wirkte er peinlich berührt darüber, unterbrochen worden zu sein.

An der Tür reichte er mir Iris' Handschuh, als hätte er ihn versehentlich aufgehoben.

»Ich könnte mich durchaus in deine Freundin verlieben, weißt du«, sagte er spaßhaft.

»Das bin ich schon, Tom«, erwiderte ich.

»Niemals Tom«, sagte er, »oder Tommy, nur Thomas. Bitte …«

Er setzte seine Kappe auf, klemmte sich das Jackett unter den Arm, drehte sich um und verschwand in der Nacht.

2

SEHEN UND GESEHEN WERDEN

Ich hörte, wie unten die Haustür zuschlug, und fuhr zu Iris herum.

»Was sollte das denn?«

»Wie bitte?«

»Dieser Kerl, Thomas …«

Iris' Wangen hatten die Farbe der Feder angenommen, die noch in ihrem Haar steckte, jetzt eher schief, was Iris ein leicht verrücktes Aussehen verlieh. Sie schwankte. Ihr Lächeln war gezwungen.

»Er ist der Sohn eines der Partner. Er kam ins Büro, wir haben geplaudert, und er hat mich auf einen Drink eingeladen. Ich fand ihn amüsant …«

Ich unterbrach sie.

»Aber er war dir wichtig genug, erst nach Hause zu kommen und mein Lieblingskleid anzuziehen.«

»Ich dachte, das macht dir nichts aus. Wir leihen uns doch ständig unsere Kleider. Außerdem bin ich erst hinterher hineingeschlüpft, nur so aus Spaß. Ich hab's kaum zwei Stunden angehabt …«

Ich schluckte. Unwillkürlich stellte ich mir vor, wie Iris ihre schlichten Büroklamotten vor ihm ausgezogen hatte und im Unterhemd, das sie stets unter ihrer Bluse trug, auf der Suche nach einem Partykleid in der Wohnung herumgelaufen war. Trotz meiner Eifersucht wusste ich, dass sie nicht so kühn gewesen war. Sie hatte das Kleid wohl eher mit in unser winziges

Badezimmer genommen, während Thomas auf dem Bett lag und dem Rascheln des schlichten Rockfutters an ihrer Haut gelauscht hatte, dem fast unhörbaren Öffnen der Knöpfe ihrer Bluse. Geräusche, die einem gleichgültigen Anwesenden entgehen würden, für einen lüsternen Zuhörer aber wie ein Chor der Verlockung klangen, wie ich aus Erfahrung wusste.

Der Reißverschluss des gelben Kleides ließ sich ohne Hilfe nicht bis oben schließen. Sie dürfte Thomas gebeten haben, ihn das letzte Stück hochzuziehen und den Haken am Halsausschnitt in die Öse zu fummeln. Seine Fingerspitzen, die über ihre samtzarten Schulterblätter strichen, an ihrem Nacken verharrten. Den Haken schlossen, wobei er näher an ihrem Rücken stand als erforderlich. Der sanfte Hauch seines Atems, der ihre Ohrläppchen liebkoste. Die linkische Pause, als er fertig war, und einer von beiden sich losmachte. Iris natürlich, sie hatte ihm wahrscheinlich gedankt und dabei fröhlich gelacht, war zur Seite getreten und hatte sich im Kreis gedreht wie das Figürchen auf der Spieldose eines Kindes.

War es möglich, überlegte ich, jemanden gleichzeitig zu lieben und zu hassen?

»Und die da?« Ich zeigte auf ihre behandschuhte Hand und den passenden Handschuh, den Thomas mir beim Abschied überreicht hatte. Diese Handschuhe waren nicht mit ihr aus Neuseeland gekommen. Ich kannte jedes einzelne ihrer Kleidungstücke.

»Ach, die …«

»Ja, die.«

»Thomas hat sie mir geschenkt.«

»Du hast diesen Kerl heute erst kennengelernt, und er hat dir schon etwas geschenkt?«

»Ist einfach passiert«, erklärte sie. »Er hatte diese hübsche kleine Liberty-Tüte in der Hand, und ich fragte ihn, was da drin sei. Er hatte die Handschuhe für seine Mutter gekauft, aber dann schlug er vor, ich solle sie anprobieren. Sie passten wie angegossen. Daher meinte er, ich könne sie behalten …«

»Einfach so?«

»Ach, nun komm schon, Moana, er ist nur ein Freund, mehr nicht. Wird Zeit, dass wir ein paar Freunde finden, wir können nicht jeden Abend in diesem winzigen Zimmer hocken.«

Ich merkte, wie ich mich in eine ziemlich unangenehme Person verwandelte. Und das gefiel mir nicht.

Iris war in Fahrt und redete weiter auf mich ein, während ich mürrisch mit verschränkten Armen dastand und zuhörte.

»Er ist ein Mann, Moana.«

»Na und?«

»Ich meine damit, selbst wenn wir aneinander herumspielen, ist das nicht alles, was es im Leben gibt, beim Sex. Es ist nett, ich hege sehr zärtliche Gefühle für dich, aber ich weiß, dass es noch mehr geben muss. Wir zwei, das sollte nicht exklusiv sein, verstehst du. Bisher ist er nur ein netter und lustiger Typ. Aber eines Tages möchte ich wissen, wie es sich anfühlt mit einem Mann, weißt du. Mit ihm, mit einem anderen, ich will es einfach wissen.«

Dabei senkte Iris den Kopf, als wollte sie mir nicht direkt in die Augen sehen. Mir wurde schwer ums Herz.

»Ich nicht.«

War ich eifersüchtig, bockig, verwöhnt? So wie Iris es erklärte, klang es nicht provozierend, sondern eher normal. Vermutlich beflügelt vom Alkohol, war sie ungewöhnlich wortgewandt, wurde mir bewusst. Sie war nie sehr gesprächig gewesen. Sogar eher passiv. Wir hatten uns zueinander hingezogen gefühlt aufgrund unserer Nähe, bestimmter Situationen, hatten aber nie darüber gesprochen. Es war einfach passiert. Und mir fiel auf, dass wir uns tatsächlich selten unterhielten.

Ich beschloss, das Thema fallen zu lassen. Vorerst zumindest.

Sie beachtete meine Reaktion nicht.

Mir knurrte der Magen.

»Hast du was gegessen?«, fragte ich, erwähnte absichtlich nicht die Möglichkeit, dass Thomas sie zum Essen eingeladen hatte.

Sie schüttelte den Kopf. »Ich hatte keine Zeit zum Einkaufen.«

»Ist schon gut. Wir finden sicher noch Reste in der Küche. Mir würde auch ein Brot mit Erdnussbutter reichen.«

»Wir könnten Spiegeleier braten; da müsste auch noch Speck übrig sein, wenn du magst.«

»Nach Speck ist mir eigentlich nicht. Das Stück war ziemlich gewalttätig, nicht gerade appetitanregend …«

»Erzähl mir alles«, forderte Iris mich auf.

Wir gingen in die Küche. Wiedervereint, für den Moment.

Thomas wurde an dem Abend nicht mehr erwähnt. Wir aßen Reste, wobei wir beide nicht besonders hungrig waren. Dann nahmen wir auf dem schmalen Sofa Platz und sahen fern. Für gewöhnlich kuschelte Iris sich an mich oder legte ihren Kopf in meinen Schoß, doch heute saß sie im Schneidersitz neben mir, als wäre eine unsichtbare Wand zwischen uns errichtet worden, trotz unserer vorherigen angeblichen Versöhnung. Der Abstand bedrückte mich.

»Sollen wir ins Bett gehen?«, schlug ich vor in der Hoffnung, jene Intimität zu finden, die Worte nicht hatten wiederherstellen können. Die Wohnung war so eng, dass das Bett kaum einen Schritt vom Sofa entfernt stand, und doch hatten wir darauf bestanden, so viel wie möglich aus dem wenigen zur Verfügung stehenden Raum zu machen. Wir nahmen die meisten Mahlzeiten am Esstisch ein, benutzten das Sofa, als wäre es ein Wohnzimmer, und hoben das Bett zum Schlafen und zum Sex auf.

Iris stimmte bereitwillig zu.

Ich sollte am folgenden Tag bei einer Matinee und einer Abendvorstellung im Theater arbeiten, doch Iris hatte das Wochenende frei, als Belohnung für ihren monotonen Bürojob. Daher brauchten wir beide nicht früh aufzustehen, was mir durchaus recht war.

Ich zog mich aus, schlüpfte in mein Pyjama-Oberteil und begab mich ins Bett. Iris war unter die Dusche gegangen. Das Wasser lief seit einer Ewigkeit, und ich stellte mir vor, wie sie in ihrem Champagnerrausch unter dem Wasserstrahl stand. Ich saß aufrecht im Bett, mit zwei Kissen im Rücken als Schutz vor der manchmal feuchten Wand, die wir wegen der niedrigen Miete ertragen mussten. Ich blätterte ein Programmheft des Stückes durch, das ich an diesem Abend gesehen hatte, und rechnete im Kopf nach, wie viele Programme ich vor der Aufführung und während der Pause verkauft hatte: an die dreißig. Was etwas überraschend war, denn wie alle Theaterprogramme war es dünn, wenig aussagekräftig und verdammt teuer. Die Biografien der Schauspieler bestanden aus der Auflistung ihrer Rollen in anderen Stücken, Fernsehshows und Filmen, von denen ich noch nie gehört hatte.

Iris kam auf Zehenspitzen aus dem Bad. Nackt.

Das Licht fiel seitlich auf sie, eine Kombination aus der kahlen Glühbirne auf dem Nachttisch und dem Flackern des Neonschilds der Imbissbude gegenüber, das über unser Fenster huschte. Dadurch wurde ihr Körper kurz von einer bühnenartigen Helligkeit erfasst, die ihren Konturen eine besondere Schärfe verlieh, was ich überaus anziehend fand.

Ihr Haar war noch feucht.

»Gibst du mir mein Nachthemd?«, bat sie.

Ich schob die Finger unter das Kissen auf ihrer Bettseite. Das Nachthemd war nicht da. Ich grub tiefer, suchte auch unter den Laken, falls es dorthin gerutscht war.

»Nicht da.«

Sie verzog den Mund.

»Verdammt«, sagte sie. »Jetzt fällt's mir ein. Ich hab es heute Morgen in die Wäsche getan. Es musste gewaschen werden … Und mein anderes Nachthemd, das schwarze aus Seide, ist auch dort. Wir müssen dringend in den Waschsalon.« Sie seufzte.

Ich lächelte.

»Dann komm eben so, wie du bist«, schlug ich vor. »Ich wärme dich.«

Iris zögerte. Sie hatte es sich zur Angewohnheit gemacht, im Bett stets etwas anzuhaben. Normalerweise zog ich es vor, zumindest nur halb bekleidet zu schlafen.

Sie drehte sich um und trat an die Kommode.

»Ich hol mir stattdessen ein T-Shirt«, verkündete sie.

»Nein … bitte … tu's nicht«, bat ich.

Ich wollte sie nackt.

Dicht bei mir.

Haut an Haut. Damit ich noch einen Hauch der Seife riechen konnte, mit der sie sich gewaschen, ein wenig von der Zahnpasta, die sie benutzt hatte.

Sie wirkte immer noch unsicher. Der englische Sommer war kühl, und da sie aus der dampfenden Hitze der Dusche kam, fröstelte sie bei dem geöffneten Fenster.

»Ich wärme dich, versprochen«, sagte ich.

Mit einem Schulterzucken schlüpfte sie unter die Decke, zog sie rasch bis ans Kinn hoch und kuschelte sich an mich.

»Vertragen wir uns wieder?«, fragte ich.

»Ja«, erwiderte sie leise, als wäre sie nach wie vor ein wenig unsicher.

Ich knipste die Nachttischlampe aus.

»Willst du nicht lesen?«, fragte sie.

Für gewöhnlich tat ich das vorm Einschlafen.

»Nein, heute nicht.«

Sie drehte sich auf die Seite, wandte mir den nackten Rücken zu. Meine Hand war zwischen unseren Körpern eingeklemmt, die Finger an ihrem Po. Ihre Haut war glatt und seidig. Gott, dachte ich, kein Mann kann je so weich sein. Ich war härter, athletischer, obwohl ich selten Sport trieb, was ich schon in der Schule nicht gemocht hatte.

Stille machte sich breit, nur unterbrochen von ihrem langsamen, fast unhörbaren Atem und dem gelegentlichen Dröhnen von Popmusik, die aus den offenen Fenstern vorbeifahrender Autos drang.

Iris brach das angespannte Schweigen.

»Entschuldige«, sagte sie.

»Wofür?«

»Für vorhin.«

»Du brauchst dich nicht zu entschuldigen … Küss mich.«

Sie drehte sich zu mir, bis sich unsere Lippen trafen.

Mein Herz wurde leichter.

Die Pfefferminzfrische auf ihrer Zunge dämpfte die Süße des Alkohols, was meine Gefühle in Aufruhr versetzte. Ich schloss die Augen. Ich wollte mich in der Dunkelheit treiben lassen, während ich sie schmeckte, und wir umarmten uns. Unsere Körper passten so natürlich zusammen, wie sich die Sterne am Nachthimmel zu einem Sternbild fügen.

Meine Iris.

Meine süße, zarte Puppe.

Ihre Hände bewegten sich unter der Decke zu meiner Taille, schlossen sich um meine Hüften. Ihr Griff war fest, als wollte sie mich auseinanderziehen und öffnen. Unsere Brüste berührten sich. Meine Nippel wurden hart. Ihre auch. Ich schlang ein Bein um das ihre, Iris packte meinen Oberschenkel und zog mich fester an sich. Ihre Fingerspitzen näherten sich aufreizend meiner Öffnung, ohne weiter vorzudringen. Dafür würde noch genügend Zeit sein. Wir genossen die sanfte Ruhe vor dem Fiebersturm. Ein stilles Ballett ineinander verschlungener Gliedmaßen, während unsere Lust mit der angenehmen Vertrautheit erwachte, eine Abfolge von Bewegungen, die wir im Lauf der gemeinsamen Monate perfektioniert hatten. Ich mochte dieses Vorspiel. Als spürte man den stetigen Sog der Unterströmung, bevor man von einer donnernden Woge umgeworfen wurde.

Ich wusste, dass ich immer noch viel über Sex zu lernen hatte. Echten Sex, nicht den Sex, über den ich verstohlen in Frauenmagazinen gelesen hatte, die nur Andeutungen machten, aber nie genug enthüllten, oder wovon mir auf dem Schulhof andere Mädchen erzählt hatten, die genauso unwissend waren wie ich. Wobei all diese unzuverlässigen Quellen nur von der Liebe zwischen Mann und Frau sprachen. Selbst Joan, Iris' freizügige Großmutter, hatte in all ihren unverblümten Geschichten nie davon erzählt, wie es war, um eine Frau zu werben oder von ihr umworben zu werden, obwohl ich mich oft fragte, ob zwischen ihr und der wunderschönen rothaarigen Frau, von der sie vor dem Trocadero entdeckt wurde, nicht mehr passiert war, als Joan zugeben wollte.

Draußen frischte der Wind auf, und die Fensterscheibe ratterte. Ein sanfter Windstoß fuhr ins Zimmer, und ich spürte den kühlen Kuss der Nachtluft auf meinem Schlitz, einen feuchten Lufthauch, der meine geöffneten Schenkel liebkoste. Ich lag auf der Seite, ein Bein ausgestreckt, das andere über Iris gehakt, mein Knie im rechten Winkel bis an ihre Taille hochgebogen, ihr Arm um mich. Ihre Hand strich an meiner Flanke entlang zu meiner Taille und um die Rundung meines Hinterns. Ich verschob meine Hüfte, packte Iris' Körper fester, spreizte noch mehr die Beine, damit sich meine Möse weiter öffnen konnte.

Iris' Fingerspitzen strichen durch das Tal meiner Pobacken, federleicht. Ihre Berührung war zögernd, ein Versprechen, dass sie eines Tages dort in mich eindringen würde. Jedes Mal, wenn sie über meinen Anus fuhr, machte ich einen Buckel wie eine Katze, um sie aufzufordern, fester zu drücken und ihren Finger in mich zu stecken. Doch ich brachte es nicht über mich, sie darum zu bitten. Die Worte zerfielen in meinem Mund zu Staub und schwebten unausgesprochen davon.

Das Tempo ihrer streichelnden Hand wurde schneller. Ihre Finger krümmten sich in kleinen, ruckenden Bewegungen – auf und zu, auf und zu –, was bedeutete, dass sie sich dem Scheitelpunkt ihres Verlangens näherte. Sie gierte nach mehr.

Iris' Erregung feuerte mich an. Ihren leisen Schrei zu hören, den Atem, der ihr in der Kehle stockte und beim Ausatmen wie raschelnder Chiffon klang, versetzten mein Herz in Wallungen und machten meine Möse nass. Ich bebte innerlich, pulsierte unter einer Woge kaum beherrschten Begehrens, das in feuchten Küssen aus mir herausbrach, Saft, der mir an den Schenkeln hinabrann, und Fingern, die zu fest zupackten. Ich war eine überreife Frucht, aus deren aufgebrochener Schale die Lust sickert.

Meine Finger wanderten über ihren Venushügel, bis ich ihre Öffnung fand und um ihren Kitzler kreiste. Ihre Klitoris war hart, bereits erigiert und fühlte sich noch heißer an als ihre glühenden Schamlippen. Ich näherte mich ihrem Zentrum, und Iris' versteifte sich am ganzen Körper.

»Oh«, seufzte sie.

Ich hielt einen Moment inne. Ich war zu schnell, zu begierig. Ich ließ meine Gedanken schweifen und fand einen Ort der Ruhe. Wenn wir uns liebten, gab es stets kurze Momente der

Erleuchtung, Zeitspannen, in denen es mir vorkam, als wären wir miteinander verschmolzen, gemeinsame Stränge desselben Knäuels.

Zwischen diesen Momenten engster Verbundenheit gab es Augenblicke, in denen ich mich aus meinem Körper in meine Gedanken zurückzog. Alles Mögliche ging mir in diesen Momenten durch den Kopf – Lüsternes und Banales, Träume und Erinnerungen. An diesem Abend stellte ich mir uns beide gemeinsam auf einer Bühne vor, betrachtet mit den Augen eines aufmerksamen Publikums. Unsere samtene, milchweiße Haut, frei von jeglicher Kostümierung. Nackt. Ein Lichtstrahl tanzte über unsere Schweißtropfen. Die Gliedmaßen verschlungen. Im Theater herrschte Stille, hundert anonyme Voyeure lauschten gebannt auf den gedämpften Chor unseres Verlangens. Ich stellte mir vor, uns vom Parkett, der Seitenbühne und oben vom Schnürboden beim Ficken zuzuschauen. Die Sicht, die Gott haben würde, falls Er uns zuschaute. Was für ein verruchter Gedanke, doch das kümmerte mich nicht.

Die Zeit dehnte sich wie ein Band aus Perlen, und wir schwebten daran entlang.

»Mach weiter … bitte …« Ein leises Murmeln, kaum hörbar.

Ich ließ zwei Finger tief in Iris hineingleiten und suchte, bis ich ihn fand, diesen kleinen Wulst, der ihren ganzen Körper in Zuckungen versetzte, als ich daraufdrückte. Sie erbebte immer wieder, wie im Fieber. Ihre Lippen öffneten sich, und sie verbarg ihr Kinn in meiner Halsbeuge. Ihre Haare strichen mir über die Wange.

Ich rückte etwas zur Seite, knabberte an ihrem Ohrläppchen, fuhr mit der Zunge in ihre Ohrmuschel.

»Mehr?«, flüsterte ich.

»Ja, ja.«

Ich zog den Kopf zurück, nahm meine Hand aus ihrem Schoß

und kroch unter den zerknüllten Laken nach unten, tauchte tief durch die feuchte Wärme unserer Körper, bis meine Lippen auf ihr Schamhaar trafen. Ich kniete mich hin, öffnete Iris' Möse und leckte sie sanft von oben bis unten. Dann tauchte ich zwischen ihre Schamlippen und versenkte meine Zunge schließlich tief in ihre schwelende Hitze.

Sofort spannte Iris die Beine an und hob den Po. Aber mein Gewicht drückte sie nach unten und hielt sie auf dem Bett fest.

Nichts ließ sich mit Iris' Geschmack vergleichen. Dieser besondere Geschmack, warm, süß, scharf, salzig, manchmal sauer, aber nie bitter. Joan hatte uns einst von einer flüchtigen Affäre mit einem Asiaten erzählt, der ihren Gaumen mit einem fünften Geschmack vertraut gemacht hatte, Umami, das sich irgendwo zwischen unbeschreiblich und allen vier anderen Geschmacksrichtungen zusammen befand, perfekt ausbalanciert. Ich überlegte, ob Iris wohl so schmeckte. Zu wissen, dass diese Säfte Iris' ganzes Wesen verkörperten, war ein unbeschreibliches Gefühl. Es erfüllte mich mit Ehrfurcht, einer beinahe religiösen Verehrung, die ich nicht weiter zu hinterfragen brauchte. Ich wollte es nur erleben, in dieser so schockierenden Intimität schwelgen, in der Art, wie es uns für immer verband. Ihre Säfte machten mich zu der Ihren, und diese Säfte in mich aufzunehmen, war eine viel heiligere Kommunion, als sie mir in der Kirche je erteilt worden war.

Meine Zunge tauchte in Iris ein, bis ich nicht weiter vordringen konnte. Meine Geschmacksknospen nahmen die Beschaffenheit ihrer rosafarbenen Innenwände in sich auf, meine brennenden Lippen stießen gegen die Härte ihrer Klitoris; Iris' weiße Schenkel schlangen sich um mich, angespannt, bebend. Ihr ganzer Körper befand sich unter meiner Kontrolle, offen, überschäumend, fügte sich dem Rhythmus meiner Zunge.

Iris vergrub ihre Finger in meinem Haar, stieß mich gegen ihre Hüften, hielt mich fest.

»Das fühlt sich so gut an«, stöhnte sie, ihre Worte gedämpft durch die Decke.

Ich kam kurz zum Luftholen hoch, um mich gleich wieder mit neuer Energie ihrer Möse zu widmen.

Ich schwebte in anderen Sphären, als ich sie wie von Weitem fragen hörte: »Möchtest du, dass ich mit dir … dasselbe mache?«

Ich schüttelte den Kopf. Am liebsten wäre ich ewig so geblieben. Zeit und Raum um mich vergessend. Ich, Iris, London, dieses Schlafzimmer, dieses Bett, mit ihr durch Gier und Verlangen verbunden. Nichts und niemand sonst spielte eine Rolle. Das hier war Wonne genug.

Bei jedem Schnellen meiner Zuge erschauderte Iris.

Bei jedem Streifen meiner Lippen über die schöne, struppige Rauheit zwischen ihren weit geöffneten Schenkeln stöhnte Iris, wand sich, drängte sich näher an mich.

Vor lauter Entschlossenheit, ihr weiter Lust zu bereiten, bis ich vor Erschöpfung oder Krämpfen umfiel, hatte ich erneut die Luft angehalten, und so atmete ich jetzt tief ein. Die Hitze, die von ihrer Möse abstrahlte, wärmte mein Gesicht. Ihr Aroma überschwemmte mich. Immer stärker, während ich ihre Sinne auf ein weiteres Delirium zutrieb.

Vergraben im einladenden Delta ihrer Beine, entgingen mir fast ihre gemurmelten Worte.

»M … Moana … Liebste … ich … möchte …«

Ich tauchte unter der Decke auf, um Iris besser zu verstehen.

»In mir …«, hauchte Iris.

Ich erstarrte. »Bist du dir sicher?«

»Ja.«

»Wirklich?«

»Ja, ganz sicher.« Ich wusste, was sie meinte. Das war etwas, wovor wir bisher zurückgeschreckt waren.

Ich kehrte in die feuchte Dunkelheit unter der Decke und zur süßen Umarmung ihrer Schenkel zurück.

Meine Finger wanderten zu ihrer Öffnung und deren feuchter Wärme.

Ich steckte einen, dann einen zweiten und schließlich den dritten Finger hinein, bis ich das Gefühl hatte, sie zu füllen.

Iris schwieg, nur ein Zittern lief über ihren Bauch, während sie die völlig zerknüllte Decke von sich schob und ihre kleinen, zarten Brüste freilegte. Meine Finger erforschten ihr Inneres, wühlten durch Hitze und Säfte. Ihr Maunzen wurde lauter. Ich bemühte mich, meine flüchtigen Bewegungen dem Rhythmus ihres Einatmens, Erschauderns, Ausatmens, Erschlaffens auf dem Weg zum Orgasmus anzupassen, zu verlangsamen, zu beschleunigen, den Augenblick immer weiter hinauszuzögern. Sie abwechselnd zurückhaltend, dann wieder heftig zu stimulieren.

Wir hatten schon oft so miteinander gespielt, aber ich war noch nie so tief und so voll in sie eingedrungen, und es kam mir so vor, als öffnete sie sich meinen Erforschungen immer weiter.

Plötzlich schoss mir ein Gedanke durch den Kopf. Ob es wohl so wäre, wenn der Penis eines Mannes auf die gleiche Weise in sie eindrang, in eine Frau, irgendeine Frau, in mich? Ich schloss die Augen, wollte die Vorstellung abschütteln, aber sie ließ sich nicht verdrängen.

Als wäre Iris telepathisch mit mir verbunden, öffnete sie die Lippen. »Mehr … bitte …«

»Ich kann nicht«, wehrte ich ab.

»Du kannst«, sagte sie.

Ich war kein Mann. Würde nie einer sein. Wenn Iris mit mir schlief, war ich mit ihrer Zunge zufrieden, dem Gefühl ihrer Brüste auf meiner Haut, durchströmt von dem Wissen um ihre

Zuneigung. Ich brauchte nicht penetriert zu werden. Doch wieder bekam ich den Anblick der harten Schwänze nicht aus dem Kopf, die wir am Meer beim Ball gesehen hatten, und wie ihre Stöße so oft Verzückung ausgelöst hatten. Ich wollte wissen, wie sich das anfühlte.

»Es wird wehtun«, sagte ich.

»Ich weiß«, erwiderte Iris. »Genau das will ich. Keine Lust ohne Schmerz«, fügte sie hinzu, ihre Stimme seltsam dünn, wie erstickt.

Ich schluckte schwer. Griff so diskret wie möglich nach der kleinen Tube Vaseline, die ich auf meiner Seite unter dem Bett aufbewahrte, falls wir sie je brauchen sollten. Krümmte meine Finger an ihren Schamlippen, machte eine so feste Faust, wie es mir möglich war, und schob sie langsam zu ihrer Öffnung. Wir hatten beide kleine Hände, doch ich konnte mir trotzdem nicht vorstellen, wie ich die Faust hineinbekommen sollte, ohne Iris zu verletzen, sie schrecklich aufzureißen. Zunächst war da ein Widerstand, und ich wollte mich zurückziehen, aber Iris spürte mein Zögern und schob ihr Becken vor, kam dem Angriff meiner Hand entgegen.

Millimeter um Millimeter senkte sich meine Faust an ihren Schamlippen vorbei, suchte nach ihrer Hitze, während ich weiter in sie hineinglitt. Ich rechnete jeden Augenblick damit, Iris vor Schmerz aufschreien zu hören, aber sie blieb still, abgesehen vom schneller werdenden Rhythmus ihres Stöhnens.

»Sag mir, wann ich aufhören soll«, bat ich.

Iris antwortete nicht. War in ihrem persönlichen Nirwana versunken. Ich spürte, wie sich der Außenrand ihrer Öffnung schloss, und meine Faust wurde vollkommen verschluckt.

Es fühlte sich an, als hätte ich einen Teil von mir in ein loderndes Feuer versenkt.

Ich war bis zum Handgelenk in ihr.

Was sollte ich jetzt tun?

»Beweg sie ein bisschen«, bat mich Iris atemlos, als sie meine Unsicherheit bemerkte.

Ich hatte gedacht, ich hätte die Kontrolle über die Situation, aber nun übernahm Iris.

Ich gehorchte.

Drehte meine Faust erst in die eine, dann in die andere Richtung. Sie passte ihr wie angegossen.

Ihr ganzer Körper erbebte, und sie kam mit einem lauten Schrei der Freude und Erleichterung, wobei meine gefangene Faust sich anfühlte, als würde sie von einem Strom flüssigen Feuers überspült, festgehalten vom Schraubstock ihrer Möse.

Erschüttert brach ich auf Iris' zartem Körper zusammen.

Lange verharrten wir schweigend.

Schließlich bewegte Iris sich, und ich zog vorsichtig meine Hand heraus. Ich wischte sie am Laken ab, und Iris nahm mich in die Arme.

Wir küssten uns.

»Vertragen wir uns wieder?«

»Hmm, hmm …«

Ich erkannte an ihren Augen, wie intensiv das Erlebnis gewesen war. Traurig wurde mir bewusst, dass Iris sich immer danach sehnen würde, gefüllt zu werden, erforscht, und dass andere ebenso fähig sein würden, ihr das zu geben. Dass ich nicht mehr unersetzlich war. Vielleicht war ich das nie gewesen.

Noch beim Einschlafen beschloss ich, gegen diese anderen zu kämpfen, wer immer sie waren. Iris für mich zu behalten.

Einerseits war ich selig, mit Iris unter demselben Dach zu wohnen, unabhängig, weit fort von all den Beschränkungen, die uns in Neuseeland auferlegt worden waren, und ich fand London großartig. Andererseits war ich mir schmerzlich der dräuenden Wolken am Horizont bewusst, der Zweifel und Fragen, ob unsere Beziehung funktionieren konnte und ob sie die tausend Hindernisse und mögliche neue Begegnungen überstehen würde, die uns die Stadt jetzt über den Weg schickte. So lebte ich von einem Tag auf den anderen, hielt die Hoffnung aufrecht, ohne genau zu wissen, ob ich mich selbst zum Narren hielt oder nicht.

London war nicht nur eine Stadt, sondern ein seltsames Gewirr von Dörfern, das wir an den Wochenenden erforschten. Manchmal machten wir Pläne, dann wieder improvisierten wir, fuhren mit der U-Bahn oder stiegen in irgendeinen Bus, ohne ein Ziel im Sinn zu haben, warfen gelegentlich eine Münze oder entschieden uns, nach rechts oder links abzubiegen, je nachdem, ob uns der Name des ersten Pubs gefiel, an dem wir vorbeikamen.

Alle erzählten uns, das Wetter werde nicht halten, und wir sollten erst mal warten, bis wir einen Londoner Herbst und den darauffolgenden Winter überlebt hatten, bevor wir uns eine endgültige Meinung über diese ausufernde Stadt bildeten, doch wir gaben nichts auf diese Unkenrufe. Nur wenigen war klar, wie viel Regen und wechselhafte Wetterbedingungen wir aus Auckland gewohnt waren; das alte, mit Holz verschalte Haus von Iris' Familie hatte nicht viel Schutz vor kaltem Wind und frostigen Tagen geboten.

Wir picknickten in öffentlichen Parks, bekannten und bisher unbekannten, versteckt hinter Häuserreihen; grüne Oasen, geheime Rückzugsorte, die wir kühn erforschten. Wir durchstreiften ein Gebiet nach dem anderen, vom Epping Forest und seinen einsamen Teichen zum Golders Hill Park mit dem Tiergehege für Kinder, das vorgibt, ein Zoo zu sein, und doch weit davon entfernt ist, sahen Frisbees hinterher, die vom Wind den Hügel hinaufgeweht wurden, während wir sorglos vorbeischlenderten. Im Princess Empire wechselten die Angestellten so oft, dass es mir nicht gelang, dort Freundschaften zu schließen, aber Iris, die eigentlich introvertierter war als ich, fiel es viel leichter, sich mit ihren Kollegen in der Anwaltskanzlei anzufreunden. Bald besaß sie ein gut funktionierendes Netzwerk von Bekannten, von jung bis alt, von den Sekretärinnen bis zu den Anwälten. Ich schloss mich bereitwillig an.

Der Sommer verging wie im Flug, und es wurde Herbst.

Inzwischen gehörte ich fast schon zu den Veteranen im Theater. Vielleicht lag es daran, dass ich im Gegensatz zu den anderen, die gekommen und gegangen waren, keine besonderen Ambitionen oder Wünsche in künstlerischer Hinsicht hegte oder überhaupt auf einen anderen Beruf aus war. Ich war einfach nur glücklich, in London und mit Iris zusammen zu sein.

Ich genoss ein paar freie Tage. Iris war im Büro, und ich nähte zu Hause, hatte einiges zu bügeln und an Iris' und meinen Kleidern auszubessern. Das Telefon klingelte. Gerry war dran, der stellvertretende Geschäftsführer des Theaters. Zwei aus der kleinen Gruppe der Bühnenarbeiter hatten die Grippe, und ihm fehlte es an Personal, daher wollte er anfragen, ob ich bereit sei auszuhelfen, obwohl ich Urlaub hätte. Er bot mir an, doppelt so viel zu zahlen wie sonst. Da ich das Geld gut gebrauchen konnte, willigte ich ein. Ich wollte gerade auflegen, als er sich räusperte und hinzufügte: »Die neue künstlerische Leiterin hat speziell Sie angefordert.« In seinem Ton lag Missfallen. Ich achtete nicht besonders auf das Kommen und Gehen des Personals, vor allem nicht bei denen in den höheren Rängen, da ich keinerlei Ehrgeiz hatte, befördert zu werden, doch selbst mir war bekannt, dass das Princess Empire eine freiberufliche künstlerische Leiterin eingestellt hatte. Sie sollte bei den neuesten Produktionen aushelfen, denn der

Letzte, der diesen Posten innehatte, war vor einigen Wochen in Rente gegangen, und bisher war noch kein langfristiger Ersatz gefunden worden.

Normalerweise hätte so etwas kein Aufsehen erregt, nur handelte es sich diesmal um eine Frau, noch dazu eine relativ junge. Ihre Einstellung war bei einer der seltenen Personalbesprechungen verkündet worden, und ich hatte das Getuschel hinterher mitbekommen – dass sie Kunst studiert habe, nicht Theaterwissenschaften, dass ihr Vater Verbindungen haben müsse, dass ihr Erfolg anderswo eher Zufall gewesen sei, dass sie unweigerlich scheitern werde. Adam, ein weiterer Platzanweiser mit pockennarbiger Haut und Händen, die bei der Arbeit zitterten, hatte leise »Lesbe« gezischt, und ich hatte mich rasch zurückgezogen und mich dabei gefühlt, als hätte mir jemand gegen die Brust geboxt. Im nächsten Stapel Programmhefte suchte ich nach dem Foto der künstlerischen Leiterin, aber aus dem winzigen Schwarz-Weiß-Bild ließ sich nicht viel schließen. Sie hatte ein schmales Gesicht mit einem spitzen Kinn. Ihr dunkles Haar war kurz oder glatt zurückgekämmt. Sie hatte dichte Brauen und etwas Strenges an sich. Ihr Name war Clarissa. Clarissa Beauchamp.

Wochen vergingen, das neue Stück bekam gute Kritiken. Anscheinend hatte sich nichts geändert, abgesehen davon, dass Gerry seither den Beleidigten spielte, weil er wohl ein Auge auf die Stelle geworfen hatte und übergangen worden war.

Und jetzt das. Ich war mir nicht mal sicher, woher Clarissa Beauchamp wusste, wer ich war. Vermutlich hatte sie meinen Namen der Liste verfügbarer Platzanweiser entnommen, aus der ersichtlich war, dass ich den Posten schon seit Längerem innehatte. Eine andere Erklärung fiel mir nicht ein.

Während ich mich rasch anzog und zum Bus rannte, kamen mir dann doch Situationen in den Sinn, in denen ich ihr aufgefallen sein könnte, und begann mir vorzustellen, wie wohl der Rest von ihr aussah, den das Foto nicht verriet. Ihre scharfen Gesichtszüge ließen darauf schließen, dass sie schlank war. War sie hochgewachsen oder eher klein? Hatte sie große Brüste oder kleine? Mir kam ein Bild vor Augen, Clarissa nackt, ihr dichtes Schamhaar ein schimmerndes Dreieck, das zwischen ihren Schenkeln regelrecht glühte. Ihre Brüste kleine, spitze Hügel, ihre Nippel groß, rosa und hart. Als ich beim Theater ankam, war ich nervös, aufgeregt und voller Schuldgefühle, dass ich an eine andere so dachte wie sonst nur an Iris.

Doch meine Besorgnis war überflüssig, da Clarissa mich nicht mal persönlich begrüßte, sondern einen Assistenten mit Anweisungen für mich schickte. Einerseits war ich erleichtert, andererseits aber auch enttäuscht.

Mir wurde aufgetragen, in die Petticoat Lane zu fahren und Kostüme und Stoffe aus dem Atelier einer Kostümbildnerin zu holen, die an der Produktion des nächsten Stücks mitarbeitete. Es eilte so sehr – die Hauptdarstellerin, für die sie bestimmt waren, hatte nur an diesem Nachmittag zur Anprobe Zeit –, dass ich Geld für ein Taxi hin und zurück bekam, ein mir bis dahin ungewohnter Luxus.

Das Atelier befand sich in einem alten East-End-Lagerhaus, einer ehemaligen Schuhfabrik, die vor Kurzem umgebaut worden war.

Es roch stark nach Curry, da das Gebäude zwischen zwei nahezu identischen indischen Restaurants stand. Mir lief das Wasser im Mund zusammen, als ich aus dem Taxi stieg und um eine Quittung bat.

Das Atelier der Kostümbildnerin lag im obersten Stock, ein altersschwacher Lastenaufzug war die einzige Möglichkeit, dorthin zu gelangen. Ich meldete mich oben, und sie erklärte mir, wie der Aufzug funktionierte. Ihre Stimme hatte einen freundlichen, melodiösen Klang.

»Herzlich willkommen.« Sie zog das Scherengitter auf, nachdem der klapprige Lastenaufzug zum Halten gekommen war.

Sie sah umwerfend aus.

Ihre Augen waren tiefschwarz und hoben sich schimmernd wie Kohle von ihrer olivfarbenen Haut ab. Sie war fast kahl, ihr wohlgeformter Kopf nur mit einem Millimeter grauer Haare bedeckt. Lange Chandelier-Ohrringe baumelten an ihren Ohrläppchen.

Ihr Aussehen verblüffte mich derart, dass ich meinen Auftrag und meine Manieren vergaß und nur wie angewurzelt dastand, vollkommen sprachlos.

»Komm herein.« Sie reichte mir die Hand und führte mich in einen großen, offenen Bereich, den sie als Atelier benutzte. Tageslicht strömte durch weit offene Fenster herein, und das Glasdach war in Quadrate unterteilt, leicht grün verfärbt durch das feuchte Londoner Wetter.

Auch ihr Atelier trug nicht gerade dazu bei, mich zu Hause zu fühlen.

Ihre gebieterische Art. Die schiere Größe ihres Arbeitsplatzes, der mindestens viermal so groß sein musste wie unsere Einzimmerwohnung.

»Du bist also Clarabellas neues Mädchen?«

Ich nickte, verwirrt über den Spitznamen, aber in der Annahme, dass sie Clarissa meinte.

»Du kannst mich Patch nennen.« Das klang, als erwiese sie mir eine Ehre.

»Ich heiße Moana«, erwiderte ich.

Sie lächelte, wobei eine Reihe makelloser Zähne zum Vorschein kam. Ein Grübchen zuckte unter ihrer rechten Wange.

Links hatte sie keins, was ihrem Lächeln etwas Liebenswertes und gleichzeitig Verschmitztes verlieh.

»Ich sehe schon, warum Clara dich ausgewählt hat«, gab sie zurück. »Du kannst ruhig näher kommen, ich beiße nicht.«

Ich trat einen Schritt vor. Der Holzboden des riesigen Raums war frisch gebohnert und glänzte wie eine Eislauffläche.

»Sehr hübsch«, sagte sie, den Blick immer noch auf mich gerichtet. Sie musterte mich von Kopf bis Fuß. »Vielleicht ein wenig maskulin, aber das ist ja nichts Schlechtes, oder?«, fügte sie hinzu. »Du könntest dich besser kleiden, doch das könnten wir ändern und dich in einen niedlichen kleinen Schmetterling verwandeln, nicht wahr? Dazu müssten wir allerdings erst mal wissen, welche Art von Schmetterling du sein willst.«

Ihre Worte brachen mit einem Schlag den Bann, mit dem sie mich belegt hatte. Wer wollte ich sein? Ich war mir nicht sicher. Ich war noch nicht mal dahintergekommen, wer ich war, ganz zu schweigen davon, wer ich sein wollte. Während ich die Kleiderständer entlang der Wände ihres Ateliers und die Stoffballen auf den beiden langen Tischen neben einer großen, gewerblichen Nähmaschine betrachtete, ging mir auf, dass an meiner Identität nichts auszubessern war. Mit einer neuen äußeren Schicht konnte ich ändern, wie andere mich sahen, mich vielleicht selbst verändern. Kurz griff ich nach einer schweren Satinhose im Smokingstil auf einem der Kleiderständer neben mir, wobei mir diverse Möglichkeiten durch den Kopf gingen. An einem Hosenbein hing ein weißes Etikett. »Patricia McLaughlin Designs« stand darauf, ohne ein dazugehöriges Preisschild. Ich ließ die Hose los, als mir aufging, dass ich mir so ein Stück nie würde leisten können. Vermutlich konnte ich mir noch nicht mal das Garn leisten, mit dem sie genäht war. Ich verschränkte die Hände hinter dem Rücken, plötzlich besorgt, dass Patricia – Patch – mich für unverschämt halten könnte.

»In der Hose würdest du wunderbar aussehen. Probier sie an, wenn du willst«, sagte sie.

»O nein, das sollte ich nicht. Entschuldigung«, murmelte ich und wurde rot.

»Doch, solltest du. Das dauert ja nicht lange. Du kommst bestimmt noch rechtzeitig zurück und kannst im Theater sagen, ich hätte dich aufgehalten. Außerdem wird Clarissa gleich hier sein.«

»Sie kommt her?«

»Ja – hat sie das nicht erwähnt? Sie ist sehr eigen, weißt du, will bei jedem kleinsten Detail das letzte Wort haben.«

Ich schluckte, war völlig verwirrt, meine Gedanken schossen hin und her wie ein aufgescheuchter Vogelschwarm.

Sie kam rasch auf mich zu und streckte ihren langen, schlanken Arm nach der Kleiderstange aus, so nahe bei mir, dass ihr Handgelenk über meine Brüste strich. Ich spürte, wie meine Nippel hart wurden, und hoffte, sie wären nicht durch meine weiße Uniformbluse zu sehen. Silberarmbänder klirrten an ihrem Unterarm, als sie mir den Kleiderbügel hinhielt. Ich nahm ihn, achtete sorgfältig darauf, dass der Stoff den Boden nicht berührte. Dann schaute ich mich nach einer Umkleidekabine um, doch da war keine, nicht mal ein Vorhang.

»Du bist doch nicht etwa schüchtern?«, fragte sie.

Ich schüttelte den Kopf, obwohl das eine Lüge war. Ich kam mir stets schwerfällig und unbeholfen vor, außer beim Schwimmen, wenn das Wasser meine Gliedmaßen geschmeidig und biegsam machte. An Land war mein Körper einfach nur »da«. Ein Vehikel für meine Gedanken, Träume und Leidenschaften, mehr nicht. Ich betrachtete die Körper anderer als verlockend zum Anschauen, meinen eigenen jedoch lediglich als funktional. Vor Iris nackt zu sein, war etwas anderes. Wir waren mit dem Körper der anderen schon so lange vertraut, dass es mir zur

Selbstverständlichkeit geworden war, mich vor ihr auszuziehen. Aber ich hatte nie das Gefühl, dass sie mich auf dieselbe Weise ansah wie ich sie. Lüstern.

Ich fummelte an Haken und Reißverschluss meines schlichten schwarzen Bleistiftrocks herum. Die Nervosität machte mich unbeholfen.

»Lass mich mal«, sagte Patricia leise. Der Klang ihrer Stimme veränderte sich, als sie näher kam. Sie sprach im Flüsterton, als teilten wir ein Geheimnis.

Auf der Suche nach dem Reißverschluss streiften ihre Fingerknöchel mein Rückgrat. Der Rock rutschte mir auf die Hüften, wo er stecken blieb, aufgehalten von den Rundungen meiner Pobacken. Patricia zog einmal kräftig an beiden Seiten des Stoffs, bis der Rock zu Boden fiel. Ich dachte, sie würde sich entfernen, aber sie blieb, und ich stand wie erstarrt vor ihr, halb entkleidet, die Platzanweiseruniform zu meinen Füßen.

Auf meinen Armen bildete sich Gänsehaut, was nichts mit der Raumtemperatur zu tun hatte. Ein lastendes Schweigen machte sich breit, und je länger es andauerte, desto unnötiger und hohler kam mir alles vor, was ich sagen könnte.

In dem Moment wurde die Tür mit einem derart lauten Knall geöffnet, dass ich aufschrie und zusammenzuckte.

»Haben die ganzen Krimistücke dir Angst eingejagt, Mädchen?«

»Nein, nein …« Ich schüttelte den Kopf. »Alles in Ordnung.«

Clarissa. Ich erkannte sie sofort. Ihr Haar war tatsächlich kurz und nicht nur aus dem Gesicht gekämmt. Sie trug einen Kurzhaarschnitt, der ihr spitzes Kinn und die Nase nur noch länger erscheinen ließ. Sie wirkte wie jemand, der die Luft durchschnitt, statt sich durch sie zu bewegen, ihr Körper eine Ansammlung perfekt ausgerichteter Ecken und Kanten.

Auf den Armen balancierte sie lange Stoffballen, der eine grasgrün, der andere meerblau und anscheinend so schwer, dass sie kaum vorwärtskam. Die Farben der schweren Stoffballen wirkten noch strahlender, da sie einen weißen, einteiligen Hosenanzug trug, mit einer Kordel auf Hüfthöhe. Ich trat auf sie zu, um ihr zu helfen, wobei ich in meiner Hast vergaß, dass ich bis auf die Unterwäsche von der Taille abwärts nackt war, mit dem Rock um meine Fußknöchel.

»Oh, lasst euch nicht stören«, sagte sie, ging auf den nächsten Tisch zu und legte die Seidenstoffe vorsichtig ab. Ihre hohen, goldfarbenen Absätze klapperten auf dem Holzboden.

Jedes Wort, das aus ihrem Mund kam, klang so, als hätte es eine andere Bedeutung. Ich wusste nicht, wie ich reagieren sollte.

Sie stöckelte auf uns zu, bevor ich etwas sagen konnte, legte zwei Finger unter mein Kinn und schob meinen Mund zu.

»Du hast sehr hübsche Lippen, Fräulein, aber es gibt keinen Grund, hier mit offenem Mund rumzustehen. Wie heißt du noch mal?«

»Moana.«

»Ah ja, jetzt erinnere ich mich. Ein ungewöhnlicher Name für ein ungewöhnliches Mädchen. Mo-ah-na«, artikulierte sie, ahmte mich nach, dehnte das A so, wie es sein sollte. Ich konnte es nicht leiden, wenn man mich Mo-anna nannte. »Und warum stehst du hier halb bekleidet herum, Moana?«

»Wir wollten versuchen, ihren Kleidungsstil zu ändern. Diese Hose würde doch entzückend an ihr aussehen, meinst du nicht?«

Patch hielt den Kleiderbügel hoch. Ich wäre am liebsten im Erdboden versunken. Zweifellos würde ich, nachdem ich mich gerade darauf gefreut hatte, zusätzliche Aufgaben im Theater übernehmen zu können, meinen Job verlieren, weil ich nicht einmal fähig war, eine einfache Besorgung zu erledigen, ohne mich ablenken zu lassen.

»Oh, wie unhöflich von mir, Patch. Ich freu mich natürlich sehr, dich zu sehen.«

Clarissa beugte sich vor und küsste Patricia auf beide Wangen, wobei sie mich zwischen sich einklemmten. Ich roch, wie sich ihre Parfüms vermischten, oder vielleicht war es auch nur der Geruch ihrer Haut. Clarissas etwas dunkler, moschusartiger, wie die Erde in einem Rosengarten nach einem Regenguss, zum Teil feucht und erdig, zum Teil blumig, summend vor Leben. Patricias war leicht und zitronig, wie Zitronenzucker. Ich stellte mir vor, zwischen ihnen im Bett zu liegen, wie es sich anfühlen würde, eine nasse Möse an meinen Hintern gedrückt zu fühlen und eine weitere an die meine. Wie zwei Paar Hände meinen Körper liebkosten.

Mein Atem beschleunigte sich, und ich war mir sicher, dass man mir meine Gedanken ansehen konnte.

Clarissa hielt die Hose hoch.

»Du hast vollkommen recht, Patch, die wäre genau das Richtige.« Sie nahm die Hose vom Bügel und ging vor mir in die Hocke, ihr Gesicht nur Zentimeter vor meinem Schoß. Ich spürte, wie ich feucht wurde, und war dankbar, dass mein Slip aus billiger, fester Baumwolle bestand und nicht aus dünner, teurer Seide, die nichts verbarg. Ich fragte mich, ob Clarissa mich riechen konnte, ob sie den Geruch genauso mochte, wie ich Iris' Geruch und ihren Geschmack liebte.

Clarissa hielt die Hose offen, als wäre ich ein Kind, und ich trat erst mit dem einen, dann mit dem anderen Fuß hinein, legte meine Hände leicht auf ihre Schultern, um das Gleichgewicht nicht zu verlieren, als sie die Hose über meine Waden, Oberschenkel und Hüften hinaufzog. Sie senkte den Kopf, um die

Hose zu schließen, und ich spürte ihren warmen Atem über meinen Bauch streichen. Ich seufzte.

Clarissa trat zurück und musterte mich von oben bis unten. Patch stellte sich neben sie. Beide taxierten mich.

»Gut, finde ich«, sagte Patch. »Sie braucht nur noch High Heels.«

»Ja, High Heels, eindeutig«, stimmte Clarissa zu, »und ich glaube, da muss was mit ihrem Haar passieren …«

Sie trat vor und fuhr mir mit den Fingern durch die schlaffen Locken, strich sie erst hoch und nach hinten, dann zu einer Seite, wobei sie sich jedes Mal zurückbeugte, um das Ergebnis zu betrachten.

»Wunderbar«, hauchte sie, sagte aber nicht, was ihr davon am besten gefiel. »Wir nehmen sie. Die Hose.«

»Was?«, rief ich verwirrt aus. »O nein, so etwas könnte ich mir nie leisten.« Ich wusste nicht mal, was die Hose kostete, aber da ich mir selbst gewöhnliche Kleidung nicht leisten konnte, war mir klar, dass so ein Designer-Stück weit über meinen finanziellen Möglichkeiten lag.

»Blödsinn«, sagte Clarissa, »sie passt dir wie angegossen. Patch wird sie für mich anschreiben, und mir wird schon was einfallen, wie du dir die Hose verdienen kannst. Vielleicht durch einen Jahresendbonus.« Sie zwinkerte mir zu, küsste mich leicht auf die Wange und griff dann wieder nach meiner Taille, öffnete den Haken und zog die Hose bis zu meinen Füßen hinunter, wo ich gehorsam hinaustrat, angestrengt bemüht, das Gleichgewicht zu halten, und erneut halb nackt dastand.

Sie reichte Patricia das seidige schwarze Bündel.

»Würdest du das bitte in Seidenpapier einschlagen, Darling, und auf meine Rechnung setzen, während wir unsere Muster einsammeln?«

»Ja, natürlich.« Patch nickte freundlich.

Ich legte die Hand ans Gesicht. Meine Wange brannte immer noch dort, wo Clarissas Lippen sie berührt hatten.

Der Rest des Nachmittags verlief ohne weitere Vorkommnisse. Ich trug Bündel um Bündel von Kostümen, Miedern und dicken Herrenjacketts aus Patricias Atelier in ein wartendes Taxi und dann die langen Theaterflure und knarrenden Treppen hinab in die Garderoben, wo sie sorgsam wieder auf Kleiderstangen gehängt wurden. Clarissa zeigte mir, wie ich mit dem Dampfbügeleisen Falten glätten konnte, wo sich die Nähutensilien befanden, und erklärte mir, alles müsse stets an genau demselben Platz aufbewahrt werden, damit, falls zwischen den Auftritten ein Knopf anzunähen oder ein Saum zu befestigen sei, alles sofort zur Verfügung stehe, um Verzögerungen zu vermeiden und Katastrophen zu verhindern.

Ich kam todmüde nach Hause. Meine Arme taten weh. Doch die Arbeit war befriedigender gewesen als alles, was ich seit langer Zeit getan hatte. Etwas an der Kombination aus körperlicher Arbeit und geistiger Anstrengung, so viel Neues zu lernen, hatte mich begierig darauf gemacht, mehr zu übernehmen. Erst als ich die Haustür öffnete und Iris auf mich warten sah, fiel mir die Hose wieder ein, die Clarissa mir geschenkt hatte, eingeschlagen in violettes Seidenpapier und sicher verstaut in einem Versteck in der Garderobe, das ich als provisorischen Spind verwendete. Ich bekam ein schlechtes Gewissen.

»Hi.«

»Hallo«, erwiderte sie. »Du warst länger weg, als ich erwartet hatte.«

»Tut mir leid. Ich hatte zu tun. Gerry brauchte mich.«

»Ach so.«

Ich erwog, ihr von Clarissa und Patch zu erzählen, konnte es aber nicht. Meine Zunge war wie gelähmt. Instinktiv spürte ich, dass Iris es nicht verstehen würde. Der Gedanke schockierte mich. Sie war meine beste Freundin, und ich musste sie belügen, wenn auch nur durch Verschweigen. Die ersten Zweifel waren gesät.

Sie räusperte sich. Ich schaute sie an und bemerkte die seltsam formelle Art ihrer Sitzhaltung, die Füße auf dem Boden, der Rücken steif wie ein Brett und nur der Rand ihrer Pobacken auf der Matratze, als wollte sie gleich aufspringen. Sie trug ihre cremefarbene Bluse, ordentlich gebügelt, einen schlichten, marineblauen Rock mit dazu passenden Schuhen, und an den Händen die Handschuhe, die Thomas ihr geschenkt hatte. Ihr Haar fiel locker über die Schultern und glänzte, als hätte sie es gerade gebürstet.

»Gehst du aus?«, fragte ich. Eifersucht versetzte mir einen Stich. Bestimmt traf sie sich mit Thomas. Sie ging in letzter Zeit immer öfter mit ihm aus. Mal ins Kino, mal zum Essen. Und noch öfter, da war ich mir sicher, trafen sie sich in der Kanzlei. Gelegentlich erwähnte sie, er sei vorbeigekommen und sie hätten zusammen gegessen, oder ich roch den sauren Geruch von Wein in ihrem Atem.

»Das habe ich vor«, sagte sie. »Ja. Aber ich möchte, dass du mitkommst. Ich brauche dich, Moana.«

Ihre Schultern waren angespannt, ihr Lächeln verkrampft, in ihrem Gesicht spiegelten sich Furcht und Besorgnis.

Ich ließ meine Tasche fallen und eilte zu ihr. Ich hatte an der Tür gestanden, meine Tasche an mich gedrückt, als sei ich in meiner eigenen Wohnung zu Besuch. Was ging da nur mit uns vor?

»Selbstverständlich!«, versicherte ich ihr. Eigentlich war ich müde und hatte mich auf einen ruhigen Abend gefreut, aber ich würde Iris nicht im Stich lassen.

»Was ist los? Was ist passiert?« Ich legte ihr den Arm um die Schultern.

Sie drückte die Fingerspitzen ihrer behandschuhten Hände zusammen, fasste Mut.

»Die Sache ist, dass ich mit Thomas zusammen sein möchte«, sagte sie. »Ich möchte ... ich möchte ihn ... vögeln. Und ich möchte, dass du auch dabei bist.«

Jetzt, wo es ausgesprochen war, atmete sie erleichtert aus.

Mir fehlten die Worte. Sie fuhr fort.

»Ich treffe mich heute Abend mit ihm und hab überlegt, ob du mitkommen würdest. Ich muss einfach wissen, wie es sich mit einem Mann anfühlt. Das verstehst du doch bestimmt, oder? Ich brauche dich dabei ... Das ist alles sehr verwirrend ... Ich brauche deinen Segen, wenn du so willst. Damit ich nicht das Gefühl habe, dich zu betrügen ...«

Sie wandte mir das Gesicht zu. Ihre Augen waren tiefe dunkle Ozeane, voller Hoffnung und Fragen.

Ich konnte ihr die Bitte nicht abschlagen.

Als es schließlich begann, saß ich auf einer Ottomane, ein Glas mit süßem Weißwein in der Hand, von dem ich kaum einen Schluck getrunken hatte.

Iris hatte Thomas aus unserer Wohnung angerufen, um meine Zustimmung zu bestätigen, und er hatte einen Wagen mit Chauffeur geschickt, um uns zu seiner Wohnung in Maida Vale zu bringen. Der Wagen traf so schnell ein, dass ich annahm, er hatte den Fahrer in Bereitschaft gehalten, und ich fragte mich, wie lange sie das schon geplant hatten und was sie getan hätten, wenn ich abgelehnt hätte. War das wirklich Iris' Idee? Oder wollte Thomas uns auf diese Weise in eine *ménage à trois* drängen?

Iris drückte auf die Klingel, und wir traten durch eine imposante hölzerne Doppeltür, die als Eingang zum Haupthaus diente, gingen an einem uniformierten Portier vorbei, der nicht einmal aufblickte, und einen mit Marmor ausgelegten Flur entlang zum Aufzug. Iris schritt selbstsicher voran, ich zockelte hinterher. Sie war eindeutig schon hier gewesen.

Thomas' Wohnung lag im obersten Stock, was nicht überraschend war, doch sie war nicht so, wie ich erwartet hatte. Kleiner, obwohl unsere komplette Wohnung allein in sein Schlafzimmer gepasst hätte.

»Hallo, kommt herein«, begrüßte er uns und winkte uns in den Eingangsbereich, wo wir verkrampft und verlegen stehen blieben, bis er uns die Mäntel abnahm und an Haken an der Wand hängte.

Darunter standen seine Schuhe ordentlich in einem Schuhregal. Er besaß mehr Paare in unterschiedlichsten Stilrichtungen, wie ich es bei einem Mann nicht erwartet hätte. Schlichte, beige Lederschuhe, die vorne spitz zuliefen. Auf Hochglanz polierte Budapester. Dunkelviolette Halbstiefel mit Krokodilledermuster. Ein weiteres Paar Stiefel, kniehoch, glänzend schwarz und irgendwie bösartig, die Art von Schuhwerk, die ich mit Jack the Ripper verband, wenn er auf der Suche nach hilflosen Opfern durch dunkle Gassen schlich. Vielleicht hatte ich im Princess Empire einfach zu viele viktorianische Schauerstücke gesehen.

Iris war blass und still geworden, wie stets, wenn sie nervös war.

Thomas war erhitzt. Seine Augen blitzten, und seine Stimme war unnatürlich laut, als überdeckte er seine innere Schüchternheit mit übersteigertem Selbstvertrauen.

Er trug ein wasserblaues Oberhemd und eine dunkelblaue, enge Jeans, die seine Oberschenkel und Waden zur Geltung brachte. Eine einzelne Strähne seiner dichten Haare fiel ihm immer wieder in die Stirn, und er schnippte sie zurück.

Er nahm Iris am Ellbogen und führte sie mit raschen Schritten an einer offenen Küche mit anschließendem Wohnraum vorbei in sein Schlafzimmer. Ich folgte langsam und nahm dabei die Umgebung in mich auf. Ein großes Bücherregal an einer Wand, hauptsächlich gefüllt mit Schallplatten und Zeitschriften statt Büchern. Ein paar gedrungene Buddha-Statuen neben einer Schale voll ausländischer Münzen. Eine gerahmte Skizze zeigte die Umrisse einer nackten Frau, die mit dem Rücken zum Maler lag. Die Lichter der Stadt glitzerten wie Sterne durch das große Erkerfenster, das die halbe Wand hinter einem cremefarbenen Sofa einnahm. Kein Flackern des defekten Neonschilds einer Imbissbude behinderte hier die Aussicht.

»Ich hab uns schon Wein eingeschenkt«, rief Thomas, halb entschuldigend, »und hier drinnen ist es viel bequemer.« Ich eilte ihnen nach, und er schloss leise hinter mir die Tür.

Iris saß genauso da wie vorhin, als ich nach Hause gekommen war und sie wartend vorgefunden hatte. Auf Thomas' Bettkante, die behandschuhten Hände gefaltet, Rücken gerade, den Kopf gesenkt. Sie wirkte wie ein Schulmädchen, das sich darauf gefasst machte, getadelt zu werden. Wären wir allein gewesen, hätte ich sie sofort getröstet, aber hier überließ ich es Thomas.

»Setz dich doch«, sagte er zu mir und deutete auf die Ottomane, eine gepolsterte Sitzbank in rotgoldenem Batikmuster am Fuß des Bettes. Der ganze Raum war in ähnlichem Stil gehalten. Die Möbel waren aus dunklem, schwerem Holz. Die Teppiche waren dick, die Tagesdecke hatte eine tiefrote Farbe, wie das Innere einer Pflaume. Ein Fenster gab es nicht, und in der Luft hing der Geruch von Thomas' Eau de Cologne, ein schwerer, moschusartiger Duft mit einem Hauch Zimt, den ich widerwärtig fand. Das Licht war gelöscht, und er hatte überall im Raum Kerzen verteilt, auf wackeligen kleinen Untertassen, was mich sofort um die Behänge fürchten ließ – und um unser Leben, falls wir alle in Flammen aufgingen.

Die Sitzbank war niedrig, und von dort reichte mein Blick nur ein paar Zentimeter über die Bettkante. Ich konnte keinen Augenkontakt mit Iris aufnehmen, ohne meinen Kopf in den Nacken zu legen, doch ich sah ihre bestrumpften Waden und den Rand ihrer Knie unter dem Rocksaum hervorlugen. Schatten der flackernden Kerzenflammen krochen über die Wände wie die langen Finger eines Geistes, der zum Leben erwacht.

Thomas reichte mir ein Glas mit einer blassen Flüssigkeit, und dann Iris ebenfalls eins. Seine Hände zitterten.

»Zieh deine Schuhe aus«, sagte er zu Iris. Die Anweisung war geflüstert, aber laut genug, dass ich sie hörte.

Sie umklammerte das Glas, um nichts zu verschütten, streifte den einen Schuh mit der Spitze des anderen ab und trat dann den zweiten weg. Der Teppich war so dick, dass ihre Schuhe beim Hinunterfallen fast kein Geräusch machten.

»Und deine Strümpfe«, sagte er.

Die Dominanz, die er an den Tag legte, schockierte und erregte mich ebenso wie Iris' beinahe demütige Gehorsamkeit, mit der sie seine Befehle befolgte.

Sie hob den Rock, das Weinglas immer noch umklammert, und mühte sich einhändig mit ihrem Strumpfhalter ab. Schließlich stellte sie das Glas ab und öffnete die Verschlüsse, die das hauchdünne Material an ihren Schenkeln festhielten, streifte erst einen, dann den anderen Strumpf ab.

Weder Thomas noch ich machten Anstalten, ihr dabei zu helfen. Iris' Bewegungen zu beobachten, hatte etwas ungeheuer Erotisches, jede geziert und unnatürlich langsam, wie ein Film, der in halber Geschwindigkeit läuft. Die nackte Haut ihrer Beine hatte einen überirdischen Schimmer, und ich überlegte, ob Iris sie wohl eingeölt hatte.

Thomas setzte sich neben sie. Seine Nähe wirkte sich auf ihre

Haltung aus; ihre Schultern entspannten sich sofort, als hätte sie bis jetzt die Luft angehalten.

Er streckte die Hand nach ihrem Gesicht aus und liebkoste ihre Kinnpartie. Sie reckte den Hals, um ihn zu ermutigen, fast wie eine Katze, die gestreichelt werden will. Seine Finger wanderten weiter hinunter, zu ihrem Schlüsselbein und dann zum obersten Knopf ihrer Bluse. Sie bewegten sich unendlich langsam. Ich war so angestrengt darauf aus, jedes kleinste Detail mitzubekommen, dass ich mir einbildete, hören zu können, wie er ihre Haut berührte, ein schwaches Reiben, wie Seide auf Seide.

Das Kerzenlicht warf einen unheimlichen Schimmer auf sie beide, als wären sie Puppen auf einer improvisierten Bühne. Ich richtete meinen Blick auf Thomas. Er begann zu schwitzen. Seine Lippen wirkten voller, wie überreife Beeren kurz vor dem Platzen. Er hatte eine Erektion, das erkannte ich an der Ausbeulung seiner Jeans. Es fiel mir leichter, ihn zu beobachten als Iris. Ich konnte mir vorstellen, an seiner Stelle zu sein. Einerseits war ich furchtbar neugierig – da ich gleich zum ersten Mal seit den faszinierenden, wenn auch verwirrenden Eindrücken der Fleischeslust auf dem Ball den Schwanz eines Mannes sehen würde –, andererseits aber schrecklich eifersüchtig. Wie ich mir wünschte, diejenige in ihr zu sein!

Er knöpfte ihre Bluse auf, so sorgsam, dass die Knöpfe wie von allein durch die Knopflöcher glitten, etwas, das er zweifellos schon oft geübt hatte. Die sanften Hügel ihrer Brüste tauchten auf, das Mittelstück ihres BHs und ein erster Blick auf ihren Bauch. Er schob die Bluse weiter auseinander, zog sie über ihre Schultern und entblößte ihren Oberkörper.

Ich hatte Iris schon viele Male nackt gesehen. Täglich, seitdem wir zusammenlebten. Aber nie so wie hier, vor meinen Augen langsam entblättert wie eine Blume. Thomas enthüllte sie absichtlich für mich, dessen war ich mir sicher. Trotz meiner

Eifersucht fühlte ich mich ihm plötzlich verbunden. Als arbeiteten wir gemeinsam daran, Iris zu deflorieren.

Ihr BH kam als Nächstes, aufgehakt und achtlos auf ihre Schuhe am Boden geworfen. Ihre kleinen Brüste mit den harten Nippeln richteten sich keck auf. Er senkte den Kopf und küsste sie, das Gesicht zur Seite geneigt, damit ich es sehen konnte. Sofort wurden auch meine Nippel hart. Ich wagte nicht, einen Laut von mir zu geben, keinen einzigen lustvollen Seufzer, aus Furcht, Iris zu erschrecken. Ich saß still da, drückte die Schenkel fest zusammen, da ich merkte, wie auch meine Erregung wuchs, unerklärlicherweise angefacht durch meine Position als Eindringling, als Voyeurin.

Sie hob ihren Hintern leicht von der Tagesdecke, damit Thomas ihr den Rock ausziehen konnte. Den Slip ließ er ihr. Ein lilafarbenes Spitzending, das ich noch nie gesehen hatte. Ein weiteres Geschenk, vermutete ich, noch dazu ein anmaßendes. Ein scharfer Stich in mein Herz, wie mit einem glühenden Messer, weil Iris den Slip vor mir verborgen hatte.

Thomas stand auf und zog sich aus. Beim Ablegen der eigenen Kleidung hatte er es eilig und war unbeholfen. Ich hingegen genoss es, zu sehen, wie er sich aus seiner engen Jeans quälte und dabei jegliche Würde verlor. Iris starrte ihn an, als er seine graue Baumwollunterhose abstreifte und sein Schwanz sofort heraussprang. Sie schaute rasch weg, schockiert, vielleicht verlegen. Röte stieg ihr in die Wangen.

»Fass ihn an«, befahl er. Sie drehte sich wieder zu ihm, streckte die Hand aus, zögerte und zog den einen Handschuh aus. Ihre bloßen Finger krochen näher, bis sie die Eichel streiften, wanderten dann den Schaft hinab, nahmen schließlich die Eier in die Hand und umschlossen sie sanft. Thomas' Lider flatterten und senkten sich. Er stöhnte leise. Mit einem Ausdruck der Verwunderung blickte sie zu ihm auf. Ich widerstand dem

Drang, mein Weinglas auf sie beide zu schleudern und aus dem Zimmer zu stürmen.

Thomas öffnete blinzelnd die Augen. Er trat näher ans Bett und legte beide Hände auf ihre Brüste. Für einen Moment war meine Sicht auf Iris verstellt, und ich sah nur ihren Fuß und ein Stück ihres Knöchels. Stattdessen hatte ich Thomas von hinten genau im Blick. Sein Hintern war fest, mit einem Grübchen auf jeder Pobacke. Kräftige Oberschenkel. Seine Beine waren lang und mit feinen, flaumigen Haaren bedeckt, die nur bis an den unteren Rand der Arschbacken reichten. Sein Rücken war vollkommen glatt und haarlos. Er war schlank, fast dürr.

Weil Thomas vielleicht spürte, dass er meine Sicht blockierte, hob er Iris hoch und schob sie auf dem Bett so zurecht, dass ich sie zur Gänze sehen konnte. Er richtete sich auf den Knien auf, beugte sich über sie, zog ihr den Slip aus und legte ihre Schamhaare frei.

Irgendwie hatte ich nicht erwartet, dass er sie lecken würde, doch er tat es. Er glitt an ihrem Körper hinab, kniete sich zwischen ihre Beine, senkte sein Gesicht auf ihre Möse, zog ihre Schamlippen auseinander und begann sie zu lecken.

Iris stöhnte und sank tiefer in die Tagesdecke, schien unter seiner Zunge regelrecht zu schmelzen. Sie vergrub die Finger in seinem Haar und drückte sein Gesicht in ihren Schlitz.

Unwillkürlich erwachte die Erinnerung an ihren Geruch, ihren Geschmack in meinem Mund. Ich fuhr mir mit der Zunge über die Lippen und schloss die Augen, stellte mir vor, dass ich es war, die ihr solche Lust bereitete. Ich wurde feucht zwischen den Beinen. So leise ich konnte, schob ich meinen Rock hoch und spielte mit den Fingern an meiner Klitoris. Ob Iris es wohl merken würde?

Ich öffnete die Augen und stellte fest, dass die beiden mich ganz vergessen hatten. Thomas war völlig in seine Aufgabe vertieft, während er sie leckte. Widerwillig bewunderte ich ihn dafür, dass er sich so ihrer Lust widmete. Irgendwie hatte ich ihm das nicht zugetraut.

Ihre Lippen waren leicht geöffnet, die Augen geschlossen. Ich sah, dass sie kurz vor dem Orgasmus war. Ihre Arme bewegten sich suchend über das Bett, ihre Hände packten das Laken, dann krallte sie die Fingernägel in ein Kissen, stieß es ungeduldig zur Seite und griff wieder in seine Haare. Thomas ließ nicht nach, obwohl sie heftig an seinen Locken zerrte und seinen Kopf fest zwischen ihren Schenkeln festhielt. Aus Erfahrung wusste ich, dass Iris sehr heftig werden konnte, wenn sie zum Höhepunkt kam. Sie zu lecken, bis sie explodierte, war so, als reite man ein bockendes Wildpferd.

In Gedanken folgte ich Iris' Aufstieg zum Gipfel der Erregung, versuchte sogar, sie mit meinem Körper einzuholen. Ich konzentrierte mich auf ihre Atemzüge, das Erröten ihrer Haut, den schwachen Schweißfilm auf ihrer Stirn und den Oberarmen. Meine Möse begann im Gleichklang mit der ihren zu zucken, und ich rieb fester, streckte die Beine aus und lehnte mich so weit wie möglich zurück, ohne von der Ottomane zu fallen. Für gewöhnlich masturbierte ich mit geschlossenen Augen. Sie dabei offen zu halten, kam mir ungemein gewagt vor. Ich sah Iris' Brüste schwingen, als sie sich im Bett auf und ab bewegte, sich gegen Thomas' Mund drückte.

Sie kam, und ich kurz darauf. Das Geräusch meines Höhepunkts wurde überdeckt von den letzten Lauten des ihren. Keiner von beiden wandte sich mir zu. Iris war in ihrer Lust versunken, und Thomas in ihr. Er hob sein Gesicht nicht von ihrer Öffnung, bis ihre Zuckungen nachließen und sie sich wieder an ihn presste, um ihm zu bedeuten, dass die Übererregtheit ihres Orgasmus vorbei war. Ich strich meinen Rock nach unten, und trotz der körperlichen Befriedigung war ich aufgewühlt. In meiner Arroganz hatte ich angenommen, nur ich könnte Iris solche Wonnen bereiten. Wie sehr hatte ich mich geirrt.

Ich griff nach dem Weinglas und nahm einen Schluck, dann noch einen. Das süße Getränk trug nicht dazu bei, meinen Kummer zu lindern, stattdessen bekam ich Durst auf ein Glas Wasser. Doch ich konnte ja nicht einfach aufstehen.

Thomas drehte Iris auf den Bauch, ihr Kopf diagonal zu mir, sodass ich sie beide im Profil sehen konnte. Sie bemühte sich hochzukommen, stützte sich mit den Ellbogen ab. Er schob eines ihrer Knie im rechten Winkel nach vorn, legte ihre Pospalte frei. Kurz sah ich seinen erigierten Schwanz vorragen, gerade und hart, der auf dem Tal ihrer Pobacke ruhte. Vor Konzentration runzelte er die Stirn, und ihr Gesicht spannte sich in Vorahnung dessen an, was folgen würde. Er schob seinen Körper über ihren, hielt sich mit einem Arm aufrecht, während er mit der anderen Hand seinen Schwanz zu ihrer Öffnung lenkte.

Ich wappnete mich, erwartete, dass Iris aufschreien oder vor Schmerz zusammenfahren würde, doch nichts geschah. Als er ihr Jungfernhäutchen durchstieß, war ihrem Gesicht kaum ein Unbehagen anzumerken. Sie zuckte kurz zusammen und entspannte sich wieder. Thomas, der dem Moment angespannt entgegengefiebert hatte, sah zunächst erleichtert aus, weil er endlich in sie eindrang. Doch dann wuchs seine Erregung mit jedem seiner Stöße – erst langsam, dann immer schneller, als sie sich gegen ihn drückte, ihn anspornte.

Aber der Fick dauerte letztlich nur ein paar Minuten. Gerade als sich auf Iris' Gesicht höchste Wonne abzeichnete – die Augen geschlossen, die vollen Lippen geöffnet, die Brüste schwingend, die Nippel hart –, kam er und brach über ihr zusammen. Mit bittersüßer Freude sah ich, wie die Enttäuschung über Iris' Gesicht huschte, bevor sie sich umdrehte und sich in seine Arme kuschelte. Du hast zwar einen Schwanz, dachte ich rachsüchtig, doch wenn ich einen Dildo trüge und sie damit beackerte, wäre es wenigstens nicht so schnell vorbei. Ich würde Iris so lange füllen, bis sie restlos befriedigt war, egal, wie sehr es mich erschöpfte.

Thomas lag auf dem Rücken, den Arm unter Iris' Nacken, und zog sie an sich. Ich fragte mich, woran er wohl dachte, ob er sich Sorgen machte, es könnte nicht genug gewesen sein. Zumindest hoffte ich das.

Iris drehte sich unbeholfen auf den Bauch und hob den Kopf, um mich anzusehen. Unsere Blicke trafen sich. Sie streckte die Hand aus. Selbst jetzt konnte ich es nicht ertragen, sie abzuweisen. Ich streifte ihre Fingerspitzen mit den meinen. Eine Geste der Zuneigung, des Verständnisses, vielleicht der Vergebung.

Oder einfach nur der Liebe.

3

BRIEF AN EINEN VERLORENEN GELIEBTEN

Nach dem ungeplanten Stelldichein änderte sich nach außen hin nichts – das Leben ging in gewohnten Bahnen weiter, doch eine gewisse Beklommenheit lag in der Luft, hing wie eine dunkle Wolke über uns, wenn Iris und ich zusammen waren und das Schweigen zu schwer auf uns lastete.

Leider verbrachten wir immer weniger Zeit miteinander. Sie arbeitete ganztags und ging oft nach Feierabend mit ihren Kollegen (und Thomas?) noch etwas trinken. Um die Zeit war ich bereits zur Arbeit im Theater aufgebrochen. Wenn ich dann heimkam, schlief sie meist schon, und obwohl sie sich nach wie vor an mich kuschelte, wenn ich zu ihr unter die Decke schlüpfte, ging es ihr dabei mehr um die Suche nach Wärme als um ein Vorspiel zum Sex. Wenn wir doch einmal Sex hatten, dann war er eher lau und von ihrer Seite aus lustlos, als käme sie einer Verpflichtung nach oder als wollte sie nur nett zu mir sein. Aber mit dem Herzen war sie nicht mehr dabei. In meiner Umarmung wurde Iris immer passiver und stiller, während mich meine Begierde fest im Griff hielt.

An den Wochenenden beschränkte sich unser Zusammensein auf wenige Stunden, da im Princess Empire momentan wegen starker Publikumsnachfrage an jedem Wochentag Matinee-Vorstellungen stattfanden.

Und so erwachte ich ausnahmslos in einer leeren Wohnung, mein Schlaf kaum gestört durch ihr frühes Aufstehen und Anziehen, die leisen Frühstücksgeräusche aus der Küche und das

Schließen der Haustür, wenn sie zur Arbeit aufbrach. All das sickerte nur schwach in meine Träume ein, während ich dem Tag entgegendöste.

Da ich allein war und es daher keinen Grund zum Aufstehen gab, blieb ich länger im Bett liegen, genoss die Wärme unter der Decke, streckte mich endlos in dem vergeblichen Bemühen, den Tumult in meinem Körper und in meinen Gedanken zu besänftigen, warf mich unruhig hin und her, bis das durch die verwaschenen grauen Gardinen dringende Licht den Kampf gegen meine Faulheit gewann. Womit mir viel zu viele freie Stunden blieben, bis ich wieder im Theater sein musste.

Die vielen Stunden in unserer winzigen Mietwohnung, die ich mit meinen unausgesprochenen Ängsten allein war, verunsicherten mich zunehmend. Um die Zeit totzuschlagen, stieg ich oft in irgendeinen Bus und erforschte neue Teile Londons, wanderte ziellos durch die Stadt und ihre seltsamen Winkel, entdeckte geheime Ecken, verborgene Parks, wundersame Wasserwege und niedrige Brücken, leerstehende Anwesen und Industriegebiete. Als der Herbst dann richtig begann und mir das Wetter meine städtischen Erkundungstouren vergällte, saß ich untätig am Küchentisch und bemühte mich, mein Frühstück länger auszudehnen, oder versuchte ein Buch zu lesen und schreckte eine Stunde später aus einer ziellosen Träumerei auf, nach wie vor über dieselbe Buchseite gebeugt, ohne mich an den Inhalt des Gelesenen zu erinnern.

An diesem Morgen war ich wieder einmal der Untätigkeit zum Opfer gefallen.

Das Telefon klingelte.

»Moana Irving?«

»Ja, am Apparat.«

»Großartig. Ich habe Ewigkeiten gebraucht, dich aufzuspüren …«

»Wie bitte?«

Ein Mann mit einer jugendlichen Stimme und dem prägnanten, selbstzufriedenen Ton eines gebildeten Menschen. Nicht ganz die richtige Stimme für einen Belästigungs- oder Werbeanruf.

Mein Hirn war noch nicht auf Touren.

»Und Sie sind?«, fragte ich.

»Dein Vetter.«

»Sie müssen die falsche Nummer gewählt haben. Ich habe keinen Vetter ...«

»O doch, hast du ... ich bin Gwillam.«

»Wer?«

»Gwillam Irving. Ich weiß, das ist ein recht ungewöhnlicher Vorname, aber ich hab ihn seit meiner Geburt, und da hat man leider kein großes Mitspracherecht.«

Irgendwie war er mir sympathisch. Auch mein Name wurde ständig falsch ausgesprochen.

Ich nahm einen Schluck aus dem Becher. Inzwischen war der Kaffee kalt.

»Und wie sind wir nun verwandt?«, fragte ich.

»Ach, das ist eine lange Geschichte«, erwiderte er.

»Ich bin ganz Ohr.« Noch immer kam mir die Sache reichlich dubios vor.

»Genau genommen bin ich kein Vetter ersten Grades. Die Verbindung ist etwas entfernter. Dein Dad hatte einen Stiefbruder. Der hat meine Mutter geheiratet.«

Seit Ewigkeiten hatte ich nicht an den Vater gedacht, den ich nie kennengelernt hatte. Ich verspürte einen Anflug von Gereiztheit.

»Ich glaube, da muss irgendwas passiert sein, und sie haben sich aus irgendeinem Grund entzweit. Was genau geschehen ist, konnte ich nie herausfinden«, fuhr er fort.

»Mein Vater ist vor meiner Geburt gestorben«, teilte ich ihm mit. »Auf der Überfahrt nach Neuseeland.« Es gab keinen Grund, die genaueren Umstände zu erklären.

»Oh … das wusste ich nicht … tut mir wirklich leid. Das ist sehr traurig. Ich hatte so etwas schon befürchtet, weil ich in den Dokumenten oder bei meinen Nachforschungen keine Spur von ihm finden konnte.«

»Und wie bist du dann auf mich gestoßen?«, fragte ich meinen neu gefundenen Vetter.

»Durch die Todesanzeige deiner Mutter in der Zeitung. Die habe ich auf einem Mikrofiche entdeckt …«

Mir fiel ein, dass Iris' Eltern nach dem Tod meiner Mutter darauf bestanden hatten, eine formelle Anzeige in einer Lokalzeitung aufzugeben. »Niemand sollte in vollkommener Stille aus dieser Welt scheiden«, hatte Iris' Vater gesagt. Er war immer ein sehr würdevoller Mensch gewesen, mitfühlend und bedachtsam.

»Warum hast du da nachgeforscht?«

»Ahnenforschung ist eins meiner Hobbys. Ich studiere Jura«, sagte er. »Daher können sich solche Recherchen oft als nützlich erweisen«, fügte er hinzu. »Und ich war neugierig auf unseren Stammbaum.«

Das fand ich seltsam, faszinierte mich aber auch. Auf eigentümliche Weise bedeutete es, dass ich nicht vollkommen allein auf der Welt stand. Gwillam war allerdings ein sehr ungewöhnlicher Name. Und seine Stimme klang so vornehm und weltgewandt!

Bevor ich noch etwas sagen konnte, fuhr er fort: »Wir sollten uns treffen.«

»Unbedingt«, stimmte ich zu.

Ich musste ihm erklären, warum ich nicht frei über meine Abende verfügen konnte. Er klang ehrlich beeindruckt darüber, dass ich am Theater arbeitete, bevor ich ihn darüber ins Bild setzen konnte, wie untergeordnet meine Stellung am Princess Empire war. Er gestand mir, sein Leben als Jurastudent sei eher eintönig, und er beneide mich darum, im Vergleich dazu in mondänen Kreisen zu verkehren. Ich wollte ihm widersprechen, dachte mir dann aber, warum zum Teufel sollte ich das tun?

Ich, die langweilige, gehemmte Moana, könnte zu seiner äußerst exotischen Cousine werden!

Dann ging mir auf, dass es sich um einen Streich handeln könnte, den Thomas mir spielte oder sogar Iris. Schließlich arbeitete sie in einer Anwaltskanzlei, und Gwillam besaß ähnliche Verbindungen. War das nur Zufall?

Ich fragte Gwillam, wo er arbeite, und er erwähnte eine Kanzlei im Inns of Court, die mir nichts sagte. Iris war in einer großen Kanzlei an der Chancery Lane angestellt. Was nicht bedeutete, dass es zwischen ihnen keine Absprachen geben könnte, trotzdem milderte es mein Misstrauen. Wir verabredeten uns zum Lunch ein paar Tage später. Gwillam schlug die Tavern Bar an der Ecke vom Bleeding Heart Yard vor, an der Grenville Street. In dieser Gegend Londons kannte ich mich kaum aus, aber das Lokal lag in Laufweite von seiner Kanzlei.

Er stand rechts am Tresen, als ich eintraf, und sah ganz anders aus, als ich erwartet hatte. Mittelgroß, Brille mit schlichtem Krankenkassengestell, ein blaues Button-down-Hemd, schwarze Jeans und braune Mokassins.

Sein glänzendes Haar fiel ihm bis auf die Schultern, was ihn zu dem am wenigsten distinguierten Anwalt machte, den ich mir hätte vorstellen können. Es war hellbraun und aus der breiten, glatten Stirn zurückgekämmt. Er zwinkerte viel, außerdem verzog er ständig den Mund zu einem mokanten Lächeln, womit er den Eindruck vermittelte, dass ihn alles amüsierte. Auf mich hätte er wie ein Hippie gewirkt, wäre da nicht die eher konservative Kleidung gewesen. War er in dieser Freizeitaufmachung aus seiner Kanzlei gekommen? Ich wusste aus Neuseeland, dass ein Anwalt, selbst ein Anwaltsgehilfe, stets von Kopf bis Fuß in Schwarz gekleidet war, mit einem schlichten weißen Oberhemd und einer unauffälligen Krawatte. Ich erinnerte mich noch an das düstere Büro, in das Iris und ich bestellt worden waren, um Joans Brief und die Flugtickets nach London entgegenzunehmen.

Im Großen und Ganzen hätten wir, trotz der unterschiedlichen Gesichtszüge, glatt als Bruder und Schwester durchgehen können, ich als die Introvertierte und er als der Extrovertierte. Er war mir sofort sympathisch.

»Hallo, Cousine«, sagte er mit einem süffisanten Grinsen. »Was magst du trinken?«

Er hatte ein Guinness vor sich stehen. Ich bat um das Gleiche, aber ein kleineres Glas.

Wir fanden einen Tisch in einer Ecke der dunklen Bar und machten es uns bequem.

Unendlich viele Fragen schwirrten mir durch den Kopf, und die erste Stunde verging wie im Nu, während wir Geschichten über unsere Eltern, Familien und sonstige Querverbindungen austauschten. Abgesehen davon, ihre Namen und persönlichen Eigenarten zu erfahren, kam es zu keinen größeren Enthüllungen, doch ich fand es erfreulich, von seiner Seite der Familie zu hören und eine Vorstellung zu bekommen, was meine Eltern hinter sich gelassen hatten, als sie auswanderten.

Wir waren inzwischen beim zweiten Guinness, und die Bar war fast leer bis auf eine Handvoll Banker in Nadelstreifenanzügen, als sich unser Gespräch mir und meinem Leben in Neuseeland zuwandte. Ich versuchte, ein langweiliges Thema so interessant wie möglich zu machen. Als ich beim Tod meiner Mutter und der freundlichen Aufnahme durch Iris' Eltern angekommen war, fand ich es schwierig, ihm meine schwärmerische Verliebtheit in Iris zu verschweigen. Ob Gwillam aus meinem Stammeln klug wurde und die eher ungezügelte Natur meiner Gefühle erriet, war schwer zu sagen. Auf jeden Fall verzichtete er darauf, mich aufgrund meiner linkischen Verschlossenheit bei allem, was Iris betraf, weiter mit Fragen zu behelligen.

Ein verrückter, flüchtiger Gedanke schoss mir durch den Kopf, als Gwillam mich kurz allein ließ, um auf die Toilette zu gehen: Er war einfach perfekt; wenn Iris wirklich zusätzlich zu mir einen Mann brauchte, wäre er ein idealer Kandidat, den ich mehr als nur ertragen könnte.

Ich sollte bald erfahren, wie absurd dieser Gedanke war.

»Was hat euch beide denn dazu veranlasst, nach England zu kommen?«, fragte er, als er zurückkam.

Ich erzählte ihm von Joans Vermächtnis und schilderte ihm einige ihrer Geschichten. Unsere Teilnahme am Ball behielt ich allerdings für mich. Das war eine gemeinsame Erinnerung, die nur Iris und mir gehörte, und es wäre mir unangenehm gewesen, alle Details zu enthüllen, selbst Gwillam gegenüber. Abgesehen davon, dass einem Außenseiter so vieles davon völlig unwahrscheinlich vorgekommen wäre.

»Das klingt, als hätte sie nichts anbrennen lassen, diese Grandma Joan.« Gwillam lächelte. »Ein erfülltes Leben«, fügte er hinzu.

»Sie war hinreißend«, sagte ich.

»Aber das, was sie da über ihren Geist und die Suche danach geschrieben hat, macht mich neugierig. Eine seltsame Botschaft, findest du nicht?«

Iris und ich waren anfangs auch erstaunt über die kurze Notiz gewesen, doch nachdem wir erfuhren, dass sie uns mit den Mitteln versorgt hatte, Neuseeland zu verlassen und nach London zu fliegen, hatten wir in unserer Begeisterung nicht länger über ihre Worte nachgedacht.

»Mag sein.«

»Was könnte sie gemeint haben? Glaubte sie an das Übernatürliche?«

»Ich habe keine Ahnung. Iris auch nicht. Allerdings bezweifle ich es. Sie hatte nichts für Religion übrig, das weiß ich, daher kann ich mir nicht vorstellen, dass sie an Geistergeschichten glaubte.«

Gwillam hatte während unserer Unterhaltung erwähnt, dass er sich im Lauf seiner Referendartätigkeit in der Kanzlei zu einem Spezialisten dafür entwickelt hatte, verschwundene Erben und Testamentsbegünstigte aufzuspüren. Das sei wie Detektivarbeit, sagte er, und er sei schon vorher ein begeisterter Krimi-Fan gewesen, daher komme es ihm vor, als würde er seinen Job mit seinem Hobby verbinden. Ich erfuhr sogar, dass er unser Stück über Jack the Ripper im Theater gesehen hatte, allerdings eine Woche bevor ich dort als Platzanweiserin angefangen hatte.

»Wie wär's, wenn ich dem nachginge?«, schlug er vor. »Mehr über ihr Leben hier herausfinde und warum sie ihre Zelte abgebrochen hat?«

»Würdest du das tun? Könntest du das?«

»Jetzt fühle ich mich dazu geradezu verpflichtet. Weißt du, ich bin wie ein Hund mit einem Knochen, wenn erst mal etwas meine Aufmerksamkeit erregt hat!« Er lachte leise. »Da sitzt eine bisher unbekannte Cousine vom anderen Ende der Welt vor mir, die auch noch ihr eigenes Geheimnis mitbringt. Wie könnte ich da widerstehen?«

Er zog ein kleines Notizbuch heraus und schrieb sich alle Einzelheiten über Joan und ihre Londoner Zeit auf, an die ich mich erinnern konnte. Dann wollte er wissen, was ich über die Herkunft von Iris' Familie wusste.

Er löcherte mich weiter, und mir gingen allmählich die Antworten aus. Inzwischen füllte sich der Pub immer mehr, woran ich merkte, wie viel Zeit vergangen sein musste. Mit einem Blick auf meine Armbanduhr stellte ich fest, dass ich demnächst im Theater erwartet wurde. Zum Glück waren wir nicht weit von Covent Garden entfernt.

Ich verabschiedete mich rasch.

»Tut mir leid, Gwillam, aber ich muss zur Arbeit ... Übrigens, was ist mit dir? Hättest du nicht längst von der Mittagspause zurück sein müssen?«

»Nein. Ich hab mir den Nachmittag freigenommen. Hatte so ein Gefühl, dass wir länger brauchen würden.«

Wir verabredeten uns zu einem weiteren Treffen – er hatte eine Einladung für die Eröffnung eines neuen psychedelischen Musikclubs namens Electric Garden –, und ich drängte mich durch die Pendler in Richtung High Holborn und lief zum Princess Empire.

Ich kam gerade noch rechtzeitig an.

»Du hast ja richtig Farbe in den Wangen«, meinte Clarissa, als sie mich im Foyer begrüßte. Auch sie war gerade hereingekommen, gekleidet in ein weißes Herrenhemd mit steifem Kragen, passend zu einem grauen Nadelstreifenanzug. Ihre schwarzen Budapester waren auf Hochglanz poliert. Sie wirkte wie eine Statistin aus *Mary Poppins,* die gleich neben Dick van Dyke einen Stepptanz aufführen würde. Fehlte nur noch das Stöckchen.

»Ich bin gerannt.«

»Welch erstaunlicher Eifer«, sagte Clarissa und schlug vor, nach der Aufführung noch etwas trinken zu gehen. Immer noch aufgekratzt durch mein anregendes Treffen mit Gwillam, stimmte ich zu.

An diesem Abend räumte ich schneller zwischen den Sitzreihen auf, denn ich wollte möglichst rasch zu Clarissa und dadurch die Rückkehr in die Wohnung hinausschieben. Jedes Mal, wenn ich in diesen Tagen dort ankam, fürchtete ich mich vor dem, was ich vorfinden würde. Die Einsamkeit einer leeren Wohnung oder, vielleicht noch schlimmer, Iris und Thomas zusammen in ungezwungener Häuslichkeit. Oder auch nur Iris allein und dieses Unbehagen, das sich zwischen uns aufbaute wie eine undurchdringliche Mauer.

Die Wehmut packte mich, und ich versuchte Iris zu verdrängen, ging eiligst meiner Arbeit nach, hob weggeworfene Bonbonpapiere und leere Plastikbecher auf, aber es nützte nichts. Stattdessen ließ ich meine Gedanken wandern.

Gwillam hatte mich heute aufgemuntert. Die Vorstellung, einen Blutsverwandten zu haben, hatte etwas Beruhigendes, so entfernt die Verbindung auch sein mochte. Ich fühlte mich oft so allein auf der Welt, ohne richtige Familie und zig tausend Kilometer entfernt vom Land meiner Geburt. Wieder dachte ich an Iris und das seltsame Band, das uns mit anderen verbindet, ob nun durch Abstammung, Liebe oder Freundschaft. Wie diese Ketten gleichzeitig so stark und doch so brüchig sein konnten.

Schließlich war ich mit dem mir zugewiesenen Bereich des Zuschauerraums fertig, brachte einen buttergelben Seidenschal und eine rot gestreifte Krawatte zum Schalter für Fundsachen und rechnete die Einnahmen von Eis- und Programmverkauf des Abends zusammen.

Es ging auf Mitternacht zu, doch inzwischen hatte ich mich an die späten Arbeitsstunden gewöhnt. Die Geisterstunde, ging mir durch den Sinn, als ich meine Sachen aus dem Belegschaftsbereich in der Garderobe holen und mich dann nach Clarissa umsehen wollte. Ich hatte fast damit gerechnet, sie dort wartend auf dem niedrigen Hocker vor einem der breiten, goldgerahmten Spiegel vorzufinden, das Gesicht zur Seite gewandt, mit vorgerecktem Kinn, wie es ihre Gewohnheit war, doch der Raum war leer.

Alle anderen Platzanweiser waren schon gegangen. Nur Gerry war noch im oberen Stockwerk, um die Einnahmen im Safe zu verstauen.

Die Kleiderstangen und die zahlreichen Kopfbedeckungen auf dem Hutständer wirkten ein bisschen unheimlich ohne das übliche Gewusel der Garderobieren beim Szenenwechsel. Ich strich über den klammen Ärmel einer Lederjacke. Die leblos herabhängenden Kostüme wirkten auf mich wie ein Raum voller Spielzeug ohne Kinder. Ich stellte mir vor, wie die Stiefel aufstampfen, die Röcke rascheln, die Hemden ihre Ärmel zueinander ausstrecken würden, sobald ich ihnen den Rücken zukehrte, als hätten die Requisiten eine bestimmte Magie in sich, die sie auf den Träger übertrugen, statt umgekehrt.

Plötzlich verspürte ich den Drang, mich zu verkleiden und aus meiner Rolle zu schlüpfen, aber wen würde ich dann darstellen? Eine Femme fatale mit einem langen schwarzen Kleid und schlichten flachen Schuhen, die mit Rachegelüsten leise durch die Korridore gleitet? Oder ein unzüchtiges junges Mädchen, eingehüllt in einen gegürteten roten Wollmantel und knallrote Pumps, dunkle Brille und ein Tuch, das ihr halbes Gesicht bedeckt, das zitternd im Schatten ausharrt, während ihr Mörder näher kommt? Ich nahm einen breitkrempigen Männerhut aus beigem Filz herab, setzte ihn auf und blickte in den Spiegel. Doch auch in dieser Kostümierung kam ich mir nicht anders vor als sonst. Bloß dieselbe alte Moana mit einem Hut auf dem Kopf. Ich setzte ihn ab und hängte ihn zurück auf den Ständer, überließ die Magie des Theaters den abwesenden Schauspielern.

Als ich nach meiner Handtasche griff, streifte meine Hand ein weiches, in Seidenpapier gehülltes Bündel, und mir fiel die Smokinghose ein, die Clarissa mir geschenkt hatte. Ich hatte sie bisher noch nicht getragen und rechnete jeden Moment damit, dass sie aus ihrem Versteck verschwand und wieder in Patricias Atelier auftauchte, um an jemand anderen verkauft zu werden. Die Hose kam mir als Geschenk für mich immer noch viel zu extravagant vor, ganz zu schweigen davon, sie zu tragen. Aber der heutige Abend könnte der richtige Zeitpunkt sein.

Ich riss das Papier auf. Dank des seidigen Stoffs und Patricias fachkundiger Verpackungstechnik war die Hose kaum zerknittert. Ich zog meinen Arbeitsrock und die Strümpfe aus, schlüpfte in die Hose, steckte meine Bluse in den breiten Bund und trat wieder in meine Schuhe. Diesmal betrachtete ich mich nicht im Spiegel. Das wäre mir wie ein schlechtes Omen vorgekommen.

Die Uhr schlug zwölf, und ich schnappte mir meine Tasche, schloss die Tür hinter mir und eilte durch die langen Flure des Theaters zum Ausgang. Wieder dachte ich an Gwillam und seinen Vorschlag, nach Joans Geist zu suchen. Wo er wohl herumspukte? Ich schätzte, dass das, was von ihrer Seele auf diesem Planeten noch übrig war, nach wie vor über den Wellen am Piha Beach schwebte, Meerwasser in die offenen Münder der Surfer sprühte oder über den heißen Sand tanzte, schwarz wie Kohlenstaub, schimmernd wie ein wolkenloser Nachthimmel. Oder würde sie zu ihrer Jugend zurückkehren und auf den Bühnen der Varietétheater herumspuken, Röcke aufflattern lassen und sanft über die Knöchel bestrumpfter Beine streichen?

Ein Dielenbrett knarrte unter meinen eilenden Schritten, und ich zuckte zusammen. Was für eine verrückte Vorstellung, murmelte ich vor mich hin, schüttelte alle Gedanken an das

Übernatürliche ab und konzentrierte mich wieder auf die vor mir liegende Nacht.

Ich wollte Clarissa nicht warten lassen.

8. August 1947

Mein Herzallerliebster,

meine letzten beiden Briefe blieben unbeantwortet, und mich quält das schreckliche Gefühl, dass ich nie wieder von Dir hören werde. Bauchgefühl, wie Du es genannt hast.

Obwohl dieser erbarmungslose Krieg endlich zu Ende ist und seitdem zwei lange Jahre vergangen sind, leben wir noch immer in furchtbaren Zeiten, und ich vermute, die Welt und ihre Wirren haben Dich auf irgendeine Weise eingefordert, als wäre die Zeit, die wir miteinander verbringen durften, nur ein befristetes Geschenk gewesen.

Ich trauere um Dich, doch auf meine Weise. Schweigend.

Ich wünschte, Du wärst hier und ich könnte mit Dir sprechen, aber ich muss mich damit abfinden, dass Du nicht da bist, und würde lieber, wie Du es Dir sicher auch gewünscht hättest, die Freude und die Lust feiern, die wir miteinander teilten.

Du hast immer gesagt, Lust sei ein heiliges Geschenk, nicht wahr? Und, ach, wie wir sie gefeiert haben!

Du hast mich oft nach meinem Leben vor Dir gefragt, und ich bin Deinen Fragen stets ausgewichen, als wüsste ich bereits, dass wir im Augenblick leben mussten, während die Bomben auf die Stadt fielen und das geheime Leben Londons gerade deswegen so intensiv und lebendig war.

Jetzt werde ich es Dir erzählen, obwohl Du nicht da bist und mir zuhören kannst. Zu der Zeit spielte es keine Rolle, denn ich hatte das Gefühl, vor Dir niemand gewesen zu sein.

Doch nun habe ich das Gefühl, es Dir schuldig zu sein.

Als der Erste Weltkrieg begann, lebte ich in Shropshire.

Meine Eltern waren Bauern, und ich ging auf die Gemeindeschule, schloss aber nur schwer Freundschaften, da ich mit meinen Klassenkameraden wenig anzufangen wusste. Ich war ein fröhliches Kind, doch irgendetwas in mir sehnte sich nach mehr als der kleinen Welt, in der ich lebte. Ein paar Straßen, strohgedeckte Häuser und hügelige Äcker, Feldarbeit und natürlich die Tanzvergnügen, die alle paar Monate stattfanden und bei denen unser kleines Dorf Dampf abließ in einem Wirbel farbenfroher, wenn auch längst unmoderner Röcke, aufgemalten Strumpfnähten und selbst gebranntem, heimlich aus dem Flachmann getrunkenem Schnaps. In dem Alter durfte ich mich noch nicht ins Getümmel stürzen – mein Vater war ein freundlicher und herzlicher Mann, aber furchtbar streng –, daher musste ich vom Rand aus zusehen, ergötzte mich stattdessen an der ausgelassenen Fröhlichkeit der anderen, die auf dem Tanzboden herumwirbelten, an der Musik, dem Lärm, der puren Freude, die von allem ausging. Damals gab es nicht viel, an dem wir uns freuen konnten, daher machten wir das Beste daraus, wenn sich die Gelegenheit ergab.

Meine beiden Brüder fielen in den Schützengräben, und ich wurde aus der Schule genommen, hin und her gerissen zwischen der Trauer meiner Eltern und den langen Tagen der Feldarbeit, wobei ich mich vergeblich bemühte, die vier verlorenen Hände durch meine beiden kleinen zu ersetzen. Obwohl unser Hof nicht groß war, wuchs uns die auf dem Feld und zur Haltung unserer wenigen Nutztiere nötige Arbeit bald über den Kopf. Wir sahen keine Zukunft mehr darin, und als uns ein Angebot gemacht wurde, unser Land zu verkaufen, nahm mein Vater es an. In Wahrheit, glaube ich, konnten meine Eltern es nicht mehr ertragen, in dem Haus zu leben, in dem meine Brüder geboren waren, dieselben Felder zu bestellen, auf denen sich Andrew und Roley abgeplagt hatten. Sie beschlossen, nach Irland zurückzukehren,

woher sie stammten, und bei meinen Großeltern unterzukommen, bis mein Vater Arbeit in der Stadt fand.
Ich wiederum hatte nicht den Wunsch, nach Irland zu gehen. Ich war in England geboren und hatte das Land meiner Vorfahren bei meinen wenigen Besuchen als abweisend und trist erlebt. Ich weiß, man sagt, hier würde es täglich regnen, aber zumindest sind die englischen Sommer lang und heiß. Sogar in Dublin ist der Himmel ständig grau!
Doch was sollte ich tun? Es hätte Bewerber gegeben, wenn ich gewollt hätte. Jung zu heiraten, war nicht ungewöhnlich. Aber die zur Auswahl stehenden Männer waren entweder alt und gebrechlich oder jung und auf andere Weise gebrochen, und außerdem war ich in keinen von ihnen verliebt. Ich weiß, Du hältst mich vielleicht für dumm und romantisch, mein Liebster – ich war nie praktisch veranlagt –, doch wenn ich heiraten würde, dann nur aus Liebe. Aber eigentlich stand mir der Sinn überhaupt nicht nach Heiraten.
Das Leben war, nach all meiner bisherigen Erfahrung, kurz, hart und voller Kummer, bis auf diese Abende mit Fröhlichkeit und Musik, bei denen selbst mein Vater seine Mütze in die Luft warf, meine Mutter an den Händen nahm und sie wie einen Kreisel herumwirbelte, bis sie lachte, als hätte sie keinen einzigen Tag in ihrem Leben gearbeitet. Ich wollte mehr von diesen Abenden, mein Liebster. Ich wollte das Leben beim Schopf packen und in vollen Zügen genießen. Und das, da war ich mir sicher, würde in Shropshire nicht passieren. Oder in Irland.
Ich hatte fast vier Schuljahre an die Feldarbeit verloren, nachdem meine Brüder in den Krieg gezogen und später gefallen waren, daher war meine Schulbildung äußerst mangelhaft, als ich ins Erwachsenenalter kam. Der Pfarrer der Landkirche, der wir angehörten – ein kleiner Mann mit einem Kahlkopf, der an den Mond erinnerte, und dessen äußere Erscheinung sich stark von

seinem Wesen unterschied –, hatte mich ins Herz geschlossen und mich weiter in englischer Literatur, Mathematik, ein wenig Philosophie, Geografie und Naturwissenschaften unterrichtet, wozu er mir Bücher aus seiner Privatbibliothek lieh. Ich hatte über Gleichungen und Astronomie gelesen, Geschichte und Geologie, über die Weite der Ozeane und die Größe der Erde, und ich las über Liebe in Büchern, die viele Gemeindemitglieder sicherlich nicht in ihrem Haus geduldet hätten. Bücher, die herausforderten und meinen Geist für Möglichkeiten hinter den vorgegebenen Grenzen öffneten. Sein Unterricht enthielt keine religiöse Botschaft und keinerlei Bemühungen, mein Herz zu gewinnen. Vielleicht erkannte er eine gewisse Aufgewecktheit in mir und betrachtete es als seine seelsorgerische Pflicht, mir zu helfen. Vielleicht war er ebenfalls in den Grenzen seiner Herkunft gefangen und verbrachte sein wahres Leben in den viel größer gesteckten Weiten seines Vorstellungsvermögens. Gleichgesinnte tauchen an den seltsamsten Orten auf.

Wie wenig er ahnte, wohin mich das führen würde!

Bis meine Eltern den Entschluss gefasst hatten, den Hof zu verkaufen und in ihr Heimatland zurückzukehren, wagte ich es bereits, einen eigenen Willen zu haben, und wehrte mich heftig dagegen, mit ihnen zu kommen.

Es gab nur wenige Alternativen: auf dem Land zu bleiben und eine Stellung als Dienstmädchen in einem örtlichen Herrenhaus zu finden oder ins nächste Dorf zu ziehen und an der unwirklichen Hoffnung festzuhalten, mich einzufügen, was ich jedoch bezweifelte. Dörfer sind überall gleich, und wenn ich durch die ständig verschlammten Straßen des unseren ging, spürte ich stets, wie die Dorfbewohner auf mich herabblickten, auf dieses Bauernmädchen, das irische Gör, als gehörte ich zu einer minderwertigen Art, wobei mir nur allzu bewusst war, dass die Stufe, die sie auf der evolutionären Leiter über mir einnahmen, nur geringfügig

von der meinen entfernt und ihre Verachtung vollkommen ungerechtfertigt war.
Ich wollte mehr vom Leben.
Die Saat der Lust in mir ging bereits auf, verborgen, schleichend, ein Appetit, der gestillt werden wollte. Sie war noch unausgegoren, hatte aber seit dem Anblick tanzender Menschen in den Scheunen stetig an Kraft zugenommen, hatte ein Fenster zu den Vergnügungen der Welt aufgestoßen, in der ich lebte, an denen ich aber bisher nicht teilnehmen durfte.
Als ich meinen Eltern meine Pläne mitteilte, waren sie zutiefst schockiert.
Das war 1921.
Noch weitere sieben Jahre sollten vergehen, bis Frauen in Großbritannien das Wahlrecht erhielten. Bis dahin war ich natürlich alt genug, zu wählen, mit Männern zu schlafen, zügellos zu sein, sie zu verführen, ihre Herzen zu brechen, so verrucht und hemmungslos zu sein, wie ich wollte.
Ich eröffnete meinen Eltern, dass ich vorhätte, nach London zu gehen und dort zu leben.
Meine Mutter weinte, mein Vater brüllte, und der Streit dauerte bis weit in die Nacht und hielt noch für eine ganze Woche an.
Ein schreckliches Schicksal werde mich ereilen, wenn ich mich in einen solchen Sündenpfuhl begäbe, wurde ich gewarnt. Ein Ort, den aufzusuchen eine Frau nicht mal erwägen sollte. Schon gar nicht unbegleitet. Selbst die Beschwörungen unseres Pfarrers, der auf den Hof gerufen wurde und beklagte, ich würde mein Leben wegwerfen, wenn ich auf meiner Entscheidung bestand, konnten mich nicht von meinem Entschluss abbringen. Ich sehe immer noch vor mir, wie das Licht auf seinen kahlen Kopf schien, und ich konnte keine seiner Bemerkungen ernst nehmen, da er doch ebenso wie ich wusste, dass er mich selbst darauf gebracht hatte.
Ich war schon immer besonders eigensinnig gewesen, und die Be-

mühungen, mich von dem gewählten Weg abzubringen, bestärkten mich nur noch in meiner Entschlossenheit.
Weißt Du, ich hatte so viel über London gelesen, und es kam mir vor wie eine andere Welt, eine Welt voller Attraktionen und Gefahren, voller Lärm, Menschenmengen und Farben, von denen wir auf dem Land nicht die geringste Ahnung hatten.
London war für mich das Gedränge, Gewühle und all die gramvollen Geschichten von Charles Dickens, die dunklen, einladenden Gassen aus Der seltsame Fall des Dr. Jekyll und Mr. Hyde, *der Glanz und die Leidenschaft aus Marie Corellis populären Liebesromanen. Von all dem wurde ich angezogen wie die Motte vom Licht. Als wüsste ich bereits, dass es mehr Spaß machen würde, eine Lebedame zu sein und mich ungehemmt den mannigfachen Ausschweifungen hinzugeben.*
Vielleicht war ich damals nur ein leicht zu beeindruckendes Mädchen, doch was ich empfand, ging über bloße Neugier und die oberflächliche Anziehungskraft einer modernen Stadt hinaus. Nach der andauernden Stille auf dem Land kam mir die große Stadt wie eine Herausforderung vor, der ich mich stellen, die ich bewältigen musste. Ich war mir der Gefahren bewusst, und wie ich es jetzt sehe, zogen sie mich an, den »schlimmen« Teil von mir, die schamlose Seite, die unter meiner Jungfräulichkeit und den schlummernden Begierden lauerte.
Weder Gott noch Teufel hätten mich aufhalten können, nachdem ich entschieden hatte, London wäre der richtige Ort für mich. Oder vielleicht flüsterte der Teufel mir sogar ins Ohr, und ich verwechselte seine Stimme mit meinem freien Willen? Andererseits war mir die Religion immer fremd gewesen. Tief in meinem Herzen glaubte ich an anderes, und mein Herz zog mich unerbittlich nach London.
Und so traf ich im Oktober in der Hauptstadt ein.
Mit nichts als einem alten Koffer, in den meine wenigen Hab-

seligkeiten passten – zwei Kleider zum Wechseln, ein Korsett, das meine Mutter mir vor der Abreise geschenkt hatte, ein Flanellnachthemd, ein paar Blusen und Röcke, die ich über die Jahre immer wieder flickte, wenn sie sich an den Säumen auflösten, ein paar Schals, an denen ich hing, und eine zusätzliche Unterwäschegarnitur aus Baumwolle. Dazu noch ein paar Münzen, die mein gesamtes Vermögen darstellten.

Ich hatte keine Ahnung, wann ich an diesem Abend schlafen würde. Oder wo.

Um es kurz zu machen, natürlich habe ich überlebt.

Ich habe Freude erfahren. Und auch Traurigkeit. Nicht alles, was ich getan habe, war richtig, nach meinen eigenen Maßstäben oder in den Augen anderer, aber ich bereue nichts. Bis wir uns begegnet sind, mein Liebster.

Du fehlst mir.

Mir fehlt die Vitalität Deines Schwanzes in mir.

Mir fehlen Deine Worte in meinen Ohren, Deine Hände auf meinem Körper.

Und ich wünschte, ich hätte Dir das gesagt, bevor es zu spät war.

Die Straßenlaternen draußen geben ein schwaches Licht, und der Himmel ist wolkenlos, aber es wird dunkel. Und immer kälter. London ohne Dich ist ein langweiliger Ort, trotz all seiner vielen Reize, und falls ich, wie ich befürchte, nicht wieder von Dir höre, werde ich England und die Erinnerungen wohl hinter mir lassen. Vielleicht irgendwo nach Süden reisen. Mein Herz zieht mich erneut fort, diesmal sogar noch weiter von der Heimat entfernt, in Länder jenseits der großen Ozeane.

Ich bin mir nicht mal sicher, ob ich diesen Brief abschicken werde. Manchmal überwältigt mich die Traurigkeit und lässt mich überlegen, warum ich diese Zeilen überhaupt schreibe. Aber ich werde immer an diesem Körnchen des Zweifels festhalten.

Denn es muss eine Zukunft geben.

Ich trage Dein Kind in mir. Das wurde mir erst vor drei Monaten bewusst, kurz nachdem Du zum Kontinent aufgebrochen warst, um zu sehen, ob irgendjemand aus Deiner Familie überlebt hat. Ich weiß, dass es dort noch äußerst gefährlich ist, und du scheinst in der Trostlosigkeit der Nachkriegszeit verschollen zu sein, was meine Angst verstärkt, Dich verloren zu haben.
Ich schreibe es noch einmal: Ich trage Dein Kind in mir.
Herzlichst und lüstern, mein Liebster,
Joan.

Clarissa lehnte draußen an einem Laternenpfahl, eine halb gerauchte Zigarette zwischen den Lippen, eine abgetragene Ledertasche unter den Arm geklemmt – für mich der Inbegriff mondäner Lässigkeit.

Joan, fiel mir ein, war von einer Frau, deren flammend rotes Haar ihr bis zu den Fußknöcheln reichte, für den Ball verpflichtet worden. Auch diese Frau hatte an einem Laternenpfahl gelehnt, vor einem Varietétheater am Piccadilly Circus. Plötzlich überkam mich das Gefühl, dass unsere Erlebnisse, obwohl durch Jahrzehnte getrennt, ineinander übergingen, als zöge sich die Zeit zusammen und führte unsere Welten einander näher.

Ich hüstelte, und Clarissa blickte auf.

»Da schau einer an«, sagte sie, betrachtete mich eingehend, bis ihr Blick an meiner seidig schimmernden Smokinghose hängenblieb. »Du siehst aber schick aus.«

»Vielen Dank. Ich wusste nicht, ob du wolltest, dass ich sie trage.«

»Also hör mal«, rief sie, stieß sich vom Laternenpfahl ab und richtete sich zu ihrer vollen Größe auf. »Natürlich wollte ich, dass du sie trägst. Glaubst du, ich hab sie dir geschenkt, damit sie im Schrank hängt? Du brauchst nur noch einen vernünftigen Haarschnitt, aber das verschieben wir auf einen anderen

Tag. Jetzt lass uns was trinken gehen, reden und unseren Spaß haben.«

Sie schnippte die lange Asche von ihrer Zigarette, die wie winzige graue Schneeflocken auf den Bürgersteig wehte.

»Na komm.« Sie bot mir ihren Arm, und ich hakte mich ein. Gemeinsam gingen wir die Shaftesbury Avenue entlang nach Soho, wichen Betrunkenen aus, händchenhaltenden Paaren und einigen Gruppen lärmender junger Leute auf der Suche nach der nächsten noch offenen Kneipe. Unwillkürlich sah ich im Vorbeigehen in alle Gesichter, suchte nach Iris in der Menge. Sie hätte sich von allen abgehoben, ein einsamer bleicher Stern in dem glitzernden Gewühle, ihre stille, anmutige Schönheit umso strahlender in der grellen Buntheit, die uns umgab.

Clarissa zog mich zum Eingang einer Kellerbar, die mir unter normalen Umständen nie aufgefallen wäre. Die Stufen hinab waren ausgetreten und schlecht beleuchtet, und drinnen war es nicht viel besser. Nackte Glühbirnen hingen von der Decke und warfen ein gelbes Licht, das nicht heller war als Kerzenflammen. Richtige Tische fehlten seltsamerweise, dafür gab es kleine Kaffeetische, die meisten in edwardianischem Stil mit hohen, gebogenen Beinen und wulstigen Füßen, die ihnen einen Hauch von Dalí verliehen. Eine breite, lange Bank zog sich über drei Wände, übersät mit Kissen und Decken in blassem Rosa, Gelb und dunklem Rot mit Goldrand. Einige Gäste hatten es sich dort bequem gemacht. Bemalte Wandschirme unterbrachen in unregelmäßigen Abständen die geometrisch geraden Linien des Raums und sorgten für eine gewisse nischenähnliche Abgeschiedenheit, konnten jedoch leicht entfernt werden, wenn die Tische beiseitegerückt wurden, um Platz für eine Tanzfläche zu schaffen. Poster an den Wänden warben für themenorientierte Diskoabende, die zum Glück an anderen Tagen stattfanden. Ich war nicht in der Stimmung für laute Musik. An diesem Abend war keine Musik zu hören, nur das leise Summen geflüsterter Unterhaltungen. Es gab nicht mal eine Musikbox.

»Nicht allzu elegant, ich weiß«, meinte Clarissa, »aber dafür intim. Genau das, was wir brauchen. Mach's dir bequem, ich hol die Getränke.« Sie schob mich zum hinteren Ende des langen Raums mit der niedrigen Decke, und ich setzte mich auf die Bank, veränderte mehrfach meine Sitzhaltung, bis ich, wie ich hoffte, die reizvollste Position für irgendwelche Zuschauer einnahm, während ich Clarissa an der Bar beobachtete. Ihre ärmellose Weste hob ihre kantigen Hüften und die eckigen, breiten Schultern hervor, und ihr im Nacken kurz geschnittenes Haar ließ ihren Hals länger wirken. Sie schob den langen Pony mit einer Hand hinters Ohr, nahm dann die Weingläser, die der Barmann ihr reichte, und wandte sich wieder mir zu.

Die anderen Gäste beachteten sie mit keinem Blick, was mich erstaunte. Für mich brachte Clarissa die Bühne mit, wohin sie auch ging. Sie durch den Raum schreiten zu sehen, war so, als würde sie von einem unsichtbaren Scheinwerfer angestrahlt, der die Welt um sie herum in Schatten hüllte. Sie war ein Schmetterling in einem Meer von Motten.

»Vielen Dank.« Ich nahm ihr eines der Gläser ab.

»Also«, sagte sie, nachdem sie sich gesetzt hatte, »meine melancholische Moana. Erzähl mir was, das ich von dir noch nicht weiß. Verrat mir ein Geheimnis.« Sie fuhr mit der Fingerspitze um den Rand ihres Glases, und mir fiel zum ersten Mal an diesem Abend auf, dass ihre Nägel knallrot lackiert waren.

Ich dachte an all die Geheimnisse, die ich nicht preisgeben konnte, und hätte fast gelacht.

»Welche Art von Geheimnis?«, fragte ich.

»Die Art, die du niemandem zu verraten wagst. Erzähl es mir, und ich werde sofort vergessen, dass ich es je gehört habe.«

»Du könntest es für ein Stück verwenden.«

»Nur wenn es ein sehr amüsantes Geheimnis ist.«

»Ich bin in meine Mitbewohnerin verliebt«, platzte ich heraus. »Ich habe zugeschaut, wie sie mit einem Mann geschlafen hat. Und jetzt kann ich an nichts anderes mehr denken.«

Ein breites Lächeln erschien auf Clarissas Gesicht. Sie lehnte sich an die Kissen.

»Oh, ich muss gestehen, das ist wesentlich amüsanter, als ich erwartet hatte. Vielleicht sollte ich es doch in einem Stück einsetzen. Erzähl mir mehr. Erzähl mir alles.«

Zunächst erzählte ich ihr, wie ich mit Iris zusammen aufgewachsen war und dass meine Gefühle für sie von Anfang an wollüstiger Natur waren. Von den Nächten, in denen wir aneinandergekuschelt in ihrem schmalen Bett gelegen hatten (»Wie bezaubernd«, bemerkte Clarissa), und von der Einzimmerwohnung, die wir uns jetzt in Hammersmith teilten, von Iris' Job in der Anwaltskanzlei und wie Thomas unpassenderweise aus dem Nichts in unserem Leben aufgetaucht war.

Clarissa saß aufgerichtet da und blickte in die Ferne, als ließen meine Worte einen Film auf einer unsichtbaren Leinwand entstehen. Dabei strich sie weiter mit den Fingerspitzen über den Rand ihres Weinglases. Plötzlich, wie von ungefähr, stellte sie das Glas ab und legte mir ihre Hand aufs Knie.

Ich geriet kurz ins Stocken. Ihre Berührung war so warm, als hätte sie zu dicht neben einem Heizkörper gestanden. Die Wärme drang direkt durch den Stoff meiner Hose und sickerte in meine Adern, ließ auch meine Hitze ansteigen.

Ich erzählte ihr, wie ich an jenem Abend, nachdem ich sie in Patchs Atelier kennengelernt hatte, nach Hause gekommen war, wie Iris auf mich gewartet hatte, mit verängstigtem Gesicht auf dem Bettrand hockend, und mich gebeten hatte, ihr und Thomas zuzuschauen. Ich erzählte von der Ottomane am Bettende, von der aus ich eine so obszöne Sicht fast ausschließlich auf ihre unteren Körperteile hatte; dass Iris nackt wie eine Lilie mit einer einzigen Blüte gewirkt hatte. Als sähe ich sie zum ersten Mal wirklich. Von Thomas, wie er aufgerichtet vor mir gestanden hatte, und meinem ersten richtigen Blick auf den Schwanz eines Mannes – so glatt und steif vor der Weichheit seiner Eier, von der festen Keckheit seines Hinterns. Wie ihre Lippen sich geöffnet hatten, als er sie berührte, und sie bleich und linkisch geworden war wie ein Schulmädchen bei seinem ersten Schwarm.

»Und hat sie dich denn auch gern?«, fragte Clarissa. Ich erkannte den Ausdruck, den ich schon auf vielen anderen Gesichtern gesehen hatte. Mitleid. Vermischt jedoch mit etwas anderem: Wiedererkennen und einer Art Hunger. Wie eine Maske breiteten sich diese Gefühle über ihr Gesicht und ließen sie älter aussehen, so, als hätte sie für ihr Alter schon viel zu viel erlebt.

»Ich weiß nicht …« Ich zögerte. »Glaub schon.« Ich versuchte mich daran zu erinnern, wann Iris mir zum letzten Mal gesagt hatte, dass sie mich liebte, doch es fiel mir nicht ein. Ich konnte mich auch nicht entsinnen, wann ich diese Worte ihr gegenüber zum letzten Mal laut ausgesprochen hatte. Meist flüsterte ich sie nur in Gedanken, aus Furcht, meine Zärtlichkeit nicht erwidert zu finden und wie eine Närrin dazustehen. Doch nun kam ich mir erst recht wie eine Närrin vor. Warum hatte ich ihr nicht gesagt, was ich für sie empfand? Wir teilten uns ein Bett und eine Wohnung, aber nicht mehr die verborgensten Winkel unseres Herzens.

Erst als Clarissa mir ein Papiertuch reichte, merkte ich, dass ich weinte.

Sie legte mir den Arm um die Schultern und zog mich an sich. Wieder wurde ich von der Hitze ihres Körpers, dem Duft ihres Parfüms überwältigt und begann zu schluchzen, mein Gesicht in ihren Haaren vergraben, während die Tränen flossen. Clarissa hielt mich an sich gedrückt, bis ich mich ausgeweint hatte.

»Mehr Wein?«, fragte sie. Ich hatte gar nicht gemerkt, dass ich das Glas ausgetrunken hatte.

Ich schüttelte den Kopf. »Ich sollte wohl besser nach Hause gehen.« Vergeblich schaute ich mich im Raum nach einer Uhr um und bemerkte zum ersten Mal, dass die Kohlezeichnungen an den Wänden pornografischer Natur waren und Männer und Frauen in verschiedenen Stadien des Entkleidens darstellten. Wie spät es war, wusste ich immer noch nicht.

Sie drückte meine Schulter. »Warum kommst du nicht mit zu mir?«, fragte sie. »Auf dem Sofa ist es warm und gemütlich, und ich kann dich so nicht in die Nacht hinauslassen. Oder nach Hause. Iris wird glauben, wir würden dich im Theater schlecht behandeln ...«, scherzte sie.

Kurz dachte ich daran, wie Iris reagieren würde, wenn sie allein aufwachte und merkte, dass ich nicht nach Hause gekommen war, ihr meine Pläne nicht mitgeteilt oder eine Nachricht hinterlassen hatte. Ich konnte sie um diese Zeit wohl kaum noch anrufen; es musste mindestens zwei Uhr morgens sein. Und was würde ich sagen – dass ich mit Clarissa in einer Bar in Soho war, mit einer anderen Frau?

»Na komm«, sagte sie. »Ein paar Stunden mehr werden kaum etwas ausmachen. Ich kann dir vor Sonnenaufgang ein Taxi rufen. Und du bist für morgen nicht eingeteilt, oder? Du kannst ausschlafen, kannst den Tag verbummeln.«

Sie strich mit den Fingern unter meinem Kinn entlang, hob mein Gesicht an und küsste mich. Ich erwiderte den Kuss, ohne auch nur an Iris zu denken, so viel Hitze ging von Clarissas Mund und ihrer beharrlichen Berührung aus.

Ihre Fingerkuppen legten sich leicht auf meine Hüften, fanden den Weg unter meine Bluse und streichelten meine Taille.

Ihr Streicheln war so sanft wie ein Windhauch, so sanft, dass es meine Schuldgefühle spielend überwand. Oder vielleicht empfand ich gar keine Schuld, war mir aber trotzdem bewusst, dass ich nicht frei war. Obwohl ich meine Geliebte im Bett mit einem Mann gesehen hatte, war ich durch das Band meiner Beziehung mit Iris verbunden. Auf geschickte Weise hatte Clarissa diese Bindung gelockert.

Ich rutschte ein Stück zur Seite, und der Druck ihrer Berührung wurde fester. Ihre Finger fuhren über meinen Rücken bis zum Nacken hinauf, und sie zog mich an sich.

Neben uns begann eine Glühbirne zu flackern, und mir kam der unlogische Gedanke, dass sich unsere zunehmende Erregung auf den Strom auswirkte. Oder war es Iris' Geist, der uns hier neckte?

Kurz darauf schob Clarissa mich vor sich die Treppe hinauf, eine Hand fest auf mein Steißbein gedrückt, nur knapp davor, meinen Hintern zu umfassen. Als wir aus der Bar in die nun frostige Nachtluft kamen, streckte sie sofort den Arm hoch, und ein Taxi hielt schlitternd vor uns an. Clarissa wies den Fahrer an, uns in die Brick Lane zu bringen; er musterte uns kurz im Rückspiegel, zündete sich eine Zigarette an und richtete seine Aufmerksamkeit wieder auf die Straße. Clarissa packte mein Knie, und in meine zunehmende Erregung mischte sich Platzangst. Ich drehte das Fenster einen Spaltbreit auf, um in dem engen Taxi nicht vom Geruch nächtlicher Snacks, Zigaretten, billigen Parfüms und Polsterreinigungsmittel überwältigt zu werden. Die Straßen der Innenstadt und danach des East End erstreckten sich vor uns, und für einen Moment vergaß ich, wo ich war, sah alles an mir vorbeirauschen und gab mich der schieren Romantik Londons hin.

Die Brick Lane war unheimlich still. Inzwischen war es zu spät für betrunkene Kneipengeher und zu früh für die Markthändler. Wir hatten diese seltsame Spanne zwischen Nacht und Morgengrauen erreicht, in der die Zeit für die wenigen, die noch wach sind, scheinbar stehen bleibt, während der Rest der Welt schläft. Ein Vogel zwitscherte, als wollte er uns wissen lassen, dass wir nicht als Einzige aus der Zeit gefallen waren.

Clarissa nahm meine Hand und zog mich mit zu ihrer Haustür. Sie drückte mir die Finger an die Lippen.

»Pst«, machte sie, während sie den Schlüssel im Schloss umdrehte. »Mein Partner ist oben. Ihm wird es zwar nichts ausmachen, aber wir müssen leise sein. Und nur wenig Licht machen.«

Wir traten ein.

»Dein P-Partner?«, fragte ich perplex.

»Ja«, flüsterte sie. »Edward. Er muss morgen früh aus den Federn …«

»Oh …«

Sie musste mir meine Überraschung angehört haben.

»Nur weil ich auf Frauen stehe, meine Liebe«, stellte Clarissa klar, »bedeutet das nicht, dass ich auf männliche Annehmlichkeiten verzichten muss … Wir sind sogar verheiratet, aber ›Partner‹ ist ein viel besseres Wort, findest du nicht?«

Ihre Stimme hatte etwas Samtiges, das es ihr ermöglichte, vollkommen deutlich zu sprechen, in leisem, gedämpftem Tonfall, der einen Mann eher einlullen als aufwecken würde.

Ich hörte das Schnippen ihres Feuerzeugs, dann flackerte sanftes Kerzenlicht auf. Sie nahm mir die Handtasche ab und legte sie auf ein Regal neben ihre.

»Ich dachte …«

»Manche würden sagen, ich spiele auf beiden Seiten.« Sie grinste verschmitzt, beugte sich hinab, nahm eine Flasche aus einem Regal neben der Haustür und füllte zwei Schnapsgläser. »Warum sollte ich auf etwas Gutes verzichten?«, fuhr sie fort.

»Wäre das Leben nicht absolut langweilig, wenn wir es nur bei Frau und Frau, Mann und Mann beließen? Die Mischung macht es, finde ich. Lust kann auf so vielfältige Weise erzeugt werden, verstehst du?«

Sie reichte mir ein Glas und prostete mir mit dem anderen zu.

»Uns bleibt nicht viel Zeit. Die Sonne geht bald auf. Trinken wir auf die Lust ...«

»Auf die Lust«, erwiderte ich und leerte das Glas in einem Zug.

An Clarissas Liebesspiel war nichts Sanftes. Sie unterschied sich von Iris wie die Nacht vom Tag. Kaum hatte ich ausgetrunken, nahm sie mir das Glas ab, stellte es auf die Anrichte, schloss mich in die Arme und küsste mich heftig. Ihre Zunge drängte sich zwischen meine Lippen, und ihre Finger zerwühlten mein Haar, als sie mich rückwärtsschob, bis meine Beine gegen ein Sofa stießen und sie mich daraufschubste. Ich hatte nur einen vagen Eindruck von meiner Umgebung bekommen, während wir durch den Raum stolperten – dicke, aufgetürmte Stoffballen, schief festgepinnte Drucke und Bilder an den Wänden, Platten und Bücher in unordentlichen Stapeln auf dem Boden. Das flackernde Kerzenlicht ließ alles im Schatten verschwimmen und unwirklich erscheinen.

Sie knöpfte meine Hose auf und zog sie mit einer raschen Bewegung nach unten. Ich spürte ihre Fingernägel über meine Hüfte kratzen, als sie ihre Daumen in meinen Slip hakte und ihn mit einem Ruck zu meinen Knöcheln hinabzerrte. Bevor ich sie aufhalten konnte, senkte sie den Kopf und drückte ihren Mund auf meinen Schlitz. Ihr erstes Lecken war lang, ganz von unten bis oben. Träge fuhr sie mit der Zunge zwischen meine Falten, saugte an meinen Schamlippen, hielt inne, als sie meinen Kitzler erreichte, und drückte darauf, bis ich ihr meine Hüften entgegenhob, sie meinen Hintern packte und mich an ihr Gesicht presste.

»O Gott«, murmelte ich.

Wenn Iris mich leckte, war mir dabei immer leicht unbehaglich zumute gewesen. Iris' Lecken war zögernd und sanft, und ich hatte den Verdacht, und die Befürchtung, dass sie Oralsex nicht genoss. Mir war es stets so vorgekommen, als sollte ich diejenige sein, die Iris Lust bereitete, und nicht umgekehrt.

Clarissa machte sich mit solchem Gusto über mich her, dass ich alle meine Ängste vergaß. Als ich instinktiv die Knie schloss, um mich zu bedecken, sie dazwischen einklemmte, schob sie meine Beine wieder auseinander. Ich hielt mir die Hände vors Gesicht, presste die Lippen zusammen, um mein Stöhnen zu dämpfen, doch sie griff nach oben, packte meine Hände und führte sie an ihren Kopf, wies mich schweigend an, ihn gegen meine Möse zu pressen. Ich gehorchte, fuhr ihr durch die Haare, drückte sanft auf ihren Kopf, und sie vergrub ihre Zunge tief in mir. Ich drückte fester, klemmte sie ein und rieb mich an ihr. Gedämpfte Laute entwichen ihren Lippen.

Jetzt hatte ich nicht mehr das Gefühl, verletzlich zu sein, mich Clarissas Forderungen zu unterwerfen. Erregung durchlief mich, wärmte mich und befreite mich von meiner Befangenheit. Ich hielt sie fest, schob meine Möse an ihr Gesicht, und je mehr ich ihr entgegenkam, desto schneller und tiefer drang ihre Zunge in mich ein. Ihr Speichel vermischte sich mit meinen Säften, ein Cocktail der Lust, der durch das Tal meiner Möse und weiter zu meinen Pobacken lief. Hitze stieg in mir auf, und ich lauschte den Geräuschen, die unsere Körper machten, dem Klatschen feuchter Haut auf Leder, dem leisen Knurren aus ihrer Kehle, dem Kratzen meiner Fingernägel auf dem Sofa.

Sie hielt inne, gönnte mir eine kurze Pause vom Ansturm der Gefühle, die ihre Liebkosungen in mir auslösten. Ich schwankte am Rand der Reizüberflutung, zwischen intensiver Lust und

Schmerz. Ich atmete aus, spürte, wie sich meine Muskeln entspannten, und gerade als meine überhöhte Erregung abzuebben begann, machte sie ihren Finger nass und ließ ihn sanft in meinen Anus gleiten. Ihre Zunge kehrte zu meiner Klitoris zurück, umkreiste meinen voll aufgerichteten Kitzler mit langsamen Bewegungen. Mein ganzer Körper spannte sich wieder an; ich erbebte und kam. Sie ignorierte meine Versuche, sie wegzuschieben, hielt mich an sich gedrückt, leckte mich immer weiter, bis die erste Welle meines Orgasmus abklang, sich eine weitere aufbaute, Schicht um Schicht, und ich erneut kam.

Schließlich gab sie mich frei, und ich sackte zurück aufs Sofa, vollkommen erschöpft. Bevor ich wieder zu Atem kam, drehte sie mich auf den Bauch. Ich kam auf die Knie hoch und wandte mich zu ihr, doch sie legte mir die Hand ins Kreuz.

»Halt still«, flüsterte sie. »Wir sind noch nicht fertig.«

Sie beugte sich über den Sofarand und zog einen Holzkasten darunter hervor. Die Scharniere knarrten, als sie ihn öffnete. Sie nahm einen Gegenstand heraus, so vorsichtig, als wäre er eine gefährliche Waffe. Im flackernden Kerzenlicht konnte ich ihn nicht richtig erkennen, nur dass er dunkel war und eine phallische Form hatte.

»Bist du je penetriert worden, Moana?«, fragte sie. Dabei sah sie mich nicht an. Ihr Blick blieb auf den Dildo in ihren Händen gerichtet. Als sie ihn hochhielt, war ich beeindruckt von der Größe und dem glänzenden, schwarzen Schimmer. Ich hatte noch nie einen Dildo gesehen, wobei ich natürlich wusste, dass es so etwas gab, und mir sogar ausgemalt hatte, einen bei Iris zu benutzen.

»Nein«, erwiderte ich.

»Würdest du gerne?«

Wieder dachte ich an Iris, in einer Mischung aus Bitterkeit und Schuldgefühlen. Ich wusste, dass sie mich nie penetrieren würde, warum sollte ich mich dann für sie aufsparen? Vor allem, da ich schon so weit gegangen war.

Ich nickte. »Ja.«

Clarissas Augen funkelten.

»Mein Gurt ist oben …«, erklärte sie. »Nächstes Mal werde ich dich richtig ficken. Heute begnügen wir uns erst mal mit einer sanften Einführung …«

Eine sanfte Clarissa konnte ich mir nicht vorstellen.

Ich brachte meinen Körper in dieselbe Stellung, die ich bei Iris gesehen hatte, als Thomas sie von hinten nahm. Auf allen vieren mit durchgedrücktem Rücken. Ich spannte mich an, wartete auf den Schmerz. Mein Herzschlag wurde schneller, erwartungsvoll.

»Entspann dich …«, murmelte sie. Ihre Stimme war sanft, beruhigend, aber ich schaffte es nicht, mich gehen zu lassen. Ich fühlte mich wie am Rand eines Abgrunds, kurz davor, in eine andere Welt zu fallen. Als würden die nächsten paar Sekunden den Verlauf meines Lebens unwiderruflich verändern.

Der Dildo in mir fühlte sich besser an, als ich mir je vorgestellt hätte.

Ich stöhnte.

»Na, siehst du«, sagte Clarissa, »dir gefällt es, gefickt zu werden, nicht wahr?«

»O Gott, ja, ja«, brachte ich hervor. Ich streckte ihr meinen Hintern entgegen, als sie in mich hineinstieß. Für mich war es, als würde Clarissa mich ficken. Ihr Dildo war genauso echt wie jeder Schwanz. Ich umklammerte ein Kissen und biss hinein, um nicht zu schreien. Sie stieß ihn in mich, ihre Stöße abwechselnd kurz und lang, fest und sanft, bis ihr Arm müde wurde.

»Du bist eine unersättliche kleine Schlampe«, bemerkte sie, als sie das Spielzeug herauszog. »Kaum zu glauben, dass du Jungfrau bist.«

»Warst«, verbesserte ich sie.

»Wohl wahr. Das hängt allerdings von deiner Definition ab. Hast du je daran gedacht, mit einem Mann zu ficken? Würdest du das gerne?«

Ich dachte an Thomas, an seinen festen Hintern, seinen erigierten Schwanz. Das war kein unangenehmer Gedanke, obwohl sein nackter Körper ein unvertrauter Anblick gewesen war. Ich fantasierte nie über Männer. Körperlich zogen sie mich nicht so an wie Frauen. Und doch war ich neugierig, wie sich ein Penis in mir anfühlen würde. Er würde wärmer, weicher sein als ein Dildo, nahm ich an, weniger starr.

»Ich könnte es in Erwägung ziehen.«

»Vielleicht können wir irgendwann so etwas arrangieren«, meinte sie leichthin, als ginge es darum, sich zum Essen zu verabreden oder zum Kartenspielen.

Gern hätte ich mehr über ihre Beziehung zu ihrem Partner erfahren und welche Vereinbarungen sie mit ihm getroffen hatte. Viele Fragen lagen mir auf der Zunge. Schlief er auch mit anderen Frauen? Oder anderen Männern? Hatten sie als Paar Sex mit anderen? Hatte sie mich gerade zu einem flotten Dreier eingeladen? Bei dem Gedanken errötete ich und fragte mich, ob Edward meine nicht ganz so gedämpften Schreie gehört hatte. Möglicherweise war er sogar die Treppe heruntergekommen, um nachzusehen, hatte uns von oben heimlich beobachtet, während wir miteinander beschäftigt waren. Erregung durchflutete mich bei der Vorstellung, dass wir von Clarissas Ehemann in flagranti ertappt worden waren.

Aber jetzt war nicht der Moment für weitere Fragen. Träge streckte ich die Arme über den Kopf aus und sah hoch. Sonnenstrahlen drangen durch ein hohes Fenster. Ich schoss hoch, als mir klar wurde, wie spät es bereits war.

»Soll ich dir ein Taxi rufen?«, fragte Clarissa.

»Bitte.« Ich warf ihr einen dankbaren Blick zu. Sie war immer noch voll bekleidet. Ein leichter Schweißfilm lag auf ihrer Stirn, und ihre Augen wirkten müde.

»Es … es tut mir leid«, sagte ich. »Ich war furchtbar selbstsüchtig. Möchtest du, dass ich …«

Sie lachte. »Sehr süß von dir, aber dazu ist es jetzt zu spät. Und außerdem, nein. Ich habe es sehr genossen, dich in die Freuden des Sex einzuführen … und um mich brauchst du dir keine Gedanken zu machen. Ich werde ein bisschen schlafen und danach zu Edward gehen.«

Sie reichte mir meine Sachen und Geld fürs Taxi.

»Ich würde dir anbieten, zu duschen und zu frühstücken, aber es ist schon spät, und ich weiß, dass du zu deiner Geliebten musst.«

Die Uhr am Taxameter stand auf sechs. Ich sagte dem Fahrer, ich hätte es eilig, und er raste durch die nahezu leeren Straßen Londons. Noch hatte der morgendliche Stoßverkehr nicht eingesetzt.

So leise wie möglich drehte ich den Schlüssel im Schloss, dankbar dafür, dass Iris keinen leichten Schlaf hatte.

Sie schlief ruhig weiter, während ich mich auszog und neben ihr ins Bett schlüpfte in der Hoffnung, nur nach einer durchzechten Nacht zu riechen – Zigarettenrauch und ein Hauch Alkohol, der von überallher stammen konnte – und nicht nach Clarissa.

Sie rührte sich nicht, und als ich wieder aufwachte, war ihre Seite des Bettes leer.

4

GEISTERTÄNZER

Der Sommer kam.

Thomas' Eltern waren in die Karibik gereist, und er hatte sich entschlossen, in London zu bleiben, hatte aber Zugang zu ihrem Haus in den Chiltern Hills. Seit Wochen schwärmte er uns nun schon von der Villa vor, mit dem großen Grundstück und dem Wald, dem beheizten Swimmingpool, den einladenden Ecken und Winkeln und der luxuriösen Ausstattung. Angeblich plante er die Gartenparty schon seit mehreren Wochen, und natürlich hatte er Iris eingeladen und mich automatisch mit.

So ganz recht war mir das nicht, weil ich dadurch zwei Arbeitstage im Princess Empire versäumen würde, was ich mir nur schlecht leisten konnte. Andererseits erfüllte es mich aber mit Argwohn, dass Iris ein ganzes Wochenende mit Thomas verbringen würde. Vielleicht fürchtete ich, sie würde nicht zurückkommen und zu ihm ziehen, wenn ich nicht dabei war, als ständige Erinnerung daran, was uns nach wie vor körperlich und emotional verband – trotz Thomas' zunehmender Präsenz in unserem Leben.

Als sie davon erfuhr, bestand Clarissa darauf, dass ich mitfuhr.

»Das Theater wird auch ohne dich auskommen«, sagte sie. »Außerdem hast du noch keinen Tag Urlaub genommen, seit du hier bist. Der steht dir zu. Der Tapetenwechsel wird dir guttun. Ein bisschen lebensechter Glamour statt der Flitterscheinwelt des Theaters.«

Da sie mein Zögern spürte, schlug sie vor, ich solle Gwillam mitnehmen. Die Geschichte meiner Wiedervereinigung mit diesem lang verschollenen Vetter hatte sie besonders amüsiert.

Zudem war Iris offenbar wirklich erpicht darauf, dass ich mitkam, als wäre sie sich immer noch unsicher über den tatsächlichen Stand ihrer Beziehung zu Thomas. »Ich mag ihn zwar, aber dich brauche ich auch nach wie vor«, gestand sie. »Du bist mein Anker. Vielleicht bedeutet das, dass ich habgierig bin, aber was soll's; wer hat denn je behauptet, es sei falsch, alles auf einmal haben zu wollen?«

Ich rief Gwillam in seiner Kanzlei an, erfuhr jedoch, dass er sich ein paar Tage freigenommen hatte. Eine andere Möglichkeit, ihn zu erreichen, hatte ich nicht.

Wir verließen London am späten Abend. Thomas und Iris waren nach der Arbeit rasch nach Hause gefahren, um ihr Gepäck fürs Wochenende zu holen. Ich hatte den ganzen Tag Zeit gehabt, zu packen und zu warten, und war bei der Aussicht auf die nächsten zwei Tage bereits nervös. Iris hatte erwähnt, es werde ein glanzvolles Fest werden, an dem Politiker, Prominente und sogar Filmstars teilnehmen würden, was ihr anscheinend sehr gefiel. Mir nicht.

Wir hörten die Hupe von Thomas' kleinem, in zweiter Reihe geparktem Renault R4, liefen hinaus auf die Straße und stiegen in den Wagen.

»Bereit für ein Abenteuer?«, fragte Thomas.

»Unbedingt«, erwiderte Iris und machte es sich auf dem Beifahrersitz bequem, ohne auf mich zu achten, während ich auf dem Rücksitz von einer ungewöhnlichen Menge Gepäck eingeklemmt wurde. Wie viel Zeug brauchte Thomas denn?

Wir überquerten den Fluss und krochen am West End vorbei durch Holborn, bis wir Camden Town erreichten. Danach war mir alles unbekannt. Thomas wies uns auf Hampstead und die

Randgebiete der Heath hin, als wir einen steilen Hügel hinauffuhren, danach verschwammen die Ausblicke durch das offene Autofenster in der Dunkelheit und einem gewundenen Labyrinth von mit Bäumen gesäumter Straßen, bis wir schließlich aus der Stadt hinaus auf eine schnurgerade Landstraße kamen, die kein Ende nehmen wollte. Im dichten Feierabendverkehr ging es nur langsam voran.

Eine Stunde später bogen wir von der verstopften Hauptverkehrsader auf eine schmale Straße ab, überdacht von Baumkronen, die mich an den Eingang zu einem Märchenland denken ließen, und immer noch ging unsere Fahrt in die Dunkelheit weiter.

»Wir sind gleich da«, rief Thomas. Iris, die eingedöst war, regte sich und richtete sich auf.

Nach links ging ein weiteres, noch schmaleres Sträßchen ab, gesäumt von hohen Hecken und gerade breit genug für ein Auto. Thomas fuhr langsamer. Ich überlegte, was wohl passieren würde, wenn uns ein anderer Wagen entgegenkam; ohne Kratzer würden sie nicht aneinander vorbeikommen.

Zehn Minuten folgten wir dieser dürftigen Fahrspur. Straßenlaternen gab es nicht, doch Thomas fuhr sicher und gleichmäßig.

Dann wurde der Weg breiter, und wir fuhren über Kies. Vor uns konnte ich die Umrisse eines riesigen Gebäudes ausmachen, in dem nur ein paar Lichter brannten. Die Villa wirkte wie aus einem Film, majestätisch, mehrstöckig, mit weiß getünchten Gesimsen und unendlich vielen Fenstern. Davor parkte ein halbes Dutzend Autos, eines luxuriöser als das andere.

»Trautes Heim, Glück allein«, sagte Thomas und stellte den Renault auf der Kiesauffahrt im rechten Winkel zu einem schnittigen, glänzenden, feuerroten italienischen Sportwagen ab. »Die Kutsche meiner Schwester«, verkündete er.

»Was macht sie beruflich?«, fragte Iris.

»Irgendwas im Modebereich«, erwiderte Thomas. »Aber nur als Hobby. Sie hat reiche Liebhaber …« Er lachte.

Soweit ich mich erinnerte, hatte er nie eine Schwester erwähnt. Zumindest nicht mir gegenüber. Vielleicht wusste Iris von ihr. Doch meine Freundin schwieg, ganz versunken in die Betrachtung des Gebäudes.

»Genau genommen«, fügte er hinzu, »ist Tilly diejenige, die das Fest organisiert …«

Eine weitere Enthüllung.

»Ist sie älter als du?«, konnte ich mir nicht verkneifen zu fragen, da meine Neugier geweckt war.

»O ja. Vier Jahre älter. Tilly ist die Kurzform von Matilda. Ich nenne sie immer so. Sie hasst Spitznamen, was der Grund ist, warum ich ihn verwende. Aber ihr sprecht sie besser mit ihrem richtigen Namen an, wenn ihr sie kennenlernt«, riet uns Thomas.

Wir holten unser Gepäck aus dem Wagen und stiegen die wenigen Stufen zur Eingangstür der Villa hinauf, die offen stand und strahlendes Licht über die dunkle Schwelle warf. Ich hörte das Brummen weiterer Autos, die über den Kiespfad kamen und geparkt wurden. Große und teure, wie ich am gedämpften Dröhnen ihrer starken Motoren erkannte.

Thomas' Gepäck musste mindestens eine Tonne wiegen, und er geriet unter dem Gewicht beinahe ins Schwanken.

»Was hast du denn so Schweres in dem Koffer?«, fragte ihn Iris.

»Abendkleider für euch beide«, antwortete er. »Ich nehme nicht an, dass ihr welche mitgebracht habt, oder?«

Wir besaßen keine Abendkleider. Das hätte jeder erraten können, aber seine Anmaßung ärgerte mich.

Wir folgten ihm zögernd eine Anzahl breiter Treppen hinauf,

dann kreuz und quer verlaufenden schmalen Korridoren mit niedriger Decke, bis wir schließlich unser Zimmer unter dem Dach erreichten. Man hatte uns zusammen untergebracht, stellten wir fest. Irgendwie war ich (und wohl auch Iris?) davon ausgegangen, dass wir getrennte Zimmer bekämen und sie bei Thomas nächtigen würde.

»Wie es sich gehört ...«, sagte er, als er unser Erstaunen bemerkte, und lächelte verhalten.

Wir stolperten ins Zimmer, suchten nach dem Lichtschalter und ließen unsere Reisetaschen zu Boden fallen, während Thomas seine Koffer weiter den Korridor entlangschleppte.

»Ich bin am anderen Ende«, rief er uns über die Schulter zu.

Ich wollte gerade die Tür zuknallen, als er hinzufügte: »Seid um Mitternacht bereit!«

»Um Mitternacht?«, fragte Iris.

»In diesen hinreißenden Abendkleidern, meine Damen! Sobald ich ausgepackt habe, bringe ich sie an eure Tür. Vergesst es nicht ...« Seine Stimme verklang.

»Wie die wohl aussehen?«, meinte Iris sichtlich aufgeregt.

»Ich hoffe nur, er hat Geschmack, damit wir nicht wie die letzten Flittchen daherkommen werden«, gab ich zurück.

Iris machte sich gerade im Bad frisch, als ich Schritte vor der Tür hörte.

»Ich glaube, er hat unsere Kleider gebracht«, sagte ich zu ihr, als sie ins Zimmer zurückkam.

Sie rannte zur Tür.

»Unglaublich!«, rief sie und trippelte mit zwei großen Biba-Einkaufstüten unter den Armen wieder herein.

Ich wusste, dass Biba nicht nur eine exklusive Marke war, sondern auch – laut den in der Garderobe herumliegenden Modemagazinen, die ich in meiner Pause manchmal durchblätterte – die momentan angesagteste. Wie viel hatte ihn das gekostet?

Oder waren die Kleider nur geliehen? Und kannte er überhaupt unsere Größen?

Aufgeregt warf Iris die beiden Einkaufstüten aufs Bett und kippte den Inhalt auf die dunkle Chenille-Tagesdecke.

Zwei schimmernde Kleider in unterschiedlichen Farben und offenbar identischem Schnitt purzelten heraus. Ich entschied mich für das hellgelbe und Iris für das pinkfarbene.

Der Stoff fühlte sich wie Baumwolle an, schmiegte sich aber in ungewöhnlicher Weise an die Haut, betonte jede Rundung und Vertiefung unserer Körper. Und die Kleider passten wie angegossen, als wären sie uns direkt auf den Leib geschneidert worden. Die Kleider waren schulterfrei, mit einem tiefen V-Ausschnitt, der ein langes schmales Stück Haut frei ließ; unsichtbare Körbchen aus verstärktem Material stützten raffiniert unsere Brüste, als wäre die Schwerkraft aufgehoben. Von dort fiel der edle Stoff elegant bis zur Taille hinab, wo er uns fest einschnürte, ohne die plumpe, sichtbare Einzwängung eines Korsetts. Unter der engen Taille bauschten sich die Kleider auf wie Blüten, bis hinab zu den Knien. Die glänzenden Schuhe, die ebenfalls in den Tüten gesteckt hatten, passten farblich dazu, modisch und elegant, offensichtlich nagelneu und mit gefährlich hohen Absätzen.

Wir halfen einander in die Kleider, staunten über die Seidigkeit des Stoffs und wie sinnlich er sich auf unserer nackten Haut anfühlte.

»Fast zu schade zum Tragen«, meinte Iris. Nach der ersten Anprobe hatte sie das Kleid wieder ausgezogen und stand nun in ihrem Slip da. Den schlichten BH mit den verwaschenen Trägern hatte sie bereits abgelegt. »Ich wünschte, ich hätte etwas, das ich darunter tragen könnte.«

Ich griff nach der Biba-Tüte auf dem Bettüberwurf und drehte sie um, schüttelte sie in der Hoffnung, dass noch weitere Schätze darin verborgen waren. Wie durch Magie fielen in einem Hauch aus gelber und pinkfarbener Seide zwei durchsichtige Slips heraus.

Ich konnte nicht glauben, dass Thomas über eine derart feminine Weitsicht verfügte. Bestimmt steckte seine Schwester Matilda hinter all dem.

Auch die Slips passten perfekt. Sie waren so leicht, dass es uns vorkam, als trügen wir nichts, als wären sie aus Luft.

»Wir werden Prinzessinnen sein«, kicherte Iris in Erinnerung an kindliche Spiele in Neuseeland. Ich lächelte, obwohl ich innerlich mit den Zähnen knirschte. Ich eignete mich nicht zur Prinzessin, fühlte mich unbehaglich, fehl am Platz und viel zu bloßgestellt in solchem Firlefanz.

Ich warf einen Blick auf die Uhr.

»Bis Mitternacht ist es noch knapp eine Stunde«, bemerkte ich.

»Oje«, rief Iris. »Wir müssen uns waschen. Was mit unseren Haaren machen. So können wir nicht bleiben, oder?«

Weitere Überraschungen erwarteten uns im Bad. Eine schier unglaubliche Auswahl an Lotionen, Cremes, Parfüms, Kämmen, Shampoos, Spülungen, Bürsten, Schminkutensilien, Lippenstiften und Puder direkt wie aus einem Hollywoodfilm, dazu jede Menge Spiegel in allen Formen und Größen, in denen wir unser Aussehen für diese Nacht perfektionieren konnten. Nichts war dem Zufall überlassen worden.

Wir stürzten uns darauf und verwöhnten uns nach allen Regeln der Kunst.

Iris wusch sich die Haare, und ich bürstete sie ihr. Sie schäumte fast über vor Energie, war aufgeregt und strahlte. Am liebsten hätte ich sie direkt ins Bett gezerrt, verzaubert von ihrer kindlichen Schönheit und ihren tausend neuen Düften. Während ich hinter ihr stand, sah ich bei jedem Strich mit der Haarbürste über ihre zarte Kopfhaut, wie die Spitzen ihrer Nippel härter wurden. Es gibt Augenblicke, in denen man sich wünscht, die Welt würde innehalten und für immer so bleiben. Dies war so einer.

Dann war ich dran, und Iris schrubbte mich ab, wusch mich, rieb mich trocken und steckte mein Haar zu einer Frisur auf, die hoffentlich schick genug war, um zu meinem Kleid zu passen.

»Ich möchte dich psychedelisch haben«, rief Iris, die vor Aufregung schier platzte. Thomas hatte sie vor ein paar Wochen zu einem Konzert in einem Theater an der Shaftesbury Avenue mitgenommen, bei dem ein neues amerikanisches Gitarrenass namens Jimi Hendrix zum Abschluss seine Gitarre in Brand gesetzt hatte. Seither bezeichnete sie alles als psychedelisch!

Sie durchstöberte das Bad auf der Suche nach Glitzer und Farben, aber ich hielt sie auf.

»Ich geh nicht als Regenbogen zu der Party«, warnte ich sie.

»Oh ...«

Ihr Blick war flehentlich.

»Das würde so viel Spaß machen ...«

»Auf keinen Fall.«

Selbst bei mir gab es Grenzen.

31. Oktober 1921, London

Liebes Tagebuch, ich habe dich in den letzten drei Wochen vernachlässigt ... kaum zu glauben, dass es nur drei Wochen waren. Es kommt mir so viel länger vor, als verginge die Zeit hier langsamer, jede Minute wie eine Stunde, weil ich versuche, jeden Moment voll und ganz auszukosten.

So viel ist in dieser kurzen Zeit geschehen.

Heute Abend lag ein Hauch von Frost in der Luft, ein erster Hinweis auf den kommenden Winter. Aber mir war das völlig egal, weil ich in London war, zum ersten Mal richtig in London. Mit

Leib und Seele. Die ganze Stadt wirbelte um Gladys und mich wie ein Tornado um das Auge des Sturms.
Mrs. Moorcroft hegte keinen Verdacht, als ich mich hinausschlich. Und warum sollte ich mich vor meiner Vermieterin rechtfertigen müssen? Solange ich meine Miete pünktlich zahle und mein Zimmer sauber halte, sollte alles andere unwichtig sein. Das Zimmer ist so groß wie unsere Speisekammer zu Hause, das Bett ist so kurz, dass meine Füße heraushängen (und das, obwohl ich nur einen Meter fünfundsechzig groß bin), und die Matratze ist so durchgelegen, dass ich manchmal das Gefühl habe, auf dem Boden zu schlafen. Ich weiß, ich sollte dankbar dafür sein, weil es selbst in dieser modernen Welt nicht leicht ist, eine geeignete Unterkunft in London zu finden, vor allem, wenn man eine Frau ist, ohne Ehemann oder Vater im Rücken. Ich bin sicher, Mrs. Moorcroft hielt mich anfangs für eine Prostituierte.
»Herrenbesuch ist nicht gestattet«, sagte sie, als ich ihr die wackelige Holztreppe hinauffolgte und betete, sie würde nicht unter dem Gewicht des ausladenden Hinterns der Frau zusammenbrechen. »Man könnte eine Tasse samt Untertasse darauf abstellen«, hätte mein Vater gesagt, natürlich nur, wenn er dachte, ich hörte nicht zu. Schwer zu glauben, dass sie sich ausschließlich von den rationierten Lebensmitteln ernährt. Wahrscheinlich hortet sie Butter und Zucker in ihrer Kittelschürze.
Mrs. Moorcroft hat noch fünf weitere Zimmer vermietet, an eine schwermütige Kriegerwitwe, so dünn, dass sie fast unsichtbar ist, an zwei rotgesichtige Köchinnen mittleren Alters aus dem Norden, die zusammen in Gemeindeküchen bei Clapton Pond schuften, an ein weiteres irisches Mädchen, dessen Familie schwere Zeiten durchlebt hat und das eine Ausbildung zur Rechtsanwaltsgehilfin macht. Außerdem wohnt die alte Mutter unserer Vermieterin hier, immer in Schwarz gekleidet und in einer Ecke lauernd, um uns nachzuspionieren.

Fröhlich geht es hier also nicht zu.

Mich ebenfalls als jugendliche Kriegerwitwe auszugeben und damit an Mrs. Moorcrofts Mitgefühl zu appellieren, fällt nicht schwer, und ich nütze es schamlos aus, obwohl es mich schmerzt, den Tod geliebter Menschen zu missbrauchen. Vor allem für ein so beengtes Kabuff in einem schäbigen Stadtteil wie Islington. Aber wenigstens hat das Zimmer ein Waschbecken, in dem ich mir abends das Gesicht waschen kann, ohne den ganzen Flur – so schmal, dass man das Gefühl hat, die Wände wollten einen aufsaugen – zum einzigen Badezimmer des Hauses hinunterzugehen, und ein schiefes Regalbrett, auf das ich eine Topfpflanze stellen kann, um Farbe in den Raum zu bringen, und das mir Platz für meine Bücher bietet. Ich habe nur sehr wenige mitgebracht, da sie den Koffer so schwer machten und es mir verrückt vorkommt, das bisschen Platz mit Romanen und Gedichtbänden zu füllen. Doch ich tue es trotzdem, denn was nützt es, sich um die Bekleidung des Körpers zu sorgen, wenn die Seele Hunger leidet? Ich nehme die Bücher oft herunter, streiche mit dem Finger über die Beschriftung des Buchrückens und stelle sie wieder zurück. Über die Auswahl der Bücher, die ich mitnehmen wollte, hatte ich mir mehr den Kopf zerbrochen als über alles andere. Schließlich hatte ich drei ausgewählt. Edith Whartons Zeit der Unschuld, *eine zerfledderte Ausgabe, die jemand nur ein paar Wochen zuvor in einem Zugabteil hatte liegen lassen, L. Frank Baums* Der Zauberer von Oz *– obwohl ich mich ein bisschen dafür geniere, immer noch Kinderbücher zu lesen, liebe ich dieses Märchen mehr als alle anderen – und einen populären Liebesroman, dessen Titel ich nicht mal dir verraten werde, mein liebes Tagebuch, damit du mich nicht für albern oder, schlimmer noch, für unmoralisch hältst. Gewisse Seiten davon zu lesen, wärmt mich des Nachts sogar noch mehr, als vor Mrs. Moorcrofts Kamin in ihrem plüschigen Wohnzimmer zu sitzen, auch wenn ich bei diesem Geständnis rot werde.*

Bevor ich von zu Hause fortging, hatte Father Kelly mir eine Zeitschriftenseite aus einem Magazin gegeben, das ihm ein Verwandter aus dem fernen New York geschickt hat. Auf der Seite war ein Gedicht von Robert Frost abgedruckt, das ich neben meinem Bett an der Wand befestigt habe.
Jeden Morgen nach dem Aufwachen lasse ich mir die süßen, bewegenden Worte auf der Zunge zergehen, und abends vor dem Einschlafen ebenfalls. Jetzt meine ich, Lust und Verlangen schmecken zu können, zumindest, wenn man mir die Möglichkeit dazu gibt. Mir dieses Gedicht zu schenken, war eine so seltsame Wahl, und ich frage mich, nicht zum ersten Mal, was Father Kelly in mir sah, das ihn dazu brachte, mich auf diese Weise zu unterrichten, aber ich bin ihm trotzdem dankbar.
Ich schlafe bei offenem Fenster, ganz egal, wie das Wetter ist. Das Fenster hat sowieso nur die Größe eines Taschentuchs, daher dringt nicht viel Regen herein, und der Wind verfängt sich meist unter der Dachtraufe. Mir gefällt das Geräusch der zischenden Autoreifen auf dem nassen Asphalt und sogar der Geruch der Auspuffgase von der Islington High Street.
Findest du mich seltsam? Das habe ich auch Gladys gefragt, als ich ihr mein Zimmer zeigte und sie durch meine Bücher blätterte, das Gedicht an der Wand las und sich auf Zehenspitzen stellte, um aus meinem kleinen Fenster zu schauen. Sie trug einen knallroten Schal mit Fransen, den sie sich um Hals und Wangen gelegt hatte, um die Kälte abzuwehren, daher konnte ich ihr Gesicht nicht richtig sehen.
»Du bist einfach, wer du bist«, erwiderte sie.
Ich danke meinem Schicksal, dass ich sie gleich am ersten Tag kennenlernte, als ich endlich in Londons quirliger Euston Station eintraf, dem Hauptbahnhof der London and North Western Railway, mit meinem alten gestreiften Koffer, der früher meinem Vater gehört hat, so abgenutzt, dass die Verschlüsse aufspran-

gen, als ich ihn die Treppe hinaufziehen wollte. Da tauchte sie aus dem Nichts auf, mit meinen verstreuten Schlüpfern in der Hand, wie ein Engel, obwohl ich bezweifle, dass Engel – falls es sie gibt – noch kleiner sind als ich, rotblonde Haare, Sommersprossen und eine Stimme haben, die besser zu einer Marktfrau aus dem East End passen würde. Ohne sie hätte ich diese Nacht auf der Straße verbracht, nehme ich an, statt neben ihr in dem schmalen Bett ihres Mietzimmers zu liegen, nur ein paar Straßen entfernt von der U-Bahn-Station Angel und direkt neben der St. Mary's Church.

»Ich geh nicht in die Kirche«, sagte Gladys entschieden. »Ich glaub nicht an all diesen Gottesquatsch. Um mein Glück kümmere ich mich selbst. Und außerdem ist er gruselig, dieser große hohe Turm, der alles überragt.« Da beschloss ich auf der Stelle, dass wir Freundinnen werden würden.

Was für ein seltsames Gefühl, das Bett mit einer Frau zu teilen. Ich überlegte, ob es wohl so war, wenn man eine Schwester hatte. Und doch sagte mir mein Herz, dass es sich neben einer Schwester nicht ganz so angefühlt hätte. Gladys' Haar war so weich und roch etwas eigentümlich – sie erzählte mir, sie benutze rohe Eier als Spülung. Das kam mir sehr verwegen vor, da ich mir vorstellen konnte, was meine Mutter dazu gesagt hätte, gute Eier für die Haare zu verschwenden. »Denk an all die hungrigen Kinder«, mahnte sie mich stets, wenn ich es nicht schaffte, den Teller leer zu essen.

Die Arbeit bei »Butler und Butler, Reparaturarbeiten und Schneiderei« ist schwer, schwerer als die Feldarbeit, weil man sich da drinnen eingesperrt fühlt und über allem ein beißender Geruch liegt, als müsste mal ordentlich gelüftet werden. Die ganze Zeit an der Nähmaschine zu sitzen, ist ermüdender als zu stehen, sogar noch ermüdender, als Erde mit einer Hacke aufzulockern. Aber Gladys arbeitet auch dort, und ich bin dankbar, dass sie mir die Stelle vermittelt hat. Mit ihr zu plaudern, lenkt mich von der Schufterei ab, und es ist nur eine halbe Stunde zu Fuß bis Highbury, entlang der Upper Street und links an der Ecke Highbury. Nebenan ist eine Bäckerei, ganz in Rot und Weiß gestrichen, die den köstlichsten Früchtekuchen verkauft, sogar noch besser als der meiner Mutter, obwohl ich das ihr gegenüber nie zugeben würde, doch selbst der herrlichste Kuchen von London könnte mich nicht von meiner Arbeit als Näherin ablenken. Wenn ich abends die Augen schließe, höre ich immer noch das schnelle Surren der Nadel, und manchmal zuckt mein Fuß im Schlaf auf und nieder, als säße ich immer noch an der Maschine.

Gladys ist freundlich zu Harold Butler jr., dem Sohn von Mr. Butler, dem das Geschäft gehört. Der Junior ist ein schrecklicher Kerl mit einem flachen Gesicht wie ein Mops und einem untersetzten, rundlichen Körper mit O-Beinen, die ihn wie einen aufrecht watschelnden Frosch aussehen lassen. Wegen seiner Beine war er vom Militärdienst befreit, behauptet er zumindest, und er trägt stets einen Gehstock bei sich, wegen seines »Zustands«, wenngleich er ihn offenbar nie benutzt. Von Gladys lässt er sich Harold nennen, doch wir anderen müssen ihn mit »Mr. Butler« ansprechen. Er wird nie »Harry« gerufen, nicht mal von seinem Vater. Ursprünglich hieß das Geschäft nur »Butler und Co.«, doch Mr. Butler jr. bestand auf der Änderung, weshalb die Hälfte der Buchstaben auf dem Ladenschild inzwischen verblichen ist und die andere Hälfte dem Betrachter fett und schwarz entgegenspringt. Um Geld zu sparen, haben sie nur den einen Teil übermalt.

Mir ist unbegreiflich, warum Gladys züchtig die Lider senkt, wenn der junge Mr. Butler ihr lüsterne Blicke zuwirft. Das reizt ihn nur umso mehr. Darüber hatten wir unseren ersten Streit. »Ermutige ihn doch nicht auch noch!«, zischte ich sie an, und sie nannte mich einen eifersüchtigen kleinen Dummkopf und eine

Landpomeranze und sagte, ich solle die Klappe halten. Dann beförderte er sie von der stumpfsinnigen Fertigung von Männerhemden und Hosen zu den zarteren maßgeschneiderten Luxusartikeln und erhöhte zusätzlich noch ihren Lohn. Ich war nach wie vor wütend auf sie, und noch wütender auf mich, so naiv zu sein.

Natürlich hätte es sonst keine Möglichkeit gegeben, unsere Halloween-Kostüme zu nähen. Trotz ihrer Lohnerhöhung hatten wir nach Abzug aller Kosten keinen Farthing mehr übrig, und ich am wenigsten, da ich noch vierzehn Tage auf meinen ersten Lohn warten musste.

Sie benutzte Mr. Butler, das wusste ich und zog einige Genugtuung daraus, dass sie ihn eigentlich nicht mochte. »Und was geht es dich überhaupt an, wenn ich ihm schöne Augen mache?«, fragte sie mich, und ich hatte keine Antwort darauf. »Ich mache vielen Jungs schöne Augen«, beharrte sie und zählte sie auf, bis ich sie bat, damit aufzuhören. Dem Schlachter, dem Bäcker, dem Kerzenzieher … »Wir müssen dich ein paar Gentlemen vorstellen, Bauernmädchen«, meinte sie. »Nicht nur Männern – ich werde dich in die Welt einführen.« Sie habe einen Plan, sagte sie. Ein Geheimnis. »Was für eins?«, fragte ich. »Tja, es wäre wohl kein Geheimnis mehr, wenn ich es dir verrate, oder?«, spottete sie. Schließlich gestand sie mir, was sie getan hatte.

»Das ist Diebstahl«, zischte ich sie an, als sie ein loses Dielenbrett im Pausenraum anhob. Dutzende Male hatte es schon geknarrt, wenn ich darauftrat, aber ich hatte mir nie Gedanken darüber gemacht, was darunter liegen könnte; sie zeigte mir ein Bündel Stoff, das sie heimlich angehäuft hatte. Pailletten, die an teure Kleider genäht und im West End in eleganten Läden an reiche Frauen verkauft worden wären. Gelber und rosafarbener Chiffon, kannst du dir das vorstellen! Ein wahrer Schatz.

»Blödsinn«, gab sie zurück. »Ich bessere nur unseren Lohn auf.

Du weißt, dass sie uns viel zu wenig zahlen. Selbst die Straßenfeger verdienen doppelt so viel wie wir. Außerdem sind das die Farben der letzten Saison, Stoffe, die sich nicht gut verkauft haben. Niemand wird merken, dass etwas fehlt.« Ich war mir immer noch unsicher. »Du wirst mich doch nicht verraten, versprich es mir, Joan. Du musst es mir versprechen!«, flehte sie. Nun ja, was blieb mir anderes übrig, sie war meine einzige Freundin auf der Welt.

»Da ist auch genug für dich«, sagte sie. »Wenn wir sparsam damit umgehen und die Röcke kurz machen.« Sie kicherte.

Selbst nach einem langen Arbeitstag kam es mir nicht wie Mühsal vor, im schwachen Licht meines Zimmers zu sitzen und mit der Hand zu nähen. Wir machten uns auch Masken aus Pappe, auf die wir ein winziges Stück kostbarer Seide klebten, und rosa Federn aus Mrs. Moorcrofts Staubwedel.

Um aus dem Stoff für uns beide Kostüme zu nähen, mussten wir sie tief ausschneiden und die Röcke beängstigend kurz machen. Wäre in meinem Zimmer ein ausreichend großer Spiegel gewesen, hätte ich wahrscheinlich nicht hineinschauen können, ohne rot zu werden. Ich konnte nur Gladys mit ihrem zum Knoten aufgesteckten Haar, den baumelnden Ohrringen – sie hatte sie so geschickt hergestellt, mit Knöpfen an den normalen Kreolen – und dem gewagten Rot auf den Lippen betrachten und mir vorstellen, ich wäre das dunkelhaarige Pendant zu ihr. Sie hatte den gelben Stoff gewählt, ich den rosafarbenen. Wir sahen wunderbar aus, dachte ich, aber oje, wie mir das Herz bis zum Hals schlug, wenn ich mir vorstellte, so von jemandem gesehen zu werden, den ich kannte.

Für eine Nacht, die heutige (inzwischen die gestrige, da es früh am Morgen ist, liebes Tagebuch) wurde ich zu einer anderen Person. Und was war das für ein Spaß! Die Joan des Tages und die Joan der Nacht. Es war, als würde ich einer vollkommen neuen

Version meiner selbst begegnen, von deren Existenz ich keine Ahnung gehabt hatte. Und einer völlig neuen Version von London. Als wäre die Innenstadt mit all ihrem Pomp und ihrer Feierlichkeit, der Ruhe und Erhabenheit der St.-Pauls-Kathedrale und von Westminster, all dem Schrecken des Tower nur ihre im Tageslicht zur Schau gestellte Seite, nachts aber würde sie die Röcke heben und uns ihren Bauch zeigen.

Wir hatten kein Geld für den Bus, daher zogen wir unsere robusten Arbeitsstiefel an (sowieso das einzige Paar Schuhe, das ich besaß), gingen die Gray's Inn Road hinauf und durch Bloomsbury zur Drury Lane. Gladys hatte einen kleinen Beutel dabei, mit hochhackigen Schuhen zum Wechseln für uns beide (ich wagte nicht zu fragen, woher sie die hatte!). Beide waren wir in lange weiße Arbeitermäntel gehüllt, die Gladys von ihrem Vater »ausgeliehen« hatte, der eine Metzgerei nahe dem Epping Forest besaß, und wir hatten uns Schals um den Kopf gebunden, um unsere kunstvollen Frisuren zu verbergen. Wir müssen einen seltsamen Anblick geboten haben, wie zwei Fischweiber vom Marktstand. Doch niemand nahm daran Anstoß. Schließlich war Halloween! Sogar der Mond war in dieser Nacht voll und leuchtete über uns, als billigte er unseren Übermut.

»Ich möchte Schauspielerin werden«, verkündete Gladys, als wir über den Holborn-Viadukt gingen, dessen rot gestrichenes Schmiedeeisen seltsame, schaurige Schatten auf die Straße vor unseren Füßen warf. Die geflügelten Löwen zu beiden Seiten der Brücke schenkten uns keine Beachtung. »Ich werde Gladys Nightingale«, rief sie, »die nächste Betty Balfour, aber noch besser.« Sie drehte sich im Kreis, als wären ihre schweren Stiefel Tanzschuhe und ihr weißer Mantel ein Ballkleid. »Das ist nicht dein richtiger Name«, schalt ich sie. »Woher willst du das wissen?«, fragte sie. »Das ist von jetzt an mein richtiger Name, weil ich es so will.«

Wir würden beide Frauen von Welt sein … nein, Schauspielerinnen, beschlossen wir. Ein Leben, so viel glanzvoller als das einer Näherin. Keine Stecknadeln mehr, keine Träume von surrenden Nähmaschinen, kein Harold Butler jr.

»Wir werden zum Vorsprechen ins West End gehen, uns eines dieser schicken Theater aussuchen, und sie werden von unserem Charme und unserer Schönheit völlig überwältigt sein«, sagte Gladys. »Aber erst mal gehen wir tanzen.«

Und, oh, wie wir tanzten.

Wir waren so gut wie fertig, als es an der Tür klopfte.

Thomas.

»Meine Güte! Ihr seht fantastisch aus …«

Er trug einen schlichten, traditionellen schwarzen Smoking mit glänzendem Revers, dazu eine violette Fliege. Sein Haar war streng zurückgekämmt. Einer dieser adretten jungen Männer, die man zu Hause vorstellen konnte, wäre da nicht dieses mutwillige Glitzern in seinen Augen gewesen, das mich so irritierte.

Erneut führte er uns durch das Labyrinth von Korridoren und imposanten Treppenaufgängen, bis wir das Erdgeschoss der Villa erreichten, doch diesmal kamen wir im hinteren Teil des Gebäudes heraus, am anderen Ende der Eingangshalle mit der hohen Decke, von der man auf den kiesbestreuten Parkplatz gelangte.

Der Raum war groß genug, um als Tanzhalle zu dienen, aber er war leer. Nur ein Meer von Kristallkronleuchtern, riesigen Spiegeln und endlosen Reihen offener Fenstertüren, die hinaus in den Garten führten.

Bäume, zwischen denen Fackeln das Anwesen und eine Ansammlung weißer, im Wind flatternder Zelte beleuchteten.

Paare tanzten wie Geister im flackernden Licht, woben Muster durch den Garten, verbanden sich zu Formen und zeichneten dabei unsichtbare Hieroglyphen in das frisch gemähte Gras, dessen besonderer Duft durch die Nacht auf mich zuwehte, mich an zu Hause erinnerte und eine Flut von Erinnerungen heraufbeschwor. Die meisten der tanzenden Frauen trugen durchscheinende Kleider, gegen die unsere Aufmachung beschämend schlicht wirkte, und bewegten sich mit lässiger Anmut zu den Tönen leichter Jazzmusik aus verborgenen Lautsprechern. Die Männer führten mit einiger Autorität, den Rücken durchgedrückt wie bei der Parade, und manche trugen sogar Uniform, während andere die gesamte Palette an schwarzer Abendgarderobe vorführten, Smokings, Dinnerjacketts, Kasacks, die wie angegossen saßen.

»Ah, das müssen deine kleinen Freundinnen sein …«

Die Stimme klang scharf und glasklar, sarkastisch und distanziert zugleich.

Ich drehte mich um, wobei ich immer noch Iris fest an der Hand hielt, als näherte sich uns etwas Bedrohliches.

Sie war unglaublich groß, und ihre Bräune lag in perfekter Balance zwischen Londoner Blässe und Sonnenbrand; der scharlachrote Lippenstift brachte ihre aufgeworfenen, gierigen Lippen zum Glühen. Ihre Augen hatten die Farbe von Zement. Ihr Kleid war aus zarter kobaltblauer Seide und schimmerte bei jeder Bewegung. In ihrem langen schwarzen Haar, das ihr über den ganzen Rücken hing, spiegelte sich das Mondlicht. Sie war atemberaubend, auf animalische Weise, fand ich. Die Art von Schönheit, die über Generationen hinweg vererbt wird und auf nie versiegenden Geldmitteln beruht.

»Tilly!«

»Lieber Bruder.«

Sie betrachtete uns von oben herab, überheblich, kritisch.

Enttäuscht.

»Mein Name ist Matilda«, stellte sie sich vor. Und dann, an

ihren Bruder gewandt: »Oh, Thomas, sie sind ja ganz niedlich, aber ich glaube nicht, dass du einen guten Zuhälter abgibst, nicht wahr? Mag ja sein, dass man im Bett mit ihnen seinen Spaß haben kann, doch das ist nicht das Niveau, das unsere Gäste gewöhnt sind. Wirklich.«

Thomas wurde rot, wollte etwas sagen, aber sie wandte sich verächtlich ab, um ein anderes Paar zu begrüßen, das aus der Villa in den Garten kam, jetzt in überschwänglichen Tönen.

»Was hat sie damit gemeint, Thomas?«, fragte Iris.

»Keine Bange«, versuchte er sie zu beruhigen. »Sie hat das völlig falsch verstanden. Ich habe euch als Freundinnen mit hergebracht, nicht in irgendeiner anderen Funktion.« Aber da war etwas an seinem zögerlichen Ton, das mich nicht recht überzeugte.

Er deutete auf ein großes Festzelt hundert Meter weiter im Garten.

»Ihr seid bestimmt hungrig«, sagte er.

Wir gingen von der improvisierten Tanzfläche darauf zu, ließen die Tänzer hinter uns, die sich endlos weiterdrehten zum Klang der Musik.

Mir knurrte der Magen. Ich war vollkommen ausgehungert, denn ich hatte seit dem Frühstück, das inzwischen an die fünfzehn Stunden her war, nichts mehr gegessen.

Ein riesiger Tisch war beladen mit allen möglichen Brotsorten, Aufschnitt, Käse, üppigen Scheiben Räucherlachs, Hähnchenschenkeln und sogar Kaviar. Ich stürzte mich darauf, nahm mir einen großen Porzellanteller, füllte von allem etwas darauf, setzte mich auf einen Korbstuhl und begann gierig zu essen. Iris und Thomas standen in einer anderen Ecke und stritten sich anscheinend, ohne auf diese köstliche Fülle zu achten.

Während ich aß, beobachtete ich die Gäste, die in das luftige Zelt kamen und wieder hinausgingen. Die Männer wirkten alle älter als die Frauen, fiel mir auf. Die meisten Frauen hatten auch etwas Unterwürfiges, beinahe Kriecherisches, reagierten auf Unterhaltungen oder wenn sie angesprochen wurden, kichernd, lächelnd, mit geheuchelter Schüchternheit. Alle weiblichen Gäste, die ich während ihres kurzen Aufenthalts im Speisezelt beobachten konnte, waren zweifellos schön, aber auf eine zu perfekte Art, kam es mir vor. Als wären sie – braunhaarig, rothaarig, blond, nachtschwarz, langbeinig, sportlich, kurvenreich – der Anonymität eines Luxuskatalogs entsprungen.

Das war es, erkannte ich: als wären sie für die Veranstaltung angeheuert oder sogar gekauft worden. Etwas an der Art, wie sie gingen, den Kopf hielten, auf die Männer reagierten, die sie untergehakt hatten.

Ich erkannte das Gesicht eines der vorbeigehenden Männer. Ich war mir sicher, ihn schon öfter in der Zeitung gesehen zu haben, doch mir fiel sein Name nicht ein.

Iris und Thomas hatten ihren kleinen Streit beigelegt und kamen zu mir herüber, beide mit Tellern, die nur halb so voll waren wie meiner.

»Was zu trinken?«, schlug Thomas vor, und mir ging auf, dass ich vor lauter Hunger das Fehlen von Getränken im Festzelt gar nicht bemerkt hatte.

»O ja. Wo bekommt man das?« Ich schaute mich um.

»Nicht hier. Die Bar ist am Pool aufgebaut worden, schätze ich«, sagte Thomas.

Ich war sehr durstig. Nach all dem geräucherten Lachs, den ich in mich hineingestopft hatte, verlangte mein Mund nach Wasser oder Besserem.

»Tilly wählt immer nur den besten Champagner«, fügte er hinzu.

»Das klingt köstlich«, kam es von Iris, deren Stimmung sich

deutlich gebessert hatte. Worüber mochten sich die beiden gestritten haben?

Nachdem wir gegessen hatten, verließen wir das Zelt und begaben uns tiefer in die riesigen Gärten. Wir folgten den brennenden Fackeln, bis neben dem Pfad hohe Büsche aufragten, geschmückt mit bunten Lichterketten.

Die Büsche wurden immer dichter, engten den Pfad zunehmend ein, und als wir schließlich den Swimmingpool erreichten, kam es mir vor, als tauchten wir aus einem Irrgarten auf.

»Es gibt auch einen direkteren Weg«, gestand Thomas, als wir den großen, nierenförmigen Pool erblickten, »in gerader Linie vom Haus, aber so ist es doch viel romantischer, nicht?«

»Wenn man nicht gerade am Verdursten ist …«, maulte ich.

Einzelne Paare standen am Rand des Pools, andere saßen auf weißen Deckstühlen, ins Gespräch vertieft oder schweigend. Am anderen Ende stand ein niedriger, weiß gedeckter Marmortisch mit einer enormen Auswahl an Flaschen. Ein hochgewachsener schwarzer Barmann servierte die Getränke.

»Champagner für alle«, bestellte Thomas.

Routiniert entkorkte der Barmann eine neue Flasche für uns, schenkte die Gläser ein und reichte sie uns. Die Flüssigkeit schäumte fröhlich, hob sich bis an den Rand der zarten, langen Champagnerflöten.

»Ist das Kristall?« Iris deutete auf ihr Glas.

»Von allem nur das Beste«, bestätigte Thomas. »Kristallgläser für Cristal Champagne …« In Neuseeland wurden die wenigen Kristallgläser, die Iris' Familie besaß, nur zu besonderen Anlässen wie Geburtstagen, Hochzeiten und Beerdigungen herausgeholt.

Ich nahm einen vorsichtigen ersten Schluck. Der Champagner schmeckte göttlich. Spritzig, süß und scharf glitt er über meine Zuge, verharrte und setzte seinen Weg durch meine Kehle nur zögerlich fort. Sofort nahm ich einen weiteren Schluck, um den Geschmack noch länger zu kosten. Kurz versuchte ich mir weitere Gelegenheiten vorzustellen, bei denen von nun an hochwertiger Champagner genossen werden konnte.

Ich blickte auf. Das flüssige Gold übte auf Iris eine ähnliche Wirkung aus wie auf mich. Sie schimmerte im bleichen Mondlicht, in ihrem Kleid eine anmutige Silhouette, ein Quell der Sehnsucht für meinen Verstand und meine Sinne. Doch sie sah zu Thomas auf, mit bewunderndem Blick, der, wie ich wusste, nur zum Teil auf die Qualität des Champagners zurückzuführen war. Er hatte ihr den Arm um die Taille gelegt. Für diese Nacht hatte er Anspruch auf sie erhoben, wurde mir klar.

Widerstrebend wandte ich den Blick von ihnen ab. Plötzlich fühlte ich mich leer, nur die Liebkosung des Champagners auf meiner Zunge hielt mich bei Laune.

Aus dem Pool drang Platschen und Gelächter zu uns, und ich sah hinüber.

Zwei junge Frauen plantschten im Wasser. Die eine hatte langes, dunkles Haar, das ihr über die Schultern fiel, die andere war kurzhaarig und blond. Sie wirkten völlig sorglos. Außerdem waren sie splitternackt.

Ich beobachtete sie weiter, bewunderte die Leichtigkeit, mit der sie im Wasser herumtollten, so natürlich, und wie sich das Mondlicht auf ihrer nackten Haut fing.

Die Blonde bemerkte mich und schwamm auf den Rand zu, an dem ich stand.

Sie hielt sich fest und blickte lächelnd zu mir auf. »Warum kommst du nicht auch ins Wasser?«, meinte sie. »Ich heiße Mandy.«

»Moana.«

»Was für ein schöner Name. Stammst du aus Australien?« Sie hatte meinen Akzent verwechselt wie so viele Engländer.

»Aus Neuseeland«, verbesserte ich sie.

Die andere nackte junge Frau schwamm träge durch das von unten beleuchtete aquamarinblaue Wasser auf uns zu. »Das ist Christine«, stellte Mandy sie vor.

»Komm doch rein.«

»Lieber nicht«, erwiderte ich. Allmählich wurde ich etwas befangen. Ich sah mich um und bemerkte, dass Thomas und Iris verschwunden waren.

»Das Wasser ist herrlich«, sagte eines der Mädchen. »Die heizen den Pool Tag und Nacht. Deswegen kommen wir immer wieder her, nicht nur für die Arbeit.«

Meine hochhackigen Schuhe drückten mich, daher streifte ich sie ab, setzte mich an den Beckenrand und ließ die Füße im Wasser baumeln. Es war tatsächlich unangenehm lau. Die Seen und das Meer zu Hause waren kälter; das hier fühlte sich an wie eine Badewanne.

Christine stemmte sich am Beckenrand hoch und hievte sich aus dem Wasser. Sie war spindeldürr, hatte aber volle Brüste, deren Nippel im Halbdunkel die Farbe reifer Kirschen angenommen hatten.

Tropfend stand sie vor mir, ihr Schoß freizügig entblößt vor meinen Augen. Sie hatte kein Schamhaar. Sie griff nach einem Handtuch und rubbelte sich die Haare trocken. Mir verschlug es den Atem. Zuerst war ich verwirrt. Ich war noch nie einer erwachsenen Frau begegnet, deren Scham so glatt war. War das vielleicht ein Geburtsfehler oder etwas in der Art? Die Umrisse ihrer Öffnung waren sowohl gerade als auch gewunden. Dann, als ich meinen Blick auf ihren Venushügel richtete, bemerkte ich hier und da winzige schwarze Punkte des nachwachsenden Haars. Sie hatte sich rasiert.

Meine Verwirrung verwandelte sich in Begierde. Wie mochte es sich anfühlen, eine Scham so glatt und ungehindert wie diese zu lecken, die Schamlippen mit meiner Zunge und den Fingern zu teilen? Mir musste die Röte ins Gesicht gestiegen sein, oder sie hatte meine Faszination bemerkt.

»Gefällt es dir, Schätzchen? Ich hab mir sagen lassen, das sei total en vogue. Viele Frauen vom Kontinent machen es. Zeigt alles, was man hat, nicht?«

Ich saß wie erstarrt da, völlig sprachlos.

Inzwischen war Mandy, die junge blonde Frau, auch aus dem Pool gestiegen.

Aus einer Gruppe am anderen Ende des Pools kam ein hochgewachsener, dünner, fast kahlköpfiger Mann in Abendgarderobe und einer großen Fliege auf uns zu.

»Ah, da ist der Minister«, bemerkte Mandy. »Er will die Ware in Augenschein nehmen …«

Keine der beiden hatte es eilig, sich anzuziehen, als der ältere Mann uns erreichte. Sie stellten sich regelrecht zur Schau. Ich konnte es kaum glauben. Er ignorierte mich und küsste Christine und Mandy galant auf die Wange, völlig unberührt von ihrer nicht zu übersehenden Nacktheit. Ich war zu überwältigt von allem, um die paar Worte zu hören, die sie wechselten.

Geflüster.

Der Minister nickte, die beiden jungen Frauen wirbelten herum und nahmen ihn an den Händen.

Als sie schon gehen wollten, rief Mandy mir zu: »Vielleicht willst du dich uns ja anschließen? Mit John kann man viel Spaß haben, und er mag die Abwechslung.«

Stotternd erwiderte ich: »Lieber nicht. Ich warte auf einen Freund. Außerdem bin ich hier nur zu Gast.«

»Sind wir das nicht alle?«, kicherte eine der Frauen.

Sie wurden von der nächtlichen Dunkelheit verschluckt, während sie auf die hell erleuchtete Villa zustrebten. Er in seiner schwarzen Kleidung, von der sich die beiden jungen Frauen, die ihn an den Armen führten, bleich und nackt im flackernden Fackellicht in scharfem Kontrast abhoben.

»Du verpasst was, Mädchen«, rief entweder Mandy oder Christine mir noch zu.

Ich saß verlassen da. Das Wasser des Pools schwappte über meine Fußknöchel. Der herrlich obszöne Anblick von Christines nackter Möse hatte sich auf meiner Netzhaut eingebrannt und mein Blut mit Tausenden Gelüsten zum Sieden gebracht.

Ich weiß nicht, wie viel Zeit verging. Schatten bewegten sich um den Poolbereich wie Glühwürmchen, Tänzer schwebten und wirbelten vorbei, nur der Barmann bildete einen Fixpunkt in meiner Umgebung. Allmählich wurde mir kalt. Ich beschloss, ins Hauptgebäude und in unser Zimmer zurückzukehren, obwohl ich mir keine Illusionen machte, Iris in dieser Nacht dort vorzufinden. Ich erhob mich, schüttelte die Wassertropfen von meinen Füßen und nahm meine Schuhe in die Hand. Ich würde barfuß zurückgehen, da meine Füße geschwollen waren.

Aber zuerst wollte ich noch ein letztes Glas von diesem köstlichen Champagner. Er würde mich wärmen. Der Barmann sah mich kommen und hielt das Glas schon parat.

»Madam.«

»Vielen Dank.« Wir beide waren die Einzigen hier, und ich wollte höflich erscheinen. »Wie heißen Sie?«, fragte ich.

Er antwortete nicht, zog sich hinter eine Mauer des Schweigens zurück, als wäre er angewiesen worden, Kontakt mit den Gästen zu meiden.

Ich hob das Glas an die Lippen, in Vorfreude auf die Spritzigkeit des Getränks und seine erfrischende Wirkung.

Dann ging ich den Weg zurück.

Und verlief mich.

Panik stieg in mir auf. Mit schnellen Schritten lief ich eine Allee mit hohen Eichen entlang, die mir bekannt vorkam, bis ich an eine niedrige Mauer dichter Hecken stieß und mich ein entsetzliches Déjà-vu überkam, als befände ich mich wie Alice nicht mehr im Wunderland, sondern an einem Ort verwirrender Schrecken. Ich ließ meine Schuhe fallen und rannte los. Mein Atem ging stoßweise. Ich kam mir vor, als hastete ich kopflos durch einen Irrgarten.

Und landete schließlich wieder am Pool.

Der Barmann war nicht mehr zu sehen, auch nicht der mit Getränken beladene Tisch. War das derselbe Pool oder ein anderer?

Aus der Ferne drang der beruhigende Klang von Musik herüber, ein Walzer, zu dem sich die Geistertänzer drehen und herumwirbeln würden. Aber in meiner Nähe war jetzt das gedämpfte Flüstern anderer Stimmen zu hören, Stöhnen, Gemurmel, beinahe animalische Geräusche, ohne jedoch eine echte Bedrohung darzustellen. Ich kniff die Augen leicht zusammen. Dort, an der Ecke des Pools, bewegte sich etwas. Waren Mandy, Christine und der Minister zurückgekommen?

Das Licht war schwach.

Die Geräusche wurden stärker, als ich näher trat. Hektisch, atemlos.

Eine Frau stand im flachen Wasser des Pools, barbusig, ihre Haut bleich im Mondlicht. Auf dem Beckenrand vor ihr saß ein Mann im Smoking, die Beine gespreizt. Und sie blies ihm einen. Hatte seinen Schwanz vollständig im Mund. Widmete sich ihm mit Gusto und Inbrunst. Sein dunkler Penis wippte zwischen ihren Lippen auf und ab. Ihre Augen waren geschlossen. Sein Kopf war zurückgeworfen, und die gutturalen Laute, die ich vorhin gehört hatte, kamen aus seiner Kehle. Ich stand wie versteinert da, und mich überkam grenzenlose Verzweiflung, als ich mir vorstellte, dass Iris in diesem Moment, in irgendeinem Raum in der Villa, genau das Gleiche mit Thomas machte. Gelegentlich hatten wir spaßeshalber über Fellatio gesprochen, wie Mädchen das eben so tun, und waren uns stets einig gewesen, dass es das Ekligste war, was die Speisekarte des Sex zu bieten hatte. Doch irgendwie war ich mir sicher, dass Thomas sie vom Gegenteil überzeugt hatte und sie mit Freuden darauf einging, sich an ihm gütlich tat, ihn schmeckte, ihre süßen Lippen durch seinen langen, dicken Schwanz bis zum Zerreißen gedehnt. Mir wurde schlecht, und ich fühlte mich verlorener denn je.

Ich hielt den Blick auf das Paar am Pool gerichtet, und meine Augen gewöhnten sich allmählich an die Dunkelheit. Jetzt nahm ich noch andere Gestalten hinter ihnen im Gras wahr, langsame Bewegungen, weitere Geräusche. Wieder kniff ich die Augen leicht zusammen. Eine Frau und zwei Männer, sie auf allen vieren, einer der halb bekleideten Männer in ihrem Mund, der andere stieß von hinten mit wütenden, abgehackten Bewegungen in sie hinein. Geräusche der Begierde hallten durch die Nacht.

Was war das hier für ein Ort? Wohin war ich geraten? Das Schauspiel, das sich hier entfaltete, stieß mich einerseits ab, andererseits faszinierte es mich. Wenn ich mich tiefer ins Gelände hineinwagte, würde ich bestimmt auf weitere Szenen entfesselter Leidenschaft stoßen. Eine neue Welt. Ich begriff, dass die eleganten Geistertänzer von vorhin nur die Vorspeise des heutigen Abends waren und ich jetzt einen Blick auf den Hauptgang erhaschte.

Schlurfende Schritte hinter mir. Eine Stimme.

Glasklar, ungezwungen, überlegen.

»Ah, eine der kleinen Gespielinnen meines Bruders! Mit einem Hang zum Voyeurismus vielleicht?«

Matilda.

Ich drehte mich um.

Sie wirkte noch majestätischer, als dienten die Ausschweifungen um uns herum nur dazu, ihr Aussehen zu vervollkommnen.

Mit einer Hundeleine in jeder Hand kam sie auf mich zu.

Daran waren nackte Männer angeleint, auf Knien, der eine spindeldürr und haarlos, der andere stämmig und mit einem wahren Pelz bedeckt. Zwischen ihren Schenkeln baumelten ihre schlaffen Schwänze und Eier wie überflüssige Anhängsel. Beide trugen Masken, daher wusste ich nicht, wer sie waren oder ob ich sie zuvor schon gesehen hatte.

Sie bemerkte meine Überraschung.

»Meine Schoßhündchen«, sagte sie und ruckte an den Leinen. »Sie sind sehr folgsam und mögen es, wenn ihre Herrin sie Gassi führt, nicht wahr?«

Beide Männer antworteten nicht. Als wäre Matilda erbost über die ausbleibende Reaktion auf ihre Frage, drehte sie ihr zartes Fußgelenk und vergrub ihren nadelspitzen Stöckelabsatz im Hintern des einen Mannes. Er zischte vor Schmerz. »Ja, Herrin, ich mag es …« Sie zog den Absatz zurück. Eine rote Delle war zu sehen. Matilda hob das Bein und führte den Schuh an den Mund des Mannes. Gehorsam leckte er ihn ab.

Ich schluckte schwer. Trotz meiner wirren Gedanken erfüllte mich der Anblick mit einer gewissen Befriedigung. Vielleicht weil ich im Moment wegen Thomas wütend auf alle Männer war.

Matilda schien meine Gedanken lesen zu können.

»Tu dir keinen Zwang an, Darling …«

Sie zog an einer Leine, und der stämmige, kniende Mann drehte sich und wandte mir den erhobenen Arsch zu.

»Schau dir dieses wertlose Gebammel zwischen seinen Beinen an, Darling. Komm schon, lass ihn ein bisschen schreien.«

Ich beugte mich hinab, blickte zu Matilda auf, die mir ermutigend zugrinste, griff nach den baumelnden Geschlechtsteilen des Mannes und drückte seinen schlaffen Hodensack so fest zusammen, wie ich konnte. Ein Schauder lief durch seinen Körper, doch ihm entwich kein Geräusch.

Ich merkte, dass ich die Luft angehalten hatte.

»Du kannst bestimmt noch fester zudrücken«, mischte sich Matilda ein. »Er ist eine gute Schmerzhure.«

Aber meine Wut war bereits verraucht, und ich wollte dem hilflosen Mann keine bleibende Verletzung zufügen.

»Was ist das hier für ein Ort?«, fragte ich Matilda.

»Einer, an dem all deine Gelüste befriedigt werden können, meine Liebe. So einfach ist das. Angebot und Nachfrage.«

Sie machte auf dem Absatz kehrt und verschwand. Ihre beiden unterwürfigen Hündchen krabbelten hinter ihr auf Händen und Knien durchs Gras.

Mir gingen noch so viele Fragen durch den Kopf.

Ich blieb eine Weile stehen, um meine Gedanken zu ordnen. Die Geräusche von Brunft und Sex umgaben mich wie die Ebbe und Flut einer seltsamen Gezeitenströmung.

Allmählich wurde es heller, und der Schein der brennenden Fackeln führte mich schließlich zur Villa zurück.

Links vom Gebäude stand ein rotes Zelt, alle anderen auf dem Gelände verstreuten Zelte waren weiß. Meine Neugier war geweckt, inzwischen war ich begierig auf weitere Enthüllungen. Etwas beklommen näherte ich mich den Zeltklappen und trat ein.

Teppiche, Sofas, Betten.

Alle besetzt.

Das Geräusch von Sex.

Leises Schnurren, Flüstern, Mahlen, ein perlendes Lachen, ein Stöhnen unglaublicher Lust, Ausrufe purer Erleichterung und schrecklichen Sehnens, ein wahrhaftes Konzert der Sinne.

Ein hochgewachsener Mann, mit dem Rücken zu mir. Weißhaarig. Kerzengerade. Die Hose um die Knöchel.

Jemand auf den Knien, vor ihm. Nackte, dünne Arme hielten den Mann um die Hüfte gepackt, als wollten sie seine Massigkeit näher an den Mund ziehen, um seinen Schwanz noch tiefer aufzunehmen.

Mein Herz setzte bei dem Gedanken aus, es könnte Iris sein. Dass Thomas sie irgendwie überredet hatte, freiwillig bei diesem kranken Tanz der Lust mitzumachen. Inzwischen begriff ich, was Matilda mit Angebot und Nachfrage gemeint hatte. Hier lebten die Reichen und Mächtigen ihre Begierden aus. Sie auf der einen, wir auf der anderen Seite. Menschen wie Iris und ich dienten nur als Instrumente zur Befriedigung ihrer Lust. Wie viel den jungen Frauen wohl bezahlt wurde, die sich hier zur Verfügung stellten?

Ich trat um den hochgewachsenen Mann herum.

Und schnappte nach Luft.

Das war keine Frau, die da mit Gusto und Gier seinen Schwanz lutschte, sich von ihm aufspießen ließ.

Sondern ein junger Mann.

Seine Augen waren glasig, während er emsig zu Werke ging, kurz vor dem Orgasmus, sein Schwanz hoch aufgerichtet, den strammen Penis des Fremden tief in seiner Kehle.

Mein Vetter Gwillam.

Verwirrt trat ich einen Schritt zurück.

In dem Moment zog sich der Fremde mit einem Ruck aus Gwillams Mund zurück und zerrte ihn dabei an den Haaren hoch.

»Jetzt, du kleine Fotze. Jetzt«, knurrte er ihn an, die Stimme triefend vor Verachtung.

Gwillam drehte sich um, beugte sich über die Lehne eines Sofas und bot dem Mann seinen Hintern dar, hielt sogar gehorsam seine Pobacken auseinander. Der Fremde trat näher, sein Schwanz für meine ungeübten Augen enorm und pochend. Mit einer raschen, routinierten Bewegung stieß er ihn in Gwillams Hintern wie einen Speer, der durch Butter fährt.

Ich hätte mich abwenden sollen, doch ich sah in grausiger Faszination bis zum Schluss zu, wie mein Vetter von einem anderen Mann gefickt wurde.

Und wie sehr er es, nach seinem Gesichtsausdruck zu urteilen, genoss.

5

GEISTERJAGD

Nachdem er seine Wollust befriedigt hatte, machte sich der ältere Mann nach einem letzten, furchterregenden Stoß in Gwillams Anus von ihm los, beugte sich hinab, zog seine Hose hoch, knöpfte sie zu und verschwand ohne ein weiteres Wort.

Ich stand reglos da, nur ein paar Meter von Gwillam entfernt in der Dunkelheit, immer noch starr vor Faszination und Entsetzen.

In der Nähe zwitscherte ein Vogel zaghaft ein Morgenlied.

Gwillam lag mir gespreizten Beinen da wie eine Gliederpuppe, japste leise nach dem brutalen Angriff des Mannes, schnappte nach Luft, als wäre er schwer verwundet.

Ich begann mir Sorgen zu machen, weil er sich nicht rührte.

»Geht's dir gut?«

Er drehte den Kopf zu mir.

Öffnete die Augen.

»Wer …?«

»Ich bin's.«

»Was?«

Er stand auf, griff rasch nach einem dunkelblauen Handtuch und schlang es sich um die Taille, in dem nun vergeblichen Versuch, sich wenigstens teilweise zu bedecken. Ich hatte genug gesehen. Oder zu viel.

Er blinzelte mich zögernd an.

Dann blitzte Wiedererkennen in seinen Augen auf.

»Moana?«

»Ja.« Meine Stimme nicht lauter als ein Flüstern.

Erstaunen breitete sich über seine müden Züge.

»Was zum Teufel machst du denn hier?«, fragte er mich.

»Thomas hat Iris und mich als Gäste mitgebracht«, erwiderte ich. »Aber sie sind irgendwohin verschwunden, und ich hab mich verirrt ...«

»Du auch?«

»Was ich auch?«

Er sah mich resigniert an.

»Als Sklavin hier, um benutzt zu werden? Gegen Bezahlung?«

»Nein«, entgegnete ich. »Oder falls doch, hat uns Thomas über die Bedingungen im Dunkeln gelassen. Und außerdem hat sich niemand direkt an mich gewandt, soweit ich mich erinnere.« Kurz fiel mir die achtlos hingeworfene Einladung von Christine und Mandy ein, mich ihrem Vergnügen anzuschließen.

»Da hast du Glück gehabt. Einige der Gäste können ganz schön grob und fordernd sein ...«

»Das hab ich gesehen ...«

»Du warst die ganze Zeit dabei und hast zugeschaut?«

Ich senkte den Kopf. »Ja.« Ich konnte nicht eingestehen, wie faszinierend das Schauspiel gewesen war, das er mir unwissentlich geboten hatte, ganz zu schweigen von den gemischten Gefühlen der Erregung, die es in mir ausgelöst hatte.

»Verdammt. Damit ist auch noch der letzte Rest meiner Selbstachtung dahin.«

»Warum?«

»Ich könnte zwar behaupten, das Jurastudium erfordere manchmal mehr, als ein armer Rechtsanwaltsgehilfe sich leisten kann ... Aber ich sollte auch gestehen, dass da ein Teufel in mir lebt, der seine Neigung zu anonymem Sex nicht zügeln kann ... Bitte brich deswegen nicht den Stab über mich, Moana.«

»Das tue ich nicht.«

»Gut.« Gwillam rang sich ein schwaches Lächeln ab.

»Vielleicht ist es beruhigend, zu wissen, dass die Vorliebe für das gleiche Geschlecht in der Familie liegt«, sagte ich flapsig, ohne lange nachzudenken. Ein lahmer Versuch, es ins Spaßige zu ziehen, was nicht gut bei ihm ankam.

Seine Miene verdüsterte sich.

»Daran ist nichts Falsches, Moana. Sex mit jemandem deines eigenen Geschlechts zu haben. Das ist vollkommen natürlich. Wer legt fest, was richtig oder falsch ist? Die Heterosexuellen?«

»Vermutlich.«

Die Fackeln auf dem Grundstück um die Villa erloschen allmählich, als es draußen hell wurde. Gwillam, nur mit dem Handtuch um die Hüften, begann zu frösteln. Er wirkte sehr dürr.

»Sollen wir nach drinnen gehen?«, schlug er vor.

Ihm war ein kleines Zimmer im Untergeschoss zugewiesen worden. Ein ehemaliges Dienstbotenquartier.

Ich saß auf dem schmalen Bett und sah ihm beim Anziehen zu. Verwaschene Jeans und ein Karohemd mit angeknöpftem Kragen. Er schlüpfte in die enge Jeans, die sich glatt an seine langen Beine schmiegte. Auf Unterwäsche verzichtete er. Unwillkürlich bemerkte ich, wie sein dünner, langer Schwanz den Stoff ausbeulte, was mich weniger mit Lüsternheit als mit einer Art kindlicher Faszination erfüllte.

Er folgte meinem Blick.

»So was ziehe ich normalerweise an«, sagte er. »Ich besitze nur einen formellen dunklen Anzug, den ich bei der Arbeit trage. Sonst laufe ich lieber so rum.«

Ich saß schweigend da.

Er bemerkte meine Versonnenheit.

»Was ist los, Moana?«

»Ich denk nur nach.«

Er musterte mich von Kopf bis Fuß, als sähe er mich in dieser Nacht zum ersten Mal.

»Worüber? Das ist übrigens ein schönes Kleid«, meinte er, »wenn ich mir auch nicht sicher bin, ob es zu dir passt, ein bisschen mädchenhaft, finde ich …«

Ich sah ihm direkt in die Augen.

»Gwillam? Wie fühlt sich das an?«

»Was?«

»Wenn ein Mann dich fickt. Einen Penis in dir zu spüren.«

»Hast du das noch nie?«

»Nein. Nie.«

Ich erwog, ihm von Clarissa und ihrem Dildo zu erzählen, entschied mich aber dagegen.

»Tja, ich kann natürlich nicht beurteilen, wie das für eine Frau ist. Aber wenn du neugierig darauf bist, solltest du es probieren. Wenigstens einmal. Es ist nur so schwierig zu beschreiben. Bleib aufgeschlossen … Deine Identität und wen du fickst, sind nicht dasselbe, weißt du.«

»Tut es … weh?«

»Manchmal.«

»Aber Schmerz ist auch manchmal gut, oder?«, wagte ich zu fragen.

»Stimmt.«

Er setzte sich zu mir und umarmte mich. Ich fühlte mich schläfrig. Er fuhr mir sanft mit den Fingern durchs Haar und über die Lider. »Komm, wir legen uns ein bisschen hin und ruhen uns aus. Du bist anscheinend noch erschöpfter als ich, und das will etwas heißen.«

Als wir aufwachten, sah ich auf meiner Uhr, dass es bereits Mittag war. Vor dem Haus parkten immer noch einige Autos, nicht mehr als fünf oder sechs. Thomas und Iris mussten schon früher aufgebrochen sein. Das Zimmer, das ich mit ihr geteilt hatte, war leer, und ihre Sachen waren fort. Ich zog mich um und ließ das extravagante Kleid zurück.

Draußen auf dem Kies blickte Gwillam in jedes Auto, um zu sehen, ob er den Besitzer kannte und wir vielleicht mit jemandem nach London zurückfahren konnten. Matilda trat aus der Tür der Villa. Sie trug noch ihr Abendkleid, das auch im bleichen Tageslicht schimmerte. Aber sie hielt keine Leinen mehr in der Hand, und keine menschlichen Hunde schlichen hinter ihr her.

Sie winkte uns und einer Handvoll anderer, verloren herumstehender Paare zu, die ich nicht kannte. Anzeichen offensichtlicher Ausschweifungen und Müdigkeit waren ihren übernächtigten Gesichtern anzusehen.

»In zehn Minuten kommt ein Privatbus«, verkündete sie. »Er bringt Sie zum nächsten Bahnhof.« Dann verteilte sie Umschläge an mehrere Nachzügler, einschließlich Gwillam. Als sie mich bei ihm sah, gab sie weder zu erkennen, dass sie mich kannte, noch erwähnte sie Thomas und Iris.

Im Zug nach London waren wir fast die einzigen Fahrgäste, und die durchgehende Fahrt würde uns in knapp einer Stunde bis zur Marylebone High Street bringen. Ich hatte unzählige Fragen, doch Gwillam ergriff als Erster das Wort, womöglich um eine weitere Unterhaltung über die Vorkommnisse in der Villa zu vermeiden.

»Du erinnerst dich, dass wir über Iris' Großmutter Joan gesprochen haben?«

»Ja.«

»Ich glaube, ich bin weitergekommen.«

»Erzähl.«

»Ich habe Archive durchforstet, Zeitungsbibliotheken, sogar Polizeiakten – du wärst erstaunt, wie leicht sich Türen für Anfragen aus einer Anwaltskanzlei öffnen –, und du wirst es nie erraten.«

»Was denn?«

»Ein unglaublicher Zufall. Wusstest du, dass auch Joan am Princess Empire Theater gearbeitet hat?«

»Wirklich?«

»Ja. Anscheinend benutzte sie das Theater als ihre letzte bekannte Adresse, bevor sie sich nach Neuseeland einschiffte.«

»Das ist ja unglaublich.«

»Daher sollte das Theater unser nächstes Ziel sein, um mehr herauszufinden …«

»Ich habe mich mit einer Frau … angefreundet, die mit der dortigen Direktion zu tun hat«, sagte ich. »Vielleicht kann sie uns helfen.«

»Das wäre genial.«

Als der Zug die Stadt erreichte, blieb mir kaum noch Zeit, mit der U-Bahn nach Hause zu fahren und mich für die Abendschicht im Theater umzuziehen. Da Gwillam nach seinen Ausschweifungen in der Villa völlig fertig war, verabredeten wir, dass ich ein paar diskrete Nachforschungen anstellen und eine Zeit vereinbaren würde, an der wir uns am nächsten Wochenende dort mit Clarissa treffen konnten. Wir trennten uns mit einer Umarmung und eilten zu unseren jeweiligen U-Bahn-Linien.

In meinem Kopf herrschte ein wirres Durcheinander. Einerseits hatten mich die Ereignisse und Vorkommnisse in der Villa in den Chiltern Hills verstört, andererseits konnte ich es kaum erwarten, Iris die Neuigkeiten über Joan mitzuteilen. Gleichzeitig spürte ich eine unterschwellige Furcht, während ich mich unserer Wohnung näherte. Meine Intuition flüsterte mir zu, dass da etwas nicht stimmte.

Iris war nicht da.

Die Wohnung war völlig auf den Kopf gestellt, auf dem Bett lagen kreuz und quer Bügel verstreut, von denen sie rasch ihre Kleider heruntergezogen und zusammengepackt hatte. Ihre Schrankseite war leer. Ich fand eine hastig an mich gekritzelte Notiz: Sie habe beschlossen, bei Thomas einzuziehen, als Experiment, wie sie schrieb, und bitte mich um Verzeihung. Sie wisse, dass es für mich schwierig mit der Miete werden würde, daher habe sie ihren Anteil für die nächsten zwei Monate dagelassen. Zweifellos hatte Thomas ihr das Geld gegeben, da Iris, genau wie ich, kaum Ersparnisse besaß. Sie schätzte, es sei relativ leicht für mich, eine neue Mitbewohnerin zu finden, und versicherte mir, wir seien immer noch Freundinnen, doch vielleicht sei es das Beste für uns beide.

Für mich war es keine Überraschung. Seit sie Thomas kennengelernt hatte, war ich ihren und meinen veränderten Wünschen gegenüber blind gewesen, erkannte ich. Ich versuchte mich zu erinnern, wann wir das letzte Mal richtig miteinander geschlafen hatten, doch es war zu lange her.

Mir blieb keine Zeit für Tränen oder Trübsal, weil ich ins Theater musste. Und das umso dringender, da von meinem mageren Lohn nun noch weniger übrig bleiben würde.

Während der Vorstellung musste ich gegen die Wut ankämpfen, die in mir kochte, und mein Gesicht zu einem Lächeln verziehen, wenn ich die Zuschauer zu ihren Sitzen führte, sie ermutigte, die überteuerten Programme zu erwerben, und in der Pause im Zuschauerraum Eis, Kia-Ora-Safttüten, Piccolos und Popcorn verkaufte.

Nach dem letzten Vorhang und nachdem ich damit fertig war, die leeren Reihen nach allem abzusuchen, was das Publikum vergessen hatte – die übliche Mischung aus Schirmen, Kissen, Brillen, Schals und sogar eine vergessene Handtasche, die ich am Schalter für Fundsachen abgab –, sank ich auf einen Stuhl im beengten Aufenthaltsraum und fühlte mich plötzlich, als laste das Gewicht der Welt auf meinen Schultern.

Das Princess Empire schloss erst in einer halben Stunde. Zwei Putzfrauen fegten zwischen den Reihen Bonbonpapiere und anderen Abfall zusammen. Sie wirkten wie Spiegelbilder voneinander, beide in den himmelblauen, formlosen Uniformen der Reinigungsfirma, das seidige schwarze Haar zu einem strengen Knoten aufgesteckt, gehalten von einem tiefroten Haarband. Die eine war ein ganzes Stück älter als die andere, stellte ich fest, vielleicht waren sie Mutter und Tochter. Die Jüngere trat auf etwas Unangenehmes und hob grummelnd den Fuß, und die Ältere brachte sie in einer Sprache zum Schweigen, die ich nicht verstand. Ich hatte es nicht eilig, nach Hause zu kommen. Eigentlich war mir nach Weinen zumute, aber die Tränen wollten nicht kommen.

»Stimmt was nicht, Moana?«

Eine Hand auf meiner Schulter. Ein vertrautes Parfüm.

Clarissa ragte über mir auf, Besorgnis im Blick. Sie glich einem irdischen Engel in ihrem einteiligen weißen Chiffonanzug, demselben, den sie bei unserer ersten Begegnung getragen hatte. An den Hüften wurde er diesmal von einem silbernen Kettengürtel gehalten, der bei jedem Schritt klirrte. Dicke Kreolen hingen an ihren Ohrläppchen, und ein grauer Filzhut saß schräg auf ihrem Kopf. Sie sah aus, als hätte sie das eine oder andere Stück aus der Kostümabteilung mitgehen lassen.

Ich öffnete den Mund, doch die Worte blieben mir im Hals stecken.

Sanft strich sie mir durch die Haare.

»Bedrückt, hm?«

Ich nickte.

»Du siehst müde aus«, stellte sie fest, »und auch hungrig. In deinem Alter solltest du keine Mahlzeiten auslassen«, fügte sie hinzu. Sie hatte recht: Das letzte Mal hatte ich in der Villa gegessen, als ich zu schnell die vielen guten Sachen verschlungen hatte.

»Komm«, sagte Clarissa. »Ich nehme dich mit zu mir und koche dir was. Und ich will kein Nein hören …«

Ich überlegte, ob die Einladung zum Essen eine galante Umschreibung für ganz andere Gelüste war, doch in ihrer Miene lagen nur Zuneigung und Besorgnis, keine Begierde.

Ich stand auf und folgte Clarissa aus dem Theater. Ihr Hosenanzug flatterte um ihre Beine und ihren Hintern, und auf dem Weg durch die Gänge zum Ausgang überlegte ich, was sie wohl darunter trug, falls sie nicht gänzlich auf Unterwäsche verzichtete. Sie winkte ein Taxi heran. Auf dem Rücksitz hielten wir uns an der Hand und blickten aus den Fenstern, ohne ein Wort zu sagen, beide verloren in unseren jeweiligen Gedanken.

Als ich in die warme, wohnliche Atmosphäre von Clarissas zweistöckigem Atelier an der Brick Lane trat, einem umgebauten Lagerhaus mit hohen Decken, roten Ziegelwänden und breiten Fenstern, fühlte ich mich sofort zu Hause, und mein Kummer ebbte ab. Natürlich war da eine gewisse Vertrautheit, da es mein zweiter Besuch war. Nun aber hatte ich die Möglichkeit, mich bei voller Beleuchtung – und ohne sexuelle Ablenkung – in aller Ruhe umzusehen.

Clarissa arbeitete im Erdgeschoss in einem höhlenartigen Raum mit vielfarbigen Stoffballen, Ständern voller Kleidungsstücke, langen Tischen und einer Ansammlung großer Mappen mit Fotos, Drucken und Skizzen. Das gepolsterte Ledersofa, auf dem wir erst vor Kurzem gevögelt hatten, stand an einer Wand, bedeckt mit Kissen und einer cremefarbenen Fransenwolldecke.

Eine Wendeltreppe im Art-déco-Stil führte nach oben in den Wohnbereich, der mit dünnen Stellwänden aus Seide und Holz unterteilt war, von denen die meisten mit chinesischer – oder japanischer? – Kalligrafie und Bildern verziert waren. Doch alles wirkte verblüffend orientalisch und erinnerte mich auf eigentümliche Weise an die Pracht des Balls, als liefe vor meinem inneren Auge ein unendlicher Bilderreigen sublimer Muster und Formen ab und verbände Clarissas Höhle mit den zurückliegenden Ereignissen, die ich nicht aus dem Kopf bekam.

Sanft, aber nachdrücklich schob sie mich zum Futon – einem breiten, niedrigen Bett, das auch als Sofa dienen konnte – und verabreichte mir einen widerlich süßen, aber starken Likör mit Granatapfelgeschmack, der zuerst auf meinen Lippen und in der Kehle brannte, bevor er sich in angenehme Wärme verwandelte, die mich sanft durchdrang und meinen ganzen Körper von innen besänftigte.

»Entspann dich. Mach es dir einfach bequem. Ich koche drüben in der Küche. Ruf mich, wenn du etwas brauchst.« Sie schlüpfte aus den Ballerinas und ging barfuß in den hinteren, durch dunkle Vorhänge abgetrennten Teil des Raums.

Auf einem Tisch neben dem Futon lagen Mode- und Inneneinrichtungszeitschriften verstreut. Abwesend blätterte ich einige durch, da meine Gedanken immer noch ganz woanders waren und ich mit mir im Widerstreit lag. Denn schließlich hatte ich Iris über mein Techtelmechtel mit Clarissa im Dunkeln gelassen, und vielleicht hatte sie erraten, dass ich, nun ja, untreu gewesen war. Konnte sie das in Thomas' Arme getrieben haben? Ich fühlte mich zweifellos zu Clarissa hingezogen. Doch wenn ich meine Gefühle hinterfragte, musste ich zugeben, dass diese Anziehung ausschließlich sexueller Natur war und in meinem Bauch keine Schmetterlinge zum Flattern brachte, wie es bei Iris der Fall war. Ich verspannte mich, als ich daran dachte, wie Clarissa mit dem geschnitzten Dildo in mich eingedrungen war und ich mir kurz vorgestellt hatte, einen Mann in mir zu haben, was mich gleichzeitig erregte und abstieß. Und dann die vage Erinnerung an den Fremden, der in der Nacht zuvor seinen Schwanz in Gwillam hineingestoßen hatte. Konnte ich meine Gefühle, meine Wünsche, meine Besessenheit in Bezug auf die Penetration nicht beherrschen und anderen einfach nur dabei zuschauen? Mechanisch blätterte ich durch die Zeitschriften.

Kochdüfte wehten aus dem Küchenbereich, in dem Clarissa hinter den Vorhängen beschäftigt war.

»Das Essen ist gleich fertig«, rief sie.

Ich hörte Öl in der Pfanne zischen, nahm einen starken Geruch von Zwiebeln, Knoblauch und gebratenem Fleisch wahr. Mir lief das Wasser im Mund zusammen, und mein Magen knurrte.

Das Essen, als es dann kam, war genauso köstlich wie die Gerüche, die ihm vorausgegangen waren. Clarissa hatte es auf breiten Holztabletts gebracht, und wir aßen im Bett. Mir kam das herrlich intim vor.

»Das ist ein vietnamesisches Pfannengericht«, erklärte Clarissa, während ich mich bemühte, langsam zu essen und meinen Teller nicht zu leeren, bevor sie auch nur halbwegs fertig war.

Dünne Rindfleischstreifen waren in einer ausgeklügelten Gewürzmischung mariniert, scharf genug, aber nicht zu aggressiv, und dann kurz mit verschiedenen Gemüsen in Olivenöl gebraten worden: roten und grünen Paprikaschoten, Maiskölbchen, Zwiebeln und unsichtbaren, aber unbestreitbar schmackhaften hauchdünnen Knoblauchscheiben.

»Schmeckt wunderbar«, sagte ich.

»Das Kochen habe ich in Paris gelernt«, erwiderte Clarissa. »Während ich dort Theaterwissenschaften studierte, hatte ich viele Freunde aus der asiatischen Studentengemeinde.« In meinen Ohren klang das alles sehr exotisch. Und dieser Geschmack war absolut göttlich.

Der Weißwein, den sie zu dem Pfannengericht servierte, war

genauso köstlich, trocken und gleichzeitig süß, und rann mir leicht wie Wasser durch die Kehle.

Begierig wischte ich meinen Teller mit einem Stück Brot ab, um mir ja keinen Tropfen von der Soße entgehen zu lassen. Clarissa sah mir nachsichtig zu.

Noch ein Glas Wein, dann wurden die Teller beiseite gestellt.

»Also, Moana, magst du mir erzählen, was los ist?«

»Iris hat mich verlassen«, sagte ich unumwunden.

Clarissas Ausdruck blieb ungerührt. Sie rückte näher und griff nach meiner Hand, während mir die Worte nur so über die Lippen sprudelten. Ich erzählte ihr, wie Iris stets nur passiv dagelegen hatte, wenn wir uns liebten, und ich mich für mein Verlangen nach ihr geschämt hatte. Als würde ich mich immer in Iris ergießen, in der Hoffnung, sie mit so viel Zuneigung zu füllen, dass sie mir noch welche zurückgeben konnte. Und doch war da noch etwas anderes, das in den dunkelsten Winkeln meiner Seele lauerte, denn im Grunde meines Herzens gefiel es mir, wenn sie passiv alles zuließ, was ich mit ihr anstellte. Also wie stand ich dann da? Es gab Dinge, die ich an Iris liebte und die mir deswegen ein schlechtes Gewissen machten. Ihre Zerbrechlichkeit, die vogelhafte Leichtigkeit ihres Körpers, die Ausdruckslosigkeit ihres Gesichts, wenn ich meine Finger in sie hineinstieß, das schreckliche, zerrende Bedürfnis, das mich dazu brachte, sie endlos zu stimulieren, bis ich sie zu einer Art Reaktion provozierte. Ihre Reaktion befriedigte mich, weil sie mir das Gefühl gab, gewonnen zu haben.

»Ich bin genau wie Thomas«, schluchzte ich. Clarissa nahm mich in die Arme und zog mich an sich. Ich war ihr dankbar für diese Geste, doch Clarissa war alles andere als mütterlich. Ihr Parfüm war zu prägnant, ihr Körper zu dünn, um tröstlich zu sein.

»Schh, schh«, machte sie. »Du hast etwas mit Thomas gemeinsam. Zunächst einmal seid ihr beide hinter demselben Mädchen her. Aber Verlangen und die Art, wie du es ausdrückst, wie Thomas es zum Ausdruck bringt, ist nicht grundsätzlich schlecht. Iris war mit der Situation bisher wohl durchaus zufrieden, und es klingt so, als suche sie dasselbe bei Thomas … Hast du dir je Gedanken darüber gemacht, dass das, dessen du dich schämst, genau das ist, weshalb Iris sich zu dir hingezogen fühlte? Vielleicht ist das, wovor du dich verstecken willst, genau das, was sie möchte?«

Das ergab einen gewissen Sinn. Ich hatte das Gefühl, gleich etwas Wichtiges über mich zu erfahren, etwas an mir zu begreifen, das bisher im Schatten verborgen gelegen war, doch ich konnte es immer noch nicht vollständig erkennen; als betrachtete ich mein Gesicht in einem beschlagenen Spiegel, der erst allmählich klar wurde.

Ich hatte mich Clarissa bereits so weit offenbart, dass jegliche Scham verflog, und ich redete einfach weiter, erzählte ihr, was ich dabei empfunden hatte, Gwillam zu beobachten und die Männer, die Matilda an Hundeleinen hinter sich hergezogen hatte, von dem Wirbelsturm verletzter Gefühle, die mich innerlich zerrissen. Als ich auf Einzelheiten über die Party in der Villa zu sprechen kam, zog sie eine Braue hoch und fragte mich nach den Ereignissen dort und der Art der Leute aus, die daran beteiligt waren. Anscheinend hatte sie einen besonderen Grund, mir diese Fragen zu stellen. Ich musste manches mehrfach wiederholen, bis sie zufrieden war.

»Gut«, sagte sie.

»Warum ist das gut?«, fragte ich verwirrt.

»Oh, ich dachte nur einen Moment, dass jemand da draußen – Matilda war ihr Name, sagst du? – versucht hat, eine herkömmliche und reichlich dekadente Party als Imitat des Balls auszugeben …«

»Des Balls?« Mein Herz machte einen Satz.

»Ja.«

»Du weißt vom Ball?«

Das war das Einzige, was ich in meiner Erzählung ausgelassen hatte. Ich hatte ihr nur über mein Leben mit Iris berichtet, seit wir in London eingetroffen waren. Nicht zuletzt, weil ich befürchtete, niemand würde mir glauben, was sich in jener Nacht am Kap Reinga zugetragen hatte. Clarissa war die Erste, der ich, abgesehen von Joan, begegnet war, die von der Existenz des Balls wusste.

Ich wollte ihr gerade weitere Fragen stellen, als wir hörten, wie sich die Tür zum Atelier unten öffnete und Geräusche von der Straße hereindrangen, bis die Tür wieder geschlossen wurde.

»Ah, das muss Edward sein ...«

Ich muss sie wie ein Trottel mit offenem Mund angestarrt haben.

»Oh, keine Bange, meine Liebe, er weiß von unserer gemeinsamen Nacht. Ja, ich glaube, er hat meinen Bericht richtiggehend genossen.« Sie zwinkerte mir zu. Die mitfühlende Clarissa war verschwunden und die Version wieder aufgetaucht, an die ich gewöhnt war: lauter harte Kanten und überströmend vor sanfter Bosheit.

Ich hörte Edwards Schritte auf der Wendeltreppe und blickte ihm entgegen.

Er war ein spindeldürrer Mann in den Dreißigern, mit dunklem Haar bis auf die Schultern, was mich an einen romantischen Dichter auf einem alten Druck erinnerte. Sein eckiges Kinn hatte ein Grübchen, und seine Augen waren von einem verblüffend dunkelgrünen Farbton. Er trug einen Kaftan und Jeans, dazu abgewetzte kniehohe Stiefel. Wäre da nicht dieser Ausdruck von Scharfsinn und Intelligenz gewesen, hätte man ihn glatt für irgendeinen alten Hippie aus den schmalen Straßen um Covent Garden und den Kellerclubs halten können. Ich hatte mir den Männertyp vorgestellt, von dem Clarissa sich angezogen fühlen könnte. Gut aussehend und amüsant, ihr Äquivalent in einem anderen Körper. Auf Edward als ihr körperliches Gegenstück wäre ich nie gekommen.

»Hi«, rief er. Schnüffelte. »Das Essen riecht köstlich. Ist noch was übrig?«

»Jede Menge, Liebling«, antwortete Clarissa.

Als er mich bemerkte, winkte er mir zu. »Du musst Moana sein.« Er kam zu uns herüber, küsste Clarissa auf die Wange und reichte mir mit interessiertem Gesichtsausdruck die Hand.

»Ich muss erst mal duschen, Ladys. Bin gleich wieder bei euch.«

Er zog den schweren Kaftan über den Kopf und ließ ihn zu Boden fallen. Seine Jeans war die engste, die ich je an einem Mann gesehen hatte, die Form seinen Schwanzes zeichnete sich deutlich unter dem dünnen Stoff ab. Ich fragte mich, wie um alles in der Welt er da ohne Hilfe rauskommen wollte. Sein Brustkorb war vollkommen glatt und sein Körper so schlank, dass ich mir vorstellte, Clarissa und er müssten nackt von ähnlicher Gestalt sein. Ihm fehlten die breiten Schultern und die Muskulatur, die ich mit Männern in Verbindung brachte. Ich stellte ihn mir in einem Etuikleid vor – ja, er würde als Frau gekleidet toll aussehen. Er verschwand zwischen einer Reihe von Stellwänden am hinteren Ende des Wohnbereichs, und ich hörte Wasser in der Dusche rauschen. Ich stellte mir vor, wie sich seine glatte Haut wohl unter einem Paar seifiger Hände anfühlen würde.

Zögernd schaute ich zu Clarissa.

»Du hast ihm alles erzählt? Von dir und mir … was da passiert ist?«

»Selbstverständlich. Edward und ich haben keine Geheimnisse voreinander. Nicht die geringsten. Wir spielen getrennt … « Sie hob eine Braue. »Und auch zusammen, weißt du … «

3. Januar 1922
Seit jenem Abend, als wir beim Tanzen waren und Gladys mir gestand, sie wolle Schauspielerin werden, haben wir ständig vom Theater geträumt. Gladys kennt die Titel aller Revuen, jeden Regisseur, alle Stars und Nebendarsteller, sogar die Namen aller Tanzgruppen. »Die Gaiety Girls!«, sagte sie heute. »Kannst du dir vorstellen, wie es wäre, eine von ihnen zu sein?« Sie raffte ihre Röcke und warf die Beine in die Luft, erlaubte mir einen kurzen Blick auf ihre Schenkel und den blassrosa Rand ihrer Pumphose. Wir haben beide aufgehört, Korsetts zu tragen, und die Freiheit ist wunderbar, außerdem auf köstliche Art verwegen. Wenn niemand uns beobachtet, tanzen wir und schwelgen in den herrlichen Bewegungen unserer Körper.
Manchmal glaube ich, dass Mrs. Moorcrofts Mutter – ein wandelnder Leichnam, nur Haut und Knochen in Trauerkleidung – uns beim Tanzen beobachtet. Sie lauert ständig im Schatten herum, wenn Gladys mich besucht, und vermutlich auch wenn ich allein bin, lugt um die Ecken, taucht plötzlich auf und erschreckt mich zu Tode mit ihrer kalten Berührung und dem leisen Atem. Ich versuche, nicht zu unfreundlich zu ihr zu sein; sie möchte nur dem Leben nahe sein und der Jugend. Gladys sagt, die Alte sei eine Wichtigtuerin und wünsche uns wahrscheinlich Falten ins Gesicht.
Wir haben uns von nichts als Tee und Toast ernährt, sparen unseren Lohn, um uns eine Revue anzusehen. Sogar Silvester haben wir zu Hause gefeiert, an meinem kleinen Fenster, die Arme umeinandergelegt und die Wangen aneinandergedrückt, nicht bereit,

uns da draußen auch nur einen einzigen Feuerwerkskörper entgehen zu lassen. Vor dem Fenster meines bescheidenen Zimmers erstrahlte der Himmel über Islington in voller Pracht. Das machte mich froh, in London zu leben, und auch ein wenig schuldbewusst, weil mir mein altes Zuhause überhaupt nicht fehlt. Ich kann nicht leugnen, dass ein strahlender Sternenhimmel über den Äckern in einer stillen Nacht von erhabener Schönheit ist, und viele Dichter haben das besungen – wer bin ich, ihnen zu widersprechen? Doch mein Herz ist in dieser großen, ausufernden Stadt zu Hause, randvoll von funkensprühendem Leben und Licht in allen Regenbogenfarben.

15. Januar 1922
Ich hege die Hoffnung, dass Harold Butler jr. mir einen verspäteten Weihnachtsbonus überreichen wird, den ich dafür verwenden werde, meine Karte zu kaufen. Allerdings bezweifle ich, dass diese Hoffnung jemals Wirklichkeit wird, obwohl er nicht aufgehört hat, Gladys mit kleinen »Geschenken« zu beglücken. Schmuck, Handschuhe und Stoffbahnen aus dem Laden, von denen er stets behauptet, das seien Reste, die sowieso weggeworfen würden, doch dafür kommen sie mir viel zu kostbar vor.
Ich sage ihr immer wieder, dass sie Ärger bekommen wird, wenn sie ihm weiter etwas vormacht. Aber sie ist störrisch wie ein Maultier, und zu viel Nörgelei würde mich zur schlimmsten Heuchlerin machen, da ich Abgetragenes von ihr – immer noch in tadellosem Zustand – gerne annehme, während sie Platz für eine vollkommen neue Garderobe schafft, die selbst ein vermögendes Mädchen neidisch machen würde.
»Ich muss ins West End«, verteidigt sie sich, »oder ich sterbe! Und nicht auf die billigen Plätze. Ich will nicht in den oberen Rängen sitzen, hinter einer Säule ganz am Rand, wo man kaum etwas sehen kann.«

Ich mache mir Sorgen, dass sie Geld von ihm genommen hat, und fürchte mich vor dem, was passieren könnte, falls – wage ich zu sagen, wenn? – er merkt, dass sie ihn an der Nase herumgeführt hat.
Doch einstweilen versuche ich, nicht darüber zu grübeln und mich auf die Zukunft zu konzentrieren.
Wir stürzen uns auf jede Besprechung in der Zeitung, um zu entscheiden, welche Revue wir uns ansehen wollen. Man könnte glatt meinen, Gladys erwartet, dass sie für uns an der Theaterkasse einen roten Teppich ausrollen, uns Champagner einschenken und dass der Hauptdarsteller uns im Publikum entdeckt und uns hinter die Bühne einlädt, um mit ihm in seiner Garderobe zu dinieren.
Vielleicht werde ich in der Pause einen »Gentleman« kennenlernen, wie Gladys mir ständig verspricht.
Ich bin mir nicht sicher, ob ich das möchte.

2. Februar 1922
Heute waren wir im Theater, gekleidet wie Pariser Mannequins, bereit für den Laufsteg.
Gladys trug einen Glockenhut aus dunkelrotem Samt mit einem Band um die Mitte und ein reizendes langes Kleid in Weiß und Blau mit tiefem Ausschnitt, den sie in stundenlanger Arbeit mit Perlen bestickt hatte. Als es fertig war, witzelten wir darüber, dass sie darin wie ein Matrose auf einem Luxusdampfer aussehe. Wir änderten das Halloween-Kostüm für mich um, unterlegten den gelben Chiffon mit cremefarbener Spitze und verlängerten den Rock mit abwechselnd rosafarbenen und gelben Rüschen, damit mir der Saum bis über die Knie ging. Ich kam mir wie ein Kanarienvogel vor, gerade aus dem Käfig gelassen. »Ist das nicht zu viel?«, fragte ich sie. »Du bist ein Original«, versicherte sie mir. So etwas hatte ich noch nie in einem Modemagazin gesehen.

Sie hatte sich ihr Haar zu einem schicken kleinen Bubikopf geschnitten, so kurz, dass es kaum ihre Ohren bedeckte und ihren hinreißenden langen Hals frei ließ. Wir zogen uns in meinem Zimmer um. Gladys spazierte direkt durch die Tür und die Treppe hinauf, während Mrs. Moorcroft hinter ihr herrannte, viel schneller, als ich die schwere Frau je hatte laufen sehen. Missbilligend teilte sie uns mit, falls Gladys vorhabe, hier zu übernachten, sollten wir lieber nicht zu spät kommen, die Treppe in unseren hochhackigen Schuhen hinaufstapfen und Pansy und Alice stören, die früh aufstehen mussten, um in Clapton Kartoffeln zu kochen. »Und wenn ich eine von euch beiden beim Trinken erwische, werfe ich euch raus«, sagte sie. »Das hier ist ein ordentlicher christlicher Haushalt.« Mrs. Moorcroft ist ein Geschöpf fehlgeleiteter Überzeugungen, hat sogar heftig gegen die Suffragettenbewegung protestiert.

Temperenzplakate sind überall in der Küche und im Flur aufgehängt. Natürlich wollte Gladys davon nichts wissen. »Sie ist weder deine noch meine Mutter«, sagte sie und zog einen eleganten silbernen Flachmann aus einer kleinen Tasche, die sie an ihrem Hüfthalter befestigt hatte. Sie warf ihn mir zu, und ich nahm einen Schluck, an dem ich fast erstickte – der Flachmann war bis oben hin voll mit Schlehenlikör. »Hat mein Onkel Ted zu Weihnachten gebrannt«, gestand sie mit einem Zwinkern, »und dem ist es scheißegal, was ich trinke.«

Die Art, wie sie »Onkel« aussprach, ließ mich vermuten, dass Ted kein echter Verwandter war.

Sie fuhr damit fort, ihre Taschen zu leeren.

Holzkohlestift, Puderrouge und sogar etwas Klebriges, Schwarzes, von dem sie behauptete, es sei mit Kohlenstaub vermischte Vaseline, um unsere Wimpern lang und schwarz zu machen.

Wir waren wunderschön, und die Revue war genauso herrlich, wie wir gehofft hatten.

Selbst der Schnee, der inzwischen gefallen war und als Matsch auf den Gehsteigen liegen blieb, konnte unsere Hochstimmung nicht dämpfen, als wir uns in unseren hochhackigen Schuhen schlitternd und rutschend auf den Heimweg machten.

25\. *März 1922*
Gladys hat einen Mann kennengelernt. Einen anderen – aber diesmal einen, den ich mag. Sein Name ist James, und er arbeitet natürlich im Theater, hat strahlende Rosinenaugen, Wimpern wie ein Reh und so volle, rote Lippen, dass sie einer Frau gehören könnten. Er lacht wiehernd wie ein Pferd, aber einem Mann mit solchen Grübchen könnte ich alles verzeihen. Gladys ist völlig vernarrt in ihn, und ich glaube, das bin ich auch. Ich glaube, ich bin in sie beide verliebt.
Was soll ich nur tun?
Manchmal bilde ich mir ein, sie müsse dasselbe empfinden – wenn sie sich ohne Arglist vor mir auszieht und das Kerzenlicht Schatten über ihre glatte Haut huschen lässt, kommt es mir vor, als wäre die Kälte verschwunden und der Frühling bereits eingekehrt, wenn auch nur in mein Zimmer.
Jeden Tag nehme ich mir von Neuem vor, sie zu küssen.

30\. *Juni 1922*
Oh, Tagebuch, zu denken, dass ich mir noch vor ein paar Monaten Sorgen machte, du könntest mich wegen des Lesens eines Liebesromans für unmoralisch halten!
Heute Abend haben wir miteinander geschlafen, alle drei. Ich wage die Wörter kaum hinzuschreiben, aus Angst, sie könnten aus der Seite und in den Kopf meiner Vermieterin oder in den eines der anderen Mieter sickern – oder, Gott bewahre, in den der alten Frau, die mir nach wie vor auf der Treppe und unten im Flur auflauert.

Von Gladys weißt du bereits, Tagebuch. Ich hatte immer das Gefühl, sie schon vorher gekannt zu haben, aber jetzt ist mir, als hätte ich kaum begonnen, sie kennenzulernen – ihren ganzen Körper zu erforschen und mir jeden Zentimeter davon unauslöschlich einzuprägen, nicht nur gedanklich, sondern mit meinen Fingerspitzen und meiner Zunge, damit ich sie, falls ich sie je verlieren sollte, blind heraufbeschwören kann. Ich bekomme noch nicht mal die richtigen Ausdrücke zu fassen, um den Honiggeschmack ihrer Lippen oder die seidige Weichheit ihrer Kehle zu beschreiben. Wie wir uns aneinander gütlich taten, als hätten wir bis zu diesem Moment unser ganzes Leben lang Hunger gelitten.

Und James – wie begierig er uns beobachtete, und wie ich in dem Wissen schwelgte, dass ihn der Anblick von uns beiden zusammen in den Wahnsinn treiben musste, und trotzdem musste er sich an die Vereinbarung halten, die Gladys mit ihm getroffen hatte. Dass er uns zusammen beobachten, aber nicht berühren durfte. Das Wissen, ihn vollkommen unter Kontrolle zu haben, übte eine seltsame Macht aus. Dadurch fühlte ich mich so lebendig.

18. September 1923

Heute Abend, Tagebuch, bin ich geflogen.

James hatte eine Peitsche, und ich ließ ihn gewähren. Mit jedem Schlag hob sich meine Seele, bis ich das Gefühl hatte, keinen Körper mehr zu brauchen, und mir alle Spiele, die wir vorher ausprobiert hatten, wie nichts vorkamen. Wie ich mir jedes Mal vorstelle, dass wir gemeinsam zum Zentrum der Lust gereist sind und nicht weiter vordringen können, und dann beim nächsten Mal merke, das wir noch weiter gehen können. Es gibt kein Ende der Lust, keinen Punkt, an dem das Ende erreicht ist.

Manche Gelüste können nie befriedigt werden.

1. Februar 1924

Wie kalt mir ist, Tagebuch. Der Winter hat Einzug gehalten, nicht nur mit den Winden, die durch jede Ritze in den Mauern dieses schrecklichen Hauses dringen, sondern auch in jeden Winkel meiner Seele.

Was für eine Närrin ich war, mein winziges Fenster bei Mrs. Moorcroft für zu klein zu halten. Sie würde grinsen, wenn sie mich jetzt sähe, und mir sagen, ich hätte es nicht anders verdient. Eine Trinkerin und Schlampe, der nicht weiter gestattet werden kann, mit anständigen Christenfrauen zusammenzuwohnen, nun verbannt in einen Kellerraum im schlimmsten Teil von Whitechapel. Wie ich mich jedes Mal spute, wenn ich mein Zuhause verlassen muss – falls ich es überhaupt so nennen kann –, aus Furcht vor den Männern, die sich in jede dunkle Ecke drücken und mich ansprechen, wenn ich vorbeihaste.

War ich jemals glücklich in London?

Gladys hat Harold Butler jr. geheiratet und würdigt mich keines Blickes mehr.

Sie ist schwanger – mit einem Kind, das ich als »unseres« betrachte, da ich mir sicher bin, es wurde in einer der Nächte empfangen, die wir drei zusammen verbrachten, James, Gladys und ich, als wir uns die jeweiligen Gelüste mit einer Begierde erfüllten, die süßer war als Wein.

Ich arbeite nicht mehr bei Butler und Butler. Es ist mir unmöglich, ihr nahe zu sein und sie nicht berühren zu dürfen. Mein Verlangen nach ihr frisst mich auf. Es sickert mir aus jeder Pore, und wenn ihr neuer »Ehemann« (ich kann es nicht ertragen, auf diese Weise an ihn zu denken) Verdacht schöpfte, würde er sie schlecht behandeln.

Ich treffe mich nicht mit James. Wir haben es einmal versucht, aber ohne Gladys klappt es nicht zwischen uns beiden. Wir waren uns einig, dass wir uns gegenseitig dafür hassen würden, weil wir

nicht über die Macht verfügen, sie zurückzubringen. Dass wir jeden gemeinsamen Moment damit verbringen würden, an nichts als die Lücke zwischen uns zu denken, die sie gefüllt hatte.
Ohne sie bin ich nichts.
Ich weiß nicht, was aus mir werden soll.

Edward kam aus der Dusche, in einem dunkelblauen Seidenmorgenmantel, der vermutlich Clarissa gehörte. Der Mantel hatte weite Ärmel im orientalischen Stil, die von Edwards Handgelenken herabhingen wie bei der Robe eines Zauberers, und einen Spitzenbesatz am Saum, der ihm bis halb über die Schenkel reichte. Edward hatte den Gürtel mit einer Schleife an der Taille geschlossen, so locker, als könnte sie jeden Moment aufgehen. Er war ein bisschen größer und breiter als Clarissa, aber nicht viel. Die bleiche, glatte Fläche seines nackten Brustkorbs bildete ein scharfes V, umrandet von tintenblauem Satin. Seine Beine waren muskulöser, als ich erwartet hatte, und bedeckt mit feinen schwarzen Haaren. Ich schätzte, dass sein Schamhügel dick und glänzend sein dürfte.

Mir ging auf, dass ich Clarissas Möse noch nicht gesehen hatte. Ich überlegte, ob sie auch haarig war, um zu Edward zu passen, oder ob sie vollkommen rasiert war wie die der beiden Flittchen am Pool von Thomas' Villa. Wie hießen sie noch? Mandy und Christine.

Er stand vor uns und rieb mit dem Handtuch über seine feuchten Locken, rubbelte so heftig, wie man einen nassen Hund abtrocknen würde. Der Gürtel am Morgenmantel lockerte sich, je energischer er die Arme bewegte.

»Kannst du nicht wenigstens zehn Minuten warten, bevor du das arme Mädchen erschreckst?«, fragte Clarissa.

Er lachte.

»Anscheinend macht es ihr nichts aus«, erwiderte er.

Clarissa sah mich fragend an.

Mit einem Schulterzucken täuschte ich Gleichgültigkeit vor, in Wahrheit aber war ich neugierig. Da ich in letzter Zeit zunehmend mit Nacktheit konfrontiert worden war, hatte mein Interesse am Körper anderer möglicherweise zugenommen.

Mittlerweile war ich ans Ende des Futons gekrochen und hatte mich auf den Bauch gelegt, offenbar in der Hoffnung, einen Blick auf Edwards Schwanz und seine Eier zu erhaschen. Ich versuchte, die Größe zu erraten. Lang und dünn, wie er, und vollkommen gerade, nahm ich an.

Ich irrte mich.

Er hängte das Handtuch zum Trocknen über die Tür des Badezimmers. Clarissa nahm die Weinflasche von dem niedrigen Tisch am Ende des Bettes und füllte mein Glas auf, dann goss sie den Rest in ihr Glas und hielt es Edward hin. Er trat auf sie zu und ergriff es am Stiel. Seine Schienbeine drückten gegen den Holzrahmen des Futons. Clarissa griff hinauf und zog Edwards Morgenmantel ein Stück weit auseinander, streichelte seinen Schaft und umschloss seinen Hodensack mit der Hand. Sie wirkte wie gebannt vom Anblick seines Schwanzes, als betrachtete sie ihn zum ersten Mal.

»Du weißt aber auch nicht, was du willst, oder?«, murmelte er, den Mund voll Wein.

»Das ist dein bestes Stück, Liebling, warum sollte ich es nicht vorführen wollen?«

»Manchmal kannst du ein ganz schönes Miststück sein.«

Er vergrub seine Finger in Clarissas kurzem Haar und zog ihren Kopf zu seinem Schwanz, drückte sie an ihn, bis sie lachend zurückwich.

Ich betrachtete sein Gesicht. Der Ausdruck von Interesse hatte sich in etwas anderes verwandelt. Hunger. Nächstes Mal, dachte ich, wird er sie nicht so leicht davonkommen lassen.

Seine Erektion ragte aus dem Morgenrock hervor, hart und lang und dicker, als ich mir vorgestellt hatte. Ein solcher Schwanz gehörte eigentlich zu einem viel größeren Mann.

Clarissa zog am einen Ende der Gürtelschleife. Der Satin glitt zur Seite, legte seine Eier frei.

Unwillkürlich musste ich an die angeleinten Männer zu Matildas Füßen denken, als sie mich ermutigt hatte, ihre Hoden zu quetschen. Wie schmerzhaft das gewesen sein musste. Wäre Matilda an meiner Stelle gewesen, hätte sie garantiert eine viel härtere Strafe ausgeteilt als ich. Und doch hatten die beiden Männer offensichtlich aus freiem Willen vor ihr gekauert.

In der Beziehung zwischen Edward und Clarissa musste es eine ähnliche Machtverteilung geben, aber statt dass einer den anderen herumkommandierte, warfen sie sich gegenseitig die Bälle zu. Ein ideales Geben und Nehmen.

»Das macht dir doch nichts aus, oder, Schätzchen?«, fragte mich Clarissa.

Ich war mir nicht sicher, ob sie damit auf die Nacktheit ihres Mannes anspielte oder auf die Zurschaustellung eines eher privaten Rituals gegenseitiger Erniedrigung.

Ich schüttelte den Kopf.

»Gut. Wenn das so ist, komm näher.«

Sie rutschte zu mir, griff nach meiner Hand, und ich nahm ihren Platz direkt vor Edwards beträchtlichem Gemächt ein.

»Hast du jemals einen Schwanz gesehen? Aus der Nähe, meine ich. In allen Einzelheiten. Ihn dir richtig angeschaut?«

Hatte ich nicht, tat es aber jetzt.

Die Haut war so fest gespannt, dass sie dünn und glatt wie Satin wirkte. Die Eichel war knollig, mit einem dicken Wulst, wie ein Pilz. Auf dem Schulhof hatte ich mal gehört, dass die Unterseite der Eichel am empfindsamsten sei, und ich nahm an, das müsse das weiche Hautstück sein, das von der Spitze zum

Schaft verlief, wie der Spalt in einem kleinen Pfirsich. Wenn ich ihn lecken sollte, würde ich es dort tun.

Unter meinem unverwandten Blick schien er noch härter zu werden, die bereits rosige Haut nahm einen pflaumenfarbenen Ton an, der zum Wulst hin dunkler wurde. Gebannt schaute ich zu, wie ein milchiger Tropfen heraustrat und der Schwerkraft trotzend in der Mitte hängen blieb.

Falls Edward erwog, mein Gesicht an sich zu drücken, gab er es nicht zu erkennen. Er stand so reglos da wie ein Schilfrohr an einem windstillen Tag, ohne auch nur die geringste Geste der Ermutigung.

Clarissa hatte sich neben mir zusammengerollt – wie eine Schlange im Garten Eden, die Eva in Versuchung führt.

»Würdest du ihn gern berühren?«

Das würde zumindest meine Neugier befriedigen, dachte ich. Ein winziger Funke flackerte in mir auf. Würde dieser Funke verlöschen, sobald ich Edward berührte, oder zu einer Flamme werden?

»Darf ich?«, fragte ich ihn.

»Oh, aber gerne doch.«

Ich kniete mich hin, streckte eine Hand nach ihm aus und strich nur mit den Fingerspitzen von der Peniswurzel bis zur Eichel hinauf, ganz leicht nur.

Er stöhnte.

Ich wiederholte die gleiche Bewegung auf der Unterseite und hörte ihn zischend einatmen.

Seine Eier, ein weiches Gewicht an meinen Handflächen. Sein Schamhaar, seidig unter dem Kratzen meiner Fingernägel. Die Eichel, feucht unter dem Druck meines Daumens.

Ich senkte den Kopf und öffnete den Mund.

Clarissa beugte sich vor und zog mich zurück.

»Nein, das soll er noch nicht haben. Ich hätte nicht erwartet, dass du so begierig bist, muss ich zugeben. Du kommst offenbar schnell auf den Geschmack.«

Edward stöhnte erneut, diesmal hörbar frustriert.

Er beugte sich vor, packte Clarissa am Kinn und zwang sie, den Mund aufzumachen. Als ich gerade gegen seine Grobheit protestieren wollte, ließ er einen Schluck Wein zwischen ihre Lippen fließen, und sie küssten sich. Clarissa fing die Flüssigkeit auf, schluckte und wischte sich mit dem Handrücken über den Mund.

»Wag es ja nicht, irgendwas auf diesen Hosenanzug zu verschütten«, sagte sie.

Er senkte das Glas und wedelte damit über dem strahlenden Weiß ihres Ausschnitts.

»Dann solltest du ihn lieber ausziehen. Sieht dir gar nicht ähnlich, so lange bekleidet zu bleiben.«

»Erst mal ist Moana dran, finde ich«, erwiderte Clarissa. »Sie hat mich noch nicht nackt gesehen, und ich möchte sie noch ein bisschen hinhalten.«

Ich wurde mir meiner schäbigen Platzanweiseruniform bewusst, zerknittert und verschwitzt nach der Arbeit eines ganzen Nachmittags und Abends.

»Wäre es in Ordnung, wenn ich erst dusche?«, fragte ich.

»Nur zu. Aber unter zwei Bedingungen.«

»Und die wären?«

Sie sprach leise, direkt in mein Ohr, als teilte sie mir ein Geheimnis mit, obwohl mir durchaus klar war, dass Edward zuhörte.

»Erstens musst du völlig nackt zu uns zurückkehren. Zweitens musst du auf alles vorbereitet sein.«

Ich stimmte zu und ging ins Bad.

Ein großer runder Spiegel beherrschte den winzigen Raum, und sein Rahmen, geformt wie eine Blume mit Blütenblättern aus Mosaik in Lila-, Blau- und Indigotönen, diente als einziger Farbfleck vor dem makellosen Weiß der Wände und des Bodens. Ich hängte meinen Rock und meine Bluse über den Handtuchständer.

Dann wusch ich mich rasch, begierig, zu Clarissa und Edward zurückzukehren und bemüht, die Gefühle, die in mir aufzuwallen drohten, zu unterdrücken. Wenn ich an Iris dachte, brach ich womöglich in Tränen aus, daher konzentrierte ich mich auf die körperliche Tätigkeit, mich von Kopf bis Fuß abzuseifen, wobei ich die Hände über meine Brüste und die harten, aufgerichteten Nippel gleiten ließ.

Vor der Dusche lag eine Matte, und da ich vergessen hatte zu fragen, wo ich saubere Handtücher finden könnte, benutzte ich das von Edward über die Tür drapierte. Sein Geruch hing noch in den feuchten Falten, etwas, das über den neutralen Duft der Seife hinausging. Ein scharfes, leicht bitteres, männliches Aroma.

Clarissas Anweisungen folgend, ließ ich das Handtuch und meine Sachen auf dem Ständer hängen und tappte nackt zurück ins Wohnzimmer.

Edward stand noch in derselben Haltung da, hatte aber den Morgenmantel fallen lassen. Clarissa hatte ihren weißen Hosenanzug ausgezogen, jedoch etwas völlig anderes angelegt. Sie rauchte eine Zigarette und saß ganz in Schwarz auf dem Futon – Lacklederstilettos und Seidenstrümpfe, befestigt an einem hautengen Korselett mit Spitzenkörbchen, durch die ich nur eine Andeutung ihrer Nippel sehen konnte. Um die Hüften trug sie einen Ledergurt, an dem ein großer schwarzer Dildo befestigt war. Ob es derselbe war, mit dem sie mich damals penetriert hatte, oder ob sie eine ganze Sammlung davon besaß, ließ sich nicht sagen.

Sie waren ins Gespräch vertieft und hörten mich nicht

hereinkommen. Schweigend stand ich ein paar Augenblicke da und beobachtete sie. Edwards Schwanz war halb schlaff geworden, und Clarissa griff zwischen Zigarettenzügen danach und streichelte ihn sanft. Einmal setzte sie sich auf und leckte den Schaft in ganzer Länge, dann nahm sie die Eichel für einen kurzen Moment in den Mund, bevor sie sich zurücklehnte und erneut an der Zigarette zog. Er spielte mit ihrem Feuerzeug, schnippte den Deckel zurück und ließ Flammen hochschießen.

Das Hauptlicht war ausgeschaltet, Kerzen brannten. Eine Lampe in der Ecke verbreitete ein angenehmes bernsteinfarbenes Licht durch einen dichten gelben Schirm.

Clarissa wandte sich mir zu.

»Komm herein, Schätzchen«, sagte sie, »und lass dich von uns bewundern.«

Ich ging auf sie zu und stellte mich neben Edward.

Sein Schwanz wurde sofort wieder hart.

»Du bist wunderschön«, sagte er.

Ich dankte ihm, obwohl ich nicht seiner Meinung war. Ich war dankbar für meinen Körper, froh, dass er funktionierte, aber ich fand mich nicht schön. Ich besaß nichts von Iris' zarter Schönheit, wie eine knospende Rose, oder von Clarissas kühler, lässiger Eleganz oder Matildas eindrucksvoller Gestalt.

»Sie ist ein kleiner Edelstein. Noch roh, aber so offen dafür, geschliffen zu werden.«

Clarissa sprach, als handelte es sich bei mir nicht um eine Person, sondern ein Spielzeug, was darauf hindeutete, dass ich eines von vielen sein könnte. Das machte mir nichts aus. Es erregte mich. Zumindest für diese Nacht wollte ich Clarissas Spielzeug sein.

Sie streckte ein Bein zwischen meine, bog den Fuß und ließ die Schuhspitze an meinen Schenkeln entlanggleiten, als Aufforderung, sie weiter zu spreizen. Gehorsam schob ich die Füße auseinander.

»Braves Mädchen«, sagte sie.

Mit den Fingerspitzen fuhr sie über meinen Knöchel, an meiner Wade hinauf, über die Kniekehle zu meinem Oberschenkel, dann um den Venushügel herum. Sie drang weiter vor, strich an den Schamlippen entlang, achtete aber darauf, nicht in mich einzutauchen. Meine Möse wurde glitschiger. Ich stellte mir vor, wie ein Tropfen herausquoll und dem Pfad hinabfolgte, den Clarissa vorher gezeichnet hatte.

Edward legte das Feuerzeug weg, nahm mein Kinn in die Hand und drehte es sanft zu sich.

»Darf ich dich küssen?«, fragte er.

Ich war mir nicht sicher, ob ich das wollte, nickte jedoch zustimmend. Ein Kuss würde mir zeigen, ob er mich tatsächlich körperlich anzog oder nicht.

Sein Mund traf auf meinen. Seine Lippen waren voll und breit, und aus dieser Nähe fing ich einen weiteren Hauch seines Eau de Cologne auf – etwas Maskulines, doch hatte es eine Wärme, die zu ihm passte, obwohl ich den speziellen Duft nicht einordnen konnte. Er schmeckte nach Rotwein, eine Note bitteren Tanins, gemischt mit dunkler Frucht. Seine Arme hingen herab; ich griff nach seinen Händen und führte sie zu meinen Brüsten. Er küsste mich fester, mit offenem Mund, und seine Zunge berührte meine, nur ein bisschen. Seine Handflächen waren weich und trocken, die leichte Berührung seiner Haut an meiner wie ein intimes Gespräch.

Clarissa stupste mit ihrer Schuhspitze an meine Öffnung.

»Sehr hübsch«, sagte sie, »und es sieht dir gar nicht ähnlich, so zurückhaltend zu sein, Edward.«

Mit spitzen Lippen entließ sie einen Rauchring. Sie nahm die Zigarette in die linke Hand und griff mit der Rechten nach einer

Rotweinflasche, die zwischen unseren beiden Gläsern stand. Sie mussten sie geöffnet und gemeinsam schon halb ausgetrunken haben, während ich unter der Dusche war. Clarissa legte den Kopf zurück und nahm einen Schluck direkt aus der Flasche.

»Du warst noch nie mit einem Mann zusammen, stimmt's?«, fragte er mich. »Nicht mal für einen Kuss?«

»Nein«, erwiderte ich.

»Hat es dir gefallen?«

»Ja.«

»Also«, schaltete sich Clarissa dazwischen, »du hast versprochen, zu allem bereit zu sein.«

»Das bin ich.«

»Gut.«

Sie griff unter die Tagesdecke und zog einen weiteren Dildo mit Gurt heraus, beides in Dunkellila. Die ganze Vorrichtung wirkte schwer und unbequem.

»Du hast zwei Möglichkeiten«, sagte sie. »Die erste: Edward fickt dich. Die zweite: du fickst Edward. Beides bedeutet den Verlust einer Jungfräulichkeit. Welche würdest du lieber zuerst verlieren?«

Edward trat hinter mich und ließ weiterhin seine Hände träge über meinen Körper gleiten. Seine Handflächen strichen über meine Rippen und den Oberkörper, hoben meine Brüste an und berührten meine Nippel, wanderten dann über meine Arme und Schultern zu meinem Hals. Er hob mein Haar hoch und küsste die Mulde an meiner Schulter, dann die Spitze des Schlüsselbeins. An solche Liebkosungen war ich nicht gewöhnt und wusste zunächst nicht, wie ich reagieren sollte.

»Ganz locker«, murmelte er, als er meine Anspannung spürte.

Iris war ebenfalls sanft, genau wie Edward, doch ihre Berührungen waren immer zaghaft. Sie schien sich als Empfängerin von Lust einfach wohler zu fühlen. Clarissa war grob und energisch gewesen; sie zog es vor, das Sagen zu haben, wie ich für gewöhnlich auch. Edward war irgendetwas dazwischen. Lässig, fast träge, aber selbstsicher, baute er langsam meine Erregung auf.

Clarissa hob das Geschirr mit einem Finger hoch und ließ es vor mir baumeln. Der Dildo schwang hin und her wie ein Pendel.

Ich nahm ihn ihr ab und warf ihn ans Fußende des Bettes.

»Ich möchte, dass Edward mich fickt«, sagte ich und spürte, wie bei diesen Worten Erregung in mir aufwallte.

Ich wollte wirklich, dass er mich fickte.

Er zog mich an sich, und sein harter Schwanz prallte gegen die Rückseite meines Schenkels.

»Mach sie feucht«, befahl er Clarissa.

Sie fuhr mit zwei Fingern durch das Tal meiner Möse, führte die Finger an ihre Lippen und saugte auf, was sie dort an Feuchtigkeit gefunden hatte.

»Sie ist tropfnass. Aber ein bisschen mehr könnte nicht schaden ...«

Sie drückte ihre Zigarette in einem silbernen Aschenbecher aus, der neben Weinflasche und Gläsern stand, und kniete sich vor mich.

Ihre Zunge teilte meine Schamlippen.

Ich stöhnte.

Edward ließ meine Brüste los, packte Clarissa an den Haaren und presste ihr Gesicht fest gegen meine Möse.

»Leck sie«, sagte er.

Clarissa gehorchte.

Ich war zwischen ihnen eingeklemmt, bemüht, das Gleichgewicht zu halten. Der harte Holzrahmen des Futons drückte unangenehm gegen meine Schienbeine. Edward umklammerte mit einer Hand Clarissas Kopf und ließ die andere zu meinem Hintern gleiten. Seine Finger wanderten zwischen meiner Pospalte hindurch zu meiner Öffnung. Er schob sie in mich hinein, erst einen, dann zwei, während Clarissas Zunge mit meiner Klitoris spielte. Ich fürchtete, ohnmächtig zu werden.

Ich stöhnte laut.

Clarissa zog sich zurück, schnappte nach Luft, und ich kroch auf Knien aufs Bett und küsste sie. Ihr Mund und ihr Kinn waren klebrig von meinen Säften. Am liebsten wäre ich auf den Dildo geklettert, der nach wie vor zwischen ihren Schenkeln hing, und hätte sie geritten, doch stattdessen nahm ich die Stellung ein, die ich für sie bei unserer letzten Begegnung eingenommen hatte: auf allen vieren, genau wie Iris, als Thomas in sie eingedrungen war.

Edward drehte mich sofort um, hob mein eines Bein an und über seine Schulter. Er richtete sich über meinem Körper auf, und ich sah nach unten, sah die Spitze seines Schwanzes, Millimeter entfernt von meinem Loch. Sie war mit einem dünnen, beinahe durchsichtigen rosa Kondom bedeckt, so gespannt, dass es aussah, als würde er daraus hervorplatzen.

»Sieh mich an«, sagte er, und als ich es tat, stieß er in mich hinein.

»O Gott!«

Ich hatte es kommen sehen, doch der Moment seines Eindringens war trotzdem ein Schock.

Neben mir wurden Schnallen gelöst, Clarissa legte den Gurt ab und warf den Dildo beiseite. Ich hörte sie leise stöhnen. Sie beobachtete uns und masturbierte dabei.

Ich drückte meine Hüften gegen Edwards, versuchte ihn tiefer in mir zu spüren. Er ächzte, schob mein anderes Bein hoch, sodass beide über seine Schultern hingen und sein Schwanz mich vollkommen ausfüllte. Und doch war mir das nicht genug. Ich packte seinen Hintern und zog ihn mit jedem Stoß fester an mich.

Er beugte sich herab und küsste mich erneut, diesmal feucht, unsere Münder offen und unbeholfen; Zähne stießen aneinander, die Zungen aus dem Takt, beide unfähig, das Heben und Senken unserer gegeneinanderprallenden Körper und die unkontrollierten Laute unserer Lust in Einklang zu bringen.

Ich hing an seinen Schultern, klammerte mich an ihn, biss ihn in die Schulter, packte ihn fest zwischen meinen Schenkeln, damit er noch tiefer in mich hineinstieß. Tiefer und tiefer, aber nicht genug, konnte ihn aber nicht bitten, mich noch heftiger zu ficken, aus Frucht, mich lächerlich zu machen.

Von Clarissa kam ein erstickter Schrei. Sie war kurz vor dem Orgasmus.

Edwards ganzer Körper spannte sich an, und ich zog ihn weiter in mich. Sein Stöhnen vermischte sich mit ihrem, er erbebte und sackte zusammen. Ich lag unter ihm und rieb meine Hüften weiter an seinen, bis sein Schwanz weich wurde.

Er küsste mich auf die Wange und rollte von mir herunter. Dann schob er seinen Arm unter meine Schultern, und ich lehnte mich an ihn. Clarissa rutschte zu uns herauf und schmiegte sich an meine andere Seite. So schliefen wir zusammen ein.

6

UNTERIRDISCH

Ich hatte Clarissa gegenüber Joans frühere Verbindung mit dem Theater erwähnt und sie gefragt, ob es wohl möglich sei, dass Gwillam und ich Zugang zu alten Unterlagen des Princess Empire bekämen, um weitere Nachforschungen anzustellen. Sie zögerte zunächst. Eine erste Durchsicht von Personalakten blieb ohne Erfolg, da nur die letzten zehn Jahre aufbewahrt wurden.

»Sind sie vielleicht irgendwo außerhalb des Theaters gelagert?«, fragte Gwillam.

Das war nicht der Fall. Bis auf jede Menge zusammengeschnürter Papiere und verstaubter Ordner mit Erinnerungen an frühere Aufführungen, alten Programmen, Fotos, Zeitungsausschnitten, Bühnennotizen und Finanzunterlagen hatte das Theater allem Anschein nach nichts von praktischem Wert über die Menschen aufgehoben, die dort in den letzten Jahrzehnten gearbeitet hatten. Informationen, die womöglich einmal abgelegt worden waren, hatte man inzwischen weggeworfen. Alltägliche Erinnerungstücke werden selten aufbewahrt.

Gwillam war zutiefst enttäuscht darüber, als wären dadurch vielversprechende Nachforschungen bereits im Keim erstickt worden. Ich hatte zwiespältige Gefühle. Schließlich war Joan mit Iris verwandt, und meine abrupte Trennung von Iris hatte die Erinnerungen an Joan weiter in den Hintergrund gedrängt, weshalb die Recherchen nicht mehr so dringlich waren. Hinzu kam, dass ich aufgrund der Ereignisse in den letzten paar Wochen immer noch ganz durcheinander war. Zu sehr waren meine bestehenden Beziehungen infrage gestellt worden. Ganz zu schweigen von den neuen Bindungen, die ich gerade eingegangen war, und den sexuellen Komplikationen.

Clarissa versprach, noch ein paar ältere Bühnenarbeiter zu fragen, sobald sich die Gelegenheit dazu ergab. Eine Woche später rief sie mich hinunter in ihr Büro und teilte mir mit, dass jemand, der früher in der Requisite gearbeitet habe, sich noch vage an Joan erinnere, und es könne sein, dass sie etwas von ihren Habseligkeiten zurückgelassen habe. Offensichtlich hatte sie vor vielen Jahren ihre Anstellung im Theater Knall auf Fall aufgegeben und sich nicht die Mühe gemacht, bei ihrem überstürzten Aufbruch alles mitzunehmen.

Clarissa schlug vor, Gwillam und ich sollten am kommenden Sonntagmorgen ins Theater kommen, und wir würden uns auf die Suche nach Papieren oder Kleidung machen, die Joan womöglich zurückgelassen hatte. Der ältere Bühnenarbeiter, der die Information geliefert hatte, war sich nicht sicher, was Joan dagelassen haben könnte. Auch er hatte davon nur vom Hörensagen erfahren.

Wir trafen früh an einem regnerischen Wintermorgen ein. Der bleigraue Himmel war verhangen, und in der bitteren Kälte stießen wir Atemwolken aus. Clarissa stand allein am Bühneneingang in der kleinen Gasse, die am Theater entlangführte, und öffnete uns die Tür. Das Gebäude war in unheimliche Dunkelheit getaucht, was ich so noch nie erlebt hatte. Nur schwache Sicherheitsleuchten flackerten in den schmalen Fluren rings um den Zuschauerraum, die an einer Reihe Türen vorbei zu den Bereichen hinter den Kulissen führten. Sie hatte uns angewiesen, Taschenlampen mitzubringen, doch die Beleuchtung, die unser Trio aus Amateurforschern auf diese Weise erzeugte, war bemerkenswert unergiebig und warf lediglich einen kleinen Lichtstrahl vor unsere Füße, bevor er von der Finsternis verschluckt wurde. Ich kam mir vor wie in einem Horrorfilm. Wir tasteten uns nur langsam voran und erreichten schließlich eine verborgene Treppe, die in die Kellerräume des Theaters führte. Vorsichtig gingen wir die Stufen hinunter.

»Können wir nicht die Hauptbeleuchtung einschalten?«, fragte Gwillam.

»Ich habe keinen Zugang zur zentralen Schaltanlage«, erklärte Clarissa. »Der Strom wird aus Kostengründen abgeschaltet, wenn niemand da ist. Wir dürften eigentlich nicht hier sein«, fügte sie hinzu. »Wir sind nur hereingekommen, weil ich eine Vereinbarung mit dem Nachtwächter getroffen und ihm versprochen habe, für ihn aufzupassen. Dafür konnte er zwei Stunden früher nach Hause gehen.«

»Sind denn hier Wertgegenstände gelagert?«

»Eigentlich nicht. Ich vermute, hauptsächlich die Kostüme. Eingelagerte Kulissen könnten woanders nicht wieder verwendet werden.«

Inzwischen hatten wir das dritte Kellergeschoss erreicht. Mir war nie bewusst gewesen, wie tief die Räumlichkeiten des Theaters nach unten reichten.

»Ich bin erst ein einziges Mal hier gewesen«, sagte Clarissa, »aber das ist schon ein paar Monate her. Mir wurde gesagt, es gebe so etwas wie ein Lager. Zeug, das schon seit Ewigkeiten hier liegt, aber niemand kümmert sich darum, es zu entsorgen, erst recht nicht, es durchzusehen. Wenn Joan etwas zurückgelassen hat, sollten wir es dort finden.«

Die Luft war feucht und modrig. Ideale Brutstätte für Mäuse. Oder Ratten. Ich hatte einen angeborenen Widerwillen gegen Nagetiere aller Art; selbst Opossums haben mich als Kind zu Tode erschreckt. Ich wagte nicht, Clarissa zu fragen, ob uns Tiere über den Weg laufen könnten. Ich griff nach Gwillams

Hand und hielt mich an ihm fest. Seine Handflächen waren verschwitzt.

Das schwankende Licht aus Clarissas Taschenlampe irrlichterte zwischen Wänden und Decke hin und her. Wir zwängten uns durch ein Gewirr aus schwankenden Holzpaneelen, alten Szenenaufbauten und Trennwänden, gemalten Kulissen und wackligen Stapeln längst überflüssiger Requisiten: Tische, Sofas, Vorhänge, gerahmte Reproduktionen von Gemälden, alte Uhren, die nie funktioniert hatten, Vasen. Vom Horrorfilm waren wir in Ali Babas Höhle gelangt. Alles war hoch aufgetürmt, behängt mit Spinnweben, die vermutlich nicht zu den Requisiten gehörten. Staubpartikel tanzten in der Luft, aufgewirbelt vom Steinboden des vergessenen Lagerbereichs. Clarissa blieb stehen.

»Wenn wir nur wüssten, wonach wir suchen …«, sagte sie verzagt.

»Ich hab leider auch keine Ahnung«, meinte ich.

Gwillams warmer Atem streifte meine Wange.

»Was würde Sherlock Holmes tun?«, fragte ich ihn. Er drückte meine Hand, und ich wusste, dass er lächelte. »Wenn sie ihre Kleidung zurücklassen musste, dann schätze ich, dass die Sachen nicht lose herumliegen werden. Die würden doch bestimmt in einem Koffer oder etwas Ähnlichem sein, oder?«, äußerte ich vorsichtig.

»Da ist was dran«, sagte Clarissa.

Wir setzten unsere Suche fort.

Eine halbe Stunde später waren wir auch nicht schlauer, und selbst wenn keiner von uns die Niederlage eingestehen wollte, wussten wir alle, dass wir kurz davor waren aufzugeben. Das ganze Unterfangen kam uns sinnlos vor.

In einer Ecke des Kellers wölbte sich die Decke, und wenn wir uns dahin vorwagten, müssten wir uns unangenehm verrenken. Die Nische war voller Holzpaletten, auf denen sich mottenzerfressene Stoffballen türmten, ein Haufen Müll, der nie wieder das Licht einer Bühne erblicken würde.

Seufzend wollte ich schon den Blick von dem wertlosen Kram in der Ecke abwenden. Doch als ich den Kopf drehte, sah ich aus den Augenwinkeln etwas Dunkles, das unter den vermodernden Stoffen hervorlugte. Braun, rechteckig.

Ich ging näher heran und streckte die Hand danach aus.

Etwas Hartes. Leder.

Ich schob die Schichten beiseite, unter denen das Ding teilweise begraben war. Die scharfe Kante eines großen Koffers kam zum Vorschein.

Mit dem Handrücken wischte ich die Oberfläche ab und löste damit eine Staubwolke aus, die kurz in der Luft schwebte, bevor sie langsam zu Boden sank.

Zerkratzte Goldbuchstaben im polierten Leder des Koffers, eingestanzt in die Mitte des Deckels.

Zwei Buchstaben: J. N.

Joan Nutting.

Aufgeregt rief ich nach Gwillam und Clarissa.

»Ich hab was gefunden!«

Sie eilten herbei; ihre Taschenlampen blendeten mich kurz, als sie damit in meine Richtung leuchteten.

»Einen Koffer …«, verkündete ich. »Das kann nur ihrer sein. Danach haben wir gesucht …«

»Na, wer hätte das gedacht!«, sagte Clarissa.

»Lass mich mal.« Gwillam trat neben mich und beugte sich vor, um an den lockeren Gurt des Koffers zu kommen und ihn heranzuziehen. Noch mehr Staub wirbelte auf. Wir mussten husten.

Mit krächzender Stimme bemerkte Gwillam: »Der Koffer ist unglaublich leicht, obwohl er so groß ist. Da kann nicht viel drin sein.«

Clarissas Stimme war rau, der Staub saß ihr noch in der Kehle. »Wenn das so ist, Gwillam, dann lasst uns doch das verdammte Ding hier rausbringen und in die Zivilisation zurückkehren«, schlug sie vor. »Ich habe vorläufig genug von dunklen Orten!« Das bezweifelte ich. Clarissa gehörte für mich zu den Menschen, die in der Dunkelheit aufblühten, doch das behielt ich lieber für mich.

Fünf Minuten später traten wir aus dem Bühneneingang in die Gasse. Gwillam trug den Koffer, und Clarissa schloss die Tür ab.

Der Regen hatte nachgelassen, es war milder geworden, aber immer noch so ungemütlich, dass wir uns nicht draußen aufhalten mochten.

»Und jetzt?«, fragte ich.

»Deine Entscheidung«, erwiderte Gwillam. »Du wolltest Hilfe bei der Suche. Da ist es nur fair, wenn du den Koffer zuerst öffnest und nachschaust, was drin ist.«

Ich sah zu Clarissa.

»Das musst du wissen.« Sie zuckte mit den Schultern. »Ich war ohnehin nie ein großer Fan von Rätseln …«

Wir vereinbarten, dass ich mich um den Koffer kümmern und ihn mit in meine Wohnung nehmen sollte. Später würde ich sie dann wissen lassen, was ich darin gefunden hatte: alte Kleidung, kostbaren Schmuck – was wir für völlig unwahrscheinlich hielten –, Nippes, irgendetwas Interessantes.

Gwillam drückte mir einen Kuss auf die Wange und radelte nach Hause. Clarissa hielt an der Ecke der Charing Cross Road ein Taxi an und setzte mich bei meiner Wohnung ab.

Der Koffer war nicht verschlossen, nur durch zwei Riemen gesichert, die leicht zu entfernen waren.

Im Inneren befanden sich ein paar Kleidungsstücke: zwei Korsetts, ein Nachthemd, das auch schon bessere Zeiten gesehen hatte, ein von Motten zerfressenes Sommerkleid und ein Paar Schuhe, die wahrscheinlich vor einem Vierteljahrhundert bereits altmodisch gewesen waren und von denen ich mir nicht vorstellen konnte, dass jemand wie Joan sie getragen hatte.

Eine magere Ausbeute.

Doch unter den wenigen von Joan zurückgelassenen Habseligkeiten, eingewickelt in einen hautfarbenen Strumpf und mit einem breiten roten Gummiband gesichert, fand ich ein kleines Buch und einen dicken Umschlag.

Den öffnete ich zuerst, zog ein Dutzend handgeschriebener Seiten heraus. Die einst violette Tinte war mittlerweile verblasst, doch ich erkannte Joans Handschrift sofort.

Während ich noch überlegte, ob ich den Text lesen sollte oder damit zu sehr in ihre Privatsphäre eindringen würde, schlug ich das Buch auf und sah, dass es tatsächlich ein Tagebuch war. Seite für Seite in derselben Krakelschrift.

Ob ich hier Antworten auf meine Fragen fände? Würde es mir helfen, Iris zu mir zurückzubringen?

Ich fing mit dem Brief an.

Ich las ihn langsam.

Mehrmals.

Ein Brief an einen Liebhaber. Ich kam mir vor wie ein Eindringling, der die tiefsten Geheimnisse eines anderen ausspioniert. Doch als ich ans Ende kam, brachte ich im Geist hektisch die im Brief enthaltenen Informationen mit Bruchstücken meiner Erinnerungen zusammen, aus der Kindheit, die ich gemeinsam mit Iris verbracht hatte. Dass sie so anders war als ihre Eltern, dass wir oft darüber gescherzt hatten, sie müsse ein Adoptivkind sein. Die eigenartig distanzierte Haltung ihrer Mutter, die Anspannung, die bei ihr zu Hause wie Nebel in der Luft hing. Die völlig verkrampften Hände ihres Vaters am Lenkrad seines geliebten Valiant, wenn er uns zu Iris' Großmutter fuhr.

Ich merkte mir das Datum des Briefes. Zählte eins und eins zusammen.

Konnte das sein?

War Iris tatsächlich Joans Tochter, nicht ihre Enkelin, wie wir immer geglaubt hatten?

Die Vorstellung fiel mir nicht leicht, und zugleich empfand ich sie als schmerzhaft.

Das veränderte so vieles.

Was sollte ich tun? Kontakt mit Iris aufnehmen und sie darüber in Kenntnis setzen? Würde sie mich dafür hassen?

Ich brauchte Zeit, um nachzudenken.

Ich würde das Tagebuch später lesen.

Ich war nicht bereit für noch mehr Enthüllungen.

25. Mai 1928

Ich bin wieder aus meiner Unterkunft geworfen worden, und diesmal bin ich vollkommen unschuldig – wie sich herausstellte, habe ich in den vergangenen sechs Monaten in einem Bordell gewohnt. Du musst mich für dumm halten, liebes Tagebuch, weil mir nie die Vielfalt eigenartiger Männer aufgefallen ist, die durch die Flure liefen, eilig auf dem Hinweg und frohlockend auf dem Weg hinaus. Vielleicht fehlt es mir an moralischem Empfinden, oder ich denke zu gut über meine Mitmenschen, da alle Frauen, die hier ein Zimmer hatten, mir nur nett und freundlich vorkamen, und die Männer, die bei ihnen zu Besuch waren, schienen für mich Gentlemen zu sein.

Ich bin knapp einer Gefängnisstrafe entgangen, denn ich kam gerade vom Bäcker auf dem Spitalfield-Markt mit einem frischen Brot für mein Frühstück nach Hause, als die Polizei das Gebäude stürmte. June Cooper, die das Zimmer mir gegenüber bewohnte und die ich bis zu dem Tag irrtümlich für eine Sonntagsschullehrerin (!) gehalten hatte, trat aus dem Schatten eines Trink-

brunnens neben dem Park an der Vallance Road und warnte mich. Sie hatte zu der Zeit gearbeitet und war im Nachthemd aus dem Haus gelaufen, wenn man es denn so bezeichnen will, einem winzigen hautfarbenen Etwas, das ihren ausladenden Busen völlig entblößte und ihren Hintern gerade eben so bedeckte, ihre drallen, mit Grübchen übersäten Schenkel jedoch nicht.

Ich gab ihr meinen Mantel, während sie mir alles erzählte (obwohl ich gestehen muss, dass ich sie weiterhin ohne Mantel vor mir sah), wobei sie die ganze Zeit über ihren Freier fluchte, der, sobald der erste Schrei zu hören war, sich seinen Hut geschnappt und sich aus dem Staub gemacht hatte, ohne sie zu bezahlen.

Vorerst habe ich im Keller des Princess Empire Unterschlupf gefunden. Ich wage nicht, meine Probleme meinem Arbeitgeber gegenüber zu erwähnen, sonst glaubt er noch, ich könnte das Theater in Misskredit bringen, und dann verliere ich auch noch meine Anstellung in der Revue. Mir ist es gelungen, nach Einbruch der Dunkelheit in Hughes Mansions hineinzuschleichen und alles einzupacken, was ich in einem Koffer tragen konnte – ein paar Kleidungsstücke, meine kleine Büchersammlung –, aber ich wage nicht, noch einmal dorthin zu gehen. Meine Vase war zerbrochen, die Blumen überall verstreut, meine Matratze war umgedreht, und die kleine Börse mit Ersparnissen, die ich dort versteckt hatte, war verschwunden. Alles, was ich auf Erden besitze, hat die Polizei kassiert, daran habe ich keinen Zweifel. Was für eine verdrehte Welt, in der die Huren freundlich sind und die Ordnungshüter Diebe, aber so ist die menschliche Natur.

Wer weiß, wie lange ich hier bleiben kann. Die halbe Stadt liegt noch in Ruinen nach der Flut, Tausende sind obdachlos und die Vermieter größtenteils ein derart niederträchtiges Gesindel, dass die Mieten in unerschwingliche Höhen gestiegen sind. Ich habe einen Schlüssel von dem Bund nachmachen lassen, den der Wachmann immer am Leib trägt – es war so leicht, sie von seinem Gür-

tel zu nehmen, als ich im Flur an ihm vorbeiging, dass ich vermutlich eine Karriere als Taschendiebin vor mir habe, sollte mein Erfolg beim Tanzen je ausbleiben.

19. Oktober 1930

Schon wieder wurde mir der Lohn gekürzt. Wir leben in schlechten Zeiten, und die Theaterleitung hat angeordnet, dass weniger Frauen für weniger Geld bei der Revue mitmachen sollen. Ich habe den neuen Bedingungen zugestimmt. Mir macht das Tanzen Spaß, es bringt Fröhlichkeit in mein Leben, und ich kann mir keine andere geeignete Beschäftigung für mich vorstellen, auch wenn sie schlecht bezahlt ist. Ich könnte mich, glaube ich, mit dem Leben einer Putzfrau, einer Verkäuferin oder einer Fabrikarbeiterin nicht abfinden. Dann wäre ich wie eine lebende Tote, fort von der Musik, den Scheinwerfern, dem Leben und Treiben der Theateraufführungen.

Trotzdem sehe ich keine Möglichkeit, mit meinem Verdienst beim Theater die Unterkunft in Hammersmith zu behalten, so bescheiden sie auch ist, und ich muss mich um eine zusätzliche Einkommensquelle bemühen.

Der Teufel flüstert mir ins Ohr, und ich bin versucht …

19. Juni 1932

Ich hätte nie gedacht, dass das Leben einer Prostituierten so langweilig ist. Heute habe ich zwei prominente Politiker befriedigt – die selbst für dich, liebes Tagebuch, anonym bleiben sollen, denn die Diskretion einer Hure ist ihr Betriebskapital –, und einen Schuhmacher, der sich nur eine schnelle Nummer leisten konnte, mir aber anbot, meine Schuhe als Gegenleistung für ein zweites Mal zu besohlen. Zwischendurch eine kurze Ruhepause. Ich hoffe, er bringt mir meine Schuhe zurück, sonst muss ich ihn in meinen Pantoffeln aufspüren.

Der Schuhmacher war klein und rund wie ein Bierfass, er hatte einen schönen Schwanz, lang und dick, und Gott sei Dank sauber, denn ich musste ihn hinten ins Empire einschleusen, ohne Möglichkeit, vorher ein Bad aufzusuchen. Ich ließ ihn eins der Kostüme aus dem Stück »Piraten« anziehen, und er sollte so tun, als wäre ich eine holde Maid, entführt und mitsamt einem Schiff voller Beute gekapert. Er band mich ans Geländer und nahm mich im Treppenhaus, und, liebes Tagebuch, ich hatte meine Freude daran, wie die Seile in meine Haut einschnitten. Ich hätte ihm das nächste Mal beinahe gratis angeboten.

25. September 1933
Heute hat mich zum ersten Mal eine Frau dafür bezahlt, mit ihr zu schlafen. Wir haben es auf dem Rücksitz ihres Wagens gemacht, einer schnittigen rot-schwarzen Karosse mit cremefarbenen Lederbezügen und silbernen Armaturen. Ihr Fahrer beobachtete uns im Rückspiegel und rauchte dabei eine Zigarette, als wäre er zu Tode gelangweilt.
»Das ist das Auto meines Mannes«, sagte sie mir, als ich sie fickte. Daraufhin nahm ich sie noch härter ran. Ich brachte sie dazu, mir von ihm zu erzählen, während ich sie ritt. Wir hatten nichts dabei, keine Dildos, nur unsere Finger und Zungen und Körper, also musste sie sich zurücklegen, und ich kriegte sie ganz schön nass, dann habe ich sie bearbeitet, bis sie kam, während sie weiterhin von ihrem Gerald sprach. Ich frage mich, ob er in seinem geräumigen Büro, meilenweit entfernt, rote Ohren bekam.

15. Dezember 1934
Der Winter ist zurückgekehrt. Irgendwie kommt er mir dieses Jahr kälter vor.
Ich habe Angst.
Nicht um meine Seele, nein – das habe ich schon längst aufgege-

ben. Auch nicht um meine materiellen Besitztümer, die wenigen kostbaren, die ich habe.
Die Arbeit läuft im Großen und Ganzen gut. Der Eifer, mit dem ich anfing, hat nachgelassen, und wenn ich ehrlich bin, vermisse ich meine Anstellung bei der Revue, obwohl ich das Empire noch immer als mein Zuhause betrachte und zwischen Keller und Dachsparren hin und her flitzte. Sollte das Theater jemals eine Zweitbesetzung brauchen, kenne ich die Texte jedes aktuellen Stücks. Aber natürlich kann ich nicht zu erkennen geben, dass ich hier bin.
Ein Gerücht geht um, dass es hier spukt. Ich habe die Jungs vom Bühnenaufbau belauscht, wie sie sich beschwerten. Hemden gehen verloren und tauchen wieder auf, gewaschen und gebügelt. Hüte, die an einem Haken des Hutständers hängen, tauchen an einem anderen Haken auf. Schuhe werden über Nacht poliert. Manschettenknöpfe, die in eine Schublade gelegt wurden, finden sich plötzlich auf der Kommode. Stapel von Seilen werden verschoben. Seltsame Geräusche, nachdem es dunkel wird. Grunzen, Stöhnen, Schreie einer Frau. Natürlich bin ich das, und je länger sie glauben, ich wäre ein Phantom, desto besser, denn jetzt haben sie viel zu große Angst, die Treppe noch weiter hinunterzugehen, wo sie auf mein kleines Kämmerchen stoßen würden. Mein einziges Zuhause seit der Bude in Hammersmith, aus der ich vertrieben wurde, nachdem mein zweiter Beruf entdeckt worden war. Ein Handelsreisender, der dort ebenfalls logierte, hatte mich erkannt, als ich meine anderen Fähigkeiten an einem verrufenen Ort ausübte, und war beleidigt, dass ich seine Bitte ablehnte, ihm kostenlos zu Diensten zu sein. Ich muss nur dafür sorgen, dass meine lauten Kunden leise sind, oder wenn sie schon schreien müssen, dann wie Gespenster, aus Angst, einer der Mitarbeiter könnte ein Gespenst mit eher menschlichen Gelüsten vermuten!
Ich fürchte nicht um mein Gewissen. Inzwischen bin ich davon

überzeugt, dass die Lust, nach der ich suche, nicht unmoralisch, und die Freude, die ich anderen bereite, kein Verbrechen ist. Ich fürchte nicht um meinen Lebensunterhalt – ich bin jetzt über dreißig, und das Alter hat meine Begabung in der dunklen Kunst des Sex nur gefördert und meine Beliebtheit erhöht.

Dennoch mache ich mir Sorgen um meine Zukunft. Ich bin nicht so dumm zu glauben, dass meine Mitbürger mir meine Sünden ebenso vergeben wie ich. Meine Leidenschaften prägen mich. Das Eigenartige meiner Begierden ist wie ein Tintenfleck, der aus meinem Herzen durch meine Kleidung dringt und mich in den Augen anderer verdammt. Selbst wenn ich gebadet und sauber bin, bleibt der Geruch nach Sex auf meiner Haut, in meinen Locken, verrät mich die Drehung meines Handgelenks, der Schwung meiner Hüften. Sie wissen es. Sie verabscheuen mich deswegen.

Ich lebe am Rande der Gesellschaft, mache allen etwas vor, damit ich nicht am falschen Ende eines Polizeiknüppels lande, oder noch schlimmer, in eine Truhe gesteckt und als Möbelstück für Teetassen benutzt werde, wie die arme Hure, deren Fall jetzt vor Gericht verhandelt wird, möge sie in Frieden ruhen. Ich bin dankbar, dass mein Körper anscheinend nicht bereit ist, ein Kind zu empfangen, daher bleiben mir zumindest die Messer ungeschickter Engelmacherinnen in finsteren Gassen erspart.

Dennoch kann ich mich nicht überwinden, Trost in einem anständigen Leben zu suchen. Ein ahnungsloser Ehemann, ein dauerhaftes Zuhause, Wohlstand. Das wäre eine Sünde an meiner Seele, viel schlimmer als jede kleine Verletzung, für die ich in meinem Beruf vielleicht verantwortlich bin.

Vorerst richte ich mich auch weiterhin im Keller des Empire ein, husche durch die Schatten wie eine Maus, befriedige nur meine Lust. Ich sehne mich nach Liebe und Freundschaft, nach einem Zuhause irgendwo. Ein Ort, an den ich gehöre. Ein Ort, an dem ich ein Kind alleine austragen und aufziehen kann. Ich frage mich, ob so etwas in einer anderen Zeit, einer anderen Stadt existiert. Irgendwo hinter den Sternen. Das alles erscheint mir wie ein schwacher Traum.

7. Februar 1935
Ich glaube zu träumen.
Heute Abend ging ich durch die Straßen am Piccadilly. Leichter Regen fiel, und der Bürgersteig war glitschig. Straßenlaternen brannten wie Kerzen unter einer Decke, zu schwach, um den dichten Nebel zu durchdringen, der über allen lag, die vorübereilten, als trügen wir Hüte und Jacken aus Dunst. So ein Wetter, bei dem ein Schirm zwecklos ist, weshalb ich meinen aufgegeben hatte, da zuvor schon Windstöße die Hälfte der Stangen umgeknickt hatten und er nur noch wenig mehr nutzte als eine Zeitung, die ich mir über den Kopf hielt. Feuchtigkeit trieb wie Dunst in der Luft, statt von oben herabzufallen, und alle Versuche, sie abzuwehren, waren deshalb vergeblich. Ich bemühte mich nicht einmal, schneller zu gehen, denn ich hatte an dem Abend keine Verpflichtungen. Ich trug meinen dicken roten Mantel, hatte den Gürtel festgeschnallt und den Kragen hochgestellt.
George, mein treuer Pirat, Schuster und Fesselungskünstler, dessen Bauch von Besuch zu Besuch dicker wird (das macht mir nichts, solange sein Schwanz nicht schrumpft), hatte meine Lieblingsschuhe gerade neu besohlt und sie innen freundlicherweise mit Schafswolle ausgekleidet, daher waren meine Fußgelenke wärmer denn je.
Ich blieb stehen, um die Erosfigur am Piccadilly Circus zu bewundern, eine einsame rote Figur in einem Meer aus dahineilenden Passanten und dichtem Verkehr, alle auf dem Weg an den heimischen Herd. Wäre ich nicht so sehr darauf bedacht gewesen, keine Aufmerksamkeit auf mich zu lenken, selbst in der Menge unbeteiligter, gleichgültiger Gesichter, dann hätte ich meinen Kopf in

den Nacken gelegt und den Mund geöffnet, um den Regen zu trinken. Andererseits, da selbst der Nebel nicht immun gegen Londons Verschmutzung ist, war es vielleicht besser, dass ich meine Lippen geschlossen hielt.
In dem Augenblick sah ich sie. Zunächst fiel mir nur ihre Zigarette auf. Eine gleichmäßig leuchtende Nadelspitze im Nebel, die irgendwie trotz der Feuchtigkeit glühte. Ich erkannte eine Reisegefährtin der Nacht. Etwas Unmerkliches, wie ein Schatten, der niemals auszulöschen, nicht einmal vollständig zu verbergen ist. Instinktiv spürte ich, dass die Raucherin mich beobachtete, und doch fühlte ich weder das Verlangen, das von einer künftigen Kundin ausgeht, noch die Verachtung, die in Wogen von der Polizei heranflutet.
Ich erwiderte ihren Blick. Dann bemerkte ich ihre Haare. Ein Strom feuerroter Locken, der sich vom Kopf bis hinunter an die Füße ergoss, als wäre ein Seidencape an ihrer Kopfhaut befestigt.
Sie trug einen bodenlangen schwarzen Mantel mit weiten Manschetten, dickem, hohem Kragen und im Prinzessinnen-Schnitt, schmal in der Taille, der Rock ausgestellt. Ihre Stiefel wirkten männlich: flach und kniehoch mit einem halben Dutzend Silberschnallen an jeder Seite. Eine Aufmachung, die vielleicht ein Spion tragen mochte, und ich fragte mich flüchtig, ob sie einen Dolch in den tiefen Falten verborgen hielt. Ich hatte keine Angst. Ich war erregt. Sie strahlte etwas Elektrisierendes aus. Die Luft um sie herum war lebendig; es knisterte. Ich wollte ihr nahe sein, trotz (oder vielleicht wegen) der Gefahr.
Sie rief mich beim Namen.
»Joan.«
Wie von unsichtbaren Fäden gezogen ging ich zu ihr.
Sie rührte sich nicht, um mich zu begrüßen. Lehnte weiterhin am Laternenpfahl und rauchte ihre Zigarette.

»Deine Arbeit ist uns aufgefallen«, sagte sie.
Ihre Worte klangen wie Schmeichelei in meinen Ohren, und ich reagierte wie ein getätschelter Welpe.
»Ja?«
»Ja. Uns sind viele Berichte zu Ohren gekommen über das Gespenst im Princess Empire, die Phantomhure des Theaters. Alle positiv. Du hast viele Bewunderer.«
Ihre freundlichen Worte waren wie warmer Balsam, und ich schob mich näher an sie.
»Ich … vielen Dank«, stammelte ich.
»Solche Arbeit kann nicht immer angenehm sein.«
»Ich suche nicht nach Annehmlichkeit.«
Meine Worte beantworteten offenbar eine Frage, die ihr durch den Kopf gegangen war.
»Ich biete dir eine Anstellung«, sagte sie.
»Ich bin schon angestellt.« (Das bisschen Schmeichelei hatte mich bereits überheblich werden lassen!)
Sie ließ ihre Zigarette auf den Bürgersteig fallen und trat sie aus. Dann schaute sie mir direkt in die Augen. Ihre hatten einen merkwürdigen grünlich-goldenen Schimmer, die Farbe eines tiefen Stroms im Sonnenlicht.
»Du wirst diese Arbeit vorziehen«, sagte sie, »und dafür großzügig entlohnt.«
»Wofür? Und wo?«
»Ich arbeite für eine Organisation, die bestimmte Festivitäten veranstaltet. Exklusive Veranstaltungen. Partys, wenn man so will, obwohl sie viel mehr als das sind. Wir werden dich dafür bezahlen, aufzutreten. Männer und Frauen zu ficken. Zu tanzen. Überall auf der Welt.«
Dabei bewegte sie ihre Hände, als strickte sie ein Muster mit dem Regen.
»Dann werde ich also eine Hure sein.«

»Ja. Eine sehr gute und eine sehr gut bezahlte Hure. Eine, die Lust verschafft und sucht.«

Ich nahm an.

Und rechnete damit, dass sie wie ein Geist im Nebel verschwinden würde, doch stattdessen vereinbarte sie mit mir ein Datum, an dem ich die notwendigen Papiere unterzeichnen und mit meiner Ausbildung beginnen würde. Dann stieg sie in den Bus der Linie vierzehn nach Streatham.

Bald ging der Herbst in den Winter über. Die Tage wurden kürzer, den Himmel überzog eintöniges Grau.

Die Laufzeit des viktorianischen Meuchelmörder-Stücks im Princess Empire ging dem Ende entgegen, und eine Woche später hatte eine ausgelassene, nur mit Frauen besetzte Version einer Shakespeare-Komödie Premiere. Infolge einer Flut einhellig schlechter Kritiken wurde sie nach knapp zwei Wochen abgesetzt, und das Theater stand länger als zwei Wochen leer. Demzufolge wurde mein Gehalt um die Hälfte gekürzt, bis die Neuinszenierung einer komischen Oper von Gilbert und Sullivan, die derzeit durch die Provinz tourte, London erreichte und das Theater seine Pforten wieder öffnen würde.

Clarissa war als Honorarkraft eingestellt worden, um bei den Kostümen für das weltbekannte *Marat/Sade*-Stück in der Inszenierung von Peter Brook zu helfen, das bald im Aldwych aufgeführt werden sollte, und hatte kaum noch Zeit. Sie arbeitete den ganzen Tag in einem Studio in Stratford-upon-Avon mit dem restlichen Regieteam und ging nie ans Telefon, während Gwillam in den letzten Zügen seiner Vorbereitungen für das Jura-Examen lag und keine Lust hatte, mit mir zu plaudern.

Weder Iris noch Thomas hatten sich bei mir gemeldet, und ich brachte es nicht über mich, Kontakt mit ihnen aufzunehmen. Vielleicht hoffte ich insgeheim, ihre Beziehung würde den normalen Lauf nehmen, und Iris würde aus freien Stücken zu mir zurückkehren, nachdem sie wie durch ein Wunder zur Vernunft gekommen war. Das war ein winziges Samenkorn der stillen Hoffnung, das ich in meinem Herzen leise hegte und pflegte, damit es Wurzeln schlagen und über den Tagtraum hinaus zur vollen Blüte der Wirklichkeit heranwachsen würde.

London sprudelte vor aufregenden Vergnügungen. Ich besuchte die Musikclubs von Soho und die Lokale in Covent Garden, die anscheinend über Nacht aus dem Boden schossen und dann ebenso schnell wieder verschwanden. Ich war begeistert vom Können der Folksänger, der Bands und Musiker. Viele waren in meinem Alter, aber schon von einer Aura des Rätselhaften umgeben, die ich, das wusste ich im Grunde meines Herzens, niemals erlangen würde. Ich war nicht kreativ, bloß eine Mitläuferin, ein Fan unter vielen, und die anderen waren die strahlenden Gestalten, die mir das Gefühl gaben, zweitrangig, ja sogar nutzlos zu sein.

Ich hatte mir die Seiten von Joans Tagebuch eingeteilt und las nur ein paar Einträge auf einmal, als wollte ich die Geschichte endlos ausdehnen. Sie zog mich in ihren Bann, erweckte in mir den Wunsch, an dieser faszinierenden, jetzt verlorenen Welt noch einmal heimlich teilhaben zu können. Außerdem berührte sie mich zutiefst, brachte mich zum Grübeln, löste in mir etwas aus, von dem ich nicht gewusst hatte, dass es da war.

Das Erlebnis mit Edward hatte mich erschüttert. Das lag nicht so sehr daran, dass er ein Mann war und genau gewusst hatte, wo er mich berühren musste, um eine Kette von Reaktionen tief in meinem Körper auszulösen, und dem es zu meiner Überraschung gelungen war, ein Lustgefühl zu erzeugen, das ich nicht für möglich gehalten hätte. Doch ohne Clarissa sah ich keine Möglichkeit, Edward zu erreichen; ich wusste, dass er Teil eines Paares war, und dass einer nicht ohne Zustimmung des anderen aktiv wurde.

Joans Zeilen riefen ähnliche Gefühle hervor, was nur zeigte, dass an mir nichts Einzigartiges war, erst recht nicht an meinen Reaktionen auf Sex und meinem Vergnügen daran oder an meiner gelegentlichen Verwirrung und Scham über mein Verlangen.

Nachts lag ich im Bett, überflutet von Gelüsten, von denen manche mich sogar überraschten und erschreckten, was mich nur noch mehr nach extremen Situationen lechzen ließ, in die ich mich kopfüber stürzen könnte.

Der Zauber der Peitsche.

Die Gier nach Schändung.

Die häufig widerlichen Gelüste der Männer.

Die Masken. Die Spiele. Das Hochgefühl in dunklen Räumen und unbekannten Betten.

Die Lust. Die Lust.

Ich war verstört. Sehnte mich. Hatte Angst davor, was ich über mich herausfinden könnte.

Ich brauchte jemanden zum Reden. Und ich glaubte nicht, dass Gwillam gerade jetzt der Richtige dafür wäre.

Iris vielleicht. Aber andererseits, wie könnte ich diese Themen mit ihr ansprechen, nachdem wir uns derart fremd geworden waren? Würde sie mir jemals verzeihen, dass ich das Geheimnis ihrer Herkunft aufgedeckt hatte?

In der Dean Street gab es eine Kellerbar, in der meines Wissens ausschließlich Frauen verkehrten. Als ich dort eintraf, herrschte dichtes Gedränge. Der Raum war schwach beleuchtet mit niedriger Decke, und über der Theke hing eine Rauchwolke. Ich bestellte mir ein Bier mit Limonade. Schaute mich um. Obwohl die meisten anwesenden Frauen, nach ihrem Aussehen oder der Kleidung zu schließen, offensichtlich dieselbe sexuelle Vorliebe hatten wie ich – wenngleich viele ziemlich mädchenhaft und, wie ich fand, so normal wirkten –, kam ich mir unsichtbar vor.

Gewöhnlich.

Und zu schüchtern, um mich mit völlig Fremden auf eine Unterhaltung einzulassen. Die meisten gehörten anscheinend ohnehin einer bereits bestehenden Gruppe an. Irgendwie hoffte ich, dass jemand mich ansprechen würde. Aber das geschah nicht.

Selbst die beiden Barfrauen blieben auf Distanz und mürrisch, waren mit Einschenken beschäftigt und blickten die Gäste nur kurz an; beide ein Abbild der Gleichgültigkeit.

Mein Getränk schmeckte verwässert, und ich ging. Schlenderte die Shaftesbury Avenue hinunter zum Piccadilly Circus. Die Theater entließen ihr Publikum auf die Bürgersteige, sie hatten anscheinend alle viel mehr zu tun als das zurzeit geschlossene Princess Empire. Ich schlängelte mich durch die Menge.

Mir fiel ein Abenteuer ein, über das Joan geschrieben hatte. Es hatte mich zutiefst schockiert. Eine frühe Begebenheit, als sie mittellos war und ihre Miete nicht bezahlen, sich nicht einmal etwas zu essen kaufen konnte. Ich erinnerte mich an die Geschichte und den Namen des Hotels. Regent Palace.

In der Lobby herrschte Gedränge. Touristen, Kleinstädter, eine charakteristische Mischung aus Alt und Jung. Ich machte mich auf den Weg zur Bar. Das Licht war gedämpft, der Raum warm. Im Gegensatz zum Club in der Dean Street, in dem ich mir unsichtbar vorgekommen war, fühlte ich mich hier normal. Auf paradoxe Weise gehörte ich hierher.

Ich überlegte gerade, was ich bestellen sollte, als ein junger, in eine vorschriftsmäßige graue Weste gekleideter Barkeeper mit langen, dunklen Haaren und einem Anti-Atomwaffen-Anstecker an der Brust mich nach meinem Wunsch fragte.

Im Hintergrund waren Mantovani und seine Streicher mit dem Titelsong aus *Exodus* zu hören. Ich kannte die Melodie im Schlaf, da sie zu den Lieblingsplatten von Iris' Vater gehört hatte – jedenfalls ihres Adoptivvaters, wie ich inzwischen wusste –, die er unweigerlich an Sonntagnachmittagen auflegte, während er seine Pfeife rauchte, der Höhepunkt seiner Freizeit.

Ich entschied mich für Apfelsaft.

Zog mich in Tagträume zurück, nahm kaum Notiz vom ständigen Kommen und Gehen der Gäste, von den Paaren, die sich in den Nischen aneinanderkuschelten, den Singles, die ihre Konkurrenz in Augenschein nahmen, und den Geschäftsmännern in Tweedanzug, weißem Hemd und Krawatte, den Menschen, die durch die Lobby hinter den Schwingtüren der Bar schlenderten.

Ein schwaches Klopfen des Barkeepers auf die Theke vor mir riss mich aus meiner Träumerei.

»Was ist?«

»Jemand möchte Ihnen einen ausgeben. Noch einen Apfelsaft oder vielleicht etwas Stärkeres?«, fragte er mich. Im ersten Moment dachte ich sogar, er zwinkerte mir zu.

»Wer denn?« Ich schaute mich um. Niemand fiel mir auf.

»Der Herr da am anderen Ende.« Er nickte in die Richtung.

Ich beäugte den Fremden. Er saß zwischen zwei gegenüberliegenden Lichtquellen, da die Birnen, die den Barbereich beleuchteten, sich gegenseitig aufhoben, und ich hatte Schwierigkeiten, seine Gesichtszüge zu erkennen. Zunächst sah ich nur ein ruhiges Winken, als er sich zu erkennen gab. Ich musste blinzeln. Dabei hoffte ich nur, dass der Mann nicht glaubte, ich lächelte ihn an.

Er war von undefinierbarem, mittlerem Alter. Trug einen Nadelstreifenanzug, entweder schwarz oder marineblau, mit einer Art Regimentskrawatte. Eine leichte Hakennase, volle

Lippen, gebräunte Haut, als wäre er gerade aus dem Urlaub gekommen. Seine Haare waren nach hinten gekämmt.

Ich bestellte einen Scotch.

Er sah mir zu, als ich den ersten Schluck trank. Dann stand er von seinem Hocker auf, kam zu mir und setzte sich. Er war größer, als ich auf den ersten Blick vermutet hatte, und selbst als er neben mir saß, musste ich zu ihm aufschauen.

Instinktiv blickte ich auf seine Hände. Er trug keinen Ehering.

»Prost …« Sein Akzent sagte mir nichts.

»Danke … für den Drink …«, murmelte ich. Die Flüssigkeit brannte in meiner Kehle, wenn auch auf angenehme Weise.

»Zander«, stellte sich der Mann vor.

»Zander?«

»Die Kurzform von Alexander.«

»Ach so.« Ich nickte.

»Und du?«

»Ich?«

»Du hast doch vermutlich auch einen Namen …«

»Joan. Ich heiße Joan.« Auf gar keinen Fall würde ich ihm meinen echten Namen nennen, und in dem Moment war es der einzige, der mir in den Sinn kam.

»Nett, dich kennenzulernen, Joan.«

»Gleichfalls.«

»Nenn mich Zander. Wie ich höre, kommst du aus den Kolonien?«

»So kann man es auch sagen«, erwiderte ich.

Wir begannen eine unbeholfene, sinnleere Unterhaltung. Er sei Verkaufsleiter – kein Verkäufer, worauf er großen Wert legte, obwohl ich darin keinen Unterschied sah – bei einer Firma außerhalb von Brighton, die Polstermöbel auf Bestellung anfertigte, und sei zu einer Ausstellung in Earls Court in London.

Bei unserer zweiten Runde war ich zu Weißwein übergegangen, und seine Finger strichen mir in einer Geste der Vertrautheit über das Knie. Ich ließ es zu. Empfand nichts. Versuchte, mich als ein unbeschriebenes Blatt zu sehen.

Ich war mit einem weiteren Glas einverstanden, entschied aber, es dabei zu belassen. Was immer geschehen mochte, ich wollte einen klaren Kopf behalten. Eine unbeteiligte Zuschauerin. Mir gefiel nicht, wie Zanders Hände mich weiterhin verstohlen begrapschten. Mein Knie, meinen Ellbogen, meine Hüfte, während er versuchte, rhetorische Pointen anzubringen. Anscheinend war ihm mehr daran gelegen, über sich zu reden, als etwas über mich zu erfahren, und ihm fiel nicht auf, dass ich mich absolut nicht für ihn interessierte.

Aber er war ein Mann.

Und mir wurde mulmig zumute, als ich merkte, dass ich vielleicht gerade jetzt einen Mann brauchte. Um eine andere Form der Erfüllung zu finden, anonyme Lust. Etwas Normales, Unkompliziertes. Passiv zu sein. War es mein Verstand oder mein Körper, der da sprach? Während des Monologs, der mir aus Zanders Richtung zum einen Ohr rein und zum anderen wieder raus ging, schwankten meine Gewissheiten hin und her.

»… mein Zimmer?« Zanders Stimme drang schwach wieder in mein Bewusstsein.

»Wie bitte?« Mein Gesichtsausdruck muss verraten haben, dass ich weit weg gewesen war.

»Ich sagte gerade, wie nett es ist, mit jemandem reden zu können. Vielleicht könnten wir uns auf mein Zimmer verziehen und die Minibar plündern?«

»Warum nicht?«, hörte ich mich antworten. Zander reichte mir die Hand, als ich von meinem Hocker glitt. Der Barkeeper mit der Weste lächelte mir zu, als würde er meine Gleichgültigkeit gutheißen.

Wir teilten uns den Aufzug mit deutschen Touristen, die uns schiefe Blicke zuwarfen, als wüssten sie nur zu gut, wozu unsere Fahrt nach oben diente.

Kaum hatten wir sein Zimmer betreten, packte Zander ohne Umschweife meinen Hintern. Aufgrund der renommierten Lage des Hotels erwartete ich etwas Geräumiges, Luxuriöses, doch das Zimmer war schmal und schwach beleuchtet, nicht viel größer als die kleine Wohnung, die ich mit Iris geteilt hatte und noch immer allein bewohnte.

Zander knipste mit der freien Hand das Licht an, zog mich in die Arme und drückte seine Lippen auf meine. Ich musste mich auf Zehenspitzen stellen, um an ihn heranzukommen, und schloss die Augen. Er roch nach billigem Deodorant oder Rasierwasser. Unsere Nasen stießen aneinander. Warum passierte das nie, wenn ich Iris küsste?

Seine fleischigen Lippen öffneten sich, und seine Zunge zwängte sich in meinen Mund. Er schmeckte nach Alkohol und anderen Dingen, an die ich zu dem Zeitpunkt lieber nicht denken wollte. Ich ließ die volle Wucht seiner Umarmung über mich ergehen, wobei mir klar wurde, dass jeder Mann anders war und dass dieser, Zander, der Verkaufsleiter, überhaupt nicht mit Edward zu vergleichen war, mit dessen Eleganz, der kultivierten Aufmerksamkeit, die er den Reaktionen seiner jeweiligen Partnerin schenkte, selbst mit Thomas und seinem angeborenen Ungestüm nicht, wenn er mit Iris zusammen war.

Festgehalten von seinem Kuss spürte ich, wie seine Hände über mich glitten, hier und da zupackten, sich eingruben, und wie sein anschwellender Penis gegen den Stoff seiner Nadelstreifenhose drückte, als er seinen Körper an mich presste. Sein Atem wurde schneller. Ich fühlte mich kraftlos und losgelöst von dem ganzen vorhersehbaren Szenario, das sich hier abspielte.

Beinahe als Zuschauerin.

Er trat kurz zurück, streifte rasch sein Jackett ab, löste die Krawatte und knöpfte sein Hemd auf.

»Mach du den Rest«, sagte er.

Nachdem ich seine Hemdsärmel herabgezogen hatte, blieb er mit nacktem Oberkörper – seiner bleichen, haarlosen Brust und den zweifelhaften Bauchmuskeln – vor mir stehen.

»Hose«, befahl er und schaute mich weiterhin an.

Ich fummelte an seinem Gürtel herum, zog den Reißverschluss auf und legte den Eingriff an seinem Herrenslip frei. Ich erstarrte, denn nun gab es kein Zurück mehr. War es das wirklich, was ich diese Nacht gesucht hatte, um meine Einsamkeit und Verwirrung zu lindern?

»Ich will dich ansehen«, fuhr er fort.

Wie betäubt begann ich, meine Kleidung abzulegen, bis ich nur in meiner nicht zueinander passenden Unterwäsche vor ihm stand. Ein heimtückisches Grinsen belebte seine Lippen.

»Nett«, bemerkte er.

Er kam näher, drehte mich um und machte sich am Verschluss meines BHs zu schaffen. Er hatte nur teilweise Erfolg, dann gab er auf und zog die Träger bis zu meiner Taille hinab. Ich hakte den BH auf und ließ ihn zu Boden fallen. Er drehte mich wieder zu sich um, ging auf die Knie und zog meine Unterhose herunter. Ich hielt die Luft an.

»Sehr schön«, stellte er fest. Verglich er mich mit anderen, die er gekannt hatte, oder wollte er nur höflich sein? In den Verhaltensregeln für so eine Situation kannte ich mich nicht aus. Ich versuchte mich daran zu erinnern, mit welchen Kommentaren Iris in der Vergangenheit meinen Körper beschrieben hatte. Hatte sie das überhaupt jemals?

Er erhob sich. Seine Erektion spannte den Stoff seines weißen Slips.

»Blas mir einen.«

Nun ging ich auf die Knie. Auf irritierende Weise wurde mir bewusst, das er mich bislang nur angesehen hatte, ohne den geringsten Versuch zu unternehmen, mich zu erregen. Langsam näherte ich mich seinem Schwanz, hielt den Atem an; meine Lippen trafen auf den dünnen, warmen Stoff und streiften kurz den Baumwollhügel seines aufgerichteten Penis. Ich streckte die Zunge aus, kräuselte die Lippen und nahm seinen bedeckten Schwanz ein kleines Stück in den Mund.

»Nicht so«, sagte er, stieß mich kurz weg und zog seinen Slip herunter, woraufhin sein Schwanz sich mit einem Ruck zu seiner vollen Länge erhob.

»Jetzt.«

Er roch anders als Edward. Dessen langer, träger Schwanz hatte nach der Dusche einen schwachen Zitronenduft zurückbehalten, wohingegen von Zanders kürzerem, aber bedeutend dickerem Penis ein erstickender, moschusartiger Geruch ausging.

Erneut öffnete ich den Mund und nahm vorsichtig die Eichel zwischen die Lippen, leckte über das äußere Ende, schmeckte die samtige Weichheit der entblößten Haut, schob seine kurze Vorhaut zurück. Die Spitze seines Schwanzes fühlte sich rau an meiner Zunge an, aber insgesamt auf eine beruhigende Weise angenehm. Ich umkreiste den Wulst, erkundete seine Grenzen. So hart er bereits war, als ich ihn in den Mund nahm, spürte ich jetzt, dass er noch härter wurde, als ich ihn tiefer in den Mund nahm und mich vorsichtig bewegte, bemüht, mich dem Rhythmus seiner Begierde anzupassen, der wachsenden Anspannung in seinem Körper und seinen Fingern, die mir jetzt durch die Haare fuhren.

»Nicht so hastig«, schrie er auf, als ich abwechselnd schnell und langsam mit der Zunge über seinen Schwanz fuhr und den

Grad seiner Sensibilität allmählich steigerte. »Ich will, dass es dauert ... was für mein Geld bekommen ...«, schnaubte er. Ich nahm an, dass er vom Wein sprach, dabei schien er mir nicht sehr teuer gewesen zu sein.

Er zog sich aus meinem Mund zurück und deutete mit einer ruckartigen Kopfbewegung an, ich solle aufstehen. Dann küsste er mich wieder grob. Seine Zunge tastete sich tief in meinen Hals vor, als wollte er die Leere erkunden, die sein Schwanz gerade hinterlassen hatte.

Ich hielt die Luft an.

Seine Finger wanderten über meinen Körper, wogen meine Brüste, kneteten meine Arschbacken, zwickten meine Nippel, bis ich gezwungen war auszuatmen, und sei es nur, um den zunehmenden Schmerz zu beherrschen.

Im Gegensatz zu den tausend Küssen, die ich mit Iris ausgetauscht hatte, spielten Gefühle bei Zanders hektischer Umarmung keine Rolle. Dies war etwas sowohl Animalisches als auch Mechanisches. Mein Körper nahm es zwar hin, weigerte sich aber, irgendein Gefühl von Lust aufkommen zu lassen. Vielleicht war dieser Zander einfach nur nicht sonderlich geübt im Liebesspiel, aber ich war wohl zu unerfahren, um das richtig beurteilen zu können.

Wir lösten uns voneinander.

»Lass uns ficken. Jetzt«, sagte er.

»Okay.«

»Ich hoffe, du bist sauber.«

»Natürlich«, erwiderte ich. »Habe vorhin geduscht ...«

Er lachte. »Sehr witzig ... ich meinte, du hast keine Krankheiten?«

Ich wurde rot.

»Definitiv nicht«, brachte ich hervor.

Er trat aus seiner Hose, bückte sich zu seinem Jackett, das er abgelegt hatte, und zog eine kleine, flache Pappschachtel aus einer Innentasche.

»Vorsicht ist besser als Nachsicht«, sagte er, holte ein Kondom heraus und reichte es mir. Sein Schwanz stand aufrecht. »Zieh es mir über.«

Ich versuchte, nicht in Panik zu geraten und das heikle Manöver hinzubekommen, weitete die Öffnung der Plastikhaut, um sie über den Penis zu streifen. Doch meine Nervosität war zu groß; ich schaffte es nicht. Schulterzuckend nahm Zander die Sache in die Hand und zog das Kondom in einer raschen, geübten Bewegung über seinen harten Schwanz. Ich ging zum Bett.

»Nein«, hielt er mich auf. »Nicht da.«

Ich blieb stehen, schaute ihn verblüfft an und stellte mit Entsetzen fest, dass er seine Socken anbehalten hatte. Sie waren schwarz und reichten bis knapp über die Fußgelenke.

»Ich will dich auf dem Boden nehmen.«

Er packte mich an den Schultern und zwang mich grob auf alle viere. Ich spürte seine Körpermasse über mir, als er meine Beine mit dem Fuß rasch öffnete und sich herabsenkte. Mit den Fingern spreizte er meine Schamlippen, wobei er die fehlende Feuchtigkeit bemerkte.

»Verdammt, du bist so trocken ...«

Ich hörte, wie er in die Hände spuckte und seinen Schwanz nass machte.

Zunächst der schwammige Kontakt seiner weichen Eier, die sich an meine Pobacken pressten, dann die Spitze seines Schwanzes, die den Rand meiner Öffnung erkundete, dann ein plötzlicher Stoß, und er war in mir. Füllte mich. Dehnte mich. Spießte mich auf. Der anfängliche Schmerz war enorm. Edward und Clarissa hatten mich gestreichelt und endlos mit mir gespielt, mich liebevoll vorbereitet, bevor Edward schließlich in mich eingedrungen war, als ich offen, einladend und bereit war. Das hier war brutal, aggressiv.

Der Verkaufsleiter begann zu stoßen, atmete jedes Mal laut aus, animalisch, gierig.

Er packte mich grob mit beiden Händen um die Taille und setzte seine Angriffe fort. Ich spürte, wie mein Inneres sich auflöste, zu Brei wurde, mein kaum zu ertragender Schmerz reduzierte sich unweigerlich auf ein diffuses Gefühl der Erregung.

Doch bevor ich auch nur annähernd zu einem Höhepunkt kam, war alles vorbei.

»Verdammte Scheiße!«, brüllte der Fremde. »Du Scheißhure! Du bist so eng. Aahhh …«

Er bockte, tauchte tief und fest mit einem letzten gewaltigen Stoß in mich und kam unter lautem, genussvollem Gebrüll. Dann brach er auf meinem Rücken zusammen, atemlos, noch immer keuchend.

Wir wechselten kein einziges Wort mehr.

Nachdem seine Lust befriedigt war, zog er sich wortlos aus mir zurück, ging ins Bad am anderen Ende des schmalen Hotelzimmers, wobei er mich komplett ignorierte, wusch sich rasch, zog sich an, verließ das Zimmer, schlug die Tür hinter sich zu, während ich unverändert auf dem Boden lag, stumm, nackt, verletzt, noch immer wie betäubt, und versuchte, die Erfahrung zu verarbeiten.

Als ich schließlich aufstand und mich umschaute, war das Hotelzimmer vollständig geräumt, der Schrank leer, keine Toilettensachen im Bad, als wäre er nie dort gewesen.

Ich suchte nach meinen Sachen. Auf dem unberührten Bett hatte Zander zwei Banknoten hinterlassen. Für mich.

Ich schluckte schwer.

Allem Anschein nach war ich eine ganze Wochenmiete wert.

Er hatte mich gemietet, gekauft, benutzt.

War ich deshalb hier gelandet?, fragte ich mich. Und mir fielen die Geschichten in Joans Tagebuch ein, über Sex, den sie verkauft hatte, ihre zwiespältigen Gefühle dazu.

Und ich bemühte mich, mich nicht allzu schlecht zu fühlen.

Das zweite Mal war einfacher.

Und das dritte und vierte, und danach wurde es noch leichter.

Ich wusste noch, was Joan in ihrem Tagebuch geschrieben hatte, über Reisende der Nacht, die eine gewisse Aura um sich haben – einen Schatten –, der für andere ihresgleichen erkennbar war. Ich wollte nicht durch die Straßen laufen, weil ich Angst um meine Sicherheit hatte, noch mich einem Bordell anschließen, das mir eine Zuflucht und einen gewissen Komfort hätte bieten können, in dem ich am Ende jedoch in eine Razzia geraten könnte, was mir eine unerwünschte Vorstrafe einbringen würde.

Da war aber auch noch mehr. Jedes Mal redete ich mir ein, es nur einmal probieren zu wollen, und dann noch einmal, jede Gelegenheit sollte die letzte sein, bis meine Neugier wieder geweckt wurde oder meine Einsamkeit einen neuen Tiefstand erreichte. In einem Bordell zu arbeiten, hätte meinen Platz in einer Welt der Prostitution gefestigt, was beim Herumsitzen in Hotelbars nicht der Fall war.

Niemand hat mich irrtümlicherweise für etwas anderes als eine Hure gehalten, ganz gleich, welche Kleidung ich trug. Ich begann mich zu fragen, was genau ich an mir hatte, das Männern diesen Eindruck vermittelte, da meine Röcke nicht kurz und meine Blusen nicht tief ausgeschnitten waren. Ich hatte mich selbst eher für schüchtern gehalten, das Flirten lag mir nicht. Vielleicht war es einfach nur ungewöhnlich, dass eine junge Frau allein in den Bars angesagter Hotels saß.

Mein zweiter Mann war jünger als ich, erst achtzehn und

noch Jungfrau. Zuerst glaubte ich ihm nicht, bis seine Hände zu zittern anfingen, als er mich auszog. Er war dunkelhaarig und blass, hatte abstehende Ohren und einen breiten Mund, und er bat mich, ihm beizubringen, wie man einer Frau Lust bereitet. Ich sagte ihm, um ihn das zu lehren, müsse ich es ihm am Körper einer anderen Frau zeigen, denn ich könne anderen Lust bereiten, sei mir aber nicht sicher, wie ich sie an mir selbst hervorrufen solle.

»Wir haben keine andere Frau«, stellte er ganz richtig fest.

Er hatte auch kein Geld für ein Hotelzimmer, da er nur so viel zusammengekratzt hatte, damit er wie ich in Bars herumsitzen konnte in der Hoffnung, jemandem zu begegnen, der entweder billig oder leicht zu haben war.

An dem Abend war ich beides, daher führte ich ihn für etwas mehr als den Preis eines netten Dinners in eine Gasse und befahl ihm, auf die Knie zu gehen und unter meinen Rock zu kriechen, drückte sein Gesicht an mich und ließ mich von ihm lecken, bis ich mich in seinen Mund ergoss.

Der Dritte und der Vierte tauchten gleichzeitig auf. Zwei Männer, die ich in der American Bar des Savoy traf, zahlten mir jeweils zehn Pfund, damit ich es mit beiden trieb. Ich hatte gehofft, ich könnte sie dabei beobachten, wie sie miteinander fickten, wurde jedoch enttäuscht. Stattdessen wollten sie beide gleichzeitig in mich eindringen, und ich ließ es zu unter der Bedingung, dass ich zuerst den Schwanz des Mannes sehen konnte, der mich von hinten nehmen wollte. Im Aufzug ließ er die Hose herunter, und ich blies ihm kostenlos einen, nachdem ich zu dem Schluss gekommen war, dass sein Penis klein genug für meinen Anus war.

Der Fünfte war mindestens dreißig Jahre älter als ich und hätte als mein Großvater durchgehen können. Ich kehrte wieder ins Regent Palace zurück und traf auf denselben Barkeeper, der mir diesmal einen angewiderten Blick zuwarf.

Der Mann hieß Harry und arbeitete als Podologe. »Ein Fußspezialist«, sagte er, als ich zugeben musste, den Begriff nicht zu kennen. Er hatte einen flachen Oberkörper und dürre Beine, seine Hoden waren bleich und schrumpelig. Er bezahlte mich dafür, dass ich mich einfach nur über ihn stellen und laut Obszönitäten von mir geben sollte, während er zu meinen Füßen herumkroch, doch nach ein paar schwachen Versuchen musste ich ihn bitten, aufzustehen, und gestand ihm, dass ich es nicht konnte.

»Berühre mich, wenn du willst«, forderte ich ihn auf und hob seine Hände an meine Brüste. Er begann zu weinen, meine Brüste in den Händen. Meine Nippel wurden hart. Er gab mir mehr Trinkgeld als die Männer vor ihm.

Ein Rothaariger aus Missouri sagte mir, er reise um die Welt in der Absicht, in jeder Stadt eine andere Frau auszuprobieren.

»Ich finde es freundlicher, Huren zu vögeln«, erklärte er mir, als wir uns danach eine Zigarette teilten. »Dann bleiben keine gebrochenen Herzen zurück.«

Bei seinem starken Akzent konnte ich kaum ein Wort verstehen, mochte ihn dafür aber umso mehr.

Ein anderer war der Sohn eines Polizisten und behauptete, er versuche, möglichst viele Gesetze zu brechen, ohne jemanden wirklich zu verletzen, nur um seinen Vater zu ärgern. Sein Schwanz war so klein wie mein Daumen und blieb die ganze Zeit schlaff, aber er brachte mich zweimal mit seiner Zunge zum Orgasmus und führte einen Finger in meinen Anus ein.

Der Letzte nannte mir nicht seinen Namen – nur den seiner Frau. Maureen. Er zeigte mir ein abgegriffenes Foto aus seiner Brieftasche. Eine hübsche Blondine mit einer langweiligen Ponyfrisur, grauen Augen und breitem Lächeln. Sie trug eine hellblaue Bluse, bis zum Hals zugeknöpft. Sie hatte den Arm zärtlich um einen kleinen Jungen mit derselben Gesichtsfarbe gelegt, ganz in Rot gekleidet. Die beiden wirkten verlegen, eingefangen durch das Objektiv der Kamera.

»Sie sieht nett aus«, sagte ich. »Dein Sohn auch.«

»Das ist nicht mein Sohn«, erwiderte er und klappte die Brieftasche zu.

Er nahm mich heftig und riss an meinen Haaren, bis ich ihn bat, damit aufzuhören. Am nächsten Tag entdeckte ich blaue Flecken an meinen Schenkeln, die er in der Missionarsstellung umklammert hatte.

Ihre Gesichter und Haarschnitte und Gerüche vermischten sich, bis ich versuchte, jeglichen persönlichen Kontakt zu meiden und gleich auf den Punkt zu kommen. Ich entwickelte ein Verlangen nach Schwänzen, ohne die dazugehörigen Männer. Ich wünschte mir einen Röntgenblick, damit ich durch eine Reihe von Hosen schauen könnte, die an der Bar standen, um zu sehen, welcher der größte, geradeste, längste, dickste, glatteste war, aber nicht so riesig, um mir Schmerz zuzufügen. Ich sehnte mich nach Edwards Schwanz, der meiner Meinung nach in jeglicher Hinsicht perfekt gewesen war.

Ich vermied es, denselben Freier mehrmals zu treffen. Der Jungfräuliche, der in der Gasse für mich auf die Knie gegangen war, kam noch einmal auf der Suche nach mir ins Regent Palace. Ich sagte ihm, ich könne ihm nicht helfen, und er bot mir an, mich stattdessen mit ins Kino zu nehmen.

»Ich will nicht allein sein«, sagte er.

Wir schauten uns *Unterm Holderbusch* an, eine fröhliche Komödie über die geldgierige Jugend in Vorstädten, die keinerlei Ähnlichkeit mit meiner Realität hatte, denn mir hatte einmal jemand gesagt, ich sehe der Schauspielerin Angela Scoular ähnlich, die in dem Film mitwirkte, und ich ließ zu, dass der Junge meine Hand hielt. Seine Handflächen waren feucht. Er musste seine Jacke vor seine Erektion halten, als wir das Kino verließen.

Er bezahlte ein Taxi, ich nahm ihn mit nach Hammersmith und fickte ihn im Garten unter der Linde. Ich sagte ihm, er solle nie wieder Kontakt mit mir aufnehmen.

Oft kehrte ich wund, aber nie befriedigt nach Hause zurück.

Ich war so entsetzlich einsam.

7

DER ZAUBER DER PEITSCHE

Gwillam wusste über meine Hurerei Bescheid. Oder gab es ein anderes, besseres Wort, um meine jüngsten sexuellen Verstrickungen zu beschreiben? Mehrmals täglich wechselten meine Gefühle über meinen Lebenswandel zwischen Scham, Entsetzen und resignierter Hinnahme, wobei ich Neugier als Ausrede vorschob, und meine Gedanken drehten sich im Kreis. Ich wusste, ich tat es nicht um des Geldes willen, oder doch? Warum also machte ich weiter?

Ich musste mit jemandem darüber reden, und ich schätzte, dass nur Gwillam mir ein offenes Ohr leihen würde, ohne voreingenommen zu sein.

»Hmm ...«, sagte er, nachdem er sich meine Geschichte angehört hatte. Ich hatte ihm eine abgespeckte Version ohne vulgäre Einzelheiten aufgetischt. »Ich hoffe nur, dass mein zweifelhaftes Beispiel keinen schlechten Einfluss ausgeübt hat.« Irgendwie schien er das Ganze amüsant zu finden. Bestimmt amüsanter als ich.

Ich unterdrückte ein Lächeln.

»Ich durchlaufe bloß eine Phase«, sagte ich.

»Das Ausloten von Möglichkeiten?«

»Genau ...«

»Tja, wenn du es wie ich nicht als dauerhafte Art der Betätigung ansiehst, würde ich sagen, kann es nicht schaden«, stellte Gwillam fest. »Das läuft alles unter Erfahrungen sammeln.«

Seit Iris mit Thomas zusammengezogen war, hatte Gwillam

sich zu einem echten Freund entwickelt. Fast wie ein Bruder, und aufgrund seiner sexuellen Neigungen empfand ich ihn in keiner Weise als bedrohlich.

Ich nickte. Aber das hätte ich auch bei jeder anderen Rechtfertigung gemacht, die er mir im Zusammenhang mit meiner unausgesprochenen Suche nach Vergebung aufgetischt hätte.

»Apropos Experimente«, sagte Gwillam, »ich bin morgen zu einer ganz besonderen Feier eingeladen. Das könnte mal eine ganz neue Erfahrung sein. Und ich habe sozusagen dienstfrei, bin also in einer besseren Ausgangsposition, den Spaß zu genießen. Hast du Lust, mitzukommen?«

Ich war einverstanden.

Im strömenden Regen rannten wir von der U-Bahnstation Chalk Farm zu der großen, zweistöckigen Villa in Belsize Park und konnten froh sein, dass unsere klapprigen Schirme nicht weggeweht oder zerfetzt wurden, zusammen mit den erstaunlich leichten Einkaufstüten, in die Gwillam unsere Ausstattung für den Abend gepackt hatte.

Niemand nahm uns in Empfang. Hinter der offenen Haustür befand sich eine kleine, gut ausgeleuchtete Diele, in der ein Schirmständer mit tropfnassen Schirmen stand. Das Haus strahlte einladende Wärme aus.

Ich folgte Gwillam hinein, schüttelte den Regen von meiner Jacke und nahm den Schal ab, der meine Haare nicht sonderlich erfolgreich trocken gehalten hatte. Gwillam schob seine Kapuze nach hinten. Er wirkte entspannt, obwohl er nach unserem hektischen Lauf von der U-Bahn den Hügel hinauf außer Atem war.

Er schnaufte durch.

»Warst du schon mal hier?«, fragte ich ihn.

»Ja«, erwiderte er. »Aber in anderer Begleitung, falls du weißt, was ich meine.« Er lächelte schwach. Hitze stieg mir in die nassen Wangen, als mir einfiel, worauf er anspielte – die Sache bei der Party in den Chiltern Hills, auf der er von dem anderen Mann benutzt wurde, sein dünner Körper geschüttelt von den heftigen Stößen des Fremden, der ihn fickte. »Aber heute arbeite ich nicht«, fügte er rasch hinzu, als er mir die Verwirrung ansah.

Er hatte mich vorgewarnt, dass es ein Anlass sei, für den wir uns in Schale werfen müssten. »Eine schicke Kostümparty?«, hatte ich ihn gefragt. Seit meiner Kindheit hatte ich an keiner mehr teilgenommen und wusste noch, dass ich vor die Wahl gestellt worden war, entweder eine Märchenprinzessin oder eine böse Hexe zu sein. Ich hatte mich für Letztere entschieden, während Iris die Seite der Tugend gegen das Böse gewählt hatte.

»Nicht ganz.«

Ich hatte nicht weiter nachgefragt. Ich vertraute Gwillam.

Hinter uns ging die Tür zur Straße auf, während wir dort standen und den Regen abwischten, und ich erhaschte einen Blick auf ein davonfahrendes Taxi, als ein älteres Paar, geschützt unter riesigen Capes, in die Diele trat und uns schweigend zur Kenntnis nahm, bevor beide rasch ablegten und ihre durchnässten Capes auf die Holzbank zu unserer Rechten legten.

Ich schnappte nach Luft.

Darunter trugen sie dünne schwarze Bodysuits aus Leder, die jeden Zentimeter ihres Körpers zur Geltung brachten und in kniehohen Stiefeln mündeten. Die der Frau hatten dünne, florettartige Absätze, die des Mannes dicke Keile, die ihn um gut zehn Zentimeter größer machten. Beide wirkten unnatürlich blass und erinnerten mich an Vampire in einem zweitklassigen Film mit Christopher Lee; ihre Augen hatten einen unheimlichen grünlichen Schimmer. Das mussten Kontaktlinsen sein, schätzte ich, da sie farblich genau übereinstimmten, und an Zufälle glaubte ich nicht.

Als sie in ihrer dünnen Lederpracht vor uns standen, verlor selbst Gwillam ein wenig von seiner Selbstsicherheit und starrte sie mit halb offenem Mund an, als wüsste er nicht genau, was er als Nächstes tun sollte.

Der Mann musterte uns kurz von oben bis unten, Missbilligung lag in seinen ausgemergelten Gesichtszügen.

»Wir mussten zu Fuß hierherkommen«, versuchte Gwillam zu erklären und zeigte auf die nassen Tragetaschen, die wir auf dem Boden abgestellt hatten.

Der Mann blinzelte. Die Frau, die neben ihm stand, glättete die Falten ihres Bodysuits, wobei ihre langen Finger lässig über ihre Rundungen fuhren.

»Da drüben.« Er zeigte auf eine Tür. »Da können Sie sich umziehen«, sagte er.

Er wandte uns den Rücken zu und ging durch die Diele zu einem schwach beleuchteten Flur. Die Frau folgte ihm.

Wieder waren wir allein. Gwillam nahm die Taschen und schob die Tür mit dem Fuß auf. Der Raum war klein und fensterlos. In einem offenen Einbauschrank hing eine Auswahl an Kleidung, andere Sachen lagen auf dem Boden verstreut, und in einer Ecke häuften sich Schuhe. Andere Gäste waren vor uns hier gewesen und hatten sich ebenfalls umgezogen. Auf beiden Seiten des kleinen Raums standen schmale Holzbänke, auf die wir uns setzen konnten.

»Gut«, sagte Gwillam. »Dann legen wir mal los.«

Er reichte mir eine Tasche und leerte die andere auf die Bank, auf der er saß. Dann zog er seine durchnässten Schuhe aus. Ich setzte mich auf die andere Bank und schlüpfte aus meinen flachen Schuhen. Ich schaute auf und suchte einen Spiegel oder etwas Ähnliches, in dem ich mein Make-up richten könnte. Nichts. Wie sollte ich dann gut aussehen?

Mir gegenüber hatte Gwillam inzwischen sein Hemd ausgezogen und seine bleiche, unbehaarte Brust entblößt. Während ich mir mein enges Electric-Garden-T-Shirt über den Kopf streifte, wurde mir mit Entsetzen klar, dass ich nicht aufeinander abgestimmte Unterwäsche trug, einen schlichten weißen Baumwollslip und einen roten, gepolsterten Spitzen-BH. Doch als meine Hände in die Einkaufstasche tauchten und nichts als ein Paar schwere Stiefel mit Metallspitzen fanden, dazu ein langes, schmales Stück aus dünnem, schwarzem Satin und eine zusammengefaltete Gebrauchsanleitung mit unzähligen Möglichkeiten, wie man das Band anlegen konnte, um eine Art Kleidungsstück zu bekommen, wusste ich sofort, dass der Zustand meiner Unterwäsche an diesem Abend nicht von Belang war, da ich wahrscheinlich keine tragen würde.

Ich hakte meinen BH auf, ließ ihn zu Boden fallen und begann mit dem mühseligen Unterfangen, das rutschige Stoffstück zu entwirren und herauszufinden, wie dieses seltsame, wenn auch minimierte Outfit wohl richtig zu tragen sei. Nun nur noch in Jeans, stand ich sinnend da, als Gwillam mich rief.

»Ich brauche deine Hilfe, Moana.«

Ich schaute zu ihm hinüber. Er hatte sich von der Bank erhoben und war jetzt splitternackt. Sein dünner rosa Schwanz hing zwischen seinen Beinen, gepolstert vom weichen Hodensack. Eigenartig, dass ich Gwillams nackten Körper betrachten konnte, ohne mich davon angezogen zu fühlen oder Widerwillen zu empfinden. Seine Nacktheit ließ mich völlig kalt.

»Ich muss in das Ding hier«, sagte er und deutete auf das schwarze Latex, das er in der ausgestreckten Hand hielt. »Kannst du mich einpudern?«

Er musste mir meine Verwirrung angesehen haben.

»Wenn du meinen Körper mit Talkumpuder überziehst, kann ich leichter in den Bodysuit schlüpfen«, erklärte er. »Ich würde es ja machen, aber ich lasse bestimmt was aus, und dann zerreißt es. Latex ist ein Scheißmaterial.«

Er holte eine Plastikdose mit Babytalkum aus der Einkaufstasche und hielt sie mir hin.

»Überall«, wies er mich an. »Zuerst die Füße.«

Ich schüttelte die Dose, und eine feine Staubwolke breitete sich über meine Hände. Zuerst rieb ich es über seine angehobenen Fußsohlen, dann verteilte ich den Puder weiter nach oben über seine Fußgelenke und Waden. Das natürliche Weiß seiner Haut nahm jetzt die Unnatürlichkeit einer Cartoon-Figur an, als ich seine Knie erreichte und den Babypuder auf seinen Schenkeln verteilte. Sein Schwanz, nur noch eine Handbreit von meinen Fingern entfernt, zuckte unmerklich.

In diesem Augenblick ging die Tür zum Umkleideraum auf, und eine große Frau stürmte herein, warf einen nassen grünen Regenmantel ab und kickte ihn in eine Ecke.

Ich schaute auf. Und erkannte Matilda.

»Ah, die jungen Gespielen!«, rief sie, spähte durch den nassen Pony auf uns herunter und strich ihn nach hinten.

Ich fühlte mich in die Enge getrieben, suchte krampfhaft nach Worten, um zu rechtfertigen, warum ich dabei erwischt wurde, einen nackten Kerl mit Babypuder einzureiben, während ich unbequem auf den Fersen hockte.

»Das ist für das Kostüm«, stammelte ich. Gwillam schaute sie mit einer gewissen Ehrerbietung an. Auch er wusste, wer sie war.

»Ja, ich weiß, meine Liebe«, sagte Matilda. »Latex-Outfits können beim Anziehen ganz schön widerspenstig sein, nicht wahr?«

Sie wandte den Blick von uns ab. Ihre weiße Seidentunika wirkte japanisch und brachte deutlich jede Rundung ihres Körpers unter dem schimmernden, hauchzarten Stoff zur Geltung, die harten Nippel darunter waren dunkle Hügel, die nach oben zeigten, hin zu ihrem Schwanenhals. Ihr Lippenstift war blutrot, die Augen von dunklem Lidschatten umrahmt. Sie wirkte gebieterisch. Und gefährlich.

»Lasst euch durch mich nicht stören«, fügte sie hinzu, fummelte an ihren Haaren herum und fuhr mit den langen Fingernägeln hindurch, um sie wieder in die von ihr gewünschte Form zu bringen.

Behutsam schüttelte ich die Dose. Der Puder schwebte einen Moment lang vor meinen Händen, bevor er sich auf Gwillams entblößter Haut niederließ, auf die Oberseite seiner Schenkel, seinen Schwanz und die Eier. Obwohl sein Penis nicht voll aufgerichtet war, fühlte er sich unter meinen Händen hart an. Ich versuchte mir ins Gedächtnis zu rufen, dass wir verwandt waren. Als meine Hände über seinen Körper und seine Genitalien strichen, hörte ich, wie er die Luft anhielt.

Ich fuhr fort, seine Haut großzügig mit Talkumpuder zu überziehen, arbeitete mich schließlich über seinen Bauch vor und verteilte die weiße Wolke jetzt auf seiner Brust, seinem Hals und gründlich unter den Armen. Gwillam bedankte sich und griff nach dem Latexkostüm, wand sich hinein, zwängte zunächst die Beine in die zweite Haut und dann, unter Mühen und mit einigen gekonnten Verrenkungen, die Hände, gefolgt von den Armen.

Endlich stand er vor mir, vom Hals bis zu den Zehen fest verpackt in das schwarze Kostüm. Ich sah eine Haube aus ähnlichem Material auf der Bank liegen, mit kleinen runden Löchern für die Augen und einem Reißverschluss vor dem Mund. Er griff nach der Haube, hielt sie vorsichtig auf und kippte Puder direkt hinein.

»Erspart mir, mein Gesicht damit einzureiben und es dabei wahrscheinlich in die Augen zu kriegen«, erklärte er.

Ich nickte und beschloss, mir selbst niemals ein solches Kostüm zu kaufen, dabei würde ich wahrscheinlich ohnehin nichts aus Latex benötigen. Ich konnte mir nicht vorstellen, wie Gwillam an dem Abend zur Toilette gehen könnte. Hoffentlich würde er mich dafür nicht um Hilfe bitten.

»Jetzt bist du dran«, meinte Gwillam und zeigte auf das lange Satinband. Ich starrte noch immer auf die Gebrauchsanleitung und versuchte mich zu entscheiden, welche der vielen verschiedenen Gestaltungsmöglichkeiten gut aussehen und auch die ganze Nacht halten würde. Ich hatte in den Taschen gekramt, aber keine Spur von Nähzeug oder Nadeln gefunden. Mit dem Kinn deutete er auf den Slip, den ich noch trug, nachdem ich die Jeans abgelegt hatte. In Anwesenheit von Matilda, die aber viel zu sehr mit ihrem Kostüm beschäftigt war, um mich zu beachten – sie zupfte immer noch an ihrem Haar herum, glättete ihre Seidentunika –, war ich schrecklich gehemmt. Ich war mir meines billigen Baumwollslips nur allzu schmerzhaft bewusst, sowie der Tatsache, dass mein Körper mit ihrem in keiner Weise konkurrieren konnte, was Rundungen und angeborene Eleganz anging.

Rasch entledigte ich mich des Slips, stopfte ihn in die Einkaufstasche und drehte mich um, damit ich den letzten Rest Anstand vor ihrem womöglich prüfenden Blick wahren konnte.

»Komm, wir tüfteln das hier mal aus«, sagte Gwillam, nahm das unordentliche Band, das mein Kostüm werden sollte, und hielt es mir an. Kurzes Schweigen trat ein, während er aufmerksam die Zeichnung in der Anleitung studierte, und ich vernahm ein Rauschen, als Matilda aus dem Raum ging und uns endlich in Ruhe ließ, wobei sie uns unverhohlen mit Nichtbeachtung strafte.

»Heb den linken Arm«, schlug Gwillam vor, schob den Satinstoff der Länge nach über meine Schulter, spannte ein

Ende über meine Brust und runzelte konzentriert die Stirn, während er das Ganze auf der anderen Seite wiederholte, wobei er versuchte, das Band zu befestigen, ohne irgendwelche Verschlüsse zur Verfügung zu haben. »Hmmm«, überlegte er und betrachtete sein Werk. »Das ist schlimmer als Jura ...«

Er brauchte weitere fünf Minuten, um die Konstruktion des Minimalkostüms zu vollenden und mich in einen Zustand der Nichtbekleidung zu kleiden. Das lange schwarze Band war endlich an Ort und Stelle, mein ganzer Körper war kreuz und quer von miteinander verbundenen Satinstreifen überzogen, wodurch künstliche Rundungen entstanden, die mir fremd waren, und jeder kleinste Makel hervorgehoben wurde, dessen ich mir bewusst war. Dabei hatte es ohnehin nicht viel mit einem Kostüm zu tun, denn drei Viertel meiner Haut waren immer noch nackt und offenkundig zur Schau gestellt. Mir kam es beinahe schlimmer vor, als nackt zu sein – als wäre ich für eine Sklavenauktion gefesselt. Wenigstens hing hier kein Spiegel, der mir gezeigt hätte, welchen Anblick ich bot.

»Ziemlich umwerfend«, bemerkte Gwillam, und ein leichtes Lächeln umspielte seine Lippen. »Jetzt die Stiefel«, sagte er.

Sie reichten mir bis zur Mitte der Oberschenkel und saßen wie angegossen, die Metallspitzen glänzend und schwer. Noch nie hatte ich so hohe Absätze getragen, und ich setzte vorsichtig einen Fuß vor den anderen, um nicht umzufallen und mich noch lächerlicher zu machen.

»Gut.« Gwillam musterte mich. »Ich glaube, wir sind fertig.«

»Sieht so aus«, erwiderte ich.

»Dann nichts wie auf zum Rock 'n' Roll ...« Er griff nach meiner Hand, nahm seine gepuderte schwarze Haube in die andere, und wir verließen den Raum. Allerdings bezweifelte ich, ob ich ausgelassen zu den Klängen von Jimi Hendrix oder der

Incredible String Band tanzen würde, ganz zu schweigen von Pink Floyd …

Zu beiden Seiten des langen, mit Teppich ausgelegten Korridors lag ein Gewirr von Räumen.

Hätte ich eine Atmosphäre erwartet, die an den Hellfire Club erinnerte, lauter Untergrundgrotten, nackte Steinwände, von denen der gesammelte Schweiß aus exzessiven Jahrzehnten tropfte, und flackernde Kerzen, wäre ich bitter enttäuscht gewesen. Die Räume lagen im Halbdunkel, aber das Inventar und die Dekoration waren angenehm anonym, wenn nicht sogar kleinbürgerlich in ihrer Schlichtheit. Möbel direkt aus den Schaufenstern von der Hauptstraße, imitierte Art-déco-Lampen, Brokatvorhänge, pastellfarbene Plaids und Bezüge.

Die Leute standen in kleinen Gruppen zusammen, unterhielten sich leise, saßen lässig auf Sofas, in Gespräche vertieft, hielten Weingläser in den Händen oder schlenderten von einem Raum zum anderen, ohne ein bestimmtes Ziel im Auge zu haben.

Das Einzige, was sich von der alltäglichen Realität unterschied, war die Art der Kleidung aller Beteiligten. Wenn ich geglaubt hatte, Gwillam und ich würden auffallen, hatte ich mich geirrt. Mein entblößendes Netzwerk aus schwarzen, kreuz und quer verlaufenden Bändern war sogar eher bescheiden im Vergleich zu der Kostümierung anderer Frauen und Männer. Beim Umherschlendern huschte mein Blick zwischen den bunt zusammengewürfelten Teilnehmern hin und her, ohne alle Einzelheiten aufnehmen zu können. Andernfalls hätten wir zu lange verweilen müssen, um alles genau zu betrachten. Üppige, streng hochgebundene Brüste wurden lüstern dargeboten, oft sogar mit Juwelen geschmückt oder bemalt. Männer in düsteren Lederanzügen schützten mit beeindruckend großen Schamkapseln ihre Genitalien. Bei anderen wiederum war ein kreisrunder Einschnitt im Stoff ihrer Hose zu sehen, aus dem ihr Schwanz und die schweren Hodensäcke hervorragten. Ich bemühte mich, nicht hinzustarren, besonders nicht auf die Ringe und kleinen Metallstäbe, die zuweilen ihren Schwanz zierten.

Bescheidenheit war nicht angesagt, aber paradoxerweise trugen die meisten Masken der unterschiedlichsten Art. Ich gehörte zu den wenigen Anwesenden, die ihr Gesicht offen zeigten. Ich schaute mich nach Gwillam um; er hatte seine Haube aufgesetzt, und ich sah nur die Pupillen und seine schmalen Lippen, die aus dem Reißverschluss lugten.

»Das nenn ich mal eine Party«, flüsterte ich Gwillam zu.

»Ein Geburtstag«, bemerkte er.

»Wessen?«

»Nur ein Bekannter«, antwortete er. »Ein Freund.«

Raunen drang zu uns, als wir am Ende des Korridors ankamen und in einen großen Wintergarten auf der Rückseite des Hauses gelangten. Hier war das Licht noch schwächer, und ich brauchte eine Weile, um die Lage zu sondieren und herauszufinden, was da in einer Ecke los war. Ein kleiner Mann in Pierrot-Kostüm ließ eine Peitsche in der rechten Hand baumeln und zeigte einem anderen, wie man richtig damit umging. Der Mann, dem er es beibrachte, trug einen eleganten weißen Abendanzug, dazu eine knallrote Fliege. Sein Gesicht war hinter einer Pulcinella-Maske versteckt, gekrönt von einem passenden Hut. Der Kopfschmuck und der Kontrast zu den klaren Linien seines Anzugs hatten etwas Düsteres an sich.

Während ich sie beobachtete, wurde mein Blick vom leisen Sirren der Peitsche angezogen, wie sie das braune Leder des Hockers liebkoste, an dem er sie ausprobierte. Eine kleine Gruppe hatte einen Kreis um die beiden gebildet und sah ihnen zu.

Blitzartig schoss mir eine Erinnerung an Joans Erzählungen über Peitschen und Bestrafung durch den Kopf, daran, wie diese Geschichten mich beim Lesen perverserweise erregt hatten.

Pierrot korrigierte Pulcinellas Haltung, und seine dunkel geschminkten Lippen verzogen sich zu einem zufriedenen Grinsen.

Freudige Erregung machte sich im Publikum breit.

Der Kreis teilte sich, als ein großer, stämmiger Mann, ebenfalls in dunkles Leder mit kunstvoll verschlungenen Metallgurten gekleidet, auf uns zu kam. Ohne mich zu beachten, ging er zu Gwillam und küsste ihn ohne Umschweife auf die Lippen. Ich erstarrte, während sich der Kuss in die Länge zog.

»Komm«, sagte der Fremde zu Gwillam, die Hand mit plumper Vertraulichkeit auf Gwillams in Latex gehüllte Arschbacken gelegt. Gwillam nickte.

»Du kommst schon zurecht«, sagte er zu mir, als er seinem Bekannten folgte. »Viel Vergnügen ... Mach, was dir gefällt. Das Wort ›nein‹ bedeutet hier nicht immer nein ...« Er verschwand in der Menge und überließ mich meinem Schicksal.

Ich drehte mich wieder zu Pierrot um, doch er war beiseitegetreten, und zwei Frauen in durchscheinenden Seidenhemden schoben eine kleine, aber stabile Spankingbank aus Holz heran und stellten sie vor Pulcinella im weißen Anzug, der jetzt die Peitsche in die Höhe hielt. Von hinten kam mir der peitscheschwingende Mann bekannt vor, ich konnte ihn aber nicht einordnen, da der komische Hut seine Haare verdeckte.

Er stellte sich breitbeinig hin, um einen sicheren Stand zu haben.

Eine der Frauen in den Seidenhemden kam zurück, ihre Brüste hingen schwer unter dem durchsichtigen Stoff herab, glitzerndes Metall reizte ihre Nippel. Sie führte eine kleine, splitternackte junge Frau an den Rahmen der Spankingbank und beugte sie sanft über den gepolsterten Balken. Als sie sich bewegten, stellte ich fest, dass das wehrlose Mädchen hohe Stiefel trug, ähnlich wie meine, der dunkle Schimmer des Leders bildete einen verblüffenden Kontrast zum milchigen Glanz ihrer bleichen Haut.

Mein Herz setzte einen Schlag aus.

Die Frau lag nun auf dem Bauch und ließ sich von der anderen die Beine spreizen, damit ihre rosa Möse freigelegt wurde.

Und natürlich erkannte ich Iris.

Ein Schaudern durchlief mich. Blut schoss mir gleichzeitig heiß und kalt durch die Adern, als ich wie erstarrt dort stand. Instinktiv wollte ich ihr zurufen, doch die Worte blieben mir im Hals stecken, nur ein ersticktes Stöhnen kam heraus.

Die anderen Zuschauer drängten sich vor und blieben hinter und neben mir stehen, darauf erpicht, einen ungehinderten Blick auf das Geschehen werfen zu können. Mir blieb nichts anderes übrig, als mich unhöflich vorzudrängen.

Meine Blicke richteten sich unweigerlich auf Iris' schönen Hintern und ihre sichtbar nasse Möse.

Pulcinella stellte sich zwischen uns und hob die Peitsche.

Jetzt begriff ich, wer es war. Das konnte nur Thomas sein.

Ich wusste nicht, wohin ich zuerst schauen sollte, ob auf Iris' makellos schönen, zur Schau gestellten Körper, auf Thomas' elegante Bewegungen, als er den Arm hob und die Peitsche niedersausen ließ, oder auf die Peitsche selbst – weich anmutend, mit vielen Riemen, verführerisch, voller Verheißungen.

Die Peitsche knallte, und ich fuhr zusammen.

Ein heiserer Laut drang tief aus Iris' Kehle, als sie sich versteifte. Ich hielt die Luft an, als könnte ich damit das Auftreffen der Peitsche auf ihrer zarten Haut hinauszögern. Ein befriedigtes Seufzen lief durch die kleine Zuschauermenge.

Thomas hob erneut den Arm. Aus den Augenwinkeln sah ich

Pierrot, der dem Auf und Ab der Peitsche folgte, ein Lehrer, der wohlwollend auf seinen Schüler blickt.

Wieder prallten die dünnen Lederriemen von Iris' entblößtem Hintern ab, und sie zitterte unmerklich, hielt aber dennoch tapfer jeglichen Laut zurück.

Ich wollte zu ihr eilen, mich vor sie knien und meine Hand ausstrecken, ihr den Schweiß von der Stirn wischen, ihre Qual mit einem Kuss lindern, ihr zeigen, dass ich im Geiste bei ihr war und den Schmerz teilte, aber ich konnte mich nicht vom Fleck rühren. Ich sah zu, wie die Peitsche sich erbarmungslos hob und senkte, der Winkel beim Herabsenken immer perfekter, da Thomas Pierrots Anweisungen immer exakter umsetzte und das Zusammenspiel aus Tempo und Schmerz weiter variierte.

Schon bald verkrampfte sich mein ganzer Körper, als ich die Anspannung auf Iris' Gesicht sah, die Stirn vor offensichtlicher Qual verzerrt, während die Schläge unablässig fortgesetzt wurden. Doch entging mir das schwache Lächeln nicht, das zu meiner Überraschung über ihre Lippen huschte und verriet, wie sich Unbehagen und Schmerz in Lust verwandelten.

Grenzenlose Wut überkam mich.

Sie war nicht so sehr gegen Thomas gerichtet als vielmehr gegen Iris. Wie konnte sie sich in eine solche Situation begeben? Aber erstaunte mich das wirklich? Schließlich hatte Iris selbst bei mir alle Eigenschaften der Unterwerfung gezeigt oder zumindest eine gewisse Passivität. Mir fielen alle früheren Begebenheiten ein, bei denen Thomas einen natürlichen Hang zur Dominanz an den Tag gelegt hatte, auch in meiner Gegenwart. Wie er alles in Szene gesetzt hatte, als sie zum ersten Mal miteinander schliefen, obwohl ich dabei war, die Aufforderungen, die leisen Befehle. Und ich hatte es stillschweigend gutgeheißen. Meine Wangen hatten sich gerötet. Meine Verärgerung verwandelte sich in Neid, eine ganze Sinfonie widersprüchlicher Gefühle rauschte durch mein Herz. Thomas hatte diesen Zug an ihr intuitiv erahnt und zu nutzen gewusst – oder ihn zumindest gefördert –, während ich alle Anzeichen ignoriert hatte. War es mir je gelungen, dieses hintergründige, lustvolle Lächeln auf ihre Lippen zu zaubern? Thomas jedenfalls schaffte es.

Ich fuhr aus meiner Trance auf, als Thomas innehielt, tief durchatmete, die Peitsche fallen ließ und zu Iris ging. Ihr nun schlaffer Körper lag ausgebreitet über der Spankingbank. Seine Finger liebkosten ihre Haut, wischten mit offenkundiger Zärtlichkeit ein wenig Speichel von ihren Lippen. Die kleine Zuschauermenge zerstreute sich.

Thomas kniete vor Iris nieder und küsste sie.

Tränen liefen ihr über die Wangen.

Der Kuss schien ewig zu dauern.

Ich stand weiter wie angewurzelt da.

Schon bald waren nur noch wir drei im Raum, da die Zuschauer zu anderen Attraktionen irgendwo im Haus weitergezogen waren.

Schließlich trennten sich ihre Lippen, und die Liebenden merkten, dass sie nicht allein waren. Beide schauten auf und sahen mich.

»Oh … Moana«, flüsterte Iris.

Mir verschlug es den Atem.

Sie erstrahlte.

Das Lustgefühl, das die Peitsche in ihr ausgelöst hatte, umgab die bleiche Nacktheit ihres Körpers wie ein Glorienschein, verwandelte sie, elektrisierte sie.

»Wenn du nur wüsstest, wie es sich anfühlt«, sagte sie.

Mein Blick muss vernichtend gewesen sein. Thomas öffnete den Mund.

»Das war ihre Idee«, verteidigte er sich.

»Ach ja? Und wer hat es wohl vorgeschlagen?«, erwiderte ich.

»Ich hätte gern getauscht«, sagte er. »Aber es liegt nicht in Iris' Natur ...«

»Hättest du wirklich?«, erwiderte ich ungläubig.

»Ja.«

Ich griff nach der Peitsche.

»Dann wollen wir mal sehen ...«, meinte ich.

Ich ging hinüber und half Iris von der Bank. Unweigerlich blieb mein Blick an den roten Striemen hängen, die sich kreuz und quer über ihre Arschbacken zogen, und meine Kehle schnürte sich zu. Sie taumelte, und ich stützte sie.

»Was soll das heißen?«, fragte Thomas.

Iris wusste bereits, was ich beabsichtigte, noch bevor es ihm klar wurde.

»Nein«, flehte sie und schaute mich mit feuchten Augen an. »Nicht, solange du wütend bist.« Ihre Stimme war leise, fast ein Flüstern.

In der schwachen Beleuchtung des Raums glänzte ihre Haut vor Schweiß. Nackt bis auf die Stiefel, kam sie mir so klein vor, so verwundbar. Mir wurde schwer ums Herz. Trotzdem wollte ich an meinem Entschluss festhalten.

»Zieh die verdammte Hose aus«, befahl ich Thomas.

Er schnallte den Gürtel auf, zog die cremefarbene Anzughose herunter und stieg heraus. Er trug karierte Boxershorts in Blautönen.

Ich nickte. »Die auch ...«

Ohne einen Laut des Protests gehorchte er.

Ich hatte schon halb befürchtet, sein Schwanz wäre erigiert, was meine Wut nur noch gesteigert hätte, doch er hing schlaff und nutzlos da, wie eine anonyme Verlängerung seines Körpers, die keine Macht mehr besaß. Über Iris. Über mich.

Er streifte seine Schuhe ab, ohne sie aufzubinden, und wollte auch seine dunklen Socken ausziehen.

»Lass das«, befahl ich. »Behalte sie an.«

Er, oder das Protokoll für die Szene, hatte erlaubt, dass Iris ihre Stiefel anbehielt. Daran musste ich mich wohl auch halten. Einmal davon abgesehen, wie extrem lächerlich ich einen nackten Mann in Socken fand.

»Alles«, sagte ich. »Alles bis auf die Socken.«

Thomas legte sein Jackett ab, dann Hemd und Krawatte.

Übrig blieb nur ein dünnes weißes Unterhemd, das ihm bis knapp an den Bauchnabel reichte.

»Das kannst du anbehalten«, ordnete ich an. Ich schäumte vor Zorn, wild entschlossen, ihn zu demütigen.

Iris, die sich inzwischen etwas zurückgezogen hatte, schwieg.

Mit gesenktem Kopf ging Thomas zu der Bank und legte sich selbst darüber, den Arsch in die Höhe gereckt und dargeboten. Ich versuchte, Haltung zu wahren, als ich die Peitsche hob. Sie fühlte sich leichter an, als ich erwartet hatte.

10. August 1935
Schon sechs Monate sind vergangen, seit ich bei diesem eigenartigen Zirkus erotischer Kunst mitmache. Ich habe bereits mehr Länder und faszinierende Städte besucht, als ich vorher auf einer Landkarte hätte benennen können, aber ich könnte dir nichts darüber erzählen, da meine Umstände derart unwirklich sind, dass ich mich manchmal frage, ob ich in einem Traum erwacht bin oder einfach den Verstand verloren habe.
Im Juli sind wir von Brest nach Wladiwostok gereist und haben den Zug nur einmal verlassen, um im Baikalsee zu baden. »Das Meer!«, rief ich, als wir endlich aus unseren Waggons stiegen. Hilda lachte mich aus. »Das ist bloß ein See«, sagte sie. »Sollen wir schwimmen gehen?«

Ich habe mich so an Nacktheit gewöhnt, dass der Anblick ihres Körpers mich nicht hätte berühren sollen, und doch war es so. In der Rundung ihres Hinterns lag Poesie, das schwöre ich. Die roten Haare hingen über ihre Brüste, nur ihre Nippel waren zu sehen, als lugten sie hinter Bühnenvorhängen hervor. Auch ihre Schamhaare waren rot und so dicht und kraus. Als sie wieder auftauchte, tropfte das Wasser daraus herab, das ich am liebsten getrunken hätte.
Später habe ich es gemacht.

12. September 1936
Wieder in London. Mir hat diese schöne Stadt mit all ihren Widersprüchen tatsächlich gefehlt. Mein Geldbeutel ist so voll, dass ich mir inzwischen ein eigenes Zimmer kaufen könnte, erst recht eins mieten, und doch hege ich nostalgische Gefühle für mein altes Zuhause, weshalb ich mein Quartier im Princess Empire aufgeschlagen habe. Heute habe ich alle meine früheren Lieblingsplätze aufgesucht. Covent Garden, Piccadilly Circus und The Strand, habe den Smog und das Verkehrschaos in mich aufgesogen. Westminster und St Paul's, die London Bridge mit Blick auf das trübe Flussband, das unbeeindruckt immer weiter fließt.
Ich habe noch ein paar Tage frei, bevor ich wieder aufbreche.
Ich habe mir sogar überlegt, meine alte Freundin Gladys ausfindig zu machen und ihr zu sagen, dass ich einen Ort gefunden habe, an dem wir frei sein können. Im Vergleich zu mir habe ich sie immer für weltgewandt gehalten. Das war ein Irrtum. Trotzdem bin ich neidisch auf ihr häusliches Dasein. Ein dauerhaftes Zuhause und einen ständigen Liebhaber zu haben – kann es so etwas ohne Fallstricke geben? Ich wollte stets nur frei umherstreifen können, und jetzt sehne ich mich nach der Sicherheit eines Käfigs.
Die Arbeit beim Ball und die zahllosen ungewöhnlichen Men-

schen, die das Unternehmen ausmachen – die Huren, die Unterwürfigen und Dominanten, die Akrobaten, die Tänzer und die Schlampen und die einfach nur merkwürdigen Menschen –, ich bin umgeben von Gleichgesinnten. Wir alle lechzen nach irgendetwas. Nach Geld, Berühmtheit, Familie, Sex, Liebe, einem Ort, an dem man sich nicht verstellen muss. Hier haben wir offenbar alles. Dennoch habe ich kein Glück gefunden. Ich frage mich, ob Verlust größeres Glück bedeutet, denn solche wie Gladys haben immer die Hoffnung, dass da noch mehr ist, etwas anderes, das man anstreben kann. Sie leben in der Gewissheit, würden sie ihrer einzigen geheimen Gier tatsächlich nachgeben, wären sie zufrieden. Aber für diejenigen unter uns, die sich bemüht haben, ihren Durst zu löschen, nur um festzustellen, dass das eine Verlangen, sobald es gestillt ist, nur ein weiteres hervorruft, fürchte ich, dass Zufriedenheit nichts weiter als ein Traum sein kann. Wir trinken aus einem Fluss, der Dürre zurücklässt.

Ganz anders verhält es sich mit unserer Tätigkeit. Wir suchen Lust, besingen ihre Wunder, führen vor, spielen – alles, worüber ein normaler Mensch nur die Stirn runzeln würde, aber wir kennen keine Scham. Es ist eine fortwährende Feier.

Wir machen den Anblick von Körpern in Bewegung erfolgreich zu einer fantastischen Darbietung, unterstützt in nicht geringem Maße von den Akrobaten, den Zauberern und all den Schattengestalten, die den Ball leiten. Ich gehöre natürlich nicht zur Elite, zu denen, die den jährlichen Höhepunkt festlegen. Bis auf die Nacht, in der alles sich in reinen, wunderbaren Irrsinn verwandelt, sehe ich sie nur von Weitem: die verblüffenden Bilder auf dem Körper der Maîtresse, die erblühende Schönheit der zukünftigen Maîtresse, die Muskelkraft ihrer Stecher … Wieder einmal gehöre ich zur Tanztruppe, aber das alles ist Welten von meinem früheren Leben entfernt.

Zuweilen frage ich mich, wie es wohl wäre, so zu sein wie sie. Doch

diese Anwandlungen verflüchtigen sich stets. Zum Ball dazuzugehören, mit ihm unterwegs zu sein, sich darauf vorzubereiten, daran teilzunehmen, in seine Verrücktheit einzutauchen, das ist Belohnung genug.
Hör dir das an, liebes Tagebuch! So voll von alberner Melancholie. Wie ich alle beneide, die mit schlichtem Gemüt zur Welt gekommen sind.
Ich glaube, ich werde tanzen gehen.

1. Januar 1937
Gestern Abend habe ich einen Mann kennengelernt. Am Silvesterabend stand ich allein da und beobachtete das Feuerwerk über der Themse von der Blackfriars Bridge aus. Ich hatte beide Hände tief in den Manteltaschen vergraben, um die Kälte abzuwehren, da ich meinen neuen Pelzmuff – den ich mir in Paris gekauft hatte! – nach einem frühen Abendessen in einem Café am Ufer liegengelassen hatte.
In dem Augenblick, als der Mann vorbeiging, hatte ich das Gesicht vom Feuerwerk abgewandt und betrachtete die Statue des jungen Mädchens, die den Trinkbrunnen am nördlichen Brückenende ziert. Man nennt sie Temperance. *Ich hatte schon oft an der Stelle gestanden, ohne der kleinen, anmutigen Gestalt überhaupt Beachtung zu schenken. Eine Spur Traurigkeit lag auf ihrem Gesicht, und ich fragte mich, ob sie ihren Wasserkrug nicht beiseitewerfen und lieber im Brunnen tanzen wollte, statt auf ewig der Aufgabe nachzugehen, ihn für andere zu füllen. Ein komischer Tagtraum.*
»Was würde ich dafür geben, Ihre Gedanken lesen zu können«, sprach der Mann und jagte mir einen ziemlichen Schreck ein. Ich zuckte zusammen und zog sofort die Hände aus den Taschen.
Er trug einen hellbraunen Filzhut und einen marineblauen Wollanzug. Seine Krawatte hatte die Farbe frischer Butter. Unter

den Arm hatte er eine gefaltete Zeitung geklemmt. Seine Hände steckten in dunkelblauen Lederhandschuhen.
In dem Augenblick begann es zu schneien. Es war wie ein Zeichen, etwas, das nur im Film vorkommt.
Wir standen ein paar Sekunden still da und schauten uns nur an. Er war ungefähr eins achtzig groß, hatte kurze, dunkelblonde Haare, die zurückgekämmt waren, bis auf eine einzelne Locke, die ihm in die Stirn zu fallen drohte. Seine Augen waren weder braun noch blau oder grün, vielmehr eine Mischung aus allem. Er war glatt rasiert ohne eine Spur von Bartstoppeln und hatte ein Grübchen im Kinn.
»Haben Sie etwas dagegen, wenn ich rauche, während Sie darüber nachdenken?«
»Nein, natürlich nicht.«
Er schob die Zeitung von einer Seite auf die andere, holte Zigarette und Feuerzeug aus seiner Brusttasche und hielt vorsichtig eine Hand vor den Mund, um die Flamme zu schützen.
Er bot mir einen Zug an. Ich schüttelte den Kopf.
»Ich habe mich gefragt, ob die Lady Temperance nicht lieber im Brunnen plantschen würde, als ihn zu füllen.«
Er lachte. »Vermutlich. Obwohl vielleicht nicht gerade bei diesem Wetter.«
Er wischte eine Schneeflocke ab, die auf seinen Wimpern gelandet war.
Ich blies in die Hände, um sie zu wärmen.
»Sie müssen ja halb erfroren sein«, sagte er. »Nehmen Sie meine Handschuhe.«
Die habe ich noch immer.

16. Februar 1937
Wir blieben drei Tage lang im Bett und taten nichts als reden, rauchen und vögeln. Er hat eine kleine Maisonettewohnung mit

Blick über Blackheath, vögelt mich aber auch gern im Keller des Empire – merkwürdiger, merkwürdiger wunderbarer Mann. Ihm gefallen die Seile, die Kostüme und der Gedanke, dass wir von einem Bühnenarbeiter überrascht werden könnten. Er will es auf der Bühne machen, vor Publikum. Nur einmal, sagt er, nur einmal nach dem Dunkelwerden, und wir werden so tun, als würde uns eine Menschenmenge zuschauen. Verruchter Mann, sagte ich, du bist verrucht! Aber er besteht darauf, dass er nicht so verrucht ist wie ich.

Er verkauft Klaviere und hat kein Geld. Die Wohnung gehörte seinen Eltern. Er hat auch keine Kinder und war nie verheiratet.

»Warum hast du nie geheiratet?«, fragte ich ihn.

»Und du?«, fragte er zurück.

»Ich habe nie einen Mann kennengelernt, den ich heiraten wollte.«

»Erst im letzten Monat«, spöttelte er.

Er ist der schönste Mann, den ich je nackt gesehen habe. Ich zünde die Kerzen um das Bett an, er sitzt nackt auf der Bettdecke, liest etwas, eine Zigarette baumelt zwischen seinen Lippen. Und ich betrachte ihn nur. Wie die Schatten über seine Haut flackern. Ich lege mich neben ihn und fahre mit dem Finger über jeden Zentimeter seiner Haut. Muskeln wie ein Kraftmensch, aber nicht so fleischig. »Klaviere tragen«, sagte er, als ich ihn fragte, woher er denn den Körper eines Adonis habe.

Er stamme vom Kontinent, sagt er, sein ausländischer Akzent ist kaum hörbar. Sei vor ein paar Jahren in dieses Land gekommen. Er ist gebildet, will aber nicht über seine Vergangenheit reden und weicht meinen unvermeidlichen Fragen aus. Ich lese keine Zeitung, aber die Qual und die Angst, die den Kontinent im Griff halten, sind nicht zu überhören. Furchtbare Gerüchte kursieren, Tumulte, man spricht von Krieg. Da ich im letzten Krieg zwei Brüder verloren habe und miterleben musste, wie meine Familie

daran zerbrach, kann ich mich nur wundern, warum die Menschen nicht aus Erfahrung klug werden.
Neulich bin ich abends die Treppe zur Garderobe hinaufgeschlichen und in ein Tanzkostüm geschlüpft – Petticoats, Bustier, Strümpfe und so weiter, und wir haben ein Spiel gespielt, so getan, als wäre ich eine Tänzerin und er ein Freier, die sich zum ersten Mal treffen und miteinander schlafen. Er hob meine Röcke und vergrub sein Gesicht in meinen Schamhaaren, leckte meine Klitoris, bis ich zum Höhepunkt kam und mich in seinen Mund ergoss, dann leckte er einfach weiter. Zunächst tat es weh, aber er ließ sich nicht wegschieben, und nach einiger Zeit spürte ich die Erregung ein weiteres Mal in mir aufsteigen.
Er schenkt mir mehr Lust, als ich mir selbst verschaffen kann.
Das habe ich ihm gesagt, und er ließ mich eine ganze Woche warten, in der ich mich nicht selbst berühren durfte, bis ich ihn wiedersah, und ich glaubte, ohne einen Orgasmus sterben zu müssen.
In ein paar Wochen muss ich wieder zum Ball und mich an den Vorbereitungen für die nächste Veranstaltung beteiligen. Sie wird in Bristol stattfinden, daher werde ich nicht weit von London entfernt sein, und wir können uns in meinen Probenpausen trotzdem sehen.
Ich habe beschlossen, ihm vom Ball zu erzählen. Ich bin zuversichtlich, dass er dessen Existenz und meine Verbindung damit hinnehmen und mich deswegen nicht ablehnen wird. Was mein Leben davor betrifft, bin ich mir nicht so sicher.

1. Juni 1937
Robert, Robert – wie habe ich mich davor gefürchtet, dich zu verlieren, wenn ich dir erzählte, was ich gewesen war.
Lange Zeit habe ich mir eingeredet, dass die Vergangenheit keine Rolle spielt. Er musste nicht unbedingt davon erfahren. Oder er wusste Bescheid, er musste es wissen, denn welche Frau weiß die

Dinge, die ich weiß, und macht das, was ich mache? Gewiss keine Jungfrau. Bestimmt eine Hure.
Ich habe ihm alles erzählt. Sogar, dass ich einmal den Schwanz eines Mannes geleckt habe als Gegenleistung für eine neue Besohlung meiner Winterstiefel.
Er lachte.
Er lachte und strich mir über die Haare. »Willst du alles wissen, was ich gemacht habe?«
Als er zum ersten Mal mit einer Frau zusammen war, sagte er, sei er dreizehn Jahre alt gewesen und sie zweiundzwanzig. Sie habe ihm beigebracht, wie man eine Frau leckt, wie man sie zum Orgasmus bringt. Sie war verheiratet. »Ich behauptete, ich sei sechzehn«, fügte er hinzu. »Ich bezweifle, dass sie es geglaubt hat.«
Er erzählte mir, er sei auch mit einem Mann zusammen gewesen, und ich bat ihn, mir alles zu berichten. Alles. Ich lag neben ihm, als er von ihrer ersten Begegnung sprach, wie es ihm ging, als ihre Lippen sich berührten, wie sich sein Partner an ihn presste, was er dabei empfand, auf die Knie zu gehen, um den Schwanz eines anderen Mannes zu bearbeiten. Ich berührte mich selbst, während er sprach, und als er zu Ende erzählt hatte, saugte er an meinen Nippeln, und ich spielte weiter an mir, bis ich zum Höhepunkt kam. In der Nacht haben wir zweimal gefickt. Beim zweiten Mal ritt er mich und drückte mich so fest an sich, dass ich kaum atmen konnte. Ich wollte nicht atmen.
Er sagt, er will mich sehen, wenn ich am Ball teilnehme. Versichert mir, er werde nicht eifersüchtig sein. Behauptet, dass ich selbst mit einem anderen Mann oder Frauen oder vielen Männern eine Schönheit bleibe, ein Geschöpf, das auf der Woge der Lust zum Leben erwacht.
Was für ein wunderbarer Mann.

20. Dezember 1937
Nun ist es fast ein Jahr her, dass wir uns kennengelernt haben, und dennoch können wir es nicht ertragen, länger als eine Woche getrennt zu sein. Ich kann nicht leben, ohne seinen Körper an meinem zu spüren. Ich möchte ihn trinken, sobald ich wach werde. Wenn er schläft, schlängele ich mich manchmal zu seinen Hüften hinab und lege meine Wange an seinen Schenkel, und ich lecke und sauge an seinem Schwanz, der so still und weich und arglos da liegt, eingerollt auf dem Kissen seiner Eier. Mir gefällt, wie er in meinem Mund zum Leben erwacht. Dann stöhnt Robert, öffnet die Augen und seufzt. Und wenn er hart genug ist, gleite ich auf ihn und ficke ihn leise, bis er aufwacht und mir sagt, das sei der beste Tagesbeginn, wenn das Erste, was er fühlt, meine Möse an seinem Schwanz ist.

11. März 1938
Er hat am Ball teilgenommen. Mich dort gesehen. Und will mich noch immer. Wie verrückt.
Gestern Abend hat er mich gebeten, ihn zu fesseln.
Ich habe meine Seidenschals um seine Hand- und Fußgelenke gewunden und ihm auch die Augen verbunden.
Wie er gestöhnt hat, als ich meinen Finger in seinen Anus steckte. Ich werde einen Dildo und einen Gurt kaufen – oder einen vom Ball mitnehmen. Noch nie habe ich einen Mann gefickt, aber ich will wissen, wie es sich anfühlt, in Robert zu gleiten, den Ausdruck auf seinem Gesicht sehen, wenn ich ihn ausfülle.
Er sieht so gut aus, wenn er hilflos ist.

28. November 1938
Wir waren so berauscht voneinander, dass wir nicht einmal daran gedacht haben, wie es sein könnte, noch jemanden hinzuzunehmen. Robert hat mir immer erzählt, er träume davon, Publikum zu haben.

Doch so etwas erschien mir nicht einmal schlüpfrig. Ich habe so viele Orgien beim Ball erlebt, und obgleich sie oft schön sind, verlieren solche Ereignisse nach einiger Zeit ihren Glanz.
Ich wollte eins sein mit einem Menschen. Ein Paar sein. Und wir waren so vertraut, wir haben praktisch in der Haut des anderen gelebt. Ich könnte ihm nur dann näher sein, wenn ich irgendwie in ihn hineinkriechen würde, wenn er mich tatsächlich verschlingen müsste.
Ich habe Hilda zu uns eingeladen.
Uns zuzusehen, uns zu berühren, wenn sie es will. Wir haben in der letzten Woche über nichts anderes geredet als über die verschiedenen Möglichkeiten, wie wir drei wohl ficken würden, wenn der Abend da ist. Wie ihr rotes Haar über unsere Körper streifen wird. Unsere Brüste, die sich aneinander reiben. Wie Robert mich von hinten nehmen will, während ich mein Gesicht zwischen ihre Schenkel drücke und ihren Nektar trinke.

4. Februar 1939
Robert fuhr gestern mit der U-Bahn, als ich von den schrecklichen Explosionen hörte. Meine Welt wurde dunkel. Bomben. War der Krieg ausgebrochen, mit dem wir alle rechneten, und keiner hatte uns etwas gesagt? Ihm darf nichts passiert sein! Darf nicht, denn ohne ihn kann ich nicht leben. Ich hatte nicht einmal daran gedacht, ihn zu fragen, wohin er fuhr, durch welche Stationen er kommen würde. Ich wartete zu Hause, trug sein Jackett, weil es nach ihm roch, betete, als wäre ich Gott nie abtrünnig geworden. Oh, was ich Ihm nicht alles versprach, wenn Er mir nur meinen Robert zurückbringen würde. Und als ich mit Gott fertig war, versprach ich meine Seele dem Teufel, wenn er sie nicht schon hat. Als ich seine Schritte endlich auf der Treppe hörte, glaubte ich, ohnmächtig zu werden.

Zum ersten Mal seit Jahren dachte ich an meine Familie. An meine Mutter und meinen Vater, an Irland. Ab dem Zeitpunkt, von dem an ich das Gefühl hatte, sie könnten nicht mehr stolz auf mich sein, habe ich ihnen nicht mehr geschrieben. Nachdem ich angefangen hatte herumzuhuren, war mir, als müsste ich etwas vor ihnen verbergen; dass sie mich hassen würden, wenn sie wüssten, was aus mir geworden war, und das konnte ich nicht ertragen. Inzwischen nehme ich an, dass sie tot sind, aber falls sie noch leben, frage ich mich, was aus ihnen geworden ist und was sie von all dem hier halten würden.
Die Welt verändert sich. Ich spüre es. Ringsum kommt ein Wind auf, und ich habe solche Angst, dass er mir meinen Liebhaber – meinen Geliebten – nimmt.

15. Juli 1939
Ich habe ihm gesagt, sollte es wieder Krieg geben und er eingezogen werden, werde ich mich als Luftwaffenhelferin melden und mit ihm gehen. Er hat nur gelacht, seine Zigarette auf dem Boden ausgetreten und gesagt, er wolle mich auf der Stelle vögeln, daher sind wir auf den Friedhof an der Waterloo Station geschlichen und haben es auf einer Bank getrieben. Auf dem Heimweg haben wir Vanilleeis gekauft und es uns dann gegenseitig von den Lippen geschleckt.

1. Mai 1942
Ich weiß nicht, wann ich noch einen Brief von ihm erhalte oder ob ich ihn überhaupt je wiedersehen werde. Er ist irgendwo auf dem Kontinent und darf nicht preisgeben, wo oder was er macht. Ich weiß, es muss schrecklich gefährlich sein.
Er hat mir gesagt, ich solle nicht auf ihn warten. Mit anderen ins Bett gehen. Das kann ich nicht ohne dich, habe ich geantwortet, und er hat gelacht und mich gefragt, welche Geschichten ich denn

für ihn hätte, wenn ich eine Nonne bliebe. Treib es mit ihnen und schreib mir davon. Schreib mir alles. Schick mir so verdorbene Briefe, dass die Zensoren in Ohnmacht fallen.
Ich habe es ihm versprochen, doch das Feuer meiner Lust brennt nur für ihn. Ich berühre mich selbst und denke an ihn, und es bereitet mir Kummer. Selbst das zu tun, kann ich nicht ertragen.

15. September 1944
Wir hatten drei Tage miteinander. Drei wundervolle Tage, und er ist wieder fort. Wir haben sie im Bett verbracht.
Er hat sich verändert, wir beide haben uns verändert. Wir sind älter, dünner, gieriger aufeinander als je zuvor.
Im Schlaf schreckt er auf und schreit.
Ich habe ihm versprochen, ihn nicht schlafen zu lassen.
Die ganze Zeit verzehrt mich der Gedanke, dass es unser letztes Beisammensein ist.

9. September 1945
Dieser grauenhafte Krieg ist endlich vorbei.
Vielleicht kann jetzt unsere Zukunft beginnen.
Und der Ball wird mich wieder rufen, und Robert und ich können uns ihm für immer anschließen, durch die Welt streifen, in unserer Lust schwelgen.

4. Mai 1947
Ich habe gerade entdeckt, dass ich schwanger bin. Ich brenne darauf, es ihm zu sagen, aber er ist nicht da.
Er hat seinen Dienst nicht quittiert, obwohl der Krieg vorbei ist, und reist nun im Auftrag der Regierung durch das verwüstete Niemandsland Mitteleuropas. Wie ich sie hasse, sie alle. Lasst es doch bleiben, möchte ich schreien, holt unsere Männer

nach Hause und lasst die Welt einfach in Ruhe. Er wird mir nie die Wahrheit über seine Tätigkeit erzählen, aber ich weiß, sie muss gefährlich sein. Diesmal ist er seit über einem Monat fort. Normalerweise kommt er spätestens nach zwei Wochen zurück.

Ich mache mir Sorgen.

Ich schreibe ihm Briefe.

Ich habe Angst, ihn nie wiederzusehen.

Dass er das Kind, das ich in mir trage, nie zu Gesicht bekommt.

Sein Kind.

Wenn das Schlimmste eintritt und Robert nicht zu mir zurückkehrt, werde ich von hier fortgehen. Ich möchte, dass unser Kind weit weg vom grauen London und den Entbehrungen dieser Zeit zur Welt kommt.

Ich werde wieder auf Reisen gehen und hinter den Sternen eine neue Welt finden.

Ich wollte ihm wehtun.

Als die Peitsche niedersauste, entwickelte sie ein Eigenleben. Die vielen Riemen schwirrten mit Anmut und Zorn zugleich durch die Luft, bevor sie schließlich mit nicht aufzuhaltender Wucht auf Thomas' nacktem Hintern aufschlugen.

Ich war mir nicht sicher, welches Geräusch mir zuerst in die Ohren drang: das scharfe Zischen, als das Leder auf seine Haut traf, oder das gedämpfte Geräusch seiner mahlenden Zähne und des unterdrückten Stöhnens, das tief in seinem Inneren entstand und in seine Kehle aufstieg.

Ich hörte Iris hinter mir seufzen.

»Herrgott, das tut verdammt weh«, zischte Thomas.

Erneut hob ich den Arm.

Ich war mir bewusst, dass ich die Peitsche nicht richtig hielt. Pierrot, der Thomas zuvor eingewiesen hatte, war darauf bedacht gewesen, die exakte Handhabung vorzuführen. Ich achtete nicht auf die Regeln.

Kurz hielt ich inne.

Thomas atmete durch. Er wusste, dass noch mehr kommen würde. Ich würde seine Erwartungen nicht enttäuschen.

Mein Handgelenk entspannte sich, und die Riemen der Peitsche flogen wieder.

Diesmal trafen sie knapp neben der vorigen Stelle auf, schlugen gegen Thomas' rechte Flanke, an der sich sofort Striemen abzeichneten.

Thomas' Körper zuckte, eine Schockwelle verzögerten Schmerzes schoss durch seine ausgebreiteten Gliedmaßen.

Ich wollte ihm in die Augen sehen, doch da ich hinter ihm stand, konnte ich nur die malträtierte Landschaft seines entblößten Hinterns und das dunklere Tal seiner Pospalte betrachten. Meine Wut ließ nach und wurde allmählich durch ein belebendes Gefühl der Macht ersetzt, dicht gefolgt von Hilflosigkeit, als ich begriff, dass ich nicht unbedingt diejenige war, um die es hier ging. Er konnte jeden Moment einfach aufstehen und gehen. Weil er meine Dominanz hinnahm, beherrschte Thomas die Situation eigentlich genauso wie ich, wenn nicht sogar noch mehr. So wie Iris wahrscheinlich im Spiel davor ihren Folterer benutzt hatte, um ihre anschwellende Erregung zu dirigieren. Der Gedanke verwirrte mich zutiefst, erschütterte mich in den Grundfesten meiner Unsicherheiten, und je länger ich darüber nachdachte, desto verstörter wurde ich.

Ich schlug wieder zu. Sein Körper bäumte sich auf.

Und wieder.

Iris tauchte aus dem Dunkeln auf und kniete sich neben Thomas, nahm seine Hand, als wollte sie seinen Schmerz mit ihm teilen.

Die Peitsche ging wieder in die Höhe. Diesmal jedoch war keine Wut in meinem Arm, als ich gezielt versuchte, die Flugbahn der Riemen zu kontrollieren und ihre Wucht zu mindern, damit sie die entblößte Haut des jungen Mannes nun eher liebkosten. Ich fand einen Rhythmus. Kam innerlich zur Ruhe. Und begann die Dynamik des Spiels zu begreifen. Ich entspannte mich.

Mein Handgelenk wurde locker, die Peitsche zu einer Verlängerung meines Arms, und ich zog geduldig rosa Muster über seine Hinterbacken. Ich spürte, wie er begierig auf jeden neuen Streich wartete, sich darauf freute, die scharfen Schläge in etwas umwandelte, das nicht mit Angst behaftet war und wirklich begrüßt wurde.

Iris, die immer noch seine Hand hielt, schaute zu mir auf, und zum ersten Mal seit Ewigkeiten las ich Dankbarkeit in ihren Augen, die Gewissheit, dass ich jetzt ihre wahre Natur begriff. Vielleicht gab es für uns einen zukünftigen Weg, überlegte ich, auch wenn wir ihn jetzt mit Thomas zusammen beschreiten würden. Obwohl ich auch wusste, dass ich noch nicht bereit dafür war, die Rollen zu tauschen und mich am falschen Ende der Peitsche zu finden – oder der anderen Geräte, die aus dieser Schatzhöhle süßer Dekadenz noch auftauchen mochten. Vorerst. Aber ein Anfang war gemacht.

Mein Arm tat mir weh.

Ich hörte auf.

Legte die Peitsche weg.

Es wurde still.

Wortlos halfen wir Thomas von der Spankingbank auf und schauten ihm beim Anziehen zu. Iris umarmte ihn, während ich weiter beobachtete, dann, mit einem Ausdruck, der mich an unsere gemeinsame Zeit vor Thomas erinnerte, winkte sie mich herbei, und wir schmiegten uns aneinander.

Den Rest des Abends waren wir unzertrennlich.

Nachdem wir den Raum verlassen hatten, holte Thomas ihre Sachen aus einem Schrank in der Nähe, in dem die beiden sie zuvor abgelegt hatten. Iris war in einem Gewirr aus Krinolineschichten erschienen, das mich in seiner Opulenz und Aufgebauschtheit an Marie Antoinette erinnerte, aber es passte perfekt zu ihr, betonte ihre Wespentaille und legte sehr effektvoll die milchig weißen Schultern und den Ansatz ihrer kleinen Brüste frei. Iris und ich entdeckten ein Bad, in dem ich ihr dabei behilflich war, ihr Make-up zu richten. Sie schlug auch Verbesserungen an meinem vor, zog mit einem schwarzen Kajalstift dicke Linien um meine Augen und tupfte einen Hauch Rouge auf meine Wangenknochen, ein Teil der Maskerade, auf die Gwillam absichtlich verzichtet hatte. Ihre zarten Finger auf meiner Haut fühlten sich an wie die Flügel eines Schmetterlings, und wieder einmal berauschte ich mich an ihrer Nähe.

Vorerst sprachen nur unsere Augen.

Iris' Blicke strichen über meinen Körper, verweilten an allen entblößten Stellen, die mein Gewirr aus Satinbändern zuließ. Ich wurde rot und blickte an mir hinunter. Meine Nippel waren hart, dunkel, angeschwollen.

»Ich hätte nie gedacht, dich so zu sehen, alles zur Schau gestellt«, bemerkte Iris.

»Tja, wir sind nicht mehr in Neuseeland.« Ich kicherte.

Wir umarmten uns.

Wir wollten gerade das Bad verlassen und den Rest des Abends genießen, als die Tür aufgerissen wurde und Matilda hereingestürmt kam. Sie war in Tränen aufgelöst, Mascara lief in dunklen Rinnsalen über ihre Wangen. Ihre Seidentunika war zerknittert, die Naht unter einem Arm aufgerissen, und ihr fehlte ein Schuh.

Sie erkannte uns und legte die Hand über die Augen, als wäre es ihr peinlich, in diesem derangierten Zustand gesehen zu werden.

Ihre Überheblichkeit war dahin, mit einem Schlag weggewischt durch ein unbekanntes Ereignis oder eine Person. Unwillkürlich strich sie sich ein paar Haare aus der Stirn und drückte die Schultern durch, beachtete uns nicht, trat direkt ans Waschbecken und spritzte sich Wasser ins Gesicht.

Ich wollte sie fragen, was passiert sei, wusste aber, dass sie mich ignorieren würde. Hatte ihr Bruder sie gesehen, der draußen vor dem Bad auf uns wartete?

Matilda in diesem Zustand zu erleben, war ein Schock, und es verstörte mich, eine derartige Veränderung ihrer Persönlichkeit zu beobachten.

Obwohl ich noch bleiben, vielleicht meine Hilfe anbieten wollte, zog Iris, sensibler für die Stimmung Matildas und ihren offensichtlichen Wunsch, allein zu sein, mich am Arm, und wir verließen das Bad.

Thomas war unterdessen in einen der angrenzenden Räume gegangen, wartete dort auf uns und trank Bier aus der Flasche. Seine Schwester hatte er nicht bemerkt. Als er uns sah, strahlte er.

»Meine Damen«, sagte er mit unverkennbarem Übermut in der Stimme. Iris drückte meine Hand, als wollte sie mich vor einer Bemerkung warnen, und erst recht davor, Matilda zu erwähnen.

Ich hoffte, ich würde Gwillam noch über den Weg laufen, aber er war nirgends zu sehen, und es gab Räume mit verschlossenen Türen, die ich keinesfalls öffnen wollte. Ich hatte an diesem Abend genug Überraschungen erlebt, fand ich.

Emotional ausgelaugt brachen Iris, Thomas und ich gemeinsam auf. Sein R4 stand auf der anderen Straßenseite. Wir zwängten uns hinein und fuhren quer durch die Stadt zurück zu seiner Wohnung.

In dieser Nacht schliefen wir alle im selben Bett, bildeten einen wärmenden Kokon, in dem wir uns geborgen fühlten.

Wir waren viel zu müde für irgendetwas anderes als Schlaf.

Morgen wäre auch noch ein Tag.

8

IM ZEITALTER DES WASSERMANNS

Eine friedliche Zeit brach an, während eine Jahreszeit in die nächste überging.

Nach einigem Zögern erklärte ich mich damit einverstanden, bei Iris und Thomas einzuziehen. Sein Apartment war wesentlich geräumiger und komfortabler als die kleine Wohnung, in der ich seit Iris' Auszug allein hauste, und von dort aus zu meiner Arbeit im West End zu kommen, war viel leichter – ungeachtet dessen, dass das Princess Empire gerade eine Durststrecke durchlief nach einer Reihe verlustreicher Stücke, die alle vorzeitig abgesetzt wurden, woraufhin wir Teilzeit-Mitarbeiter Mühe hatten, von unseren mageren und unsicheren Löhnen zu leben. Darüber hinaus war der Einzug bei ihnen ein perfekter Vorwand für mich, meine sexuellen Experimente und das ziellose Herumhuren aufzugeben. Clarissa war nicht mehr beim Theater angestellt, da ihre freiberuflichen Tätigkeiten jetzt einen Großteil ihrer Zeit in Anspruch nahmen, daher bekam ich sie nur selten zu Gesicht. Außerdem hütete ich mich davor, mehr Zeit in meine Beziehung mit ihr und Edward zu investieren. Sosehr ich ihre Gesellschaft auch genoss, wusste ich im Grunde meines Herzens, dass sie zu einer völlig anderen Welt gehörten, in die ich gelegentlich zwar Einlass fand, zu der ich aber nie dauerhaft gehören würde. Wenn ich bei ihnen war, dann als ihr Spielzeug, mehr nicht. Überhäuft mit Zuneigung und Umarmungen, doch irgendwie immer auf Distanz gehalten. Eine Reisende auf den Wogen des Sex.

Thomas hatte ein kleines Gästezimmer, das bisher hauptsächlich als Abstellraum benutzt worden war, und zusammen mit Gwillam halfen Iris und ich ihm, es leer zu räumen und in leuchtenden Farben zu streichen, damit es mein kleiner Unterschlupf werden konnte. Auch ein Bett stand darin, aber in den meisten Nächten schlief ich bei Iris und Thomas. Unsere sexuellen Aktivitäten wurden nie im Voraus geplant, und wir wagten uns von Tag zu Tag weiter vor, eine Hand hier, eine zärtliche Berührung dort, ein Kuss. Wir ließen uns treiben, ermutigten unsere Körper, sinnlich miteinander zu kommunizieren. Mir war klar, dass es nicht so bleiben konnte; es kam mir vor wie ein vorübergehender Waffenstillstand, aber vorerst ließ ich mein Leben ganz gern vom Zufall bestimmen.

Eines Abends waren wir fröhlich und erschöpft die Straße hinunter zu einem indischen Restaurant in der Nähe gegangen, in das Thomas uns und Gwillam eingeladen hatte. Wir konnten alle nicht gut kochen, und unser Speiseplan beschränkte sich meist auf Bohnen mit Toast, Fertiggerichte und Sandwichs auf die Schnelle, hinutergespült mit literweise Tee.

Eine letzte Runde Bier, und wir waren schon nicht mehr ganz nüchtern.

Gwillam stupste mich an der Schulter.

»Hast du es ihr schon gesagt?«

Thomas war zu sehr damit beschäftigt, die Reste des Gulab Jamun von seinem Dessertteller zu kratzen, doch Iris war hellwach und bedachte uns mit einem Seitenblick.

»Wem was erzählt?«, fragte sie und nahm einen kleinen Schluck aus ihrem Glas.

Ich warf Gwillam einen wütenden Blick zu. Er schlug die Augen nieder.

»Nichts«, sagte ich.

Iris grinste. Sah mich unverwandt an. Gwillam wandte sich ab.

»Du weißt, du kannst keine Geheimnisse für dich behalten, schon gar nicht vor mir.« Ein triumphierendes Lächeln breitete sich auf Iris' zarten Gesichtszügen aus, was ihre gewohnte Ernsthaftigkeit zunichte machte. Der Kellner rettete uns, als er an unseren Tisch trat und fragte, ob alles zu unserer Zufriedenheit gewesen sei. Wir nickten zustimmend.

Doch sobald er sich entfernt hatte, richtete sich Iris' Blick wieder auf mich. Ganz offensichtlich war sie die Nüchternste von uns; schon immer hatte sie trotz ihrer geringen Größe erstaunlich viel Alkohol vertragen.

»Nicht hier. Gehen wir zurück in die Wohnung«, schlug ich vor. Gwillam drückte unter dem Tisch mein Knie.

»Lasst mich raten«, spekulierte Iris. »Ihr beide habt endlich etwas über den Ball ausgegraben, über Joan?«

Sie wirkte ziemlich aufgeregt.

Als wir nach Hause kamen – Gwillam war seiner Wege gegangen –, zog sich Thomas unter dem Vorwand, müde zu sein und früh am nächsten Tag ein paar wichtige juristische Termine zu haben, ins Schlafzimmer zurück und schlummerte bereits tief und fest, bevor das Wasser für die heiße Schokolade kochte, die Iris und ich gern vor dem Zubettgehen tranken.

Wir setzten uns in die Küche.

Ich wärmte mir die Hände am heißen Becher und schob den unausweichlichen Augenblick der Offenbarung hinaus.

»Und?«

Kurz tat ich so, als wüsste ich nicht, was sie meinte, und trank noch einen Schluck aus meinem Becher. Wir hatten unser Gebräu über die Jahre verfeinert, das je nach den Zutaten, die wir zur Hand hatten, und unserer Stimmung variierte. Die Mischung an diesem Abend enthielt eine Prise Cayennepfeffer, der bei jedem Schluck Wärme in meine Nasenlöcher strömen ließ.

»Es ist eigentlich nicht wichtig ...« Ein letzter Ablenkungsversuch.

Iris beäugte mich über den Becherrand hinweg.

»Ich bleibe so lange hier sitzen, bist du gestanden hast. Du verheimlichst doch irgendwas. Das kann ich dir vom Gesicht ablesen.«

Wo sollte ich anfangen?

»Gwillam und ich sind zufällig auf Sachen von Joan gestoßen ...«

»Was für Sachen?«

»Alte Kleidungsstücke, Briefe, ein Tagebuch ... nichts Besonderes.«

»Nichts Besonderes? Das klingt aber sehr besonders! Wahrscheinlich reif fürs Museum. Ein Tagebuch? Hast du es gelesen? Schreibt sie über den Ball?«

»Ja, und ja.«

Sie riss die Augen auf.

»Warum hast du es mir dann noch nicht erzählt?«

»Es geht nicht nur um den Ball«, erwiderte ich.

»Was?« Von draußen war das Rumpeln eines Nachtbusses zu hören.

Iris wirkte irritiert. Sie versuchte sich wohl vorzustellen, was wir noch entdeckt haben könnten. Seit dem Tag am Meer und den unglaublichen Ereignissen, die wir mit angesehen und an denen wir bis zu einem gewissen Grad teilgenommen hatten, war sie vom Ball wie besessen gewesen und hatte oft darüber gesprochen, dass wir ihn vielleicht in London aufspüren könnten.

»Wie sich herausgestellt hat, ist Joan deine Mutter.«

»Wie bitte?«

»Ja. Das geht deutlich aus ihrem Tagebuch hervor, obwohl nicht ganz klar wird, warum ... Vielleicht, weil sie nicht verheiratet war. Oder weil sie befürchtete, dich nicht großziehen zu können. Ich weiß es nicht. Die Larks haben dich adoptiert und waren auf Joans Bitte hin damit einverstanden, sich als deine leiblichen Eltern auszugeben. Tut mir wirklich leid.«

Iris blieb vor Fassungslosigkeit der Mund offen stehen.

Einen Moment trat Schweigen ein.

»Und verrät ihr Tagebuch auch, wer mein leiblicher Vater war?«

»Ja und nein.«

»Was zum Teufel soll das heißen, Moana?«

»Sie schreibt über ihn, in einem Fall sogar an ihn, erwähnt aber nur seinen Vornamen, ohne in Einzelheiten zu gehen ... nicht genug, um ihn zu finden. Gwillam hat es zwar versucht, aber es reicht nicht, um weiterzumachen.«

»Verdammte Scheiße.«

»Tut mir leid. Verzeih, dass ich dir nicht früher davon erzählt habe. Aber ... «

Iris zuckte mit den Schultern. »Das hätte auch nichts geändert, oder?«

»Wahrscheinlich nicht.«

Ich ging davon aus, dass sie das Tagebuch auf der Stelle von mir einfordern würde. Es lag in der unteren Schublade meiner Frisierkommode, eingeschlagen in meine Schals. Aber sie saß nur stumm da.

Ich bemerkte, dass mein Becher mit Schokolade inzwischen lauwarm und noch halb voll war. Iris hielt ihren in beiden Händen.

»Ich habe das Tagebuch in meinem Zimmer. Willst du es lesen?«

»Noch nicht«, sagte sie verzagt. Sie wirkte sehr verletzlich. Am liebsten hätte ich sie in den Arm genommen und an mich gedrückt, doch irgendwie war mir das Wissen, wie man sich in einer solchen Situation zu verhalten hatte, abhanden gekommen. Ich fühlte mich nutzlos. Ich hatte ihre Welt auf den Kopf gestellt und wusste nicht, was ich jetzt machen sollte.

Ein Klingeln unten an der Tür erlöste uns aus unserem unbehaglichen Schweigen. Wir schüttelten unsere Betäubung ab und schauten uns an. Wer konnte das um diese Uhrzeit sein? Ich warf einen Blick auf meine Armbanduhr. Kurz nach ein Uhr nachts.

Wir traten ans Fenster und schauten hinunter. Draußen hatte ein dünner, aber stetiger Nieselregen eingesetzt. Matilda stand mit feuchten Haaren vor der Tür, in einen langen hellbraunen Mantel gehüllt. Sie merkte, dass wir zu ihr herabspähten, und winkte uns zaghaft zu.

»Ich gehe«, bot ich an.

»Ich komme mit«, meinte Iris, und wir schlichen beide in unseren Nachthemden und Morgenmänteln die Treppe hinunter, um der verlorenen Schwester die Tür zu öffnen. »Was um alles in der Welt will sie wohl zu dieser Nachtzeit?«

Wie ich wusste, war Iris nicht gerade Matildas größter Fan.

Wir ließen sie ein.

Ihr sonst so makelloses Make-up war völlig verschmiert, und von der herrischen Ausstrahlung, die ich in der Villa ihrer Eltern an ihr kennengelernt hatte, war nicht mehr viel übrig. Mit ihren feinen Gesichtszügen und den schockierend dunklen Augen von scheinbar endloser Tiefe war sie noch immer schön, wirkte aber an diesem Abend schwer gebeutelt.

»Ist er da?«, fragte sie.

»Er schläft fest«, sagte Iris. »Es ist nämlich spät.«

Ich rechnete schon damit, dass Matilda eine spitze Bemerkung machen würde, aber offensichtlich war ihr nicht danach.

Sie legte ihren nassen Mantel ab und hängte ihn in der Diele auf. Darunter trug sie einen faden grauen Pullover und eine enge Jeans. Zum ersten Mal erlebte ich sie ohne jede Aufmachung.

»Weckt ihn nicht«, bat Matilda.

»Gut … aber das hatte ich ohnehin nicht vor«, entgegnete Iris.

»Ich brauche einen Schlafplatz für die Nacht«, erklärte sie. »Etwas anderes ist mir nicht eingefallen.«

Wie konnten wir ihr das abschlagen?

Ich bot ihr mein Bett an. Die Wohnung hatte kein zweites Gästezimmer. Sie nickte und bedankte sich bei mir, ohne nachzufragen, wo ich schlafen würde oder in welcher Konstellation wir normalerweise die Nächte verbrachten.

»Morgen erkläre ich euch alles«, sagte sie und ging vor uns die Treppe hinauf, ihre langen, perfekten Beine und der wohlgeformte Hintern in Jeansstoff gehüllt.

Wenigstens hatten weder Iris noch ich nun, da Matilda mein Zimmer belegte, Zugang zu Joans Briefen und dem Tagebuch. Wahrscheinlich war es auch besser, wenn wir beide ein wenig Schlaf bekamen, bevor wir diese Büchse der Pandora öffneten. Ich war mir nicht einmal sicher, ob ich sie ihr in Anbetracht des freizügigen Inhalts überhaupt zeigen sollte, aber ich sah keine Möglichkeit, ihr das Tagebuch vorzuenthalten.

Wir krochen zu Thomas ins Bett. Er grunzte, als wir unter die Bettdecke schlüpften. Er schlief immer nackt. Iris, die wie gewohnt ihren Slip anbehielt, kuschelte sich in Löffelchenstellung an ihn, während ich mein Nachthemd beiseite warf und mich an ihren Rücken schmiegte, die Beine um sie schlang, wie wir es oft machten, und mich an ihr wärmte. Ich lag noch eine Weile wach, überwältigt von unserer Nähe, verwirrt über Matildas Anwesenheit in meinem kleinen Schlafzimmer, und fragte mich, wie dieser Umstand womöglich alles verändern würde, denn das musste unweigerlich der Fall sein. Nichts hat ewig Bestand.

Matilda war in Panik geraten.

Allem Anschein nach war einer der Politiker, die an ihrer letzten Party teilgenommen hatten, Opfer einer Schlammschlacht in der Presse geworden, die seine Freizeitaktivitäten ans Tageslicht gezerrt hatte. Im Zuge dessen war aufgedeckt worden, dass er eine Beziehung mit einem Flittchen unterhielt, das seine Gunst zwischen ihm und einem fragwürdigen Vertreter einer ausländischen Botschaft aufteilte, was nicht nur die Aufmerksamkeit der Presse auf sich gezogen hatte, sondern auch anderer zwielichtiger staatlicher Stellen, und Matilda war zu einem Verhör einbestellt worden. Man hatte sie vorerst wieder gehen lassen, aber sie wurde massiv unter Druck gesetzt, mit den Behörden zusammenzuarbeiten, und man drohte ihr unter der Hand an, ihre Aktivitäten publik zu machen, sollte sie den Anweisungen nicht Folge leisten. Die Vorstellung, ihre Eltern und Freunde aus der Gesellschaft könnten herausfinden, woran sie beteiligt gewesen war, trieb sie zur Verzweiflung.

Sie befürchtete, ihr Haus könne überwacht werden, und war verängstigt zu uns gelaufen.

»Ich habe die Partys nie um des Geldes willen veranstaltet, müsst ihr wissen«, verteidigte sie sich, während Thomas, Iris und ich am Frühstückstisch saßen und uns ihre Geschichte anhörten. »Mir ging es um den Spaß, den Nervenkitzel. Ich habe versucht, sie möglichst exklusiv zu halten …«

Es hatte in aller Unschuld angefangen, als sie zu einer etwas dekadenten Gruppe von Nachtschwärmern an der Universität gehört hatte, und dann war eins zum anderen gekommen.

»Wir haben niemandem geschadet«, fuhr sie fort. »Nichts war streng genommen illegal. Ich hatte das Gefühl, es sollte einen Platz für Menschen wie uns geben. Und das finde ich immer noch.«

Ungeschminkt, Ringe unter den Augen, in einem Hemd

von Thomas, die endlos langen Beine auf der Holzbank untergeschlagen, wirkte sie so viel jünger und verwundbarer ohne den Schutz ihres Make-ups und die übliche Garderobe. Sie tat mir leid.

»Was soll ich dazu sagen?«, fragte Thomas.

»Ich weiß nicht«, erwiderte Matilda. »Du warst immer der Schlaue von uns beiden, Bruderherz ...«

»Und du von jeher die Waghalsige, liebe Tilly ...«

Iris und ich saßen schweigend da, denn wir fühlten uns ein wenig ausgeschlossen bei diesem Gespräch zwischen den beiden Geschwistern.

»Die bessere Gesellschaft wird mich meiden, wenn alles rauskommt«, verkündete Matilda, als wäre es das Schlimmste, was passieren könnte. »Wahrscheinlich verliere ich meine Arbeit.«

Mir war nicht einmal bewusst, dass sie berufstätig war. Sie war Stylistin für eine führende Frauenzeitschrift, wie es schien. Das ergab Sinn. Diese ziemlich ausgefallenen Partys zu veranstalten und zu leiten, war für Matilda ein Spiel gewesen, eine Möglichkeit, ihre Talente auf perverse Art und Weise einzusetzen.

Das brachte mich auf einen Gedanken.

»Als ich an der Veranstaltung in der Villa deiner Eltern teilnahm«, sagte ich, »hatte ich zunächst den Eindruck, sie habe etwas mit dem Ball zu tun.«

Iris warf mir einen Blick von der Seite zu.

Thomas ließ sich nichts anmerken, doch in Matildas Augen blitzte etwas auf.

»Ich habe vom Ball gehört«, gab Matilda zu. »Der ist so etwas wie eine Stadtlegende. Jemand an der Uni, ein älterer Mann, auf den ich mich fälschlicherweise eingelassen habe, deutete an, dass so etwas existiert. Er hat mir sogar versprochen, mich eines Tages dorthin mitzunehmen, hat aber dann doch gekniffen, ein Mann eben. Irgendwie war allein die Idee ein Quell der Inspiration für die Partys. Zumindest am Anfang. Doch so etwas wie den Ball gibt es nicht. Das ist nur ein Mythos für alle, die naiv genug sind zu glauben, da draußen existiere eine ganze Welt für uns Vergnügungssüchtige. Mich überrascht, dass ihr auch davon gehört habt. Hätte nie gedacht, dass so ein albernes Gerücht es bis Neuseeland schafft.«

»Es gibt ihn«, bemerkte ich.

Iris nickte und senkte den Blick. Thomas schaute sie überrascht an, sowohl erstaunt über ihr stillschweigendes Eingeständnis als auch darüber, dass sie es ihm gegenüber nie erwähnt hatte.

Würde ich Joan verraten, wenn ich Matilda und Thomas erzählte, was wir vom Ball wussten und wie er in unser Leben getreten war?

Oder was wir am Kap Reinga erlebt und erfahren hatten?

Iris kam mir zuvor.

»Wir waren sogar bei einem«, sagte sie. »Nur ein Mal.«

»Was?«

»Wo?«

Abwechselnd erzählten wir Matilda und Thomas unsere Geschichte, und während sie an diesem kalten Londoner Morgen am Frühstückstisch Gestalt annahm, spürte ich, wie das schlummernde Feuer, das der Ball einst in mir entfacht hatte, wieder aufflackerte und den Raum in einen magischen Glanz tauchte.

Als ich schließlich zu den Enthüllungen gelangte, auf die ich in Joans Tagebuch gestoßen war, war der Tag bereits in den Nachmittag übergegangen. Inzwischen hörte selbst Iris, die diesen Teil der Geschichte nicht kannte, mir mit offenem Mund zu.

Matilda hatte die Augen vor Verwunderung weit aufgerissen, und ich sah ihr an, wie sehr die Erzählung sie bewegt hatte. Thomas wirkte nachdenklich.

Plötzlich gab es nichts mehr zu sagen.

Matilda seufzte.

»Und Gwillam glaubt immer noch, er kann herausfinden, wo dieser … Ort ist? Oder das Ding? Oder was immer es sein mag?«, fragte Thomas.

»Er hofft es«, erwiderte ich. »Ihm ist es gelungen, Joans Tagebuch ausfindig zu machen, deshalb hoffe ich, dass er mehr über den Ball entdeckt. Seinen Sitz vielleicht, oder wie man mit seinen Organisatoren Kontakt aufnimmt.«

Ich verstummte.

So wie die anderen, denen die Fragen ausgegangen waren. Sie mussten die neuen Informationen erst einmal verarbeiten. Nur auf Iris' Herkunft war ich nicht zu sprechen gekommen. Diesen Teil der Geschichte durften nur sie und ich wissen.

»Ich habe eine Vermutung«, fügte ich hastig hinzu. »Jemand, der vielleicht mit dem Ball in Verbindung stehen könnte.«

Clarissa.

Ich konnte es nicht mit Sicherheit sagen, hatte aber so eine Ahnung, dass sie etwas über den Ball wissen müsste.

Einmal hatte sie ihn erwähnt. Damals, als sie sagte, ihrer Meinung nach seien Matildas Partys Versuche, als der Ball durchzugehen. Aber das war es nicht allein. Ihre Worte, ihre Berührung, ihre Aura, wie sie und Edward mit mir gespielt hatten, wie sie mich genossen und mich der Lust geöffnet hatten.

Wenn jemand uns zum Ball führen konnte, dann sie.

Matilda hatte sich inzwischen beruhigt.

Wir räumten die längst vergessenen Frühstückssachen fort, und Thomas und Iris verließen die Küche, um sich anzuziehen. Sie waren mit Arbeitskollegen in der Portobello Road verabredet. Ich hatte keine Lust, sie zu begleiten.

Matilda und ich blieben allein zurück.

Ich fragte sie, was bei unserer letzten Begegnung passiert war, wo ich sie in ihrem völlig aufgelösten Zustand gesehen hatte.

»Ein Mann. Was sonst?«, antwortete Matilda mit resignierter Miene. »Ein neuer Tag, eine neue Geschichte?«, schlug sie matt lächelnd vor.

Eine, auf die ich mich freuen würde, ganz bestimmt. Ich hörte mir Geschichten ebenso gern an, wie ich sie erzählte.

London pulsierte.

Ein Gefühl der Erregung lag in der Luft, das beinahe mit Händen zu greifen war, als veränderte sich die ganze Welt und ein neues Zeitalter stünde bevor. »Das Zeitalter des Wassermanns«, wenn man der ansteckenden Begeisterung von *IT*, *Oz* und anderer »Untergrund«-Zeitschriften, die Thomas immer mit nach Hause brachte, Glauben schenken konnte.

Wir drei hatten uns in einer Art Normalität eingerichtet, teilten uns seine Wohnung und erreichten ein Mindestmaß an Frieden, wenn auch mit Kompromissen. Iris und Thomas waren offensichtlich ein Paar, und aufgrund meiner Gefühle für sie zögerte ich, etwas zu tun, was dieses heikle Gleichgewicht stören könnte. Die sexuellen Praktiken der beiden verwirrten mich zuweilen noch immer. Sie wurden noch komplexer, weil sie mich regelmäßig zu ihren Spielchen einluden und Thomas bereitwillig anbot, die Rollen zu tauschen und sich von mir »benutzen« zu lassen – falls »benutzen« das richtige Wort war, um unseren Umgang miteinander zu beschreiben. Ich ließ mich mit ihnen treiben, war mir jedoch stets bewusst, dass ich nur das fünfte Rad am Wagen war, auf das man jederzeit verzichten konnte.

Ich schaute mit zugeschnürter Kehle zu, wenn Thomas in meiner Gegenwart Iris bestieg, und ich hielt ihre Hand, wenn sie sich für ihn öffnete, hörte ihr leises Stöhnen, während die aus ihrer Kehle aufsteigenden Laute sich seinen heftigen Stößen anpassten. Später, wenn Thomas wie vereinbart der Voyeur war, hielt ich Iris in den Armen und beschützte ihre Wärme und Zerbrechlichkeit, senkte dann den Kopf an ihr Delta und knabberte, biss und spielte mit ihr in dem Versuch, die Intensität ihrer Reaktionen zu steigern, noch mehr wahre Laute der Lust aus ihrer Seele zu ziehen als er. Dann gab es Nächte, in denen wir die Spielsachen hervorholten, die Vorhänge fest schlossen und uns einer Fülle von Ausschweifungen hingaben, bei denen gegen Morgen jeder sich den anderen zunutze gemacht hatte und umgekehrt, und wir uns am Frühstückstisch kaum in die Augen schauen konnten. Wir wussten, was wir machten, war weit entfernt vom Normalen, und andere, eher konventionelle Freunde würden nie an diesen gefährlichen Gestaden landen, aber der Zwang zum Experimentieren hatte uns fest im Griff.

In jenen Monaten kam ich auch Matilda näher, allerdings nicht so nah, um all ihre Geheimnisse herauszufinden, die sie mir häppchenweise zukommen ließ, wobei sie absichtlich Informationen zurückbehielt, bis sie das Gefühl hatte, ich sei bereit dafür, schätze ich. Allem Anschein nach hatte man sie vergessen, hielt sie nur für eine Randfigur in dem kleinen Skandal, der sich aus ihren speziellen Partys ergeben hatte, und sie wurde von der Presse ignoriert, die höhere Tiere im Visier hatte. Was die geheimnisvollen Behörden betraf, die ein ungutes Interesse an ihr bekundet hatten, deutete sie an, die hätten das Feld geräumt, nachdem einer ihrer Bewunderer in höherer Position ein Wort für sie eingelegt hatte.

Von Gwillam sah ich jedoch nur wenig, da er mit seinem Jura-Examen beschäftigt war. Clarissa und Edward waren gerade auf Reisen und hatten das Land für eine längere Auszeit in Südostasien verlassen, nachdem Clarissa ihre freiberuflichen Aufgaben erledigt hatte. Sie hatte mir ein paar nette Zeilen geschickt, sich darin ausgiebig für ihren Zeitmangel entschuldigt und mir versprochen, das wir wieder mehr Zeit miteinander verbringen würden, wenn Edward und sie zurückkehrten, von Kopf bis Fuß nahtlos gebräunt, wie sie es augenzwinkernd ausdrückte. Unsere Jagd nach dem Ball war vorerst ins Stocken geraten.

Das Musical *Hair* lief in einem Theater auf der Shaftesbury Avenue an, und Thomas konnte über einen Mandanten seiner Anwaltskanzlei begehrte Freikarten für eine Aufführung ergattern, nur wenige Wochen nach der Premiere des umstrittenen Stücks. Aufgeregt und neugierig schauten wir von den oberen Rängen des Balkons zu. Vor der Pause, als alle Schauspieler sich auszogen und kurz nackt erschienen, während die Scheinwerfer langsam erloschen und der Vorhang fiel, lag ein Summen in der Luft. Das Publikum hielt den Atem an, obwohl wir vier (Matilda war ebenfalls mitgekommen) enttäuscht waren. Wir hatten im vergangenen Jahr so viel mehr Nacktheit und sexuelle Befreiung erlebt und fragten uns in der Pause, was dieser ganze Aufstand sollte. Aber die Musik war ganz nett. Der Rest des Publikums war allem Anschein nach stärker beeindruckt, in der Bar und im Foyer wurde heftig diskutiert.

Im Hyde Park, Crystal Palace und auf dem Primrose Hill wurden kostenlose Konzerte veranstaltet. Wenn die Sonne schien, erhoben sich die rhythmischen Klänge der Musik zusammen mit unseren Seifenblasen hoch in die Lüfte und versuchten die Höhen zu erreichen, in denen die bunten Drachen flogen. Wir lagen faul ausgestreckt im weichen Gras, knabberten an mitgebrachten Sandwichs und zogen oft an Joints, die Thomas oder seine Freunde herumgehen ließen.

Inzwischen hatte ich den Teilzeitjob im Princess Empire aufgegeben und arbeitete als Kellnerin in einer neu eröffneten italienischen Bar in Covent Garden, in der ich meine Schichten nach Bedarf einteilen konnte; die Arbeit war jederzeit verfügbar, und es gab reichlich Trinkgeld, solange ich kurze Röcke trug, was mir nichts ausmachte. Das hieß außerdem, dass mir jederzeit Kaffee zur Verfügung stand, ein neuer Geschmack, der mich all die Jahre bereuen ließ, in denen ich mich vor diesem Getränk gehütet hatte. Ich wurde rasch süchtig danach.

Zu Beginn des Sommers nahmen wir alle ein paar Tage frei, fuhren mit dem Zug an die Küste und setzten mit der Fähre zur Isle of Wight über. Dort fand ein riesiges neues Rockfestival statt. Thomas hatte angeboten, uns ein Zimmer in einer Pension vor Ort zu besorgen, doch Iris hatte über ähnliche Open-Air-Festivals gelesen, die in Amerika stattgefunden hatten, und bestand darauf, dass wir alle im Zelt schliefen. Vom Hafen bis zum eigentlichen Veranstaltungsort mussten wir eine Stunde zu Fuß laufen, wobei wir uns einer ganzen Karawane von Leuten anschlossen, die wie Pilger auf der Suche nach dem Gelobten Land vorwärtsstrebten. Wir brauchten doppelt so lange wie die anderen, um das geliehene Zelt aufzubauen, da das fragile Gebilde immer wieder zusammensackte, wenn einer von uns die Anleitung missverstand oder nicht tief genug grub, damit die Heringe hielten, und wir brachen immer wieder in hysterisches Gelächter aus. An diesem Punkt hatte Matilda die Nase voll, ließ uns auf dem Feld über den Klippen stehen und machte sich auf die Suche nach einem Hotelzimmer. Ich hatte ohnehin nie geglaubt, dass Zelten ihr Ding war. Es schadete ihrem geheimnisvollen Nimbus.

In der ersten Nacht regnete es heftig, und natürlich drang Wasser ins Zelt. Wir wurden wach, alles war feucht, die Innenseiten unserer Schlafsäcke unangenehm klamm. Zelten bei schlechtem Wetter schön zu finden, fiel uns noch immer schwer, doch da kam endlich die Sonne heraus, und Matilda brachte uns einen Korb mit Croissants und winzigen Marmeladengläschen, die sie in ihrem Hotel hatte mitgehen lassen, und breitete eine Decke zu einem sehr willkommenen Festmahl aus. Im Gegensatz zu uns, mit den verschlafenen Augen und nassen, strähnigen Haaren, wirkte Matilda wie aus dem Ei gepellt, trug gebügelte Jeans, neue Wanderstiefel ohne jegliche Schrammen, ein kariertes Männerhemd und war tadellos geschminkt.

Wir räumten auf, so gut es ging. Vom Fuß des Hügels, der über der künstlich angelegten Konzertarena aufragte, erreichte uns lautes Gelächter, Gitarren wurden gestimmt, dünne Flötentöne erklangen, und in der Ferne rasselten Tamburine.

»Die erste Band tritt erst nach Mittag auf«, sagte Iris. »Sollen wir nicht runter ans Meer klettern?«

Im Gegensatz zu Matilda waren wir unvorbereitet und hatten keine Badesachen mitgebracht, gingen aber davon aus, dass man uns auch in Unterwäsche schwimmen lassen würde. Ein schmaler Pfad führte entlang der Kreidefelsen hinunter, und wir gelangten an einen breiten Strand.

Alle liefen nackt herum.

Und badeten nackt.

Mir kam es wie eine Vision vom Paradies vor. So natürlich. Einfach. Normal.

Gelächter hallte zwischen den Wellen und der Klippenwand, als wir uns zwischen den anderen jungen Leuten auszogen, die über den Strand verteilt waren, lässig im Sand lagen oder im Wasser plantschten.

Ich fühlte mich so befreit.

Während die Nacktheit bei der Theateraufführung gezwungen, gekünstelt gewirkt hatte, war sie hier beglückend, wie eine Comic-Version vom Leben zu Beginn aller Zeiten, frei von Moral und Sünde. Ich entspannte mich. Sah zu, wie Thomas und Iris ins Wasser liefen, über die niedrigen Wellen sprangen, sich dabei totlachten und wie ausgelassene Kinder nass spritzten. Matilda setzte sich neben mich.

»Gehst du nicht schwimmen?«, fragte ich sie.

»Später vielleicht«, erwiderte sie.

Gegen Mittag drangen die fernen Klänge der ersten Band auf dem Festivalprogramm zu uns herab, und der Strand leerte sich allmählich. Aber viele zogen es vor, noch zu bleiben. Keine der Hauptbands, auf die wir uns gefreut hatten, würde vor dem späten Nachmittag oder Abend auftreten. Thomas und Iris waren noch im Wasser.

Eine kleine Gruppe Vergnügungssüchtiger, denen es zum Schwimmen zu kalt war, die aber das Meer noch nicht hinter sich lassen wollten, sammelte sich neben uns. Zwei gut aussehende junge Männer mit langem, hellbraunem Haar, das ihnen in feuchten Locken über die Schultern hing, gingen links von mir in die Hocke. Eine große Blonde, deren Zehennägel dunkelrot lackiert waren und an deren gepiercten Bauchnabel ein Strang farbiger, glitzernder Schmucksteine hing, setzte sich im Schneidersitz zwischen sie. Eine andere, jünger als die erste, wahrscheinlich knapp zwanzig, stellte sich hinter die drei. Sie hob die Hände und zog Klammern aus ihrem zu einem lockeren Knoten aufgesteckten braunen Haar. Eng zusammengedrängt betrachteten wir die einsetzende Ebbe.

Tagträumen. Schweigen. Zufriedenheit. Den Blick auf den Horizont gerichtet.

Einer der braunhaarigen Jungs ließ seine Hand über die Brust der Blonden wandern.

Ihre Finger rückten von ihrem Schenkel zu seinem schlafenden Penis vor. Streiften ihn. Der Schwanz zuckte, schwoll an, und sie nahm ihn in die Hand, sanft, liebevoll, bis er sich zu seiner vollen Länge entfaltet hatte; die Vorhaut zog sich zurück und legte die dunkleren Schattierungen seiner Eichel frei.

Seine Hand glitt nachlässig zu ihrer Öffnung.

Matilda und ich sahen schweigend zu.

»Fick mich«, flüsterte die Blonde.

Sie legte sich zurück, spreizte die Beine, lud ihn ein. Er hockte jetzt über ihr und ließ sich absichtlich langsam herab, während sie seinen Schwanz in sich einführte. Sie begannen zu vögeln.

Noch mehr Männer und Frauen kamen aus dem Wasser und bemerkten, was hier in aller Öffentlichkeit vor sich ging.

Sie blieben stehen und gafften. Aber sie lächelten.

»Schön«, sagte eine von ihnen, eine große, androgyne junge Frau fast ohne Brüste.

»Ja«, stimmte ein Mann ihr zu, griff nach ihrer Hand, drehte die Frau herum, brachte sie sanft auf alle viere und bestieg sie.

Eine fast greifbare Veränderung lag in der Luft, als hätten unsere Pheromone sich zu einem tief hängenden, unsichtbaren Nebel verdichtet, der uns alle mit der lustvollen Energie der Gruppe ansteckte.

Weit hinter dem Hügel glaubte ich eine der mäandernden, melancholischen Melodien der Incredible String Band zu erkennen, die sich in den wolkenlosen hellblauen Himmel erhob.

Matilda wandte sich mir zu. Sie beugte sich vor und drückte mir ihre Lippen auf den Mund. Wir küssten uns. Der andere braunhaarige Junge streichelte Matildas Haare, als sie mich umarmte. Sie hatte nichts gegen seine Einmischung. Seine Begleiterin stand neben mir, ihre starken Schenkel gespreizt, das braune Haar locker über den Schultern. Sie trug eine Brille.

Matilda erhob sich und ging zu dem Mann. Ich vergrub das Gesicht in den einladenden, buschigen Schamhaaren der Frau. Sie roch nach Meer.

Kurz darauf, als ich eine Pause einlegte, um Luft zu holen, und mich umschaute, war der ganze Strand zu einer wilden

Bühne geworden, auf der zu zweit, zu dritt oder zu mehreren geküsst, gefickt, geliebt wurde.

An dem Wochenende haben wir nicht viel von den Bands gesehen.

Nach unserer Rückkehr vom Festival verbrachte ich eine Nacht bei Matilda. Iris und Thomas waren während unseres Ausflugs so unzertrennlich gewesen, dass Matilda und ich fast aus Versehen ein Paar bildeten, da weder sie noch ich die beiden über Gebühr stören wollten.

Sie wohnte vorübergehend wieder in der Villa in den Chiltern Hills, solange ihre Eltern auf dem Kontinent Urlaub machten.

»Sollen wir auf ein Glas mit reinkommen, Till?«, fragte Thomas, als er uns beide absetzte. Intuitiv schien er zu wissen, dass etwas mit seiner Schwester nicht stimmte, war sich aber nicht sicher, wo das Problem lag. Auch ich tappte im Dunkeln. Sie hatte mich gerade eben erst eingeladen, die Nacht bei ihr zu verbringen, und sie machte einen so jämmerlichen Eindruck, dass ich ihr keinen Korb geben konnte.

»O nein, fahrt ihr zwei ruhig weiter.« Hastig stieg sie aus Thomas' Auto und holte unsere beiden Taschen aus dem Kofferraum. Sie wollte wohl auf keinen Fall, dass Thomas und Iris uns Gesellschaft leisteten.

Iris zuckte mit den Schultern und verabschiedete sich von uns. Offensichtlich störte sie Matildas Zurückweisung nicht im Geringsten.

Ich folgte Matilda über die Kiesauffahrt, die Treppe hinauf und durch den Flur in die Küche.

In der das reinste Chaos herrschte.

Leere Champagner- und Weinflaschen lagen auf der Anrichte verstreut, auf dem langen weißen Esstisch und im Spülbecken. Überall standen schmutzige Kristallkelche herum. Sogar ein Krug mit einem undefinierbaren alkoholischen Getränk stand neben dem Telefon auf dem Boden. Wenigstens hatte Matilda noch nicht angefangen, direkt aus der Flasche zu trinken. Bonbonpapier und angebissene Schokoriegel lagen herum, leere Plastikbehälter von Fertiggerichten aus dem Supermarkt und Schachteln aus dem Schnellimbiss ragten über den Rand ausgebeulter Abfallsäcke, die darauf warteten, zur Mülltonne getragen zu werden. Auf einer weißen Keramikuntertasse mit Goldrand häuften sich Zigarettenstummel. Fruchtfliegen hingen in einer Wolke über einem Bündel schwarzer Bananen und einem verschrumpelten Apfel in einer Glasschale.

»Entschuldige die Unordnung«, murmelte sie, blieb im Türrahmen stehen und starrte auf das gestapelte Geschirr, als wäre sie erstaunt, dass es sich während ihrer Abwesenheit nicht von selbst gespült hatte.

»Kein Problem«, erwiderte ich. »Hast du eine Party gegeben?«

Noch bevor sie den Kopf schüttelte, wusste ich, die Antwort würde »nein« lauten. Der Saustall ringsum erinnerte mich an den Zustand meines möblierten Zimmers in Hammersmith, kurz nachdem Iris dort ausgezogen war. Eher eine Landschaft der Depression, keiner Feier.

»Soll ich Wasser aufsetzen?«, schlug ich vor, schob mich an ihr vorbei und stieg über eine leere Chipstüte. Ich hob sie auf und warf sie in den nächstbesten Müllsack, wobei ich über die Ungerechtigkeit der Gene sinnierte, die Matilda mit einer perfekten Figur ausgestattet hatten, ganz gleich, wie viel Junkfood sie in sich reinstopfte. Ich hätte den Umfang eines Hauses, wenn ich meiner Trübsal so nachgegeben hätte, wie sie es offenbar tat.

Sie ließ sich auf einen der Stühle mit hoher Rückenlehne

fallen und griff in eine Tüte mit Weingummi, die offen auf dem Tisch lag.

Ich durchsuchte die Schränke und fand schließlich eine Schachtel normaler Teebeutel, versteckt hinter einem Behälter mit importierten Spezialkaffeebohnen und Premium-Teesorten.

Der Kühlschrank war vollgestopft mit verdorrtem Gemüse und in Metzgerpapier gewickelten Päckchen, die ich lieber nicht anfassen wollte aus Angst davor, mir könnte irgendein triefendes, inzwischen graues Fleisch entgegenkommen, dessen Haltbarkeit längst überschritten war. Ich schüttelte den Milchkarton, nicht bereit, an der versifften, braun angelaufenen offenen Ecke der Verpackung zu riechen. Ich schob ihn wieder in den Kühlschrank, denn ich war mir sicher, dass die darin schwappende Flüssigkeit dicker war, als sie sein sollte. Ich vertraute ohnehin keiner Milch aus einer Pappverpackung. Glasflaschen waren auf jeden Fall zu bevorzugen. Wir würden unseren Tee schwarz trinken.

Ich stellte die beiden dampfenden Becher auf den Tisch, schob einen zu Matilda, wischte undefinierbare Krümel von einem Stuhl und nahm ihr gegenüber Platz. Sie hatte die Weingummi aufgegeben und sich über eine Packung Cadbury's Toffee Buttons hergemacht. Ich nahm eins heraus und steckte es in den Mund.

»Also«, sagte ich schließlich, »willst du mir nicht erzählen, was hier los ist?«

»Ich bin mir einfach nicht mehr sicher, wer ich bin«, antwortete sie.

Die Haare waren ihr ins Gesicht gefallen, und sie strich sie sich zögernd aus der Stirn. Ihre langen, rot lackierten Fingernägel waren an den Spitzen eingerissen und rau.

»Jeder verändert sich«, sagte ich.

»Ich nicht.«

Ich nahm noch ein Toffee und hoffte, sie würde weitersprechen, wenn ich schwieg.

»Ich hatte was mit einem der Gärtner angefangen.«

»Oh.« Ich war davon ausgegangen, dass entweder Matildas Mutter oder ihr Vater einen grünen Daumen hatte und sich um den weitläufigen Garten mit den gepflegten Rasenflächen, dekorativ geschnittenen Hecken und üppigen Blumenbeeten kümmerte. Ich war noch nie jemandem begegnet, der reich genug war, um einen Gärtner zu beschäftigen.

»Du hattest?«, fragte ich. »Ist etwas schiefgelaufen?«

»Nun, ja. Er ist der Chefgärtner.«

»Und deine Eltern wären damit nicht einverstanden?«, vermutete ich.

»Nein, aber damit könnte ich leben. Thomas war ohnehin immer der Goldjunge. Was ich mache, ist ihnen egal, wenn nur aus ihm der perfekte kleine Jurist wird.«

»Ich bin mir sicher, dass das nicht stimmt.«

»O doch. Tom gebe ich keine Schuld, verstehst du, aber sie glauben, was ich mache, wäre bloß ein albernes Hobby, Basteln an einer Karriere bei einer kleinen Frauenzeitschrift. Nichts Bedeutendes. Ganz gleich, ob ich wie ein Tier schufte und ungefähr hundert andere Mädels übertrumpfen musste, um den Job zu bekommen. Sie sind der Ansicht, dass ich sowieso nicht arbeiten sollte.«

»Nicht? Was würdest du denn sonst machen? Hier herumhängen? Oder studieren?«

»Einfach nur heiraten. Vom Mädchen aus besseren Kreisen zur Frau aus besseren Kreisen. Mutter schiebt mich immer zu den Söhnen der Freunde meines Vaters. Du kennst die Sorte, alle spielen Polo und reden, als wären sie der nächste Premierminister, aber wenn man zwei von denen nimmt und mit den

Schädeln zusammenschlägt, dann hallt es dumpf, so hohl sind sie im Kopf.«

Sie beugte sich mit hängenden Schultern über den Tisch, den Teebecher in den Händen.

»Hmm«, sagte ich. Um ehrlich zu sein, ich konnte das, was sie gesagt hatte, nicht kommentieren. Meine Herkunft war unvorstellbar weit von Matildas entfernt. Aber ich konnte es gut nachempfinden, sich anders als die anderen zu fühlen.

Ich versuchte, Mitgefühl zu zeigen.

Sie fuhr fort. »Peter – der Gärtner – sieht das anders. Er findet es witzig. Verstellt die Stimme, spricht gekünstelt, macht sich über sie lustig. Bringt mich zum Lachen.«

Sie trank einen Schluck Tee und verzog das Gesicht.

»Tut mir leid«, sagte ich, »die Milch ist sauer.«

»Oh, das meine ich nicht. Für so ein Gespräch hätte ich bloß lieber Champagner, aber ich habe keinen mehr, bis auf die Flaschen in Dads Keller, und da traue ich mich nicht ran.«

Ich ging zurück in die Vorratskammer, durchsuchte sie erneut und kam diesmal mit der Zuckerdose und einer Flasche Rotwein zurück, die ich hinter Salatsoßen und Apfelessig gefunden hatte.

»Wahrscheinlich zum Kochen gedacht«, sagte ich. »Trinkbar, schätze ich.«

Matilda kramte in ihrer Handtasche und holte einen Flaschenöffner aus einer Innentasche. Sie nahm unsere Teebecher, kippte den Inhalt über die Wurzeln der hohen welkenden Pflanze in einem dunkelblauen Keramiktopf hinter ihr und füllte die Becher mit Rotwein. Ich trank einen Schluck und zuckte zusammen. Er war auch nicht viel besser als Essig.

»Weiß Peter von deinen … äh … anderen Aktivitäten? Den Partys?«

»Wir haben uns auf einer kennengelernt«, erwiderte sie.

»Also, am Morgen danach. Ungefähr vor einem Jahr. Meine Eltern waren wieder mal unterwegs, und ich hatte nicht damit gerechnet, dass jemand vorbeikam. Gegen sieben Uhr morgens tauchte er auf, um den Rasen zu mähen und die Hecken hinter dem Haus zu schneiden, und das Gras war zugemüllt, Flaschen, Dessous ... Überbleibsel der Party. Ich hätte mir irgendeine Ausrede ausdenken können, aber die meisten Gäste waren noch hier. Die Zelte standen offen, und eine Gruppe Dommes, die ich kenne – Frauen mit Peitschen, wie du sie auf der Party zusammen mit deinem Vetter William gesehen hast ...«

»Gwillam«, verbesserte ich.

»Egal – jedenfalls waren sie da drinnen gerade mit ein paar Subs schwer zugange.«

»Du warst auch dabei?«

»Nein, ich war am Swimmingpool umgekippt, saß auf einem der Liegestühle. Noch immer ganz in Latex und in High Heels, und mit einem der Hündchen – meinem Sub –, den du letztes Mal kennengelernt hast ...«

Mir fiel ein, dass wir nicht groß vorgestellt worden waren. Ich wusste noch, wie sich sein Hodensack in meiner Hand angefühlt hatte, als ich ihn auf Matildas Befehl hin zusammenquetschte, und erschauderte.

»... er lag zusammengerollt auf einem Handtuch zu meinen Füßen, nackt bis auf einen heißen rosa Stringtanga aus Gummi, im Schritt offen, und sein Schwanz stand raus ...«

Ich bemühte mich, es mir nicht vorzustellen, bekam das Bild aber nicht aus dem Kopf. Ich trank noch einen Schluck Wein.

»... trug immer noch das Halsband und die Leine, obwohl ich das Ende im Lauf der Nacht hatte fallen lassen. Peter kam mit seiner ganzen scheppernden Ausrüstung vorbei, auf dem Weg zum Parkplatz, um sich aus dem Staub zu machen, und ich wurde wach und musste ihn natürlich fragen, wer er war, weil einige Gäste, wie du weißt, Promis waren. Ich kann nicht zulassen, dass Fremde ein und aus gehen. Zu meiner Aufgabe als Veranstalterin gehört auch, auf Diskretion zu achten. Du und Iris solltet nicht dort sein, an dem Abend, als wir uns kennenlernten.«

»Tja, ich fühle mich geschmeichelt, dass wir bleiben durften.«

»Das musst du nicht. Thomas wollte einfach nur ein bisschen angeben. Ich sehe es ihm gern nach.«

»Meinst du, Peter könnte der Presse einen Tipp gegeben haben?«

»Du liebe Güte, nein. Der würde es keiner Menschenseele erzählen. Der Ärmste, ich werde nie seinen Gesichtsausdruck vergessen, als ich an dem Morgen aufwachte, und wenn ich hundert werde. Bis er mich erkannte, dachte er wohl, unsere Eltern wären dafür verantwortlich. Kannst du dir das vorstellen?« Sie gluckste.

»Eher nicht.« Ich hatte die Eltern von Matilda und Thomas nicht kennengelernt, mir aber ein Bild von ihnen gemacht. Höflich, reserviert, herrschaftlich, aber irgendwie hatte ich sie als leuchtende Beispiele für Anstand und Zurückhaltung vor Augen, wahrscheinlich einer der Gründe, warum ihre Kinder so geworden waren.

»Mich so zu sehen, hat Peter wahrscheinlich neugierig gemacht. Menschen wissen nicht, was in ihnen steckt, bis irgendetwas ihnen den Anstoß gibt. Hast du je dieses Gefühl gehabt? Als wärst du die Einzige auf der Welt, die in Sex mehr sieht als das Normale, so wie es die meisten treiben?«

»Klar, manchmal geht es mir immer noch so.«

»Selbst in Gesellschaft von uns Durchgeknallten?« Matilda schüttelte den Kopf. Sie hatte sich auf dem Stuhl zurückgelehnt, die langen Beine übereinandergeschlagen, allmählich wieder in ihrer üblichen herrischen Haltung.

»Ich habe das Gefühl, dass ich nirgendwohin passe«, sagte ich. »Ich bin weder eine Sub noch eine Domme, weder hetero noch lesbisch … ich bin einfach nur … komisch.«

»Warum brauchst du ein Wort dafür? Ein Etikett? Kannst du nicht einfach nur du selbst sein?«

»Ich weiß nicht, wer ich bin. Ich habe nicht das Gefühl, als gehörte ich irgendwohin.«

»Vermutlich haben wir am Ende doch etwas gemeinsam«, sagte sie und lachte. Sie beugte sich über den Tisch und schenkte mir Wein nach.

»Wie bist du dann mit Peter zusammengekommen?«

»An dem Morgen haben wir nicht viel miteinander geredet. Mir ging es dreckig, ich war verkatert und steckte noch immer in dem grässlichen Catsuit … Ich hab ihn weggeschickt, ohne weiter darüber nachzudenken. Ich kann ziemlich griesgrämig sein, wenn ich noch nicht ganz wach bin.«

Das konnte ich mir gut vorstellen.

»Allerdings ging er mir nicht aus dem Kopf. Nicht, weil ich mir Sorgen darüber machte, was er gesehen hatte. Es war sein Gesichtsausdruck. Schockiert natürlich, ein bisschen panisch. Wahrscheinlich beunruhigte ihn, dass er verbotenes Terrain betreten hatte und seinen Job verlieren könnte. Aber da war noch etwas anderes. Neugier. Ich war mir ziemlich sicher, dass er eine Beule in der Hose hatte. Und er sah verdammt gut aus. Die ganze Arbeit im Freien, das macht Männer knackig … Bürohengste und Künstler, die sind alle zu dürr oder schlaff.«

Ich dachte an Gwillam und Edward. Sie hatte nicht ganz unrecht.

»Er kam am nächsten Tag wieder. Zum Glück war ich allein. Die Sklaven waren mit den Aufräumarbeiten fertig, und alles sah wieder normal aus, niemand wäre ohne Weiteres darauf gekommen, was wir veranstaltet hatten. Jedenfalls hat Peter an die

Tür geklopft und mich gefragt, ob er die Arbeit an den Hecken fertigstellen könnte, die er geschnitten haben sollte, bevor meine Eltern zurückkamen, und natürlich habe ich Ja gesagt. Dann habe ich mich draußen neben die Fenstertüren gesetzt und ihn beobachtet. Seine Muskeln und das alles. Schließlich war er außer Sichtweite, aber ich bekam ihn nicht aus dem Kopf, daher brachte ich ihm was Kaltes zu trinken, und wir kamen ins Gespräch. Nach einer Weile fragte er mich nach den ›Peitschen und Ketten‹, wie er es nannte. Warum wir das tun, was es mit uns macht, was die Männer davon haben. Ich schlug ihm vor, dass ich es ihm lieber zeigen als erzählen wollte. Eigentlich sollte das nur ein Scherz sein. Ich hätte nie damit gerechnet, dass er einwilligen würde.«

»Aber das hat er?«

»Oh, und ob. Er war sofort Feuer und Flamme. Monatelang haben wir uns jeden Abend getroffen. Hier, im Garten, am hellichten Tag, so oft, dass ich vom Herumwälzen im Gras Ausschlag bekam. Drüben in meiner Wohnung in Belsize Park. Da habe ich einen richtigen Dungeon, mit allem Drum und Dran. Hat mal einem Musiker gehört. Alle Wände sind schallisoliert, daher muss ich mir um die Nachbarn keine Gedanken machen.«

Sie hielt inne. Warf den Kopf in den Nacken und trank einen großen Schluck Wein, als müsste sie sich Mut antrinken.

»Er bat mich, die Rollen zu tauschen«, fuhr sie fort. »Und ich ließ mich darauf ein.«

»Wow. Ich hab dich nie als eine Sub gesehen.«

»Das bin ich auch nicht«, erwiderte sie. »Zumindest nicht generell. Aber weißt du, ich glaube, das hat jeder in sich. Die meisten Menschen, bis auf die Switcher – die einfach nur gierig sind –, bevorzugen die eine oder die andere Seite. Aber ich glaube, jeder kann beides genießen, wenn er es bei sich selbst zulässt.«

Ich stellte mir Matilda vor, nackter Arsch, die langen Beine weit gespreizt, auf High Heels staksend, über eine Spankingbank gebeugt, wie die, auf der ich Iris gesehen hatte. Ein ausgesprochen reizvoller Anblick.

»Hat es dir gefallen?«, fragte ich. »Dich ihm zu unterwerfen?«

»Ja. Wir haben so viele Spiele miteinander gespielt.«

Sie rutschte nach vorn, fuhr mit der Hand in die Gesäßtasche ihrer Jeans und zog eine kleine Plastiktüte mit Cannabis heraus. Aus der anderen Tasche förderte sie einen Tabakbeutel und Zigarettenpapier zutage.

»Hast du Lust?«, fragte sie.

»Klar«, erwiderte ich und schwenkte meinen restlichen Rotwein im Becher. »Ich bin schon angetrunken, und der Nachmittag ist noch nicht vorbei, warum also nicht?«

Sie holte eine Cannabisblüte aus dem Beutel und benutzte ihre langen Nägel zum Zerkleinern. Mit dem angeleckten Zeigefinger zog sie ein Papier heraus, hielt es zwischen Daumen und Zeigefinder straff, streute mit der anderen Hand ein wenig Tabak darauf, bröselte das Marihuana darüber und verteilte es gleichmäßig, bevor sie die Mischung fest einrollte.

Das Blut schoss mir ins Gesicht, da ich mir sofort vorstellte, wie ihre Finger sich wohl anfühlen mochten, wenn sie meine Schamlippen auseinanderzogen und mit meiner Klitoris spielten. Ihre Nägel, wie sie über meine Haut kratzten.

»Mir sind die Filter ausgegangen.« Sie klemmte die Zigarette zwischen die Lippen und drehte am silbernen Rädchen ihres Feuerzeugs, woraufhin eine Flamme in die Höhe schoss. »Deshalb wird es ein bisschen brennen, tut mir leid.« Sie nahm einen langen Zug und musste husten, dann reichte sie mir den Joint und erzählte weiter.

»Wir kamen tagelang ohne Essen aus«, sagte sie.

Mir fiel der alte Tagebucheintrag von Joan ein über die drei Tage, die sie mit ihrem Liebhaber im Bett verbracht hatte.

»Als würden wir uns gegenseitig nähren. Ich ging nicht zur Arbeit. Meldete mich krank. Er plante seine Termine um. Wir waren wie zwei Vampire im Dunkeln, alle Vorhänge zugezogen, und erweckten unsere dunkelsten Fantasien zum Leben. Beichteten. Ich erzählte ihm alles. Alles, wovor ich jemals Angst gehabt, weswegen ich mich geschämt hatte. Restlos alles. Scham hat etwas wundervoll Erotisches, findest du nicht? Aber sobald du anfängst, diese Spielchen mit jemandem zu spielen, bist du verloren.«

Sie holte sich den Joint von meinen Lippen und nahm noch einen Zug.

»Was soll das heißen?«, fragte ich.

»Für jemanden, der so viel erlebt hat wie du«, erwiderte sie in ihrem üblichen bissigen Tonfall, »bist du manchmal erstaunlich naiv.«

Plötzlich war ich es leid, mich von oben herab behandeln zu lassen, und war versucht, meine Tasche zu nehmen und nach London zurückzutrampen. Gwillam zu suchen, jemanden, der mich wie seinesgleichen behandelte. Meine Miene muss mich verraten haben.

»Entschuldige, ich sollte mich nicht lustig machen. Du bist jung und stehst noch am Anfang. Ich meine damit, wenn du dich wirklich jemandem öffnen willst, musst du diesem Menschen absolut vertrauen. Und sobald du das machst, bist du verwundbar und stehst am Ende so da wie ich jetzt, besoffen und bekifft um vier Uhr an einem Sonntagnachmittag, und flennst in einen Porzellanbecher mit billigem Rotwein.«

Da ging mir auf, dass ich Iris nie vollkommen mit meinem Körper oder meinem Herzen vertraut hatte. Ich hatte einen Teil meiner selbst für mich behalten. Den Teil, den ich niemandem zugestehen oder überlassen wollte. Vielleicht hatte immer eine Wand unausgesprochener Wahrheiten zwischen uns gestanden, und das war einer der Gründe, warum sie bei Thomas Trost gesucht hatte.

»Was ging denn schief?«, fragte ich Matilda. Ich hatte Angst, in Tränen auszubrechen, wenn ich weiter über meine Situation nachdachte. Und ich war noch nicht bereit, mich Matilda anzuvertrauen. Ich hatte mein Gedankenchaos selbst noch nicht auf die Reihe gebracht und war erst recht nicht in der Lage, es vor jemandem anzusprechen.

»Beziehungen wie die halten nie«, sagte sie. »Man verschlingt sich nur gegenseitig. So kann es nicht bleiben. Entweder nutzt einer den anderen ab, oder der Glanz lässt nach und man langweilt sich. Oder man macht einfach immer so weiter, bis man in die Zeitung kommt, weil etwas Schreckliches passiert ist auf der Suche nach Grenzen, die immer weiter ausgedehnt werden. Am Ende stellt man fest, dass es keine erotischen Höhen mehr zu erklimmen gibt. Den perfekten Orgasmus suchen – das ist, als suche man am Ende des Regenbogens nach Gold, und das Ende des Regenbogens ist immer wieder an einem anderen Platz.«

Wieder dachte ich an Joan und daran, was sie über unersättliche Gelüste geschrieben hatte, Hunger, der nicht zu stillen war. Ich hatte noch einen langen Weg vor mir, bevor ich an den Punkt kam, hoffte ich.

»Was war es denn nun für dich?«, fragte ich.

»Er bekam es mit der Angst zu tun, typisch Mann. Erbärmlich, die meisten von ihnen.«

»Hmm.«

»Sagte, ich sollte ihn vergessen und mir jemanden suchen, einen reichen Erben, und heiraten, verzogene Gören kriegen, auf dem Land leben. Er glaubte nicht, dass das mit uns halten könnte, am Ende wäre es doch aus, also wollte er lieber früher als später Schluss machen.«

»Vielleicht hat er dich wirklich gern und will das Beste für dich? Und hält sich selbst nicht dafür.«

Sie zuckte mit den Schultern.

»Was meinst du?«, fuhr ich fort. »Möchtest du einen ganz normalen Typen heiraten und auf dem Land leben?« Dabei hielt ich die Männer, mit denen Matilda sich für gewöhnlich umgab, alle nicht für normal.

»Du liebe Güte, nein. So ein Leben ist todlangweilig. Am Ende würde ich wie meine Mutter. Den ganzen Tag halb im Valiumkoma und keine andere Beschäftigung als Bridge und Sportwagen. Lieber wäre ich eine glückliche Sozialhilfeempfängerin als reich und unglücklich. Ich weiß, das glaubst du mir nicht, aber es stimmt.«

»Ich glaube dir«, sagte ich. »Aber mich musst du davon nicht überzeugen. Warum rufst du ihn nicht an? Sag ihm, wie es dir geht.«

Sie schnaubte. »Ich und bettelnd angekrochen kommen? Wohl kaum.«

»Du hast nichts zu verlieren. Außer deinen Stolz, und was spielt der am Ende für eine Rolle?«

»Ich denk drüber nach«, sagte sie. »Und was ist mit dir? Willst du ewig das fünfte Rad am Wagen in der Beziehung von Thomas und Iris sein? Oder von diesen anderen beiden … Clarissa und Edward? Oder durch BDSM-Clubs und Partys streifen, bis du herausgefunden hast, wonach du suchst? Oder noch schlimmer?« Einen Moment lang dachte ich schon, sie hätte irgendetwas über meine kurze Laufbahn als Hure herausbekommen. Worüber ich kein Wort verloren hatte, nicht einmal Iris gegenüber.

»Ich habe keine Ahnung.«

Sie klemmte den kleinen Stummel des Joints zwischen Daumen und Zeigefinger und nahm einen letzten tiefen Zug, bevor sie ihn im Aschenbecher ausdrückte.

»Lust, Pizza essen zu gehen?«, fragte sie. »Von hier aus ist es ein Stück zu laufen, aber die italienischen Kellner in der hiesigen Trattoria sind süß, und genau genommen sind wir beide Singles ...«

Ich war einverstanden.

»Hast du überhaupt einen Badeanzug getragen?«, fragte ich Clarissa. Sie räkelte sich auf dem Ledersofa in ihrer Wohnung, die sie mit Edward teilte, nackt bis auf den grauen Filzhut, den ich schon einmal an ihr gesehen hatte und der vermutlich aus der Requisite des Princess Empire stammte. Sie hatte sich nie gescheut, sich an Kostümteilen zu bedienen, auf die sie scharf war.

»Nicht ein einziges Mal«, erwiderte sie verschmitzt.

Edward und sie waren vor ein paar Tagen von ihrer Reise aus Südostasien zurückgekehrt und hatten am Abend zuvor einen Tisch im Restaurant Joe Allen in Covent Garden reserviert, in dem ich bediente. Sie hatte offensichtlichen Gefallen daran gefunden, mit den Händen über meine Strümpfe hinauf unter den kurzen schwarzen Kittel zu fahren, aus dem meine Uniform bestand. Nach einer ausgiebigen Mahlzeit, Dessert und Kaffee hatten sie gewartet, bis meine Schicht zu Ende war, und mich dann mit zu sich nach Hause genommen, wobei sie heftig flirteten, als wir zusammen unter den wachsamen und schockierten Blicken meiner Kolleginnen aufbrachen.

Jetzt war Edward zur Arbeit gegangen, Clarissa und ich entspannten uns oben, sie hatte einen Tag frei, und meine Schicht fing erst später an. Sie war vom Bett auf das Sofa gezogen und blätterte durch Modemagazine, während ich in der Küche

Schranktüren öffnete und schloss, um Zutaten für amerikanische Pfannkuchen und gebackene Bananen herauszuholen. Ich schaffte es nie, den Teig dünn genug in die Pfanne zu geben, um so zu tun, als wären es Crêpes.

»Du bist braun wie eine Walnuss«, sagte ich. »Darum beneide ich dich.«

Ich stellte einen Kaffeebecher vor sie hin, nach dem sie gierig griff.

»Im Kühlschrank steht Sahne«, sagte sie.

Ich holte sie, goss sie in ihren Becher, fügte einen Löffel Zucker hinzu und reichte ihr den Kaffee.

»Warum fährst du nicht irgendwohin?«, fragte sie mich. »Nutze den Vorteil, in London zu leben, geh auf Reisen. Warst du schon woanders, seit du aus Neuseeland gekommen bist?«

»Ich spare«, erwiderte ich. »Aber ich habe noch nicht entschieden, wohin ich zuerst will. Nach Paris vielleicht?«

»Du musst nach Paris fahren. Aber auch an viele andere Orte.«

»Scheiße«, sagte ich und eilte wieder in die Küche. Ich schaufelte die verkohlten Überreste des Pfannkuchen in den Abfalleimer und wollte wieder von vorn anfangen.

»Der Erste brennt immer an«, rief Clarissa. »Das ist beim Backen von Pfannkuchen Gesetz.«

Ich zog den Vorhang zurück, der den Küchenbereich vom Wohnzimmer trennte, damit wir miteinander reden konnten, ohne schreien zu müssen.

»Dein Arsch sieht in dem Hemd toll aus«, sagte sie, als ich mich reckte, um die Gardine über die Vorhangstange zu legen.

Ich war in eins von Edwards sauberen Hemden geschlüpft, da ich meine Uniform so früh am Morgen noch nicht anziehen wollte, vor allem, weil sie wahrscheinlich nach einer Arbeitsschicht riechen würde – eine Mischung aus Schweiß,

Rauch und Küchendünsten – und nach wie vor zerknittert dort auf dem Boden lag, wo Clarissa mich ausgezogen hatte. Ich hatte nicht geduscht und war noch immer feucht vom Spiel der letzten Nacht. Edward war nur Zuschauer gewesen, während Clarissa mich mit einem Gurt, an dem zwei Dildos befestigt waren, in beide Löcher fickte. Sie hatte noch immer nicht erlaubt, dass ich sie befriedigte, und ich hatte auch noch nicht erlebt, dass Edward sie zum Höhepunkt brachte. Allem Anschein nach hatte sie großen Spaß daran, sich selbst zurückzunehmen, stets die Kontrolle zu behalten. Ich fragte mich, ob sie sich gehen ließ, wenn die beiden allein waren. Sie war äußerst beherrscht.

»Danke«, sagte ich. »Hoffentlich hat er nichts dagegen, dass ich ihm sein Hemd geklaut habe.«

»Ich bin mir sicher, er würde dich nur zu gern darin sehen.«

Sie lag auf der Seite, ein Bein ausgestreckt, das andere angewinkelt, und stellte den größten und üppigsten Busch zur Schau, den ich je gesehen hatte. Er war purpurrot gefärbt. Ihre Klitoris war gepierct und eigenartig gedehnt. Sie stand zwischen ihren Schamlippen hervor, ein winziges Funkeln aus verlockendem Silber.

Nur mit Mühe konnte ich mich auf die Bratpfanne konzentrieren.

Ich fand die Teller und häufte goldbraune Pfannkuchen darauf, großzügig mit Butter und Ahornsirup bedeckt. Die Bananen waren mit Zimt und Honig karamellisiert, und der Speck war unter der Oberhitze im Backofen perfekt knusprig geworden. Ich schenkte Orangensaft in einen Krug, stellte alles auf ein Tablett und trug es vorsichtig ins Wohnzimmer.

»O je«, meinte Clarissa, »danach brauchen wir bestimmt noch eine weitere Runde, um die Kalorien zu verbrennen.«

Sie richtete sich auf, stellte den Teller auf ihren Schoß und spießte ein großes Stück Pfannkuchen, Banane und Speck auf ihre Gabel.

»Apropos Europa«, bemerkte Clarissa mit vollem Mund.

»Ja?«

»Meinst du, du könntest dir eine Woche freinehmen?«

»Schon möglich. Ich arbeite jetzt seit ein paar Monaten dort, und so wie die ihr Personal wechseln, gehöre ich praktisch zu den ältesten … Ich glaube, sie werden mir Urlaub geben.«

»Was ist mit deinem Vetter?«

»Gwillam? Vermutlich. Ich könnte ihn fragen. Warum? Meinst du, ich brauche eine Anstandsdame?«

Sie lachte.

»Zweifellos … Aber das ist gerade der Spaß an der Sache.«

Ich wartete, dass sie zur Sache kam.

Sie nahm ihren Orangensaft und trank einen großen Schluck, stellte den Teller auf den Couchtisch und lehnte sich auf dem Sofa zurück, wobei ihre kleinen Brüste nach oben hüpften.

»Du hast schon vom Ball gehört, nicht wahr?«, fragte sie. »Ich erinnere mich, dass du von den erotischen Partys erzählt hast, die die Schwester deines Freundes Thomas – Matilda heißt sie, nicht wahr? – veranstaltet, und da habe ich mich gefragt …«

»Ja, der Ball ist mir ein Begriff.«

Ich verschluckte mich heftig an einem Stück Banane. Clarissa klopfte mir auf den Rücken.

»Kein Grund, gleich die Fassung zu verlieren«, sagte sie, »obwohl es aufregend ist. Er wird dir gefallen.«

»Der Ball ist wieder da? Irgendwo in Europa?«

»Ja, bald. Der Veranstaltungsort wurde noch nicht bekannt gegeben. Nur der Termin. Und da ich inzwischen an mehreren teilgenommen habe, darf ich andere einladen, solange ich für sie bürge. Also, würdest du gern zum Ball mitkommen, Moana?«

»Ja, natürlich!«, erwiderte ich.

»Thomas und Iris auch, wenn du willst. Wir alle. Ein großes Sexfestival.«

Ich beugte mich vor und küsste sie. Sie schmeckte nach Ahornsirup und Speck.

9

REISE DURCH EUROPA

Edward übernahm die gesamte Organisation.

Wir wussten, dass der Ball im Ausland stattfinden würde, da Edward uns gebeten hatte, unsere Pässe mitzubringen, aber das war alles, was er uns vor dem Abreisedatum verriet. Iris und ich bekamen glücklicherweise eine Woche Urlaub. Die drei Wochen nach der Ankündigung, dass wir erneut am Ball teilnehmen würden, verbrachten wir in fieberhafter Vorfreude.

Ich versuchte, Clarissa zu entlocken, wo das Ereignis stattfinden würde und ob es unter einem bestimmten Motto stand, damit wir unsere Kostüme planen konnten, aber sie schwieg wie ein Grab.

»Es muss eine Überraschung bleiben«, sagte sie. »Und was eure Kleidung betrifft, ich kenne eure Größen, und ihr könnt versichert sein, dass die korrekte Aufmachung zur Verfügung gestellt wird, sobald wir unseren Zielort erreichen.« Sie sprach immer in eigenartig formellem Ton, wenn es um den Ball ging, als läse sie laut aus einer Gebrauchsanweisung vor.

Wir sollten mit leichtem Gepäck reisen, nur das Nötigste mitnehmen, die wichtigsten Toilettenartikel und nicht viel mehr, wies Edward uns an.

Gwillam war ebenfalls eingeladen worden, und er nahm dankbar an. Matilda jedoch hatte sich entschieden, in London zu bleiben, noch immer mit ihrer ständig wieder aufgenommenen und abgebrochenen Beziehung zu Peter beschäftigt. Die Aussicht, sie nicht dabeizuhaben, machte mich kurz traurig, denn ich hatte sie in den vergangenen Monaten sehr ins Herz geschlossen, aber die Begeisterung über die bevorstehende Reise und das, was uns am Ende vielleicht erwartete, besserte meine Laune rasch. In meinen Träumen taten sich strahlende Möglichkeiten auf, beeinflusst von den kurzen Eindrücken, die wir von Kap Reinga mitgenommen hatten, und die Einzelheiten, die mir aus Joans Tagebuch im Gedächtnis geblieben waren.

Wir trafen uns an einem sonnigen Nachmittag im Mai am Busbahnhof der Victoria Station. Den ersten Hinweis auf unser Reiseziel erhielten wir, als Clarissa unsere kleine aufgeregte Gruppe zu anderen Passagieren führte, die für den Bus nach Amsterdam anstanden. Zu meiner Überraschung wartete Patch dort auf uns, ragte wie ein Wesen von einem anderen Stern aus der Menge heraus, ihr Kopf völlig kahl rasiert, dünne, vergoldete Kreolen an jedem Ohr, bekleidet mit einem dreiteiligen Nadelstreifenanzug und zweifarbigen Herrenschuhen, eine Kombination, in der sie ziemlich androgyn wirkte. Clarissa umarmte sie herzlich, während Edward das Wiedersehen der beiden Frauen wortlos beobachtete. Wir schlossen uns der Schlange an, und Patch stellte sich dem Rest unserer Gruppe vor. Ihre Lippen waren dunkelviolett geschminkt. Fasziniert stellte ich fest, dass sie auch ihre Augenbrauen rasiert hatte. Sie würde nicht unbemerkt bleiben, zumal Thomas, Iris, Gwillam und ich unsere Freizeituniform aus Jeans und Sweatshirts trugen, während Clarissa und Edward dezent in lockeren Hippie-Hemden und weiten Schlaghosen steckten, mit dazu passenden Leinenjacketts in verwaschenen Pastelltönen.

Wie angewiesen, hatte keiner von uns viel Gepäck bei sich, und schon bald drängten wir uns hinten in den Bus.

Meine Fantasie ging bereits mit mir durch, als mir alle Geschichten über Amsterdams verlockende Verderbtheit einfielen, die ich von Gwillam und anderen Bekannten gehört hatte. Die Love-ins im Vondelpark, die Live-Sexshows im Rotlichtviertel.

Clarissas Stimme riss mich aus meinen Tagträumen, als hätte sie meine Gedanken gelesen. »In Amsterdam bleibt uns nicht allzu viel Zeit«, sagte sie. »Wir müssen dort in einen Zug umsteigen.« Ich schaute aus dem Fenster, während grüne Felder vorüberzogen, an manchen Stellen noch feucht vom Regen. Der Bus war auf dem Weg zum Fährhafen, von dem aus wir den Ärmelkanal überqueren würden. Plötzlich kam mir ein Gedanke. Ich schaute zu Iris hinüber, doch sie hatte die Augen geschlossen, den Kopf an Thomas' Schulter gelehnt. Ich war noch nie auf einem Schiff gewesen.

Clarissa sollte recht behalten. Wir hatten auf der Fähre übernachtet, waren in den frühen Morgenstunden aufgestanden und hatten nicht einmal Zeit für einen Kaffee an Bord gehabt, bevor wir zum nächsten Bus eilten, der am Anleger auf uns wartete und uns über die niederländische Autobahn zum Hauptbahnhof Amsterdam brachte. Dort hatten wir zehn Minuten Zeit, in einen Zug Richtung Deutschland zu steigen. Alles, was wir von den berühmten Kanälen sahen, war ein enttäuschender kurzer Blick aus der Ferne, ehe sich der Zug in Bewegung setzte und die Fahrt durch ödes Industriegelände, anonyme Vororte und endlose Felder im holländischen Flachland begann.

Während der hastigen Durchquerung des Amsterdamer Hauptbahnhofs war es Edward gelungen, einen Stapel Sandwichs, Obst und Mineralwasser zu erstehen. Im Zug teilten wir uns die Köstlichkeiten als improvisiertes Frühstück. Der ganze Wagen war voll besetzt; erwartungsvolle Gesichter, Reisende aus anderen Gegenden, gerade so, als versammelte sich die ganze Welt hier für den Rest der Reise. Irgendwie war keiner von uns zu Gesprächen aufgelegt, wir waren in Gedanken beim Ball, seinen Wundern, seinen Geheimnissen und der Ungewissheit, was wir am Ende der Reise vorfinden würden. Ich döste rasch ein, noch immer müde vom frühen Aufstehen, und wurde von der zunehmend monotonen Landschaft draußen vor den Fenstern in den Schlaf gelullt.

Ich wachte erst auf, als wir in das stählerne Maul eines riesigen Bahnhofs einfuhren. Ich rieb mir den Schlaf aus den Augen. Clarissa hatte sich bereits von ihrem Sitz erhoben und glättete ihr Leinenjackett.

»Wo sind wir?«

»In Deutschland. Das hier ist Köln.«

Die anderen drängelten sich im Gang, hoben ihre Taschen von den Gepäckablagen. Ich folgte ihrem Beispiel. Irgendwie hatte sich unsere Gruppe seit London verdreifacht.

»Sind wir da?«

»Nicht ganz«, verkündete Clarissa. »Wir haben noch ein hübsches Stück vor uns und müssen ein anderes Schiff erreichen.«

Vor dem Bahnhof wartete ein kleiner, dunkelblauer Transporter mit laufendem Motor auf uns. Die Stadt dahinter brummte, unangenehme Industriegerüche aus fernen Fabriken oder Gießereien hingen in der Luft. Wir stiegen ein. Neben dem unseren stand noch ein weiterer Transporter in ähnlicher Farbe. Eine andere Schar anscheinend erschöpfter Passagiere, die wohl aus unterschiedlichen Richtungen angereist waren, beäugte uns durch die Fenster. Als wir aufbrachen, folgte uns das andere Fahrzeug.

Durch schmale Straßen, in die kaum Licht fiel, fuhren wir nach Osten, fädelten uns immer wieder in verkehrsreiche Straßen ein und verließen sie wieder, durchquerten eine Geisterstadt, wie es mir vorkam, bis die Gebäude vor uns scheinbar auseinanderdrifteten und der Himmel sich auftat, strahlend blau und weit. Darunter der Fluss, breit, ruhig, majestätisch.

Wir kamen an die Stelle, an der unser Schiff vertäut war. Es lag plump und tief im Wasser, hatte ein breites Deck, das von einer offenen, mit einer Plane überspannten Plattform unterbrochen wurde. Das Schiff war weiß gestrichen, mit einem roten Streifen um den Bug. Wir stiegen aus dem Transporter, der am Anleger gehalten hatte, und gingen die Gangway hinauf zur Brücke, auf der bereits zwei Dutzend Fremde standen, mit fröhlichen, beklommenen, erwartungsvollen Gesichtern. Weitere Gäste des Balls. Kurz fragte ich mich, woher sie wohl kamen. Wie lange sie gereist waren. Ich hoffte, dass dies der letzte Abschnitt unserer Reise war.

Der Fluss wurde schmaler, als wir das Mittelrheintal erreichten, die Ufer rückten auf beiden Seiten näher, während das Schiff weiter stromaufwärts fuhr. Wir hatten am Anleger in Köln geduldig auf zwanzig weitere Fahrzeuge gewartet, und der Ausflugsdampfer war jetzt gedrängt voll mit Ballgästen aus aller Welt, ein wildes Durcheinander aus unterschiedlichen Akzenten, Sprachen und Aufmachungen. Es gab nur wenig Kontakt zwischen uns, so gut wie keiner suchte das Gespräch mit einem der Unbekannten, da jede Gruppe Neuankömmlinge lieber für sich blieb. Ähnlich wie wir hatten auch sie kaum Gepäck dabei. Für jeden Außenstehenden hätte es ausgesehen wie ein normaler Ausflugsdampfer, der Touristen befördert, doch die freudige Erregung, die alle Passagiere gepackt hatte, war unverkennbar. Und dass zufällig niemand von uns Fotos machte, wie man es vom durchschnittlichen Flusstouristen erwartet hätte. Wir waren keine normalen Reisenden.

Nur Clarissa und Edward kannten anscheinend einige der anderen Passagiere an Bord und schlenderten von einer Gruppe zur nächsten, schüttelten hier und da eine Hand oder küssten jemanden auf die Wange, stellten den Rest unserer Gruppe jedoch nicht den versammelten Fremden vor.

Die Flussufer erhoben sich unmerklich zu Bergen, zunächst sanft ansteigend, dann immer steiler, bis wir uns plötzlich vorkamen, als wären wir am Grund eines riesigen Stausees mit hoch aufragenden Klippen zu beiden Seiten.

Langsam glitten wir dahin, es muss Stunden gedauert haben. Mir kam es vor, als wäre die Zeit ohne Belang, machtlos gegen den Strom des Flusses. Iris packte mich an der Schulter, zog mich auf die andere Seite des Schiffs und zeigte auf ungewöhnliche Felsformationen an den nahe gelegenen Ufern, die unser Schiff überragten, während wir unsere Fahrt flussaufwärts fortsetzten. Das Licht wurde schwächer, daher konnte ich die Felsen nicht deutlich erkennen.

»Ich glaube, das sind die berühmten Rheintöchter«, sagte sie. »Hieß eine von denen nicht Loreley?«

»Wagner?« Vage fielen mir einige der Legenden ein, von denen wir in der Schule gehört hatten. Und dass ich Wagners Musik verabscheute.

Thomas gesellte sich zu uns und schlang die Arme um uns. In seiner kuscheligen Wärme nickten wir beide ein.

Als wir wieder wach wurden, fuhr das Schiff durch einen Abschnitt, in dem der Fluss etwas breiter war, gesäumt von dunklen Wäldern, die nach dem Himmel zu greifen schienen und unheimlich über unserer Ladung aus verschlafenen, erschöpften Weltenbummlern aufragte.

Der Morgen brach an, tastende Lichtstrahlen suchten sich ihren Weg durch dichte, niedrige Wolken.

Nebel stieg über dem Fluss auf, flüchtig, gespensterhaft. Ich spähte hinaus. Am anderen Ufer zu unserer Rechten tauchte ein mit Zinnen bewehrter Turm über den Baumwipfeln auf, dunkelorange, einer Festung gleich, die sich aus urzeitlichen Tiefen erhebt. Der Mauerturm einer Burg, wie ein Fleck in der Landschaft aus hohen Bäumen, der durch das Laubwerk bricht.

Clarissa war zu unserer Gruppe getreten.

»Ist das unser Ziel?«, wollte ich von ihr wissen. »Die Burg?«

»Wir sind zwar unterwegs zu einer Burg, aber die hier ist es nicht. Wir wollen zu einem der Schlösser des verrückten Königs«, sagte sie. »König Ludwig II. von Bayern hat diese wahnwitzigen Ruhesitze inmitten von Bergen und Wäldern errichten lassen. Sie sind wirklich sehr schön.«

Mein Herz schlug schneller, als mich eine Vorahnung packte.

Edward, der inzwischen neben sie getreten war, nahm den Faden auf.

»Ludwig hat drei ebenso ausgefallene wie aufwendige Schlösser gebaut, im Stil der Romanik und des Rokoko. Aber man war der Ansicht, dass sich nur Neuschwanstein wirklich für den Ball eignete. Offenbar haben die Organisatoren des Balls monatelang verhandeln müssen, um es mieten zu können. Alles ist streng geheim, und alle sind zur Verschwiegenheit verpflichtet. Die Deutschen wären schockiert, wenn sie erführen, dass es irgendeiner sinistren Organisation gelungen ist, das Schloss für eine Woche zu mieten und der Allgemeinheit den Zutritt zu verwehren.«

»Wie ich hörte, muss es ein traumhaftes Schloss sein«, schaltete Patch sich ein. »Verrückt, aber einzigartig. Wie ein Märchen, durchsetzt mit Irrsinn. Ziemlich bizarr. Irgendwo habe ich gelesen, dass Visconti einen Film über den König und den Bau des Schlosses plant.«

»Wer ist Visconti?«, fragte ich.

»Ein italienischer Filmregisseur«, antwortete Thomas.

»Sind wir bald da?«, fragte Iris.

»Geduld, meine Kleine«, sagte Clarissa.

»Wir haben noch einen Reiseabschnitt vor uns, von Frankfurt aus«, fügte Edward hinzu. »Wir werden bald vom Rhein in den Main kommen und unsere Fahrt dort fortsetzen. Ich weiß, es klingt umständlich. Aber die Organisatoren des Balls ziehen es vor, wenn ihre Gäste auf Umwegen anreisen. Das alles gehört zum Geheimnis, versteht ihr, und es trägt doch auch zur Romantik des Ganzen bei, oder? Dort werden sich uns auch noch andere anschließen.«

Auf dem Oberdeck war es still, bis auf unsere kleine Gruppe, die eng zusammensaß und unter dem sternenklaren Himmel plauderte. Die meisten anderen Gäste hatten sich zum Schlafen in ihre Kabinen zurückgezogen oder machten sich in den luxuriösen Bädern des Ausflugsdampfers frisch.

Clarissa entfernte sich kurz und kam mit einem Stapel Decken und Kissen zurück.

»Du wirst deinen Schlaf brauchen«, sagte sie, breitete eine weiche Decke über mich und legte mir ein Kissen unter den Kopf. Ich machte es mir bequem und döste ein.

Als ich mich wieder regte, hatten wir Frankfurt fast erreicht. Der Morgen dämmerte bereits, zaghafte Lichtstrahlen suchten ihren Weg durch dichte, niedrig hängende Wolken. Der Nebel über dem Main hatte sich gelichtet.

Die Schiffsbesatzung verteilte kleine Esskörbe an die Passagiere. Unter dem Tuch, mit dem die Weidenkörbe abgedeckt waren, fanden wir eine Auswahl von Sandwichs mit Käse und Schinken, Eiersalat, in Scheiben geschnittene Salami, dazu Pinien- und Cashewkerne zum Knabbern. Auf einem Holztisch unter der mittleren Plane des Schiffes wurde heißer Tee aus einer Reihe hoch aufragender, mit Holz beheizter Kupfersamoware ausgeschenkt, daneben standen kleine Gläser mit Metallgriffen.

Ich schaute mich um, doch Kaffee stand nicht zur Verfügung. Ich würde also ohne auskommen müssen.

In Frankfurt sammelten wir ein weiteres Kontingent Ballgäste ein, alle wirkten frisch und hatten unserer Ankunft offenbar bereits entgegengefiebert. Inzwischen waren wir zu einer beachtlichen Menge angeschwollen, und eine ganze Reihe Busse mit livrierten Fahrern wartete am Anleger auf uns, um uns mitsamt unserem Gepäck zum Schloss des verrückten Königs zu bringen.

Als wir den verschlafenen Ort Schwangau erreichten, wurde es bereits dunkel. Wir fuhren auf einen Parkplatz am Fuß eines schroffen, in meinen Augen unbezwingbaren Felsens, auf dem hoch oben das Schloss thronte.

»Gibt es denn keine Straße zur Burg?«, fragte ich Edward, als wir nacheinander aus den Bussen stiegen und uns anstellten, um unsere Taschen zu holen.

»Nicht für uns«, erwiderte er und lachte über mein Zögern, den kurzen Aufstieg in Angriff zu nehmen, den letzten Teil unserer Reise. »Der Spaziergang wird uns guttun, nachdem wir so lange gesessen haben.«

Aus Gründen der Diskretion würden wir das berühmte Schloss nicht über den Weg erreichen, der normalerweise von Tausenden Touristen benutzt wurde, die das Schloss besichtigten.

Wir begannen unseren langsamen Aufstieg den steilen Berg hinauf, schlängelten uns durch ein Labyrinth hoher Bäume, die den Himmel verdeckten.

Edward, Clarissa, Patch, Iris, Thomas und ich hielten uns dicht beieinander. In diesen Bergen herrschte eine typisch kühle Abendluft, die mir einzigartig sauber, beinahe schon wollüstig vorkam. London lag weit hinter mir, und mit jedem vorsichtigen Schritt auf dem weichen Waldboden betrat ich eine völlig neue Welt.

Andere Gäste vor mir waren stehen geblieben, lehnten sich

an Baumstämme oder setzten sich einfach auf eine Felskante, fasziniert vom Ausblick, der sich ihnen bot. Wir schlossen zu ihnen auf. Patch keuchte, offenbar nicht an körperliche Anstrengungen gewöhnt.

Durch einen flachen, künstlichen Graben von uns getrennt erhob sich Schloss Neuschwanstein, ein völlig verrücktes Bauwerk aus Türmen, Ziertürmchen und ockerfarbenen Steinen, das der Struktur der zerklüfteten Berge entsprang und wie eine Vision aus einer bizarren mittelalterlichen Legende wirkte. Es wirkte ziemlich massiv, und ich konnte kaum glauben, dass es wirklich nur ein Jahrhundert alt war – Edward hatte mir während des letzten Teils unserer Reise ein wenig über die Geschichte erzählt.

»Weiter geht's«, sagte jemand, und wir näherten uns dem Prunkschloss König Ludwigs.

Samtige Dunkelheit umfing mich, als bewegte ich mich zwischen Geistern.

Ich wanderte allein durch die Flure des Schlosses, da ich kurz nach unserer Ankunft von meinen Reisegefährten getrennt worden war. Ich fühlte mich verloren wie in einem Labyrinth, verunsichert durch die räumliche Aufteilung des Gebäudes, die keiner normalen Logik folgte.

Ich hatte erwartet, dass man mir ein ausgefallenes, wenn auch elegantes Kostüm für die Festlichkeiten zur Verfügung stellen würde, sobald wir uns alle versammelt hatten, doch stattdessen bekamen Iris und ich schlichte, fast durchsichtige weiße Baumwollnachthemden, die ans Zweckmäßige grenzten. Clarissa und Patch hatte man andere Quartiere und anspruchsvollere Kostüme zugewiesen, vermutete ich, da sie keine Neulinge bei solchen Veranstaltungen waren, und die Männer, Edward und Thomas, hatte man ebenfalls von uns getrennt. Von der großen

Halle, in der an einige von uns die Gewänder ausgeteilt wurden, waren wir losgezogen, um die anderen zu suchen. Dabei kamen wir durch einen langen Korridor, dessen Wände von einer Reihe kleiner, rechteckiger gerahmter Gemälde mit Jagdszenen geschmückt waren, doch als ich mich umdrehte, war Iris verschwunden.

Zögernd setzte ich meinen Weg fort.

Das war alles so anders als der Ball, den ich nach unserem Erlebnis am Kap Reinga und den Schilderungen in Joans Tagebuch erwartet hatte. Vielleicht hatte ich in meiner Fantasie alles zu sehr aufgebauscht.

Der schmale Korridor öffnete sich zu einem riesigen Ballsaal. Zahllose Paare tanzten langsam zu den Klängen eines Wiener Walzers, alle – Männer wie Frauen – mit den lieblosen, altmodischen Nachthemden bekleidet, die man uns gegeben hatte. Suchend schaute ich mich im Gedränge um, entdeckte aber kein bekanntes Gesicht. Nirgendwo war Schmuck oder Makeup zu sehen. Ich kam mir vor, als wäre ich in eine Billigvariante des Balls geraten, eine Sparversion, bei der Schlichtheit den Anstrich von Armut hatte. Edward hatte uns erzählt, das Innere des Schlosses sei für die Veranstaltung völlig umdekoriert worden, daher konnte ich mir nicht sicher sein, ob sich hinter den jetzt nackten weißen Wänden des Saals nicht eine wesentlich kunstvollere Kulisse verbarg, die wieder zum Vorschein kommen würde, sobald der Ball abgereist war. Ich erkannte die Musik – ein berühmtes, klassisches Stück, dessen Name mir nicht einfallen wollte, obwohl es einmal als Hintergrundmusik für die Schlussszene eines Stückes im Princess Empire benutzt worden war. Ein großer Mann, dessen Hemd ihm nur bis an die Knie reichte und besonders dürre, knochige Fußgelenke bloßlegte, nickte mir zu, reichte mir den Arm, um mich zum Tanz aufzufordern, aber ich schüttelte den Kopf. Mir war nicht nach Tanzen zumute, wobei ich mir noch nie viel aus Tanzen gemacht hatte. Schon gar nicht in diesem förmlichen Stil mit männlichen Tanzpartnern.

Ich ging wieder in den Korridor und den Weg zurück in der Hoffnung, den Umkleidebereich zu finden, in dem wir uns alle getrennt hatten. Aber diesmal wirkte alles anders, mir drehte sich alles vor Aufregung und Enttäuschung. Und schon bald hatte ich jegliche Orientierung verloren.

Ich entdeckte eine halb geöffnete Tür, aus der ebenfalls Musik ertönte.

Mit dem nackten Fuß versetzte ich ihr einen Stoß; die Tür schwang weit auf und gab den Blick auf einen niedrigen Raum frei, dessen Wände mit Hunderten Geweihen verziert waren. Allein bei dem Gedanken an die Scharen von Tieren, die abgeschlachtet worden waren, um diesen zweifelhaft dekorierten Dschungel zu erschaffen, lief es mir kalt den Rücken hinunter. Die Trophäen hingen zwischen Vorhängen in dunklem Rot und Violett, die Wirkung war erdrückend.

Woher die Musik kam, konnte ich nicht erkennen. Sie war ätherisch, vermischte die reine Zartheit eines Heeres von Violinen mit den Geräuschen eines fernen Windes und spülte wie eine unheimliche Klangwoge über mich hinweg.

Ich versuchte noch immer, mich zurechtzufinden, als ich hinter mir eine Stimme vernahm. Jemand stand auf der Schwelle des Raums mit den Jagdtrophäen. Sie musste sich leise genähert haben, während ich das ziemlich finstere Schauspiel in mich aufnahm.

»Willkommen bei unserem Ball«, sagte sie.

Ich fühlte mich überrumpelt, und mein Magen verkrampfte sich. Langsam drehte ich mich zu ihr um.

Sie war die schönste Frau, die ich je gesehen hatte.

Sie war von mittlerer Größe, ihr Haar hatte die Farbe von

dunklem Honig, ihre Augen waren von lebhaftem Grün, in dem sich die Flammen der Kristallleuchter spiegelten, die mir gerade aufgefallen waren und die einen leichten Lichtschimmer in den erdrückenden, fensterlosen Raum warfen. Die Haltung der Frau war majestätisch, wenn auch nicht im Geringsten mit Clarissas herrischem Auftreten zu vergleichen; bescheiden, dabei äußerst selbstsicher, schaute sie auf mich herab. Auf ihren Lippen lag ein leises Lächeln.

Unwillkürlich starrte ich sie an, zweifellos mit weit aufgerissenen Augen.

Sie war nackt.

Von ihrem seidigen Haar bis zu den bloßen Füßen.

Aber das war es nicht, was sie so eindrucksvoll machte und mir den Atem raubte.

Inzwischen war ich bei meinen vielen Abenteuern einer Menge Frauen begegnet.

Aber keine war wie sie.

Als wären ihre ebenmäßigen Gesichtszüge, die deutlich hervortretenden Wangenknochen, gepaart mit der Abwärtsneigung ihrer spitzbübischen Nase, sowie die vollen, aufgeworfenen Lippen nicht schon perfekt und verblüffend genug, gab es noch etwas anderes, das sie auf wunderbare, hypnotische Weise einzigartig machte.

An der Stelle, an der ihr langer Hals endete, ein deutlicher Schnittpunkt, eine Grenze, fing ein unverkennbares Muster ineinander verschlungener Tätowierungen an, die sich über ihren ganzen Körper zogen. Kräftige Schultern, zarte Brüste, lange Arme, Schenkel, ähnlich lange Beine. Die Bildkarte bedeckte ihren Körper vom Hals bis an die Fußgelenke.

Ich hielt die Luft an.

Mein Blick war eingefangen von unzähligen Einzelheiten: Blumen in inniger Umarmung, Drachenköpfe mit heraushängenden Zungen – die eine reichte sogar vom Nabel bis zur Möse, eine andere umkreiste eine Brust und biss scheinbar in den harten, rosa Nippel, exotische Tier- und Pflanzenwelten wucherten über ihre Haut, ich sah Wörter in verschiedensten Sprachen und Schriften.

Sie war eine zum Leben erweckte bebilderte Frau.

Sie durchbrach das Schweigen.

»Hallo, Moana.«

»Sie kennen meinen Namen?«

»Ich kenne alle, die am Ball teilnehmen.«

»Wer sind Sie?«, fragte ich.

»Ich bin die Maîtresse«, erwiderte sie. »Man nennt mich die Ball-Maîtresse.«

Ich stand da wie angewurzelt. Plötzlich fiel mir ein, dass ich sie am Kap Reinga, auf dem Höhepunkt des Balls, in ihrem Flügelkostüm gesehen hatte, als sie sich von dem muskulösen Fremden, der feierlich aus der Menge getreten war, hatte vögeln lassen. War sie damals schon von Tätowierungen überzogen? Ich hatte zu weit entfernt gestanden, um es deutlich zu erkennen, oder meine Erinnerungen waren durcheinandergeraten. Aber ihr bleiches Gesicht war nicht zu verwechseln. Sie war nicht einen Tag älter geworden.

Ihr Duft, eine vielschichtige erregende Mischung aus Moschus, einer frischen Note und unterschwellig drohender Gefahr, hüllte mich ein.

Sie winkte mich zu sich.

»Komm.«

Sie ergriff meine Hand, und dieser flüchtige Kontakt mit ihr war elektrisierend, erschütterte mich bis in die Tiefen meiner Wahrnehmung, reizte jedes Nervenende in meinem Körper und zog mich mit Macht in einen neuen, fieberhaften Zustand aus Sinneseindrücken, die über meine Haut wogten.

Ich wusste schon jetzt, dass ich mich bereitwillig ihrem Willen fügen würde wie eine Sklavin, ihren Befehlen und Gelüsten, während sie mich führte, wohin sie auch wollte. Ich nahm meine Umgebung nicht mehr wahr, das erdrückende Gewicht der labyrinthischen Gänge des Schlosses und seiner ausgeklügelten Bauweise.

Wir stiegen über ein Gewirr aus Wendeltreppen nach oben, bis wir eine Ebene erreichten, die vermutlich der oberste Wohnbereich in einem der Märchentürme war, die dem Schloss des verrückten Königs sein unverwechselbares Aussehen verliehen. Mauern aus ockerfarbenem Stein, kräftige Holzbalken kreuz und quer an der Decke, ein kleines Fenster, ein weicher Boden aus üppigen, farbenprächtigen Perserteppichen, ein kurzer Blick auf eine tiefe Nacht draußen.

Nacht? Waren wir nicht vor knapp einer Stunde am Schloss eingetroffen, als die Sonne gerade untergehen wollte?

Ich hatte jegliches Zeitgefühl verloren. Als wäre ich in einer neuen Dimension angekommen (oder dorthin gelockt worden?).

Die Maîtresse zog mir mein Baumwollhemd über den Kopf.

Nackt stand ich vor ihr.

Mich fröstelte.

Ihr Kuss wärmte mich.

Sie schmeckte nach Zimt, nach Rosen und nach unbekannten Aromen. Ihre Lippen waren seidige Kissen der Wonne. Ich überließ mich dem erregenden Gefühl.

Ihre tiefen Augen, weit geöffnet, nur wenige Zentimeter von meinen entfernt, griffen nach meiner Seele und dem Zentrum, dem meine Lust entsprang, unsere Wangen berührten sich, ihr Atem wie eine flüchtige zarte Brise, die Wärme ihres nackten Körpers hüllte mich in eine berauschende Wolke, löste rasende Bewegungen zwischen all meinen Synapsen aus, und jeder Quadratzentimeter meiner Haut stand in Flammen, wurde zum Leben erweckt.

Ihre Zunge liebkoste meine Zähne, stieß in meinen Mund vor, gierig, sinnlich, besitzergreifend.

Ich hatte das Gefühl, in der Luft zu schweben.

Die Hände der Maîtresse, fest, zärtlich, fordernd, packten meine Arschbacken, prüften die Spannkraft meines Fleisches, strichen über meinen Körper, wanderten über mich wie eine Wünschelrute, erforschten, förderten alle Lustknoten zutage, die tief unter meiner Haut verborgen waren.

Mir wurde schwindelig, je länger der himmlische Kuss andauerte; mein Verstand schwebte inzwischen losgelöst in anderen Sphären, war nicht mehr im Schloss oder auf dem Planeten verankert.

Fast wäre ich gestürzt. Unsere heißen Lippen trennten sich.

Die Maîtresse hielt mich fest.

Dann ließ sie mich sanft zu Boden gleiten.

Ich war eine Marionette, ziellos, orientierungslos, zerschmettert, ihr vollkommen ausgeliefert.

Zu dem Zeitpunkt hätte ich alles getan, was sie von mir verlangte, egal, wie verhängnisvoll die Folgen auch immer gewesen wären.

Ihre Lippen bewegten sich weiter nach unten.

Setzten meine Nippel in Brand, bis sie so hart wurden, dass es schmerzte und ich am liebsten aufgeschrien hätte. Ihr seidiger Mund streifte über meine Brüste, leckte, schwamm mit meinen Gezeiten, biss in kleinen Abständen quälend zu. Die Dirigentin meiner unaufhaltsam anschwellenden Lust.

Ihr warmer Atem strich über mein Ohrläppchen. Sie begann zu sprechen. Mit tiefer, voller Stimme, als richtete sie ihre Worte an ein großes Publikum, als wäre ich nicht einmal vorhanden. »Lust ist alles. Sex, Leben, der Ball. Dafür lohnt es sich zu leben, selbst wenn es nur etwas Flüchtiges ist, ein kurzer Moment, das streben wir an … Alles andere ist gleichgültig.«

Ihre Heilsbotschaft.

Die eigentliche Bedeutung des Balls.

Warum er existierte, seit Urzeiten bis in die Gegenwart. Jetzt durfte ich wirklich ins Allerheiligste vordringen, und im Gegensatz zu Kap Reinga, wo man mir nur eine untergeordnete Rolle zugewiesen hatte, war ich nun endlich im wundervollen Hafen des Balls willkommen.

Ja, etwas anderes zählte nicht.

Sie spielte mit meiner Möse, bearbeitete eifrig meine Schamlippen, ihre scharfen Zähne verweilten einladend über und um meine Klitoris, ihre Finger drangen in mich, gruben, bohrten, erforschten meine inneren Wände, versenkten sich in meine ureigene Hitze, ritten entfesselt auf meinen Lustwogen.

Nur kurz öffnete ich die Augen, um ihre breiten Schultern und ihren Rücken zu betrachten, und mir schien, als wäre die ganze Bilderwelt, die sie schmückte, tatsächlich in Bewegung, wie durch ein Wunder zum Leben erweckt, als verwandelte sie sich ständig in neue Formen und Farben, Symbole und Wörter, während ihre Haare sacht von einer Seite zur anderen streiften, sich wie ein Meer teilten, um die Zartheit ihres Halses und die Linie freizulegen, die ihre milchig weiße Haut von der Bilderflut trennte.

Sie drehte mich um.

Küsste mich überall.

Drang wieder in mich ein.

Fickte mich auf so viele, herrliche Arten.

Liebte mich.

Die Welt ringsum verschwand, und ich flog entfesselt auf den Flügeln der Lust wie ein von der Last der Schwerkraft befreiter Vogel, die einzige Verbindung zu meinem bisherigen Leben durch den samtenen Rhythmus ihres Atems gehalten, während sie mich ein für alle Mal verdarb, ihre Berührung ein Zauberwerkzeug, darauf aus, den Schmetterling aus dem Kokon zu holen, den Phönix aus der glühenden Asche meiner Vergangenheit zu locken und die prächtigen Flammen anzufachen.

Ich kam.

Und kam noch einmal. Unaufhörliche Kaskaden der Lust stürzten übereinander und begruben mich unter sich.

Hemmungslos.

Ich war nass.

Ich lag zusammengerollt im Schutz ihrer Arme, wieder ein Kind. Aber auch eine ganz neue Frau.

Gefangen in ihrer Wärme.

Ich stieg die Stufen vom Podest meines langsam abebbenden Orgasmus hinab.

Öffnete die Augen.

Ihr Gesichtsausdruck war ebenso zärtlich wie melancholisch.

»Alles in Ordnung?«, fragte sie mich.

Ich nickte.

Ich war sterbensmüde und beschwingt zugleich. Eine widersinnige Kombination von Empfindungen.

Sie erhob sich, brachte das wilde Gewirr aus Tätowierungen, Ranken und unglaublichen Bildern in Bewegung. Farben, hell im Morgenlicht, drangen jetzt in den Raum, in dem wir unsere Lust befriedigt hatten.

Die Maîtresse streckte ihre Hand aus.

»Zeit, uns wieder dem Ball anzuschließen, Moana«, sagte sie und zog mich hoch.

Mein Baumwollhemd lag zerknittert auf dem Teppich. Ich schüttelte es aus und zog es über den Kopf, obwohl mir das jetzt sinnlos erschien.

Ich folgte der Maîtresse zurück zum Ball.

Wir gingen durch Räume und stiegen Treppen hinab, wanderten durch ein Labyrinth, bis wir im Keller des Schlosses ankamen. Ich war dankbar, dass zu den schlichten Kostümen keine High Heels gehörten. Allerdings wäre ich für einen Aufzug noch dankbarer gewesen.

Mir wurde klar, dass ich den Namen der Maîtresse nach wie vor nicht kannte, und ich hatte das Gefühl, sie danach fragen zu müssen, aber es war zu spät. Als wir in den Bereich kamen, in dem sich anscheinend die meisten Partygäste versammelt hatten, eilte sie davon. Ich erhaschte einen letzten Blick auf die über ihren Rücken zuckenden Bilder und ihre schwingenden braunen Haare, dann war sie in der Menge verschwunden.

Sie hatte mich in den Dungeon geführt. Falls die BDSM-Party, auf der ich mit Gwillam gewesen war und zum ersten Mal erlebte, wie Iris sich Thomas' Peitsche unterwarf, allem widersprochen hatte, was ich von einer solchen Veranstaltung erwartete, dann war das, was ich vor mir sah, wie eine SM-Szene aus dem Bilderbuch.

Die Wände waren gemauert. In regelmäßigen Abständen sprangen im rechten Winkel Wandleuchter ohne zierendes Beiwerk hervor. Schlichte weiße Kerzen spendeten mattes, flackerndes Licht. Eine Beleuchtung, wie man sie in einem mittelalterlichen Verlies erwarten würde.

Ich schlich hinein, schaute mich suchend nach Iris um, die in ihrem weißen Hemd leicht zu finden sein dürfte, da alle Gäste in diesem Raum dunkelgrau gekleidet waren. Die Männer trugen Dreiteiler und blutrote Krawatten, Hosen und dazu passende Westen mit gestärkten Hemden in einem helleren Grauton. Ihre spitzen schwarzen Lederschuhe waren spiegelblank poliert. Die Frauen trugen dunkelgraue, taillierte Baumwollkleider, die bis zum Boden reichten. Unter ihren weiten Röcken raschelten bauschige Unterröcke im selben Farbton wie die hellen Hemden der Männer. Ihre Haare waren mit weißen Bändern zu Knoten hochgesteckt. Graue Ballerinas rundeten das Kostüm ab. Das Ganze kam mir vor wie eine Gemeinde in einer längst vergangenen Epoche, die sich in einer Leichenhalle versammelt hatte.

Sie traten vor mir beiseite und bildeten eine Gasse zu einem Steinpodest vorn im Raum. Darauf stand eine große, x-förmige Vorrichtung, an die eine nackte Frau gebunden war, mit dem Rücken zum Publikum. Iris. Ihre Hand- und Fußgelenke waren mit Lederriemen jeweils an eins der vier Enden des Kreuzes gefesselt. Das Haar fiel ihr über die rechte Schulter und entblößte ihren schlanken Hals. Wie betäubt ging ich durch die Menge zu ihr, meine Augen die ganze Zeit auf die Stelle gerichtet, an der ihr Nacken auf ihre Wirbelsäule traf.

Thomas war ebenso förmlich gekleidet wie die Männer, die um uns herumstanden. Er saß auf einem Holzstuhl mit hoher Rückenlehne, aber ohne Armlehnen, der links von Iris stand, und hatte die Beine übereinandergeschlagen. Im Näherkommen begegnete ich seinem Blick. Eine Atmosphäre des Stillstands hing über der Szene, und ich hatte den Eindruck, alle warteten darauf, dass etwas passierte. Iris hatte sich nicht gerührt. Sie war derart reglos, dass ich am liebsten um das Kreuz herumgegangen wäre, um zu prüfen, ob sie noch atmete.

Rechts vom Kreuz stand ein Rollwagen aus poliertem Metall, wie man sie weltweit in Zahnkliniken sieht. Darauf lagen verschiedene Gerätschaften, mit denen man Empfindungen hervorrufen konnte. Einige kannte ich: ein Paddle, geformt wie ein Tischtennisschläger, auch wenn mit ihm wohl keine Bälle über das Netz gejagt würden, ein Flogger mit dunklem Griff und langen Riemen aus schwerem Leder, ein dunkelvioletter Dildo und ein dazu passender Ledergurt, ein schlanker, konisch zulaufender Analstöpsel aus Glas. Andere hatte ich noch nie gesehen, so zum Beispiel ein schlankes silbernes Werkzeug mit einem runden, gezackten Rädchen am Ende, eine Reihe brutal aussehender Peitschen, eine mit Riemen aus Stacheldraht, eine andere, die nur aus einer einzigen Rute bestand, dick an einem Ende und zum anderen immer dünner zulaufend, an dem sie in einem Knoten aus bunten Riemen endete, die weich zu sein schienen, aber ich vermutete, dass das Gegenteil der Fall war.

»Worauf wartest du noch?«, zischte ich Thomas zu, meiner selbst in dem stillen Raum sehr sicher.

»Auf dich«, erwiderte er.

»Auf mich?«

»Ja.« Er zuckte mit den Schultern und schlug die Beine andersherum übereinander. »Ich habe mich natürlich angeboten.« Grinsend schaute er zur Auswahl an Werkzeugen auf dem Metallwagen, dann zu Iris. »Aber sie wollte dich.«

»Oh.« Gefühle von Stolz und Macht beflügelten mich. Ich war geschmeichelt, aber trotzdem unsicher, ob ich meine ungeübten Techniken vor so vielen Leuten zeigen sollte, die wahrscheinlich Experten in sexuellen Künsten waren. »Woher wusstet ihr, dass ich wiederkommen würde?«, fragte ich. »Ich war stundenlang fort. Habt ihr die ganze Zeit gewartet?«

Er wirkte verwirrt. »Die tätowierte Frau … die Maîtresse …«, brachte er zögernd hervor, suchte nach dem richtigen Ausdruck. »Tut mir leid«, stammelte er, »ich bin mir sicher, dass sie uns ihren Namen genannt hat, aber ich habe ihn vergessen, und sie war gerade hier … Wie auch immer. Sie hat uns gesagt, du würdest kommen. Wir sind erst seit ein paar Minuten hier.«

An den Wänden war keine Uhr zu sehen, und es gab keine Fenster, durch die man vom einfallenden Licht auf die Tageszeit hätten schließen können. Vielleicht hatte die Zeit hier eine andere Bedeutung, dehnte sich aus und zog sich zusammen, je nach individuellem Lusterlebnis, statt sich nach Minuten und Stunden zu bemessen.

»Ich weiß nicht, was ich mit den Sachen da anfangen soll«, sagte ich, »außer vielleicht mit dem Flogger. Und selbst damit kann ich nicht so gut umgehen.«

»Du weißt, was zu tun ist«, entgegnete er. »Verlass dich einfach auf dein Gefühl. Denk nicht darüber nach. Spüre das Band, das euch verbindet.« Er deutete auf sein Herz und drehte den Finger dann langsam in meine Richtung, als wollte er die Existenz eines unsichtbaren Netzes andeuten, das zwischen uns verlief.

Iris blieb reglos. Im Geist verdrängte ich die Anwesenheit der grau gekleideten Zuschauermenge und tat so, als wäre niemand außer ihr und mir zugegen. Ich stellte mir vor, wir wären wieder auf dem Ball am Meer bei Kap Reinga, nur älter und klüger, und aus dem Raunen der Menge und anderen unvermeidlichen Geräuschen – sich drängende Körper, Schuhe, die auf den Boden tippten, raschelnde Röcke – wurde Wind über den Wellen oder das Flügelschlagen von Seevögeln.

Ich wandte Thomas den Rücken zu und ging um das Kreuz herum. Iris hatte die Augen geschlossen, und auf ihren Lippen lag der Hauch eines Lächelns, als befände sie sich mitten in einem sehr lustvollen Traum. Ich stellte mich auf die Zehenspitzen und küsste sie zärtlich auf den Mund. Sie öffnete die Augen.

»Du bist da«, sagte sie.

»Ja, ich bin hier. Für dich.«

»Schlag mich.«

Nickend stimmte ich zu.

Sie schloss die Augen wieder.

Ich ging zum Rollwagen und überprüfte, was darauf lag. Nahm den Flogger am Holzgriff. Er war in der Mitte schlank und an beiden Enden dicker, geformt wie ein Frauenkörper. Die dünnen Lederriemen fühlten sich kühl an. Ich legte ihn wieder hin und sah die anderen Werkzeuge durch, fuhr mit den Fingerspitzen über alle, überdachte Thomas' Worte und die Reaktion meines Körpers auf die Gegenstände, vertraute meinem Instinkt, der mir sagte, ob ein Gerät für diesen besonderen Anlass richtig oder falsch war. Das silberne, gezackte Rädchen – zu kalt, zu scharf. Die einzelne Rute – zu heftig. Das Paddle – zu hart, und es beschwor etwas Lächerliches in mir herauf, Bilder junger Frauen, die Röcke bis an die Taille hochgezogen, über Männerknien liegend, eher komisch als erregend. Darüber hinaus würde es bestimmt viel mehr Schmerz zufügen, als ich beabsichtigte.

Nichts von all dem war richtig.

Ich drehte mich wieder zu Iris' Körper am Kreuz um. Allein sie dort angebunden zu sehen, reglos, machte mich melancholisch. Der Gedanke, sie zu berühren, erregte mich, nicht aber der Gedanke, ihr wehzutun. Nicht so, wie ich es von Thomas kannte und wie Matilda mit ihren Subs umgegangen war. Dennoch wollte ich Iris Freude bereiten. Ich wünschte, es wäre Musik zu hören. Etwas, in das ich mich hineinversenken konnte, um mich von meinen schmerzlichen, verwirrenden Gedanken abzulenken.

Stattdessen stellte ich mich hinter Iris und beschwor das Bild herauf, das Thomas erwähnt hatte. Ein unsichtbares Band zwischen ihr und mir. Ich stellte mir vor, wie es von meiner Hand durch ihren Rücken bis an ihr Herz reichte, und mit diesem Bild vor Augen hob ich die Hand und holte aus. In meiner Fantasie war das Band elastisch. Als ich daher die Hand hob und sie auf ihre Pobacken sausen ließ, straffte es sich und zog mich dann wieder zurück. Iris fuhr unter dem Schlag zusammen und schrie: »Oh!« Ihr Körper spannte sich an und entspannte sich dann.

Ich schlug wieder und wieder zu, milderte jedes Mal die

Schärfe meiner Schläge ab, indem ich meine Handfläche nach jedem Schlag fest auf die Stelle drückte. Ihre Haut war rot angelaufen, Schichten von Handabdrücken überlagerten sich in unterschiedlichen Rosatönen. Ihre Schenkel hatten angefangen zu zucken. Ihre Wirbelsäule krümmte und wand sich, schob ihren Schoß gegen das Kreuz. Sie stöhnte.

Ich hielt kurz inne, nahm ihre Pobacken in die Hände und drehte den Kopf zu Thomas. Er hatte seinen Stuhl näher herangezogen, schien aber daran festgeklebt zu sein, sein Oberkörper und die Beine nach vorn gestreckt, als wäre er bereit aufzuspringen und zu uns zu laufen. Seine Augen waren glasig, sein Mund leicht geöffnet. Ich hob die Hand, und er folgte ihrer Bahn wie hypnotisiert.

Iris bog die Wirbelsäule durch, schob den Arsch hoch, so weit es ihr in der gebeugten Haltung möglich war. Sie wand sich, aber nicht so, als wollte sie sich von ihrem Fesseln befreien, sondern eher, als wollte sie, dass ich fester zuschlug, sie noch mehr quälte. Ihre gespreizten Beine waren nass. Meine Finger fanden das Tal zwischen ihren Arschbacken, glitten zu ihrer Öffnung vor. Sie tropfte. Sie war so nass, wie ich es mir bei ihr nie hätte vorstellen können. Selbst als ich sie geleckt hatte und mein Speichel sich mit ihren Säften vermischte und eine Sturzflut hervorrief, war sie nicht so nass gewesen. Ich wollte das Spanking abbrechen, auf die Knie fallen und diese Flüssigkeit auffangen, wollte sie mit meiner Zunge ficken. Aber ich wusste, das war es nicht, was sie wollte.

Ich beschwor die Stimme der Ball-Maîtresse in meinem Kopf. Ich wollte ergründen, warum sie mich hierhergebracht hatte, mich gezwungen hatte, diesen Teil meiner selbst zu erforschen. Warum, denn trotz allem, was Iris und mich verband, teilten wir nicht dieses wesentliche Element unserer Lust.

Eine Antwort bekam ich nicht.

Ich dachte an Iris, an alles, was wir zusammen erlebt hatten. Erinnerungen an unsere gemeinsame Kindheit und unser Erwachsenwerden. Wie wir die Macht und die Lustgefühle am eigenen und am Körper der anderen entdeckten. Die Landschaft an jenem Ort, der uns vorkam wie das Ende der Welt, wie der äußerste Rand von allem, wo ich zum ersten Mal meinen Mund zwischen ihre Beine geführt hatte. Die brandenden Wogen, die Gäste des Balls, bemalt wie Tiere, Seehunde und Meeresvögel, frei schwebend auf Luftströmungen, mitten in den tosenden Wellen. Ich fragte mich, wo wir jetzt wären, wenn wir nie fortgegangen wären.

Der Rhythmus meiner Handfläche, die sich hob und wieder auf Iris hinabsenkte, begann dem Muster der Wellen zu folgen, die sich in meinem Geist bewegten, ständig an Kraft und Höhe zunahmen, bis das Meer tobte und Iris' Stöhnen lauter geworden war als die Schreie der über den Felsen kreisenden Möwen in meiner Fantasie. Ich hatte meine Hand nicht mehr unter Kontrolle, während sie sich zurückzog und wieder hinabfiel, ein mächtiger Schlag nach dem anderen. Das unsichtbare Band, das noch immer zwischen uns bestand, schien mich zu ihr zu ziehen, als würde Iris ihre Züchtigung dirigieren, als wäre nicht ich diejenige, die sie ausführte. Oder vielleicht lauerte in einer mysteriösen Ecke unserer Seelen die Ball-Maîtresse und drängte uns, neue Höhen der Lust zu erklimmen.

Das Tosen des Ozeans ebbte allmählich ab, nur noch stetige, sanfte Wellen plätscherten an den Strand.

Iris' Gliedmaßen erschauderten und zuckten. Ihre Hände ballten sich zu Fäusten und entspannten sich wieder. Ihr Atem ging flach. Sie fuhr sich mit der Zunge über die Lippen, wandte ihr Gesicht zur Seite, die Augen geschlossen. Sie lächelte noch immer, dasselbe gütige, äußerst zufriedene Lächeln einer satten Katze.

»Oh, Iris«, sagte ich.

Ich zog mir das Hemd über den Kopf und ließ es zu Boden fallen, bückte mich und band ihre Fußfesseln auf, griff dann nach oben und löste die Fesseln an ihren Handgelenken. Sie schmiegte sich noch immer ans Kreuz, Arme und Beine angespannt, jeder Muskel fest wie eine Peitschenschnur. Ich presste mich an ihren Körper, unsere glitzernde Feuchtigkeit vermischte sich. Die Vorderseite meiner Beine fest an der Rückseite der ihren, meine Brüste an ihre Schulterblätter gedrückt, meine Finger mit ihren verschränkt, mein Gesicht in ihren Nacken verborgen, ihre dunklen Haare mit meinen verwoben.

Thomas war aufgestanden und hatte sich vor Iris gestellt. Er umfasste die Balken des Kreuzes und zog sich hoch, um bei uns zu sein, küsste zuerst Iris auf den Mund, dann mich. Seine Lippen brachten mich abrupt in die Gegenwart zurück. Er schmeckte nach Kaffee und Zucker. Die Empfindung kehrte in meinen Körper zurück. Ich hatte Durst, mein Arm war lahm, meine Handfläche wund und rot. Allmählich nahm ich auch Geräusche wahr. Iris lachte und gab Thomas zwischen Kicheranfällen leidenschaftliche Küsse. Mir fiel die Zuschauermenge hinter uns ein, und ich drehte mich um. Sie standen noch immer passiv da, ein schweigender Chor, bis auf den keuchenden Atem und das Knacken steifer Gelenke, die in Bewegung kamen.

Ich stieg vom Kreuz, und Iris folgte mir. Sie hielt mich an der Schulter fest, als ich mich abwandte, und legte mir den Finger unters Kinn, damit sich unsere Blicke trafen.

»Danke«, sagte sie und drückte mir einen flüchtigen Kuss auf den Mund.

»Schon okay«, sagte ich matt. Erneut eine Situation, in der Worte niemals reichten, um meine wahren Gefühle auszudrücken. Ich war viel zu aufgewühlt, zu verwirrt.

Ich öffnete die Arme, und wir hielten uns umschlungen. Ich

wünschte, die Umarmung symbolisierte eine Wiedervereinigung. Ein Erstarken unserer Verbindung. Stattdessen aber erschien sie mir wie der Beginn eines Loslassens. Das Band zwischen uns löste sich, und ich befürchtete, es könnte schon bald gänzlich abfallen. Wir würden uns immer nahestehen. Aber Iris war nicht mehr meine Iris. Wir hatten uns voneinander entfremdet.

»Ich muss mich setzen«, murmelte sie. Ihr Gesicht war noch bleicher als sonst, die Beine gaben unter ihr nach.

Thomas hob sie wie ein Kind auf die Arme und trug sie zum Stuhl hinüber. Er setzte sich und nahm sie auf den Schoß. Sie saßen Wange an Wange dort, als stützten sie sich gegenseitig.

Die Menge begann sich aufzulösen und andere Ecken der Feier aufzusuchen.

»Ich suche uns etwas zu trinken«, sagte ich zu Thomas. »Ist es in Ordnung, wenn ihr hierbleibt?«

Er nickte. Iris schaute lächelnd zu mir auf. Ihre Augen waren glasig, ihr Blick unkoordiniert.

»Alles in Ordnung«, sagte er. »Ich habe einen Mitarbeiter des Balls gebeten, uns Wasser und etwas Süßes zu bringen.«

Ich hatte nicht den leisesten Hunger.

»Für Iris«, fügte er hinzu, »sie mag Schokolade, danach. Oder Gebäck. Oder heißen Kakao, mit Honig. Um runterzukommen …«

»Oh …« Ich hatte dieses Hochgefühl noch nicht erlebt, in dem Iris sich jetzt befand – so, wie es wohl jedem nach einem durch BDSM herbeigeführten emotionalen und körperlichen Höhepunkt erging. Ich musste noch so viel lernen. Aber wollte ich das überhaupt? Ich war mir immer noch nicht sicher. Ich würde mich von der Ball-Maîtresse schlagen lassen, wenn sie es wollte, aber vielleicht von niemandem sonst.

Der Kellner kam. Ein junger Mann mit schmalem Oberlippenbart, gekleidet in Schwarz-Weiß wie ein förmlicher englischer Butler. Er trug ein Silbertablett, auf dem drei Gläser standen, ein Krug Eiswasser, gewürzt mit Zitrone und Minze, und ein Sortiment pastellfarbener Macarons und mit Creme gefüllter Mini-Biskuits, die oben eingekerbt und so verziert waren, als wären es Schmetterlingsflügel.

Ich aber hatte Lust auf etwas Alkoholisches, verabschiedete mich und ging, diesmal durch die Tür auf der gegenüberliegenden Seite. Sie führte in einen weiteren Korridor mit unerforschten Räumen. In jedem fand eine andere Party statt. In einem drehten Ballerinas ihre Pirouetten, nackt bis auf ihre hellrosa Ballettschuhe. Von Gestalt, Größe und Alter her waren sie eine bunte Mischung, keine entsprach dem Bild einer hochgewachsenen, schlanken Frau, wie ich sie mit den Ballettkursen in Verbindung brachte, die ich in der High School tunlichst vermieden hatte. In dem Raum gab es weder Publikum noch Musik. Die Tänzerinnen bewegten sich offensichtlich nach ihrer eigenen Melodie.

In einem anderen Raum hing ein Mann von der Decke, während eine Frau ihn in ein kompliziertes Netz aus dickem rotem Seil band. Seine langen blonden Haare hingen ihm über die Schultern und die Ringe in seinen Nippeln. Sie hatte dunkles Haar und trug eine cremefarbene Reithose aus Latex, ein dazu passendes, um die Taille so eng gehaltenes Korsett, dass ihre Brüste jedes Mal überquollen, wenn sie sich bückte.

Im nächsten Raum sah ich Gwillam. Sein Gesichtsausdruck spiegelte Glückseligkeit, was mich nicht überraschte, da er auf einem riesigen Bett lag, umgeben von einer Männerschar, alle schlank, glatt rasiert und zwischen achtzehn und dreißig Jahre alt. Sie hatten keinen Sex, liebkosten und massierten sich aber gegenseitig.

Ich folgte dem Korridor, ein Chor der Lust drang an meine

Ohren, zusammengesetzt aus vereinzeltem Stöhnen, Schreien, dem Knall einer Peitsche, von Haut, die auf Haut klatschte, von Tanzenden, jeder Ballgast dabei, den eigenen Weg ins Nirwana zu erforschen. In einem der größeren Räume kam ich an einem Erker vorbei, in dem ich Clarissa und Edward sah, die eine Frau zwischen sich hatten. Patch stand daneben und beobachtete den Dreier. Die Frau zwischen den beiden war rothaarig und hatte einen rundlichen Körper, ihre üppigen Wölbungen standen in scharfem Kontrast zu Clarissas knochiger Statur. Die rötlichen Locken drapierten sich über Edwards Schenkel, als sie an ihm hinunterglitt, ihr Kopf ruckte vor und zurück unter Clarissas Stößen, die sie mit einem Umschnalldildo ritt.

Edward rief mir zu, als ich vorbeiging, und forderte mich auf, mich zu ihnen zu gesellen, aber ich schüttelte den Kopf und ging weiter, zufrieden, alle Spiele um mich herum nur zu beobachten und in mich aufzunehmen.

Schließlich entdeckte ich mehrere Rollwagen, die hoch beladen waren mit Wein in Eiskübeln, Obstsaft, Sandwichs, Pasteten und Obststücken. Alles war unberührt und sah zu perfekt aus, um sich zu bedienen, aber ich machte es trotzdem, als mich plötzlich ein Heißhunger überkam.

»Genießt du unseren Abend?«, fragte eine Stimme hinter mir.

Ich erkannte ihren sinnlichen Tonfall sofort. Die Maîtresse.

Rasch drehte ich mich um, schluckte eilig ein Stück Schokokuchen mit Kirschglasur, von dem ich mir ein Stück abgeschnitten hatte.

»Entschuldigung«, sagte ich mit halb vollem Mund.

»Du musst dich nicht entschuldigen. Nimm, so viel du willst. Hier gibt es keine Regeln, bis auf die, welche jeder für sich aufstellt. Mach, was du willst, nicht mehr und nicht weniger.«

»Danke«, erwiderte ich. »Und ja, ich amüsiere mich prächtig. Alles ist … wunderbar.« Ich hatte große Mühe, ein Wort zu finden, dass alles umfasste, was ich empfand, aber es wollte mir keins einfallen.

»Wie fühlst du dich?«, fragte sie.

»Ich fühle mich … zu Hause«, antwortete ich. »Mir ist, als wäre ich nach Hause gekommen.«

»Gut«, erwiderte sie und setzte ihren Weg durch den Korridor fort. Bildete ich es mir nur ein, oder hatte eins der in ihren Rücken tätowierten Geschöpfe einen Flügel ausgebreitet und mir zugewinkt?

Ich blinzelte, schenkte mir ein ordentliches Glas Weißwein ein und nahm einen Schluck.

Wieder dachte ich an Kap Reinga, wie anders ich den Ball erlebt hatte. Joans Tagebuch, ihre Bekenntnisse und die augenscheinlichen Unterschiede und Ähnlichkeiten jeder Veranstaltung. Plötzlich wollte ich unbedingt mehr darüber wissen und verstehen. Wie so etwas ins Leben gerufen worden war, wie es organisiert wurde und warum. Ich eilte zurück, um Gwillam zu finden. Von allen Anwesenden könnte er mir wahrscheinlich am besten helfen, meine Fragen zu beantworten. Außerdem würde er wissen, wo wir die Zeremonie zu sehen bekämen, die jeden Ball abschloss – die Maîtresse, die sich im Morgengrauen erhebt.

Ich lief ihm nicht sofort über den Weg, sondern bewegte mich zwischen etlichen Liebesgalerien hindurch, eine wahre Wonne aus unvergesslichen Bildern und Bewegungen, Tänzen und Geschlechtsakten, Spielen aus Festlichkeit und Ekstase und Schmerz, bis ich gesättigt war von der Außerordentlichkeit dessen, was ich in den endlosen Räumen des Schlosses König Ludwigs mit ansah. Und irgendwann schaltete ich ab, wanderte wie ein Phantom durch die Gänge, Keller und unglaublich weiten

Räume, Höhlen und Brunnen voller Zauberer, Kobolde, Büßer, Liebender, Peiniger und Engel.

Dann brach der Morgen an. Und die Maîtresse erschien in ihrer ganzen Pracht, als der Ball schließlich seinen Höhepunkt erreichte und wir von unseren irdischen Fesseln befreit wurden. Rein und unschuldig, gebadet im Wasser unserer Säfte und dem wunderbarsten Lustgefühl.

Auf der Rückreise schwiegen wir alle die meiste Zeit. Waren still und sehr müde.

»Ich bin vollkommen erledigt«, sagte Thomas auf dem Schiff, bevor er mit dem Kopf in Iris' Schoß einschlief.

Das waren wir alle. Beschwingt, erschöpft.

»Ich fühle mich ein bisschen high«, sagte Clarissa zu mir.

Selbst das übliche Gedränge und die unvermeidlichen Verspätungen und Schlangen beim Aussteigen am Busbahnhof der Victoria Station rissen uns nicht aus unserer von Lust erzeugten Trägheit.

Das Tief kam später, nachdem wir wieder im normalen Leben angekommen waren.

Eines Abends kam Matilda im Restaurant vorbei, in dem ich arbeitete. Sie hatte sich auf dramatische Weise wieder in die Frau verwandelt, die ich anfangs kennengelernt hatte, alle Augen sahen ihr neugierig nach, während sie zwischen den Tischen hindurch auf mich zu kam. Sie trug hautenge Jeans und einen tief ausgeschnittenen, leuchtend roten Kaschmirpullover, die langen schwarzen Haare zum Pferdeschwanz hochgebunden, der beim Gehen hin und her schwang, dazu Ballerinas. Beim Lächeln öffnete sie die Lippen, und ihre Augen strahlten vor Glück.

»Du siehst toll aus«, sagte ich.

»Ich bin verliebt«, erwiderte sie. »Das macht es mit einem.«

Ich zog eine Augenbraue hoch. »Oh.« Ich warf einen Blick auf die große Uhr, die an der Wand hinter der Theke hing. »Ich muss noch ein paar Stunden arbeiten, aber wenn du warten kannst, würde ich gern was mit dir trinken gehen und alles erfahren.«

»Bin nur kurz vorbeigekommen«, sagte sie. »Peter führt mich aus.« Sie grinste wieder und deutete mit dem Kopf zum Fenster. Ich schaute hinaus und sah einen Mann unter einer Straßenlaterne stehen und warten. Er war hoch aufgeschossen und breitschultrig mit dunklem Haar, und selbst im Halbdunkel und obwohl er einen Anzug trug, konnte ich seinen durchtrainierten und muskulösen Körper erahnen.

»Nett«, sagte ich zu Clarissa.

»Wie geht es deinen beiden Turteltäubchen?«

»Wie immer.«

Iris und Thomas war ich stets willkommen, wenn ich mich ihnen sowohl bei ihren sexuellen als auch bei ihren geselligen Aktivitäten anschloss. Ich war ihnen beiden sehr zugetan und beobachtete sie gern zusammen. Wie das An- und Abschwellen der Begierde sich auf Iris' Gesicht abzeichnete, wie fachmännisch Thomas ihre Lust zu leiten wusste. Der Grad der Vertrautheit, den die Intensität ihrer Begegnungen geschaffen hatte, und die Bindung aneinander rief in mir Bewunderung und Neid hervor. Doch obwohl sie mich kein einziges Mal ausschlossen – im Gegenteil –, hatte ich das Gefühl, dass ich nicht mehr ganz und gar bei ihnen sein konnte, oder zumindest nicht mehr war als eine Besucherin auf Stippvisite, wie jemand, der einen Film vor sich ablaufen sieht, sich aber nie ganz von der Handlung vereinnahmen lässt.

Bei Clarissa und Edward war es ähnlich, obwohl wir natürlich nicht die gleiche Zuneigung zueinander empfanden. Ich hatte die Nacht nach unserer Rückkehr mit ihnen und Patch verbracht, wir alle vier aneinandergekuschelt auf dem großen

Futon in ihrer Atelierwohnung. Am Morgen hatten Clarissa und Patch sich einen Doppeldildo auf einer Seite des Bettes geteilt, während Edward und ich daneben unseren Kaffee tranken und ihnen zuschauten. Aber ich hatte nicht den Wunsch, mich auf Dauer ihrem Zweier oder gelegentlichen Dreier als eine dritte oder vierte Person anzuschließen.

Selbst Gwillam hatte beim Ball jemanden kennengelernt und sich in den jungen deutschen Künstler Stefan verliebt, der zwar kaum ein Wort Englisch sprach, aber mit uns nach London zurückgekehrt war und nun bei Gwillam wohnte, ohne in nächster Zeit an eine Heimfahrt zu denken.

»Aber er ist doch erst neunzehn«, sagte ich zu Gwillam.

»Genau«, hatte Gwillam erwidert.

Ich war froh, dass er glücklich war, obwohl ich wusste, dass ich ihn nicht oft treffen würde, zumindest bis die erste Begeisterung über die Leidenschaft ihrer neuen Beziehung verbraucht war und sie es schafften, das Bett zu verlassen.

Matilda lud mich ein, für ein paar Tage zu ihr und Peter in die Villa in den Chiltern Hills zu kommen. Ihre Eltern waren mal wieder verreist und hatten Peter gebeten, einen Teil des Anwesens neu zu gestalten und zu modernisieren, daher packte sie die Gelegenheit beim Schopf, um ihn in neue und ungewöhnliche Stellungen einzuführen, zum Beispiel an sämtlichen Bäumen im Garten.

»Pegging«, sagte sie, »das gefällt ihm.« Den Ausdruck hatte ich noch nie gehört, und ich bat sie, ihn mir zu erklären. Sie kam meiner Bitte gern nach.

»Mag er Männer?«, fragte ich sie.

»Ich glaube nicht«, erwiderte sie.

Ich fügte diese Erkenntnis meinem wachsenden Wissensschatz über die offenbar grenzenlosen Möglichkeiten hinzu, Lust zu erfahren.

Die Wochen vergingen und verschwammen allmählich. Ich wurde im Restaurant zur Oberkellnerin befördert, woraufhin meine Dienststunden und meine Ersparnisse zunahmen. Iris und Thomas zogen in eine größere Wohnung mit Keller, den sie in einen Dungeon verwandelten. Stefan blieb in London und verbesserte seine Englischkenntnisse viel schneller, als Gwillam Deutsch lernte. Die Wände der Wohnung, die sie sich jetzt teilten, waren schon bald mit Kohleskizzen behängt, die Gwillam zeigten, nackt und mit gespreizten Beinen über Möbelstücke gelehnt. Ich brachte es nicht über mich, sie anzuschauen.

Nachts, wenn ich mir kein Bett mit zwei oder drei anderen teilte, ließ ich meine sämtlichen Erinnerungen an den Ball und die Maîtresse vor meinem inneren Auge ablaufen. Wenn ich meinen Finger nass machte und mich zum Höhepunkt brachte, dann stellte ich mir vor, es sei ihre Zunge, die in mich eintauchte, ihr Duft, den ich mit aller Macht heraufzubeschwören versuchte. Gedanken an den Ball riefen unweigerlich Gedanken an zu Hause hervor, und ich stellte fest, die Einsamkeit der neuseeländischen Landschaften fehlte mir so sehr, dass ich es kaum ertragen konnte. Die relative Ruhe der Städte und die Totenstille in den kleinen Ortschaften auf dem Land. Der mit Sternen übersäte Nachthimmel bei klarem Wetter, der in London nie zu sehen war. Der salzige Geruch einer Meeresbrise. Die wogenden Hügel, die Berge und die Seen.

Zum ersten Mal im Leben hatte ich Heimweh. Meine melancholische Sehnsucht nach dem Land, das ich mit Freuden verlassen hatte, ohne einen Blick zurückzuwerfen, hatte sich nun in meinem Herzen festgesetzt wie ein Schatten, dem ich nicht zu entkommen vermochte.

An einem Sonntagnachmittag war ich bei der Arbeit halb in einem Tagtraum versunken, während ich im hinteren Büro den

Dienstplan für die Woche fertigstellte, als es leise an der Tür klopfte.

»Herein«, rief ich, ohne aufzuschauen, da ich davon ausging, es wäre eine Kellnerin, die darum bitten wollte, ihre Schicht zu tauschen.

»Moana.«

Ihre Stimme.

Die würde ich überall erkennen. Dieser weiche, sinnliche, akzentfreie Tonfall, wie sie die Vokale in meinem Namen rollte, als würde sie sich jeden Buchstaben einzeln auf der Zunge zergehen lassen.

»Maîtresse«, sagte ich.

»Bitte«, erwiderte sie, »nenn mich Kristina. Das ist mein richtiger Name.«

»Komm herein«, stammelte ich und deutete auf den Stuhl vor meinem Schreibtisch. »Möchtest du etwas trinken? Kaffee? Etwas essen?«

»Ein andermal vielleicht«, sagte sie. »Ich habe heute nicht viel Zeit, fürchte ich.«

»Was kann ich für dich tun?«

Sie trat ein und nahm Platz.

Sie trug marineblaue Ballerinas, lockere Jeans und einen zitronengelben Pulli. Ihre Haare hingen offen herab, die dichten Locken flossen in glänzenden Wellen um ihre Schultern. Sie hatte die Lippen geschminkt, aber ansonsten kein Make-up aufgetragen. Sie wirkte wie um die fünfundzwanzig, womöglich etwas jünger. Die Tätowierungen waren nicht zu sehen.

»Ich möchte dir einen Vorschlag machen«, sagte sie.

»Ja?«

Sogleich fiel mir Joan ein und die rothaarige Frau am Piccadilly Circus, die sie zum Ball eingeladen hatte. Mein Herz schlug Purzelbäume in meiner Brust.

»Schließ dich uns an. Wir haben eine Stelle frei, beim Ball …«

»Ja«, unterbrach ich sie, noch bevor sie fertig war. »Alles. Ich werde alles machen. Und dir überallhin folgen.«

Sie lachte.

»Er findet nicht in London statt«, erklärte sie. »Was hältst du davon, nach Neuseeland zurückzukehren?«

»Das würde ich liebend gern. In den letzten Wochen habe ich an nichts anderes gedacht. Na ja, an nicht viel anderes«, fügte ich hinzu und wurde rot, denn außer an Neuseeland hatte ich an sie gedacht.

»Wunderbar«, sagte sie.

»Wird es wieder einen Ball in Neuseeland geben?«

»Ja, aber erst in ein paar Jahren. Dennoch haben wir etwas Großartiges im Sinn, und das muss lange Zeit im Voraus geplant werden. Wir hätten gern eine Vertrauensperson dort – dich, wenn du einwilligst –, um uns bei der Recherche und den Vorbereitungen zur Hand zu gehen. Wir möchten in einen kleinen Club investieren oder vielleicht sogar in ein Theater. Damit kennst du dich doch aus, oder? Du könntest es leiten. Das wäre ein idealer Vorwand für die Suche nach Darstellern, Sängern, Tänzern, du weißt schon … Und für Spaß, natürlich.«

»Ja«, sagte ich mit Nachdruck. »Ich mache es.« Ich zögerte keine Sekunde.

»Gut«, erwiderte sie. »Ich habe gehofft, dass du einwilligen würdest. Wir müssen natürlich noch viel mehr bereden, aber nicht jetzt. Ich lasse dir Zeit, darüber nachzudenken, und einer unserer Mitarbeiter wird Kontakt mit dir aufnehmen, um weitere Treffen zu vereinbaren. Es wird viel Papierkram geben, das ist nicht zu vermeiden … die ganzen Formalitäten. Aber es besteht keine Eile, verstehst du, falls du noch ein paar Monate hier in London verbringen möchtest. Wir betrachten es als ein Langzeitprojekt.«

Wir standen beide auf, als sie gehen wollte, und reichten uns die Hand. Nur diese eine kurze Berührung löste bei mir beinahe lustvolle Zuckungen aus. Ich wollte mehr, wusste aber nur zu gut, dass ich sie erst bei unserem magischen Ball wiedersehen würde, dazwischen nicht. Nachdem sie fort war, ging ich an die Bar und schenkte mir ein Glas eiskaltes Wasser ein, um wieder einen klaren Kopf zu bekommen.

Sobald ich die Entscheidung getroffen hatte, konnte mir alles nicht schnell genug gehen, bis ich London ein für alle Mal verlassen würde, obwohl ich es nicht ganz so eilig hatte, mein Ziel zu erreichen.

Am schwersten fiel mir, es Iris zu sagen.

»Du wirst mir fehlen«, sagte sie traurig. Wir hielten einander eine ganze Nacht lang umschlungen.

Gwillam war außer sich vor Aufregung für mich und bot an, dorthin zu reisen und mir bei den Rechtsangelegenheiten zu helfen.

»Ich wette, du musst die richtigen Geschäftsräume finden und eine Planungserlaubnis einholen und das alles«, sagte er, und seine Augen leuchteten bei der Aussicht auf eine neue Herausforderung.

Clarissa schenkte mir den grauen Filzhut, den sie in der Requisite des Princess Empire stibitzt hatte. »Ein kleines Stück London, das du mit nach Hause nehmen kannst«, sagte sie. Edward stand neben ihr, freundlich und rätselhaft wie immer.

Alle versprachen, mich eines Tages zu besuchen, wenn der richtige Zeitpunkt gekommen sei. Manche wussten, dass ich für den Ball arbeiten würde, aber nicht alle. Ich hatte es vorgezogen, Iris und Thomas im Dunkeln zu lassen.

Sie kamen alle, um mich nach Southampton zu bringen, und die überaus liebevollen Umarmungen zum Abschied verursachten eine ziemliche Unruhe in der Abfahrtshalle. Ich hatte mich für die langsame Anreise entschieden, mit dem Schiff. Die Reise würde etwa sechs Wochen dauern, mit einem Halt in Ägypten, bevor wir durch den Suezkanal fuhren, dann über den Indischen Ozean mit weiteren Zwischenhalten in Sri Lanka und Australien. Ich hoffte, es würde ein Abenteuer, und ich freute mich darauf, eine so lange Zeit auf dem Meer zu verbringen.

Ich sah meine Freunde nicht einmal verschwinden, als das Schiff ablegte, da es so groß und der Eingang für Passagiere ein ganzes Stück von der Besucherlounge entfernt war. Ich richtete den Blick nicht auf das Festland, das hinter uns immer kleiner wurde, sondern schaute wie gebannt auf den Horizont und die blaue Weite vor uns.

Eine steife Brise wehte, ein kühler Wind, und es regnete leicht. Anfangs war ich die Einzige, die sich auf die harten weißen Sitze der Aussichtsplattform auf dem Außendeck am Bug des Schiffes wagte. Ich saß dort allein und dachte an nichts Besonderes, starrte auf das Meer.

In Gedanken wanderte ich zurück, vermisste London bereits, doch gleichzeitig wurde mir klar, dass ich jetzt die gleiche Reise antrat, die meine Eltern, oder zumindest meine Mutter, unternommen hatten, aber auch Joan, als sie in den ersten Wochen ihrer Schwangerschaft mit Iris nach Neuseeland gereist war.

Waren wir alle Teil eines Buches der Zufälle, geschrieben vom Geist des Balls?

»Darf ich mich zu Ihnen gesellen?«

Eine sanfte Stimme, die einer Frau.

»Natürlich«, sagte ich, instinktiv höflich, bevor ich mich auch nur umgeschaut hatte.

Sie war eine Maori mit brauner Haut und glatten, schwarzen

Haaren, die ihr im Wind ums Gesicht wehten. Sie stellte sich vor mich und hielt sich an der Reling fest, ihr grünes Baumwollkleid tanzte mit jedem Windstoß um ihre Waden. In der Hand hielt sie eine blaue Jacke. Das Hemdkleid war locker geschnitten und im Rücken tief ausgeschnitten, wobei teilweise eine Tätowierung freigelegt wurde, die über ihren Hals, ihre Schultern und weiter hinunterreichte, wo sie meinem Blick entzogen war. Es hatte die Gestalt eines Vogels und bestand aus komplizierten, schraffierten Linien und spiralförmigen Mustern. Ich sah genau hin, um zu prüfen, ob es sich bewegte, so wie die Tätowierungen der Maîtresse, aber es blieb absolut reglos.

Meine Intuition sagte mir, dass sie wohl wunderbare Geschichten zu erzählen hätte, über ihre Tätowierung und ihr Leben.

Sie schlüpfte in die Jacke.

»Brrr …«, sagte sie. »Es ist kalt, ich weiß, aber ich mag den Wind auf dem Meer.«

»Ich auch«, erwiderte ich.

Sie hielt mir die Hand hin.

»Aroha«, stellte sie sich vor.

»Moana«, sagte ich.

»Ich wette, Sie hatten mit Ihrem Namen in England genauso viele Probleme wie ich.«

»Ja.« Ich lachte. »Es war zum Verrücktwerden, aber man gewöhnt sich dran.«

Ihr vollen Lippen verzogen sich zu einem breiten Lächeln.

Wie saßen an Deck und unterhielten uns, bis der Regen zu stark wurde. Sie hüllte mich halb in ihre Jacke, als wir uns im Innern des Schiffes in Sicherheit brachten.

Der Niedergang zu den unteren Decks war rutschig, und ich nahm sie an die Hand.

Bald würden wir zu Hause sein.

Dank

Ein riesiges Dankeschön geht ans Hot Bed Team bei Simon & Schuster – Clare Hey, Emma Capron, Ally Grant, Rumana Haider, Hayley McMullen, mit denen wir gern zusammengearbeitet haben, und die auch weiterhin einen wunderbaren Job machen und Vinas soziales Netzwerk mit ihren begeisterten Updates bei Twitter, Facebook und Tumblr sprudeln lassen.

Auch unseren Verlegern in Deutschland und den USA möchten wir danken, sowohl Christian Rohr und Linda Walz bei carl's books als auch Jane Friedman und Tina Pohlman bei Open Road Integrated Media sowie Stephane Marsan, Alain Nevant, Isabelle Varange und Leslie Palant bei Bragelonne/ Milady und dem Team bei Amber in Warschau für ihre kontinuierliche Unterstützung der Welt von EIGHTY DAYS und der 4 SEASONS, und ihr Vertrauen in uns, da wir unweigerlich von unseren in Aussicht gestellten Handlungsabläufen abweichen, sobald unsere kreativen Geister ihren Höhenflug antreten. Wir wären auch jetzt nicht da, wo wir stehen, ohne das Netzwerk internationaler Verleger, die uns freudig in ihre Teams aufgenommen haben.

Ein aufrichtiger, tief empfundener Dank an dich, Sarah Such, unsere wunderbare Literaturagentin, die von Anfang an hinter uns gestanden hat und unermüdlich zu unseren Gunsten arbeitet. Danke für dein Vertrauen in uns, während wir neue Stoffe ausprobieren, uns an ungewöhnlichen Handlungssträngen versuchen und es irgendwie fertigbringen, uns an Termine zu halten, und auch für deine Mühe mit den Massen an Post und Papierkram neben deinen nicht nachlassenden Bemühungen, uns zu fördern, wo es nur geht, mit einem Adlerauge für alles Vertragliche. Dank geht auch an Rosie und Jessica Buckman und Carrie Kania für ihre Unterstützung bei ausländischen Rechten.

Vielen Dank an Wendy Toole, unsere stets sorgfältige Korrektorin, die unglaublich flink und geschickt unsere Missgeschicke korrigiert, von denen viele ziemlich peinlich gewesen wären, wenn sie in Druck gegangen wären!

Schließlich danke an all unsere Fans und unsere Leserschaft, die bei uns geblieben sind, auch wenn zunächst nur eine Trilogie beabsichtigt war. Inzwischen hat sie sich bis Buch Nummer neun zu einem ganzen Universum ausgedehnt. Eure Kommentare und eure Aufmunterung wissen wir immer zu schätzen, und ohne euch könnten wir das nicht.

Die eine Hälfte von Vina, die von Anfang an in der Schuld ihres Arbeitgebers stand, möchte sich diesmal besonders innig bei ihrem Boss und ihren Kollegen bedanken – RM, du bist toll, und ZA, vielen, vielen Dank, ich weiß wirklich nicht, wie ich das alles ohne euch geschafft hätte. Tausend Dank dafür, dass ihr für mich eingesprungen seid, als ich mich ans Ende dieses Bandes vorkämpfte, um das letzte Kapitel rechtzeitig fertigzustellen. AB, DG und meine große Familie aus Kollegen, danke dafür, dass ihr meine Anrufe angenommen, meine Massen an Paketen sortiert und mich immer bei Laune gehalten habt.

Dank an meine Freunde, die mich gesund halten und nicht aufgeben, obwohl ich vor meiner Tastatur zur Einsiedlerin werde – B, A und K, ohne euch wäre ich verloren. Dank an Tony und Julian, die mich trotz der endlosen Tipperei zusammenhalten. Auch Kit Laughlins Arbeit war lebenswichtig, um RSI unter Kontrolle zu halten.

Schließlich danke an dich, Terence, der sich mit meinem »Die letzten Wochen vor Abgabetermin«-Irrsinn abfindet, mir vor dem Bildschirm Gesellschaft leistet und mich immer inspiriert. Du bist der Beste.

Und die andere Hälfte von Vina bedankt sich bei DJ, einem Partner in Liebe und Leben durch dick und dünn seit vielen Jahren, für die Unterstützung angesichts ähnlicher Abwesenheit aufgrund von Abgabeterminen, und bei unserer wachsenden Familie, groß wie klein, für ihre Geduld und für so vieles andere. Ihr alle wisst, wer gemeint ist!

VINA
JACKSON

4 Seasons

GARTEN DER LIEBE

LESEPROBE

Aus dem Englischen
von Susanne Aeckerle
und Marion Balkenhol

carl's books

Noah hatte als freier Journalist für verschiedene Musikzeitschriften in London gelebt und sich irgendwann gedacht, dass er mit einem Laptop eigentlich überall arbeiten konnte. Daraufhin war er nach New York gezogen.

Innerhalb eines halben Jahres war ihm dort ein A&R-Job bei einer Mainstream-Plattenfirma angeboten worden, mit der Aufgabe, örtliche Bands zu fördern. Er hatte ein gutes Ohr, einen ausgeprägten Geschmack für das Originelle und eine britische »No Bullshit«-Einstellung, die ihn rasch bei den Musikern beliebt machte, mit denen er arbeiten und die er überreden musste, sich unter Vertrag nehmen zu lassen, ohne dabei ihre Ideale und Prinzipien aufzugeben.

Noah genoss dieses Leben. Obwohl selbst nicht sonderlich kreativ, war er trotzdem an der Entstehung erfolgreicher Musik beteiligt. Das war die beste aller möglichen Welten, und doch fehlte etwas. Sex, Frauen.

Eine Reihe harmloser One-Night-Stands rings um das Netzwerk von Clubs und Veranstaltungsorten, die er jetzt regelmäßig aus beruflichen Gründen aufsuchte, hatten sich als unergiebig erwiesen. Aber dann hatte er April kennengelernt.

Für eine seiner Gruppen war ein Fototermin vereinbart worden. Die Grafikabteilung der Plattenfirma hatte einen bekannten Modefotografen engagiert, dessen Atelier an der Lower East Side lag, und Noah hatte vereinbart, sich nach dem Fototermin mit den Musikern zu treffen, um Testaufnahmen neuer Songs abzuholen, an denen sie arbeiteten.

Er wartete im Vorraum des Ateliers auf sie und blätterte in einer der Modezeitschriften, die dort auslagen. Unwillkürlich musste er lächeln, als ihm durch den Kopf schoss, dass er genauso gut im Wartezimmer eines Zahnarztes sitzen könnte. In dem Moment kam eine junge Frau mit blondem kurzem Haar herein, einen Stapel in Zellophan gehüllter Kleidungsstücke an Bügeln über dem Arm.

Ihre Blicke trafen sich.

Sie bemerkte sein ironisches Lächeln.

»Was ist denn so komisch?«, fragte sie.

»Das galt nicht Ihnen, keine Bange. Nur etwas, das mir gerade durch den Kopf ging, bevor Sie hereinkamen.«

»Sie sind Engländer.«

»Allerdings.«

Sie erwiderte sein Lächeln.

Inzwischen war er lange genug in Amerika, um zu erkennen, dass ihr Akzent auch nicht von hier stammte. Er wagte eine Vermutung.

»Sie sind Kanadierin?«

Sie nickte und legte ihr unhandliches Kleiderbündel auf einem Sofa ab.

»Ich heiße April«, stellte sie sich vor.

»Noah.«

»Warten Sie auf Hutch, oder sind Sie einer seiner Assistenten?«

»Weder noch. Er ist da drin.« Noah deutet auf die Tür, die den Vorraum vom Loftatelier trennte, in dem die Fotosessions stattfanden. »Ich gehöre zu der Gruppe, den Musikern, die gerade fotografiert werden. Der Band.«

»Ihr Manager? Roady? Sie sehen nicht wie ein Rock-Typ aus.«

Noah gefiel ihre Art. Und ihr Aussehen auch, wie er sich unverhohlen eingestand. Sie hatte eine Selbstsicherheit, die ihm sehr zusagte, als wüsste sie, was sie wollte, und nichts würde sie von ihrem Ziel abbringen.

»Gibt es denn einen typischen Rock-Typ?«

»Weiß ich nicht. Sie sehen normal aus …« Sie hielt mitten im Satz inne, als hätte sie das Gefühl, etwas Falsches gesagt zu haben. Sie senkte den Blick.

»Mir macht es nicht das Geringste aus, normal zu sein«, gab Noah zurück. »Ich habe nicht das Bedürfnis, gängigen Erwartungen zu entsprechen.«

»Das habe ich nicht gemeint«, sagte April. »Ich habe mich missverständlich ausgedrückt. Das passiert mir manchmal.«

»Ist schon in Ordnung. Wie ist es mit Ihnen?«

»Mit mir?«

»Was bringt Sie hierher, April? Arbeiten Sie vielleicht für eine Reinigung?«

Sie lachte. »Nein.«

Er lachte mit.

»Was ist denn dann mit den ganzen Kleidern?«

»Die sind für Modeaufnahmen, die morgen stattfinden. Ich habe sie nur schon vorab hergebracht. Ich arbeite bei einer Zeitschrift.« Sie blickte auf das Exemplar, das er auf den Glastisch zurückgelegt hatte. »Genau genommen für die, in der Sie gelesen haben.«

»Was für ein kurioser Zufall.«

»Kurios? Ein seltsames Wort!« Ihre Augen waren blassgrün, und er konnte nicht anders, als sie anzustarren, wobei alles andere von April durchaus auch nähere Aufmerksamkeit verdiente. Sein Blick wurde von einer dünnen, fast unsichtbaren Linie angezogen, einer Narbe, wurde ihm klar, die sich durch eine ihrer Augenbrauen zog. Eine winzige Unvollkommenheit, die sie noch faszinierender wirken ließ, fand er. Ihm gefiel diese junge Frau. Sehr.

»Niemand ist perfekt. Erst recht nicht mit einem britischen Studienabschluss.«

»Verstehe.«

»Und wie ist es mit Kanada? Woher stammen Sie?«

»Aus Vancouver.«

»War ich nie«, sagte Noah, »aber zumindest ganz in der Nähe. Ich war vor einigen Jahren in Seattle und wollte eigentlich ein Auto mieten und rüberfahren. Hat sich dann aber nicht ergeben.«

»Das ist schade. Gastown ist die Wucht.«

»Wären Sie noch dort gewesen, oder schon in New York?«

»Wenn ich gewusst hätte, dass Sie kommen, wäre ich vielleicht geblieben …«

Er genoss es, wie sie spielerisch ein Gespräch aufrechterhielt, sich mit ihm ein Wortgefecht lieferte, ihn aufzog und bereits verführte.

In dem Moment öffnete sich die Ateliertür, und die Band strömte heraus, alle in bester Laune, noch ganz aufgepuscht von der Fotosession.

Noah und April tauschten Telefonnummern aus.

Er machte sich ausführliche Gedanken darüber, wohin er sie zu einem ersten Date einladen und wie lange er warten sollte, bis er sie anrief und ein Treffen vorschlug. Er lud sie schließlich zu einem Besuch im Metropolitan ein, in dem eine gerade eröffnete Ausstellung mit Bildern aus der Londoner Royal Academy begeisterte Kritiken bekamen und Karten heiß begehrt waren, ihm aber gegen Gefälligkeiten aus dem Musikbereich zur Verfügung standen. Er traf die richtige Wahl.

Innerhalb einer Woche waren sie ein Paar.

Nach außen hin war alles bestens. Sie stritten sich selten, der Sex war gut, wenn auch meist vorhersehbar, sie machten als Paar etwas her, genossen die Gesellschaft des anderen, und New York pulsierte vor Leben. Was konnte da schiefgehen?

April war unordentlich, genoss das Chaos, verstreute ihre Kleider im gesamten Schlafzimmer und darüber hinaus, wenn Noah sie ließ. Er selbst hingegen war pedantisch und gewissenhaft, überorganisiert, bis auf die Stapel von Kassetten und CDs, die von seinem Schreibtisch bis in die Küche überquollen, was er stets auf die Art seiner Arbeit schob und was sie ihm nie vorhielt oder als Ausrede für ihre häusliche Nachlässigkeit benutzte. Sie war sogar damit einverstanden, wie er sich kleidete, konservativ, einfallslos und etwas monoton in Kombinationen von Schwarz, Blau und Grau, wohingegen sie sich großzügig bei jeder Farbe des Regenbogens bediente und das erstaunlicherweise auch gut tragen konnte, ohne dass sich etwas biss oder geschmacklos wirkte.

»Sind alle Kanadierinnen wie du?«

»Inwiefern?«

»So angenehm im Zusammenleben?«

»Bin ich das?«

»Absolut.«

»Möchtest du mich komplizierter?«

»Wie ein gefallenes Mädchen mit dunkler Vergangenheit aus einem viktorianischen Roman?«

»Oder aus irgendeinem anderen Zeitalter ...«

Noah hätte es gern bejaht, angedeutet, dass an ihr zu viel Strahlendes war, Normales sogar, doch er wusste, dass sie es nicht verstehen würde. Er küsste sie auf die Wange. Sie lagen zusammen im Bett. April blätterte in einer Zeitschrift; sie las nur selten Bücher – noch so etwas, das ihn gelegentlich an ihr störte –, und er war mitten in einem spannenden Thriller, während er gleichzeitig eine der Bands hörte, die unter seiner Aufsicht standen. Er hatte an dem Tag eine Reihe von Remixes bekommen, nach einer Woche anstrengender Aufnahmen mit einem hiesigen Produzenten. Der Sound hatte sich nicht verbessert. Die Songs waren toll, aber die Gesamtstruktur stimmte immer noch nicht, und obwohl er selbst kein Musiker war, hatte ihm seine Intuition immer gute Dienste geleistet, auch wenn er wie hier nicht genau benennen konnte, was zu ändern wäre, außer sich auf sein Gespür zu verlassen. Das war manchmal frustrierend. Seine Gedanken waren halb bei dem Buch in seiner linken Hand und halb bei der Musik, wanderten durch die musikalischen Windungen in dem Versuch, sie auf eine andere Ebene zu heben. Dabei merkte er nicht, dass seine rechte Hand unter der Decke verschwunden war und abwesend seinen Schwanz streichelte. Sie schliefen beide immer nackt.

Ihre Stimme drang zu ihm durch, wie im Traum, während sie ihn gleichzeitig fest in den linken Arm kniff. Er nahm die Kopfhörer ab.

»Was zum Teufel machst du da?«, schimpfte sie.

Er hatte keine Ahnung, worum es ging.

Sie musste ihm seine Verständnislosigkeit angesehen haben.

»Was?«

»Du fummelst an deinem Schwanz rum ...«

Er blickte nach unten. Sie hatte recht. Er spielte mit sich, seine Finger bewegten sich zwischen seinem Schwanz und den Eiern. Er war nur halb hart, die Hand auf seinen Genitalien nicht mehr als eine angenehme, federleichte Berührung.

»Oh, tut mir leid.« Er zog seine Finger zurück.

Ärger blitzte in Aprils Augen auf.

»Wie konntest du nur?«

»Ist einfach passiert. War mir gar nicht klar. Ist nicht von Bedeutung.«

Berührte sie sich denn nie unbewusst? Das tat doch jeder.

»Ich bin … gekränkt …« Sie suchte offensichtlich nach dem richtigen Wort. »Beleidigt …«, fuhr sie fort.

»Das solltest du nicht«, versuchte Noah sie zu beruhigen. »Hat keine Bedeutung. Wirklich.«

»Bin ich dir nicht genug?« Ihr Mund verzog sich zu einem kindlichen Schmollen.

»Doch, doch.« Er legte das Buch beiseite und strich ihr über die Wange.

April schüttelte die Hand angewidert ab.

»Damit hast du gerade an deinem Schwanz rumgespielt …«

»Das war die andere«, gab er zurück.

Sie wandte sich ab.

Ohne ein weiteres Wort knipste sie ihr Leselicht aus und zog sich ihren Teil der Decke über die Schultern. Noah tat das Gleiche, den Rücken ihr zugewandt, Hintern an Hintern mit ihr. Er wusste, dass sich die Wolke bis zum Morgen verziehen und die Sache wohl nicht wieder zur Sprache kommen würde.

Aber er konnte nicht einschlafen, musste immer wieder an ihre Frage von vorhin denken. Sie ging ihm nicht aus dem Sinn. »Bin ich dir nicht genug?« Seine Gedanken kreisten darum.

Und jedes Mal kam ein Ja als Antwort zurück.

Was ihn wütend auf sich machte.

Vielleicht war er nicht für einen einfachen, anspruchslosen Zustand des Glücklichseins, der Häuslichkeit geschaffen. Er war sich bewusst, dass er unter Menschen, auf Partys, Veranstaltungen oder sonst wo stets über die Schulter nach anderen Ausschau hielt, nach neuen Gesprächen, nach Ablenkungen. Sich immer bemühte, langweiliger Gesellschaft zu entfliehen, auf etwas Besseren an der anderen Seite des Zimmers, in einem anderen Raum, irgendwo hoffte. Mit Frauen war es dasselbe. Der Nervenkitzel lag in der Jagd, den anfänglichen Erkundungen, den frühen Tagen der Leidenschaft, sexueller Ausschweifungen und Exzesse.

Er wollte mehr.

Wusste jedoch nicht, worin das bestehen mochte. Hätte er es überhaupt erkannt, wenn es sich ihm darbot?

Er dachte an April neben sich, ihr Körper warm und weich, beinahe perfekt, die samtige Hitze, wenn er sich in ihr bewegte, der schwache Nachtgeruch in ihrem Atem, der moschusartige Duft ihrer Möse, wie sie atmete, wenn sie fickten, stockend, nach Luft schnappend.

Aber richtig gehenlassen konnte sie sich nicht, oder?

Manchmal träumte er von mehr.

Davon, in den frühen Morgenstunden aufzuwachen, den Kopf noch voller Watte, ihre seidigen Lippen um seinen Schwanz zu spüren, wie sie ihn langsam lutschte, sein Erwachen steuerte, die Erregung lenkte wie ein Dirigent. Ihn ganz und im wahrsten Sinne verschluckte. Nichts, was sie jemals willentlich tun würde, wie er wusste.

Er beschwor die bleichen Rundungen ihrer Arschbacken herauf, wenn er in sie drang, während sie auf allen vieren kniete und ihm erlaubte zuzustoßen, wobei er sich stets fragte, wie eng ihr anderes Loch wohl sein mochte. Gelegentlich hatte er die Regung verspürt, die wenigen Zentimeter zu überwinden und zu versuchen, sie anal zu penetrieren, doch sie hatte immer klar gemacht, dass das nicht infrage komme. Wobei er keine besondere Präferenz für Analsex hatte, obwohl er es die wenigen Male, bei denen Frauen es ihm erlaubten oder die angeblich perverse Methode vorschlugen, durchaus genossen hatte, aber es war mit etwas Abartigem, mit einem Tabu verbunden, das eine starke Anziehungskraft auf ihn ausübte.

April war normal.

Und nahezu perfekt.

Und leicht zu durchschauen.

Und langweilig.

Er wollte mehr.

Er träumte von einer dunklen sexuellen Macht, die ihn so bewegen würde wie Musik, wie Magie.

April musste für ein paar Tage zur Druckerei der Zeitschrift nach Illinois fliegen, um sich über neue Produktionsverfahren zu informieren. Die Reise war schon seit einiger Zeit geplant. Noah blieb allein in Manhattan und verspürte, obwohl er es ihr gegenüber nie zugeben würde, eine gewisse Erleichterung und leise Erregung. Offenbarten sich hier neue Möglichkeiten? Die Chance, ihre Beziehung zu überdenken? Er wusste es nicht.

In Wahrheit hatte der frostige Austausch mit April an jenem unbehaglichen Abend Zweifel in ihm hinterlassen.

Warum hatte er sich selbst berührt, statt die Hand zu ihrem nackten Körper neben sich auszustrecken? Er versuchte sich zu erinnern, ob er vor sich hingeträumt hatte, fantasiert, ehemalige Freundinnen oder im Gehirn abgespeicherte Pornografie heraufbeschworen hatte, die ihn veranlasste, geistesabwesend seinen Schwanz zu streicheln statt seine Freundin. Ihm fiel nichts Erotisches ein, das ihm in dem Moment durch den Sinn gegangen war.

Der Gedanke, dass er April trotz ihrer Schönheit nicht mehr anziehend fand, bohrte sich in seinen Hinterkopf wie eine Termite, leise, hartnäckig.

Als er an diesem Tag auf dem Heimweg war, hielt ihn der Anblick von Frauen gefesselt. Alte und junge, allein oder zusammen mit anderen. Dünne und dicke. Die unterschiedliche Art, wie sie sich kleideten, wie viel Haut sie frei ließen, Hinweise auf ihre Persönlichkeit, ihre Vorlieben und Abneigungen. Ihre Haltung, stocksteif oder mit hängenden Schultern, die Straße entlang schlendernd, auf Zehenspitzen wie durch Wasser trippelnd, die Augen geradeaus gerichtet oder allen Blicken mit falscher Bescheidenheit ausweichend. Jede unverwechselbar. Einmalig.

Und mit jedem Anblick brütete sein fiebriges Hirn Tausende Szenarien aus. Wir er sie entkleiden, sie ficken, sie lieben, ihnen wehzutun, sie flehen lassen, zum Orgasmus bringen, das Anschwellen ihrer Lust manipulieren, ihre elementare Wahrheit an die Oberfläche holen würde.

Würde diese spindeldürre Frau Ende vierzig in dem pastellfarbenen Kaschmirmantel es genießen, wenn er sie an den Haaren zog, während er sie ritt? Würde dieser Teenager im Sweatshirt der Harvard-Rudermannschaft und den an den Knien zerrissenen Jeans es genießen, mit brutaler Kraft niedergehalten zu werden, während er in sie hineinstieß? Würden diese beiden skandinavisch aussehenden Mädchen, die sich beim Überqueren der Straße in einer ihm unbekannten Sprache unterhielten, damit einverstanden sein, ihm abwechselnd einen zu blasen, beide auf Knien vor ihm?

Greenwich Village wurde zu einer Welt der Möglichkeiten. Eine Symphonie weiblicher Gesichter und Körper. Jeder in Noahs überreizter Vorstellung so deutlich und klar umrissen wie ein Pornofilm in Breitwand. Noah konnte sich nicht erinnern, wie lange es her war, seit er sich an solchen Gedanken aufgegeilt hatte.

Schließlich erreichte er seine Wohnung.

Das luftige, gut ausgeleuchtete Foyer. Sein überladener Schreibtisch, ein Gewirr von Kassettenhüllen, CDs, Papieren, Mappen, Gummibändern und Büroklammern. Den Laptop booten, warten, bis der Bildschirm von Himmelblau zu Hellgrau überging. Langsam. Zu langsam.

Es war ewig her, seit er auf irgendwelchen Sexseiten gesurft hatte, doch die vorausschauende Fähigkeit des Computers fand sie bereits nach ein paar Tastenanschlägen.

Noah knöpfte die Jeans auf und zog seinen Schwanz heraus, noch weich, während er auf das Laden der Website wartete. Er zuckte mit den Schultern.

Hatte sich jede Frau der Welt zu irgendeinem Zeitpunkt pornografisch vor dem Objektiv einer Kamera betätigt? Es kam ihm so vor. Er surfte durch die Clips, Seiten, auf denen die fraglichen Aktivitäten sorgsam in Kategorien eingeteilt waren: Haarfarbe, Alter, Körperform, Stellung, der Hintergrund städtisch, ländlich oder wilder, Öffnungen einzeln oder gemeinsam benutzt, Nationalitäten, sogar Szenarien von angeblichen Anhalterinnen, die sich verlaufen hatten, bis hin zum Abfangen durch Grenzwachen, Castings, medizinische Untersuchungen, Klassentreffen, Orgien, Hochzeiten – alles war da, ausgestellt und für ihn und jeden anderen verfügbar, der in diesem Moment Erleichterung suchte, die Auswahl an Gesichtern unendlich. Ihm war klar, dass er nur die Spitze des Eisbergs sah, und ihm wurde ganz schwindelig bei dem Gedanken, wie viele Frauen Sex vor der Kamera hatten. Die Clips gingen durch alle Zeiten, von toupierten Frisuren, Kleidung und buschigen Genitalien der sechziger Jahre bis zu einem Strudel an glatten Mösen und moderneren Möbeln im belanglosen Hintergrund, vor dem sie alle auftraten. Selten erkannte er eine Frau in einem anderen Clip, einem anderen Film wieder. Immer ein neues, frisches Gesicht. Denn es war nicht der Akt, die Stellung oder die Kombination der Teilnehmer, die seine Finger auf den Tasten innehalten ließen, sondern die Gesichter der Frauen.

Hier das schwache Lächeln eines jungen Mädchens mit der Miene dramatisierter Unschuld im Augenblick der vorgetäuschten Misshandlung durch ihren angeblichen Lehrer, das Noah unbewusst zu Herzen ging, was sich sofort auf den Schwanz in seiner Hand übertrug, der immer härter wurde, pulsierte.

Da der panische Ausdruck in den Augen eines tschechischen Möchtegern-Models, das sich in einem Hotelzimmer bewirbt, gebeten wird, sich auszuziehen und in Nahaufnahme von der Kamera und dem Befrager von allen Seiten überprüft wird, wobei der unglaubwürdige Agent, der ihr Aufträge als Model verspricht, klar macht, dass sie ihm vor der Kamera einen blasen muss, um ihre Fähigkeiten zu testen.

Gegen Ende einer längeren Sequenz, in der sie wiederholt von zwei tätowierten Hengsten in sämtliche Öffnungen gefickt worden war und sich mit resigniert herabgesunken Schultern in eine Badewanne hatte zerren lassen, um als endgültige Beleidigung in der Abfolge ihrer Erniedrigung bepisst zu werden, war Noahs Schwanz wieder hart.

Er flog von Clip zu Clip, verharrte manchmal nur ein paar Sekunden, suchte nach dem idealen Gesicht, dem richtigen Gefühl.

Immer noch unzufrieden, bemerkte er einen Link zu einem kurzen GIF eines gesichtslosen Mädchens, dessen »Meister« unbeholfene Buchstaben des Alphabets auf ihr dargebotenes Hinterteil malte, mit dem Buchstaben O strategisch platziert, um für die Verfügbarkeit und Beliebtheit ihrer Analöffnung zu werben. Das Bild war nicht ungewöhnlich, doch die Form des bleichen Hinterns der Frau faszinierte Noah, daher klickte er auf den Link zu einer Tumblr-Seite, auf die er vorher noch nicht gestoßen war.

Die Seite öffnete sich qualvoll langsam, während der Bildschirm sich füllte. Er scrollte nach unten, um es zu beschleunigen, doch das nützte nichts.

Er umfasste seinen Schwanz, balancierte am Abgrund, begierig darauf, zu kommen, die Last von seinem Geist und Körper zu heben, ungeduldig darauf, ein Bild zu erreichen, das den perfekten Auslöser für seinen Orgasmus liefern würde. Noah konnte an sich halten, wartete, bis die vier Bilder auf dem Monitor seines Laptops endlich zum Leben erwachten.

Die Fotos waren von schlechter Qualität. Amateuraufnahmen. Sie bildeten eine Sequenz.

Das Erste war nur eine Wiederholung von dem auf dem Link, hochgeladen auf eine BDSM-Seite mit angeblich schönen Sklaven. Der apfelförmige bleiche Hintern, die Öffnung rot und gedehnt, die Rückseiten der Oberschenkel der jungen Frau angespannt, die Sehnen straff, die Neigung ihres Rückens eine exquisite Rundung bis zu einem unbekannten Horizont, ein Versprechen weiterer verbotener Wonnen.

Das zweite Bild wiederholte das erste, war aber von der Seite aufgenommen, sodass man die Umrisse einer Brust sah, klein, herrlich gerundet, und dahinter die gebückten Körper einiger Männer. Zuschauer, vorherige Benutzer oder noch wartende Benutzer? Der verschwommene Hintergrund musste eine weiße Wand sein. Eine Art Keller, ein Dungeon? Er blickte genauer hin, suchte nach Einzelheiten. Eine Fliese fiel ihm auf. Eine Dampfsauna, entschied er.

Das vorletzte Foto war offenbar später aufgenommen worden, nach dem unvermeidlichen Exzess und dem Benutzen des Opfers. Noah war klar, dass alles, was sich während dieser Aufnahmen abgespielt hatte, echt war, kein Set-up mit professionellen Teilnehmern. Das war im wirklichen Leben passiert, war kein für einen Pornoclip ausgearbeitetes Szenario. Die Fotos waren zufällig entstanden, und die junge Frau im Zentrum der Aufmerksamkeit hatte nicht einmal geahnt, dass sie gemacht wurden. Hätte es vielleicht nicht erlaubt, wenn sie davon gewusst hätte. Ihr Körper war ausgebreitet, wie an einem unsichtbaren Kreuz, von Schweiß und dem Sperma der verschiedenen Männer überströmt, zerbrochen, aber ihr Unterleib, die Lockerheit ihrer Gliedmaßen, ihre Haltung strahlten Stolz aus. Das Foto war beschnitten, daher konnte man ihr Gesicht nicht sehen.

Noah schluckte schwer. Sein Schwanz schmerzte. Die Brust wurde ihm eng.

Mit der freien Hand scrollte er rasch zum letzten Bild auf der Seite hinunter.

Es ähnelte den vorherigen, war aber anders beschnitten. Das Foto war etwas unscharf, voller Schatten, aufgenommen mit einem billigen Apparat unter schlechten Lichtverhältnissen. Man konnte das Kinn und den Mund der Frau ausmachen. Er stand halb offen, eine Reihe weißer Zähne hinter trockenen Lippen (wie viele Schwänze hatte sie gelutscht? Wie oft?), war jedoch zu einem vieldeutigen Grinsen verzogen. Keine Traurigkeit oder Resignation, Scham oder ein Anzeichen von Tränen, die ihr aus den Augen rannen. Nein. Da war etwas seltsam Triumphierendes am Abwärtsschwung ihrer Lippen, als hätte sie mit ihrer Erniedrigung einen Sieg errungen und die Lust, die sie jenen Männern um sie herum entlockt hatte, basiere auf ihrer eigenen Leistung, ein Maßstab ihres Willens. Eine Karikatur von Unbotmäßigkeit. Was die schiere Obszönität der Bilderserie erhöhte, den Trotz regelrecht herausschrie. Verdammt, er wollte ihr ganzes Gesicht sehen, ihre Augen. Erleben, wie sich die Lust in ihrem Blick mit dem unvermeidlichen Schmerz verband.

Noah markierte das letzte Foto und versuchte es mit der Software auf seinem Laptop aufzuhellen.

Ja.

Das war schon besser.

Aus dem trüben Hintergrund des Bildes trat schließlich das Haar der jungen Frau hervor, ausgebreitet hinter ihr, dunkel vor der Dunkelheit, unordentlich, zerzaust, nass von ihren Strapazen und den Unmengen an Flüssigkeiten, die sich darüber ergossen hatten.

Das Haar war rot.

Gorgonenhaft.

Verblüffend. Wie ein Leuchtfeuer, das in seiner Seele entzündet worden war.

Sein Herzschlag setzte aus.

Er stöhnte.

Er kam.

Zuckend entzog sich sein Schwanz seiner Kontrolle, verspritzte das Sperma über den Schreibtisch und sogar auf die Tastatur, bevor er den enormen und machtvollen Fluss eindämmen konnte.

Als der Orgasmus schließlich abebbte, war Noah erschöpft. Seine Gedanken rasten, und er versuchte zu verstehen, was passiert war und warum es sich als so stark erwiesen hatte. Im Internet war jede Menge ähnliche Pornografie zu finden, aber das hier war anders gewesen. Sicherlich nicht das Szenario, sondern die ruchlose Kombination der Elemente: die blasse Haut der Frau, die Anmut ihrer Kurven, die Intensität ihrer Unterwerfung, das Kräuseln ihrer Lippen, und – in seiner Vorstellung – der Ausdruck in ihren Augen, den er mit Sicherheit gesehen hätte, wäre das Foto deutlicher gewesen.

Das rote Haar, wie ein leuchtendes Mal am Nachthimmel!

Es verfolgte ihn bis in seine Träume.